Tom Cooper

Das zerstörte Leben des Wes Trench

Unverkäufliches und
unredigiertes Leseexemplar.
Bitte keine Rezensionen
vor dem 12. 02. 2016.

Tom Cooper

Das zerstörte Leben des Wes Trench

Roman

Aus dem Amerikanischen
von Peter Torberg

Ullstein

Die Originalausgabe erschien 2015
unter dem Titel *The Marauders*
bei Crown Publishers/Penguin Random House Company,
New York.

Dies ist eine erfundene Geschichte. Namen, Figuren, Orte der Handlung und Begebenheiten sind entweder der Phantasie des Autors entsprungen oder dienen rein fiktionalen Zwecken. Jede Ähnlichkeit mit tatsächlichen Personen, ob lebend oder tot, mit Ereignissen oder Schauplätzen ist rein zufällig.

MIX
Papier aus verantwortungsvollen Quellen
FSC® C014496

ISBN 978-3-550-08096-8

Gesetzt aus der Minion Pro
bei Pinkuin Satz und Datentechnik, Berlin
Druck und Bindearbeiten: GGP Media GmbH, Pößneck
Printed in Germany

Gewidmet meinen Eltern,
Lynn Elizabeth McIlvaine
und
in Gedenken an Thomas Michael Cooper

DIE BRÜDER TOUP

Sie tauchten aus dem dunklen Schlund des Bayou auf wie Gespenster, erst ein geisterhaftes Licht im Nebel, dann das Rattern eines Motors: ein Aluminium-Rennboot, das über lackschwarzes Wasser schoss. Aus der Entfernung sahen die Gestalten aus wie siamesische Zwillinge. Als das Boot näher kam, teilten sie sich unter den mottenumschwirrten Flutlichtern. Einer stand vorn, der andere achtern: die Zwillingsbrüder Reginald und Victor Toup. Im Kindesalter hatte selbst ihre Mutter Schwierigkeiten gehabt, sie auseinanderzuhalten. Das war nun schon ihr halbes Leben her, ihre Mutter war tot. Ein Schuss durch die Schläfe im *Roosevelt Hotel* in New Orleans, dann richtete ihr Vater die Waffe gegen sich selbst.

Heute Nacht tauchten sie unter einem Dreiviertelmond auf, mit dreißig Pfund Marihuana unter einer Plane in der Köderbox. Reginald ließ das Boot langsam dahingleiten, Victor kauerte sich am Bug hin und suchte den Bayou mit Nachtsichtgläsern ab. Sie hatten diese Fahrt schon so oft hinter sich gebracht, dass sie einem Dinge über den Sumpf erzählen konnten, die sich auf keiner Landkarte fanden. Hier draußen begegnete man nur selten jemandem. Nicht nach Einbruch der Dunkelheit, nicht so weit draußen, nicht außerhalb der Shrimpsaison.

Und genau darum ging es ja.

Ein Flackern weckte Victors Aufmerksamkeit. Auf einer Insel eine halbe Meile voraus schwankte und winkte ein kleiner Schein wie ein Irrlicht und verlöschte wieder.

Victor hob die Hand, Reginald schaltete Motor und Lichter aus. Sie tauchten in die Dunkelheit ein, Mondschein legte ein Band übers Wasser, nur das laute Konzert der Insekten und Frösche und das leise Plätschern des Wassers am Bootsrumpf waren zu hören.

»Was?«, fragte Reginald.

Victor sagte nichts. Er linste durchs Glas und wartete. Reginald trat in seinen schwarzen, quietschenden hüfthohen Angelstiefeln hinter ihn. Standen sie nebeneinander, war die Ähnlichkeit der Brüder verblüffend. Dasselbe schwarze Haar mit Seitenscheitel, dasselbe kantige Gesicht, dieselben mineralgrauen, arglistig blickenden Augen. Dieselbe Art, sich mit leicht abgewinkeltem Oberkörper in die Nacht vorzubeugen, wie Bluthunde, die die schwache Fährte einer Beute aufnehmen. Doch es gab Unterschiede, wenn auch nur leichte. Reginald bekam langsam eine Wampe, Victor nicht. Reginald hatte keine Tätowierungen, Victor trug welche an Armen und Hals: der Kopf eines Weißen Hais, der den Rachen aufriss, eine Meerjungfrau und ein Dreizack, ein Spinnennetz mit einer Schwarzen Witwe in der Mitte der Beuge seines rechten Arms.

Um weitere Unterschiede zwischen den beiden zu entdecken, hätte man schon tiefer unter die Oberfläche schauen müssen.

Eine Weile rührte sich nichts. Der Himmel war von einem Horizont zum anderen mit Sternen übersät, sie bildeten so verworrene, dichte Bänder, dass sie wie weiße Farbspritzer auf schwarzer Leinwand wirkten. Kleiner Bär, Kassiopeia und Orion wirkten wie Puzzle.

Victor trat von einem Stiefel auf den anderen und richtete

sein Fernglas neu aus. Wieder blinkte das Licht und huschte zwischen den Bäumen umher.

»Glaubt wohl, wir sind weg«, meinte Victor.

»Wer?«, fragte Reginald.

Victor antwortete nicht darauf, sondern beobachtete weiter. Etwa hundert Meter von der Insel entfernt ankerte ein maroder Shrimpfänger, am Inselufer lag eine Piroge, an der eine Coleman-Laterne schwach glühte. Ein Mann in Hüftstiefeln stapfte durchs Farnkraut und schwenkte einen Metalldetektor über dem Boden hin und her. In der anderen Hand hielt er einen Gegenstand, halb Schöpflöffel, halb Schaufel.

Der Mann hörte etwas in seinem Kopfhörer und blieb stehen. Er fuhr mit dem Metalldetektor ein paarmal über dieselbe Stelle und buddelte dann eine Minute lang mit der Löffelschaufel. Er trat ans Ufer, bewegte die Schaufel im Wasser, kauerte sich hin und durchsuchte den Schlamm wie ein Goldwäscher.

Victor senkte das Fernglas und schüttelte den Kopf.

»Spuck's aus«, sagte Reginald.

»Ein Typ«, sagte Victor. »Buddelt Löcher.«

»Wozu?«

»Was weiß ich denn, verflucht? Vergräbt wohl seine Alte.«

Reginald nahm Victor das Nachtglas ab und linste hindurch. »Hat 'nen Metalldetektor«, sagte er.

»Kennst du ihn?«, fragte Victor.

»Hab'n schon mal gesehen, glaub ich.«

»Metalldetektor«, brummte Victor. Er schnaubte verächtlich. »Ich hab schon alles gesehen.«

»Gehört der zur Ölgesellschaft?«

Victor gab darauf keine Antwort. Er hob die halbautomatische Bushmaster von der Schulter und nahm das Gesicht des Mannes genau ins Visier. Der Mann war Ende vierzig, Anfang fünfzig. Tiefliegende Augen, struppiges Haar, das unter einer Kapitänsmütze hervorlugte. Und schau mal an, ihm fehlte ein Arm, stattdessen trug er eine Prothese.

»Dem fehlt 'n Arm«, sagte Victor.

»Ich kenn den Mann«, meinte Reginald.

Victor fragte, wer das denn sei.

»Die Rothaarige? Irre dicke Titten. Die ein paarmal bei dir total stoned war. Renee?«

»Reagan«, sagte Victor. »Oh ja.«

»Reagan. Das da ist ihr Daddy.«

Victor hob das Gewehr wieder an und linste durch das Zielgerät; sein Finger lag in der Sichel des Abzugs.

»Was macht der da, verflucht?«, sagte Reginald. Er war schon immer der diplomatischere der beiden gewesen, Victor eher der Hitzkopf. Vielleicht lag das daran, dass Victor der Erstgeborene war, eine ganze Stunde länger auf der Welt als Reginald. So zumindest eine von Reginalds Theorien.

»Er weiß wohl nicht, was für ihn gut ist«, meinte Victor zu Reginald.

»Wir reden mit ihm.«

Victor hätte jetzt abdrücken können, und das Leben des Mannes wäre im nächsten Augenblick zu Ende gewesen. Das hatte er schon mal getan. Hier draußen. Doch er ließ das Gewehr sinken und sagte: »Der glücklichste Tag in seinem Leben, und das Arschloch weiß noch nicht mal was davon.«

LINDQUIST

Ihm fehlte sein Arm. Lindquist war sicher, ihn vor zwei Stunden in seinem Pick-up zurückgelassen zu haben. Er neigte durchaus nicht dazu, seine 30 000 Dollar teure myoelektrische Prothese zu verlegen oder seinen Pick-up nicht abzuschließen, ganz gleich ob nun Bayou-Delta-Kaff, in dem jeder jeden kannte, oder nicht.

Unter den von Insekten umschwirrten Natriumdampflampen standen noch ein paar Pick-ups herum. Ansonsten gab es nichts weiter als das Wispern der Zypressen im Nachtwind und einen flaschengrünen Buick, der über den Asphalt vor *Sully's Bar* holperte. Lindquist sah sich mit wildem Blick auf dem mit Austernschalen geschotterten Parkplatz um, so als würde sein Arm aus eigener Kraft herumspazieren. Vielleicht fand er ihn ja, wie er neben dem blau leuchtenden Kneipenschild stand und zu trampen versuchte.

Lindquist ging zurück in *Sully's Bar.* Sully wischte gerade die Theke mit einem Trockentuch ab und linste über seine Drahtgestellbrille hinweg. An einem der hinteren Tische schoben drei Männer Pokerkarten und Spielchips zusammen und blickten ebenfalls auf.

Lindquist stand in der Tür und hatte die Lippen zu einem blassen Strich zusammengepresst; in seinem Gesicht ballten sich dunkle Gewitterwolken. »Jemand hat meinen Arm mitgenommen«, sagte er.

»Mitgenommen?«, fragte Sully.

»Gestohlen«, betonte Lindquist. »Jemand hat meinen verdammten Arm gestohlen.«

Verblüfftes Schweigen machte sich breit, und einen Augenblick lang war nur die Jukebox zu hören: Leise lief Merle Haggards »I Wonder If They Think of Me«. Die Männer schauten sich an und schüttelten die Köpfe. Schließlich fing einer von ihnen, Dixon, an zu lachen. Dann Prejean und LaGarde, die beiden anderen am Tisch. Ihre Zähne blitzten in den sonnengebräunten Gesichtern auf, und schon bald war in dem engen Raum mit den Holzdielen lautes Gelächter zu hören.

»Ihr könnt mich mal«, brummte Lindquist.

Das Lachen endete so schnell wie eine Nadel, die sich von einer Schallplatte hob.

»Sollte das ein Scherz sein?«, fragte Dixon.

Lindquist riss häufig Witze, deshalb war das schwer zu unterscheiden.

»Haste wahrscheinlich zu Hause vergessen«, meinte Sully.

»Na logisch«, winkte Lindquist ab.

»Ruf doch Gwen an«, schlug LaGarde vor. »Vielleicht hast du ihn doch zu Hause vergessen.«

Lindquist starrte LaGarde mit zusammengebissenen Zähnen an. LaGarde legte die Hände auf den Tisch und sah zu Boden. Gwen war schon vor Monaten abgehauen. Höchstwahrscheinlich war sie bei ihren Eltern in Houma, dahin ging sie meistens, wenn Lindquist und sie Streit hatten. Bisher war sie nach ein paar Tagen immer wieder zurückgekehrt, nur diesmal nicht. Die Männer kannten nicht die ganze Geschichte, aber im Grunde ging es immer um dasselbe: Streit um Geld, um Rechnungen, um ihre Tochter, um Gott weiß was.

Sully trat hinter der Bar vor, und die Männer am Tisch standen auf. Sie suchten unter Hockern und Stühlen und drückten Klokabinen auf. Dann gingen sie hinaus und suchten das Gelände ab. Lindquist beugte sich vor und linste unter die Pick-ups. Dixon ging an den Rand des Grundstücks und fuhr mit dem Stiefel durchs Riedgras. Prejean machte das auf der anderen Seite. LaGarde ging auf die Straße hinaus und schaute in beide Richtungen.

Hinterher standen die Männer unter den Lampen und wischten sich Moskitos von den Gesichtern.

»Warum hast du ihn denn nicht getragen?«, fragte Dixon.

»Trag du das Ding mal in der Hitze«, erwiderte Lindquist.

Zwanzig Minuten später traf Sheriff Villanova ein. Er nahm seinen khakifarbenen Cowboyhut vom Beifahrersitz, stieg aus dem Streifenwagen und setzte sich den Hut auf seinen Bulldoggenschädel.

Die Männer schauten grimmig, im Schein der rot-blauen Barreklame wirkten ihre Gesichter boshaft.

Lindquist erzählte Villanova von dem Pokerspiel und davon, dass der Arm verschwunden war, als er zum Pick-up zurückkehrte. Villanova zog einen kleinen Spiralblock aus der Brusttasche und schrieb die Namen der Männer auf, die schon früher gegangen waren. Lindquist beharrte darauf, dass nur ein Fremder seinen Arm geklaut haben konnte. Ein heruntergekommener Landstreicher, ein Junkie ohne jede Ehre im Leib, die ihn davon hätte abhalten können, aus einem fremden Pick-up eine Armprothese zu klauen.

»Und du bist dir sicher, dass du den Arm nicht zu Hause gelassen hast«, wollte Villanova wissen.

Lindquist kniff die Augen zusammen. »Lässt du vielleicht deinen Arm zu Hause?«

Deinen 30 000-Dollar-Arm, hatte er eigentlich sagen wollen. Ohne die Versicherung seiner Frau, die bei der Bank arbeitete, hätte sich Lindquist niemals die Prothese leisten können, ebenso wenig wie die monatelange Physiotherapie nach dem Unfall. Selbst mit Gwens Versicherung musste Lindquist noch 15 000 Dollar aus eigener Tasche drauflegen, Geld, das er mit einer teuren Kreditkarte bezahlt hatte, von der er gerade mal das monatliche Minimum abstottern konnte. Diese Schulden würde er bis ins Grab mitnehmen, aber er konnte ja auch nicht mit einem Fünf-Dollar-Haken aus dem Supermarkt Shrimpfischen gehen.

Villanova notierte sich etwas. »Hast du die Seriennummer?«

»Welche Seriennummer?«

Villanova drückte sich die Nasenwurzel. »Die Seriennummer des Arms, Lindquist.«

Lindquist schüttelte den Kopf.

»Na, du kannst ja immer noch den Arzt anrufen. Oder dort, wo du den Arm herhast. Das wäre ganz sinnvoll.«

Die Männer gingen ihrer Wege, Dixon und Sully zurück in die Bar, LaGarde und Prejean zu ihren Pick-ups. Lindquist stand neben seiner Wagentür und ging ein dickes Schlüsselbund durch. Es verging eine geschlagene Minute, bevor er den richtigen fand. Eine weitere halbe Minute stocherte er mit dem Schlüssel rings ums Schloss herum und verkratzte den Lack. Schließlich kniff er ein Auge zu und schob den Schlüssel hinein.

Villanova beobachtete ihn von der anderen Seite des Parkplatzes. »Was machst du da?«, fragte er.

»Nach Hause fahren.«

»Den Teufel wirst du tun. Du bist betrunken.«

Lindquist linste Villanova an und neigte den Kopf zur Seite, als würde er einer Musik lauschen, die nur er hören konnte. »Nur ein bisschen«, räumte er ein.

»Es ist spät, Lindquist. Steig ein.«

Während Villanova die menschenleere zweispurige Straße

entlangfuhr, blieben die beiden Männer eine Weile stumm. Sie kamen an einem Zwergpalmenhain vorbei, dann an einem Feld voller Schneiden. Eine Nachtschwalbe schoss vor dem Mond vorbei, ihre Silhouette wirkte wie ein Emblem auf einer Münze.

»Klopf, klopf«, sagte Lindquist.

»Kannst das Witzereißen auch nicht lassen, Lindquist.«

»Klopf, klopf.«

»Verliert seinen Arm und erzählt dumme Witze.«

»William.«

»William wer?«

»Will i am Abend 'n paar Titten vor mir sehen.«

Villanova schüttelte den Kopf. Der Polizeifunk knackte und rauschte.

»Und ihr habt alle gepokert«, sagte Villanova.

»Ja.«

»Um Geld?«

»Was glaubst du denn?«

»Das ist verboten.«

Villanova hielt beide Hände fest am Steuer und schaute auf die Straße hinaus.

»Klopf, klopf.«

»Es ist spät, Lindquist.«

Villanova musste gar nicht erst nach dem Weg fragen, er hatte Lindquist schon ein paarmal von der Bar nach Hause gefahren, weil er hackedicht gewesen war.

»Machst du dir Sorgen wegen dem Öl?«, fragte Villanova.

»Ja«, meinte Lindquist. Alle in Jeanette taten das. Ach, zum Teufel, bei den Leuten hier herrschte blanke Panik.

»Könnte vielleicht besser sein, als alle sagen«, sagte Villanova. »Aber ich hab so ein Gefühl, es könnte noch viel schlimmer sein.«

Nach einer Weile holperte Villanova auf eine geschotterte Zufahrt, die durch wilden Liguster zu einer geziegelten Ranch mit grauem Schindeldach und Satellitenschüssel führte. Auf einem dürren Blumenbeet stand ein Vogelbad voller Schmutzwasser und Laub.

Lindquist öffnete die Autotür mit der linken Hand.

»Alles in Ordnung, Lindquist?«, fragte Villanova.

Lindquist beugte sich vor und sah ins Wageninnere. »Ja. Bei dir auch?«

»Ja. Tust du mir einen Gefallen? Keine Kreuzzüge.«

Lindquist nickte.

»Hast du deine Schlüssel?«

»Ja.«

»Schau noch mal nach, mir zuliebe.«

Lindquist zog sein Schlüsselbund aus der Hosentasche, klapperte damit und reckte den Daumen.

»Und du weißt auch, wie man sie benutzt?«

»Bis bald, Villanova«, sagte Lindquist. Er schloss die Beifahrertür und trat beiseite, als Villanova wendete. Er sah den Hecklichtern nach, die wie Glühwürmchen die Zufahrt entlangflackerten, erst zwei, dann vier, dann wieder zwei, aber erst, als er ein Auge zukniff.

Lindquist schloss die Haustür auf, schaltete das Licht an und schnüffelte. Ein süßsaurer Gestank nach ranzigem Schmalz und Hühnerfett wehte aus der Küche herüber. Das Wohnzimmer war übersät mit fettfleckigen Fastfoodtüten, leeren Bierdosen und monatealten Zeitungen, die noch in ihren Klarsichttüten steckten. Lindquist fragte sich, was wohl seine Tochter Reagan denken würde, sollte sie auf einen Besuch hereinschneien, oder seine Frau, sollte sie je wieder zurückkommen.

Nur wenn Weihnachten und Ostern auf einen Tag fielen.

Er wollte eine der Tüten aufheben, doch sein Arm war ja nicht da. Er ging in die Küche, holte sich ein Bier aus dem Kühlschrank und setzte sich an den überladenen Esszimmertisch. Rechnungen, seit Monaten überfällig. Hypothek, Kreditkarten, Diesel, Versicherung. Daneben Bücher, vier oder fünf übereinander: *Geschichte der Amerikanischen Handelsmarine. Die Piraten Lafitte. Das Tagebuch von Jean Lafitte. Lafitte und die Schlacht um New Orleans. Biologie, Geologie und Chemie der Wetlands: Theorie und Praxis.*

Zwischen den Büchern lagen vergilbte Seekarten, steif wie Pergament, versehen mit roten Filzstifteinträgen in Lindquists unleserlicher Handschrift. Quer über dem Tisch lag ein Metalldetektor mit offenem Schaltkasten und herausbaumelnden Drähten. Gwen hatte immer herumgemeckert, wenn er all das Zeug auf dem Tisch liegen ließ, doch jetzt konnte er das Zeug dort liegen lassen, wo immer er wollte, verflucht.

Lindquist hob eine Arschbacke, zog einen PEZ-Spender aus der Hosentasche und klappte den Kopf auf. Donald Duck spuckte eine längliche weiße Pille aus: Oxycontin, von Lindquist mit dem Taschenmesser so zugeschnitten, dass sie ganz genau in den Spender passte. Mit dem Boden seiner Bierflasche zerdrückte er die Pille auf dem Esszimmertisch zu Staub. Dann hielt er sich ein Nasenloch zu, beugte sich vor und schnupfte das Pulver, legte den Kopf in den Nacken und wischte sich den Staub von der Oberlippe.

Lindquist breitete eine der Karten auf dem Tisch aus, eine zerschlissene Karte der Barataria Bay in schraffiertem Schwarz und Blau, mit den gewundenen Wasserwegen und Archipelen der Barriereinseln. Im Laufe der Zeit hatte Lindquist die Kartographie verändert, hatte Düneninseln gestrichen, die Zeit und Flut zum Opfer gefallen waren, hatte neue Inseln und Erhebungen eingezeichnet, die über Nacht aufgetaucht waren.

Eine hatte die Form einer Kaulquappe, eine andere die einer Tatzenspur, wieder eine die eines ägyptischen Horusauges. Auf manche Inseln hatte er ein X gesetzt, andere mit einem Fragezeichen versehen.

Er zog mit den Zähnen die Kappe eines roten Filzstifts ab, studierte die Karte, markierte eine der Inseln. Er wollte nach dem Bier greifen, doch noch immer war sein rechter Arm fort. Er ließ den Stift fallen, packte die Flasche und dachte an den letzten Satz, den Gwen zu ihm gesagt hatte, bevor sie verschwand.

Du steckst in der Klemme, hatte sie gesagt. *Du brauchst Hilfe.*

Lindquist trank sein Bier aus, ging an den Kühlschrank und holte sich ein neues, setzte sich wieder an den Esstisch und klappte den Laptop auf. Er googelte nach *Jean Lafitte* und erhielt über eine Million Treffer. Dann tippte er *Lafitte* und *Barataria* und bekam immer noch 250 000 Treffer. Dann schrieb er *Schatz*, *Gold* und *Pirat* hinzu, dazu noch weitere Suchbegriffe, bis er auf ein Schatzsucher-Forum stieß, wo Männer – nur Männer – ihre Metalldetektor-Geschichten posteten. Auf einem der Posts waren Bilder von Messingknöpfen zu sehen, von Musketenkugeln und Dublonen, auf einem anderen ein Knopf der Artillerie aus dem Krieg von 1812, auf einem dritten die Schwertgürtelschnalle eines Offiziers von 1851.

Er saß noch immer am Esstisch, trank sein Bier und ging die Schatzfotos durch, als seine E-Mail pingte. Er öffnete die neue Nachricht und las.

An: LINDQUIST007@gmail.com
Von: Youredead98989898@gmail.com

WIR WISSEN, WER DU BIST. WO DU WOHNST. DU BETRITTST PRIVATBESITZ. LETZTE WARNUNG.

Lindquist klopfte das Herz bis zum Hals, und er erstarrte. Eine ganze Weile saß er am Esstisch und fragte sich, was er darauf antworten sollte. Dann tippte er mit einem Finger: »WER IST DA?« Mehrmals drückte er auf die Löschtaste. Schrieb den Satz erneut. Zögerte. Drückte auf Senden.

Er wartete; das einzige Geräusch war das Knistern der Holzbalken im Haus, die seufzend die Hitze des Tages von sich gaben, und das dumpfe Aufprallen von Nachtfaltern an der Fensterscheibe. Dazu das leise Summen der Glühbirne an der Decke.

Wieder pingte es im Eingang von Lindquists E-Mail.

An: LINDQUIST007@gmail.com
Von: Youredead98989898@gmail.com

HALT DICH VON DEN INSELN FERN, DU ARSCHLOCH.

WES TRENCH

Mitternacht. Wes und sein Vater folgten dem Pfad vom Haus zum Hafen. Noch eine Viertelmeile entfernt konnten sie durch die Zwergpalmenhaine und über das hüfthohe Sumpfgras hinweg schon den Gesang hören, der übers Marschland zog, dazu leise das schnelle Spiel des Zydeco: die Segnung der Shrimpflotte. Die letzten fünf Jahre hatten Wes und sein Vater das Ritual ausgelassen und gewartet, bis Father Neely die Boote gesegnet hatte, bevor sie zu den Docks gingen. Wes' Vater war immer noch wütend auf Gott wegen dem, was seiner Frau zugestoßen war. Beide waren sie wütend.

Noch so etwas, worüber sie nie sprachen.

Bis auf den Schein ihrer Taschenlampen, die über den Boden huschten, und die kirschrote Glut der Zigarette von Wes' Vater war es dunkel. Sein baumwollweißes Haar war üppig und dicht. Über ihnen leuchtete ein von Wolken verhangener Viertelmond durch das Gewirr der Eichenäste. Sie folgten der Biegung um einen Hain von Sandkiefern und überquerten einen Holzsteg über einen Bach. Eine schwarze Schlange wand sich seitlich übers Wasser und verschwand wie ein Tintenstrich im Farnkraut.

Wes konnte das Grummeln der Bootsmotoren und das stotternde Keuchen eines Akkordeons hören. Ein Cajun-Waschbrett klapperte, ein Kapitän erteilte seiner Crew Befehle.

»Die Netze nicht dahin«, wetterte ein Mann mit salzgegerbter Stimme. »Steuerbord, du Idiot, steuerbord.«

Eines der frühesten Dinge, an die sich Wes erinnern konnte, war dieser Marsch durch die Wälder. In einer Augustnacht wie dieser, windstill, die Luft schwer vom Geruch nach Lehm. Sein Vater war damals behänder gewesen, noch vor seinen chronischen Rückenschmerzen, noch vor den immer kleiner werdenden Shrimpfängen, noch vor den weißen Haaren.

Wes' Mutter hatte seine feuchte Hand gehalten, und beide waren sie seinem Vater in die Dunkelheit hinaus gefolgt. Er konnte den kalten Metallkuss ihres Eherings spüren.

»Wie viele Shrimps fängst du, Daddy?«, fragte Wes.

»Kennst du den Mount St. Helens?«, erwiderte sein Vater.

»Nein, Sir.«

»Mount Rushmore?«

»Nein, Sir.«

»Aber du kennst doch Miss Hamby, deine Mathelehrerin mit dem dicken Hintern?«

Wes' Mutter schimpfte, er solle nicht so abfällig reden.

Sein Vater war damals glücklicher gewesen. Voller Hoffnung. So wie sie alle.

Etwa um dieselbe Zeit, vielleicht ein, zwei Jahre später, war Wes von der Schule heimgekommen und hatte im Hof ein mitternachtsblaues Schwinn-Fahrrad entdeckt, das dort auf ihn wartete. Sein Vater hatte einen Fang von drei Tonnen gemacht, ein unfassbares Glück, und hatte das Rad gekauft, neu, einfach so.

Am selben Abend wusch seine Mutter das Geschirr ab, und Wes sah seinen Vater, wie er sich ihr von hinten näherte und die Hände auf ihre Hüften legte. Sie drehte sich um, und die beiden küssten sich mit geschlossenen Augen. So etwas hatte er nur ein- oder zweimal zuvor gesehen und danach auch nicht mehr oft.

Was Wes damals noch nicht wusste, aber heute schon: Wer immer behauptete, dass man mit Geld kein Glück kaufen könne, war ein Volltrottel. Ein Volltrottel, der keine Ahnung von Armut hatte.

Auf der anderen Seite des Stegs folgten Wes und sein Vater dem Pfad einen rutschigen Hang hinauf. Sie traten über einen bemoosten Baumstumpf und sahen den Hafen durch die Kiefern blinken. Dreißig, vierzig Mann standen am Dock, und ihre Silhouetten zeichneten sich vor dem Bernsteinlicht des Piers ab. Kapitäne und Matrosen standen an Bord ihrer Skiffs und Austernboote, füllten Köderboxen mit Eis und entknoteten Schleppnetze. Ein paar Boote waren schon auf dem Weg hinaus in die Bucht, und die Weihnachtsbeleuchtung ihrer roten und grünen Positionslichter glitzerte am Horizont.

Wes' Vater schnippte seine Kippe ins Gebüsch, und beide traten sie aufs Dock. Auf dem Hafenparkplatz standen ein paar Klapptische mit Schmortöpfen voller Gumbo, Papiertellern und Plastiklöffeln. Transistorradios plärrten um die Wette, in einem lief ein Pop-Sender aus New Orleans, in einem anderen eine Gesprächsrunde aus Baton Rouge. Eine dickbäuchige alte Frau kochte Krabben in einem gasbefeuerten Kessel. Ein buckliger Mann ließ seine Finger über die Perlmutttasten seines keuchenden Akkordeons fliegen. Ein anderer kratzte mit rostigen Löffeln über sein vor die Brust geschnalltes Waschbrett.

Wes kannte die Gesichter schon sein ganzes Leben lang. Sie gehörten Kapitänen und Matrosen, Krabbenfängern und Trappern. Im Mai fingen sie rosafarbene Shrimps, im August weiße Shrimps. Im Herbst gingen einige von ihnen auf Alligatorjagd und Austernfang. Dazu kamen die Söhne und

Töchter der Kapitäne und Matrosen, die noch zu jung waren, um mitzufahren, die untersetzten Frauen mit ihren geplagten Gesichtern und den grauen Haaren, die Großeltern mit dem verzagten Blick und den sorgenvollen zahnlosen Mündern.

»He, Bobby«, sagte ein Mann zu Wes' Vater. Er trug gelbe Hüftstiefel, zog eine Schachtel Zigaretten aus der Hemdtasche, klopfte mit einem knotigen Zeigefinger gegen den Boden und zog die Zigarette mit den Lippen heraus.

»Wo zum Henker warst du denn, Davey?«, fragte Wes' Vater.

»Daytona«, antwortete Davey. »Hab auf einem dieser Charterboote für 'nen Haufen reicher Arschlöcher aus Florida gearbeitet.«

Vor ein paar Jahren hatte Davey für Wes' Vater gearbeitet, doch als die Fänge immer kleiner und kleiner wurden und der Preis für Shrimps in den Keller ging, hatte er gekündigt und sich der Crew eines größeren Boots angeschlossen. Ein größeres Boot hieß auch einen größeren Scheck. Wes' Vater trug ihm das nicht nach. Er wusste, wie schwer es war, in der Barataria über die Runden zu kommen, und hätte an seiner Stelle wohl dasselbe getan.

»Gefällt es dir da?«, fragte Wes' Vater.

»Ja, das reinste Paradies«, antwortete Davey. Er zündete sich seine Zigarette an und verzog sein Gesicht wegen des Qualms. »Hätte das hier beinah alles hingeschmissen«, sagte er und wies über den Bayou auf die Boote hinaus, die aus dem Hafen tuckerten, und zu den windgebeugten Bäumen, die über dem Wasser brüteten.

Am Ende des Docks stand ein kleiner Junge mit nacktem Oberkörper und pinkelte genüsslich ins Wasser. Als er fertig war, zog er den Reißverschluss seiner Tarnshorts zu und hopste barfuß zu seiner Mutter zurück. Wes war etwa im

Alter des Jungen gewesen, als er das erste Mal zum Hafen gekommen war. Jung genug, um sich an die festliche Atmosphäre zu erinnern, die einst während dieser ersten Nächte der Shrimpfangsaison herrschte. Die Fais-do-dos, die Tänze zur Cajun-Musik. Damals waren die Zeiten in der Barataria besser gewesen. Bevor der Bayou immer kleinere Shrimpfänge hergab. Vor der Ölpest. Vor Katrina.

Vor dem Tod von Wes' Mutter.

»Schon was gehört?«, fragte Wes' Vater.

»Ein paar Jungs haben bereits gefunkt«, antwortete Davey. »Sieht mau aus. Ist aber noch früh.«

»Öl?«

»Überall.«

Davey sah Wes an. »Wie läuft's denn, Partner? Dachte, du wärst schon längst an 'ner Nobel-Uni.«

Wes zwang sich zu einem Grinsen und schüttelte den Kopf. Universität, das wusste er bereits, kam nicht in Frage.

»Junge, hast du schon graue Haare?«, fragte Davey.

»Ein paar, ja, Sir«, antwortete Wes. Kurz nach seinem sechzehnten Geburtstag hatte das erste Grau begonnen, seine Schläfen zu pfeffern. Erst nur ein wenig, doch jedes Mal, wenn er sich die Haare schneiden ließ, gab es wieder ein paar graue Haare mehr, und Wes schätzte, vor seinem dreißigsten Geburtstag würde er so weißhaarig sein wie sein Vater.

»Ihr beide kommt bei mir zum Essen vorbei, wenn das hier vorbei ist, okay?«, sagte Davey.

»Machen wir, Davey«, meinte Wes' Vater. »Grüß Kelly und Renee von mir.«

»Sicher, sicher.«

Wes folgte dem Vater am Dock entlang zu ihrem Boot, trat aufs Deck und machte die Leinen los. Er hörte jemanden hinter sich und drehte sich um. Es war Father Neely in Soutane, und der Schweiß glänzte ihm im Schein der Docklichter auf der Stirn.

»Wie geht's, Father«, sagte Wes. Er richtete sich auf und reichte dem Mann die Hand. Weich und feucht. Hatte sein Lebtag noch keinen Tag an Bord gearbeitet.

»Wesley«, entgegnete Father Neely. »Schön, dich zu sehen, mein Junge.« Er sah am Boot hinauf und grüßte Wes' Vater, der das Tau aufrollte. Der hob nur eine Hand und kehrte ihm den Rücken zu. Dann stieg er die Eisenleiter zum Ruderhaus hinauf. Durchs Fenster sah Wes ein Feuerzeug aufflammen, dann den flackernden Schein eines Kerzenstummels neben dem Ruder. Ein weiterer Funken, als sein Vater sich eine Zigarette anzündete.

»Ihr habt die Bootssegnung verpasst«, meinte Father Neely und war taktvoll genug, nicht *wieder mal* einzufügen.

»Ist spät geworden«, entschuldigte sich Wes.

»Sicher, sicher«, sagte Father Neely. Er sah zum Ruderhaus hinauf und strich sich mit Daumen und Zeigefinger über den vom Tabakqualm vergilbten Schnurrbart. Dann sah er Wes an, griff in die Tasche seiner Soutane und zog ein Medaillon des Hl. Christophorus heraus. Wes zögerte. Er wusste, dass sein Vater es nicht haben wollte, aber einfach ablehnen konnte er es ja auch nicht. Also nahm er das Medaillon, steckte es ein und bedankte sich bei Father Neely.

»Ich werde für eine gute Fangsaison beten«, sagte Father Neely.

Wieder bedankte sich Wes und meinte, sie könnten alle Gebete gebrauchen, die sie kriegen könnten.

Die *Bayou Sweetheart* war ein dreiunddreißig Jahre altes Lafitte Skiff, eines der wenigen in Jeanette, die den Hurrikan Katrina überstanden hatten. Wochen nach dem Sturm, als Wes und sein Vater begannen, den Schutt zu durchforsten, hatten sie das Boot wundersamerweise unbeschädigt vorgefunden. Es hockte oben auf dem Damm, als habe eine gutmütige Riesenhand es dort abgesetzt.

Wie so viele andere in der Barataria hatten auch Wes und seine Familie beschlossen, den Sturm auszusitzen. Zumindest hatte sein Vater so für sie entschieden. Als die Familie am Morgen des 28. August aufstand und den Fernseher einschaltete, sagte der Wetterfrosch in den Nachrichten von WGNO aus New Orleans einen Hurrikan der Kategorie 5 voraus. Böen mit bis zu 240 Stundenkilometern, viereinhalb Meter hohe Wellen, Dammbrüche. Ein Monster-Hurrikan.

Die ersten Winde hatten gerade erst eingesetzt und jammerten um die Traufen, draußen war der Himmel bereits schwarz wie Holzkohle, so schwarz, dass die Bäume auf dem Hof ein unheimliches Leuchten von sich gaben, als würden sie von innen beleuchtet.

»Wir sollten verschwinden«, drängte Wes' Mutter zum zigsten Mal.

Sie standen im Nachtzeug vor der alten Glotze im Arbeitszimmer, die Gesichter vom Schlaf noch ganz verquollen.

»Weißt du, wie oft sie das schon gesagt haben, und dann war es doch nichts?«, entgegnete Wes' Vater. Noch zeigte sich bei ihm keine Angst in den Augen, doch seine Stimme hatte schon diese Schärfe.

Donner erschütterte das Haus und ließ die Fenster klappern. Max, ihr schwarzer Labrador, huschte in die Küche und versteckte sich unter dem Tisch, von wo aus er sie mit dem Kopf auf den Vorderpfoten furchtsam beäugte.

»Wir können in Baton Rouge unterkommen«, sagte Wes' Mutter. Sie meinte das Haus ihrer Eltern.

»Na, komm schon, Dad«, drängte Wes und fragte sich,

warum sein Vater nur so gleichgültig sein konnte, wollte ihn bei den Schultern packen und so lange schütteln, bis er bei Verstand war.

Doch sein Vater schaute fern, rieb sich das unrasierte Kinn und hörte kaum zu. »Dann solltet ihr beide euch beeilen und packen. Aber zackig. Jetzt. Bevor die Straßen verstopft sind.«

»Du auch. Du gehst mit.«

Wes' Vater schüttelte den Kopf, so als würde das überhaupt nicht in Frage kommen. »Ich vertäue das Boot. Helfe den anderen bei deren Booten. Ich muss die Fenster vernageln. Gibt tausend Sachen zu tun.«

»Hör doch, was sie im Fernsehen sagen«, beharrte Wes' Mutter.

»Das sagen die doch immer. Das ist deren Job.«

Den ganzen Morgen über hoffte Wes, dass sein Vater zur Vernunft kommen und seine Meinung ändern würde, aber nein. Gegen Nachmittag, als der erste Sturmausläufer die Barataria traf, war es zur Flucht bereits zu spät. In jener Nacht stieß der Hurrikan auf Jeanette nieder wie ein tollwütiger Flaschengeist. Innerhalb von ein paar Stunden wurden Häuser und Wohnmobile zerschlagen und wie Puppenhäuser davongeschwemmt. Docks rissen vom Land und wurden Straßen entlanggespült, die sich in reißende Ströme verwandelt hatten. Boote rissen sich los und versanken in den wütenden Fluten.

Als der Sturm sich ausgetobt hatte, waren mehrere Menschen in Jeanette in den Wassermassen ertrunken.

Darunter auch Wes' Mutter.

Das war fast genau fünf Jahre her; der Todestag, der 29. August, war in zwei Wochen. Wes fürchtete sich vor dem Tag. Ein halbes Jahrzehnt war das bereits her. Das hieß, dass er fast ein Drittel seines Lebens ohne sie verbracht hatte. Wes war erstaunt, wie viel Zeit bereits vergangen war. Doch der

Schmerz war noch immer da, das Bedauern, die Feindseligkeiten zwischen seinem Vater und ihm. Er begann Kleinigkeiten an ihr zu vergessen, Gesten und Aussprüche, an die er sich verzweifelt zu erinnern versuchte. Doch an ihre Stimme erinnerte er sich deutlich, manchmal hörte er sie sogar in seinen Träumen. Der sanfte, beruhigende Tonfall, ein weicher, friedlicher Balsam für seine Nerven. *Wird schon alles gut werden, Wessy. Ach, Wessy, du musst nicht immer so schwarzsehen.*

Sie hatten ein merkwürdiges Paar abgegeben, Wes' Mutter und Vater, sie die eher unkonventionelle Friedensstifterin mit Birkenstock-Sandalen, er der Hitzkopf, stets unter Strom. Wes fragte sich häufig, nach wem er wohl am meisten kam. Er bildete sich gern ein, dass er in gewisser Hinsicht eher wie seine Mutter war – in den wichtigsten Dingen, zumindest beim Temperament. Sicher war er sich nicht. Je mehr Zeit verging, umso deutlicher fiel ihm auf, dass er wütender wurde, voller Zweifel und Sorgen, wie sein Vater. Gut waren allerdings die Starrköpfigkeit und Findigkeit seines Vaters, und Wes spürte beides in seinem Blut.

Manchmal ertappte Wes seinen Vater dabei, wie der ihn so komisch ansah. Weil er jetzt, fast erwachsen, wohl seiner Mutter so ähnelte. Er war leicht untersetzt und schmalschultrig, genau wie seine Mutter, und er wurde bei Sonne schnell braun, nicht wie sein Vater, der in der Sonne nur ziegelrot wurde. Wes hatte den spitzen Haaransatz seiner Mutter und auch ihre grünen Augen, petrol im Winter und blassmint im Sommer, je nach Sonnenbräune oder Hemdenfarbe. Ständig meinten die Mädchen in der Highschool zu ihm, was für schöne Augen er habe. Wes' Mutter hatte immer gesagt, er würde niemals Probleme mit den Frauen haben, solange er ein Gentleman bliebe und diese Augen im Kopf habe.

Kürzlich war ihm wieder etwas eingefallen, das er schon

lange vergessen zu haben glaubte. Tommy Orillon, einer seiner Freunde, hatte ihm beim Barbecue zum 4. Juli ein Kaugummi angeboten, und Wes hatte es genommen, ohne zu wissen, dass es Brombeergeschmack war. Kaum erfüllte der Geschmack seinen Mund, fiel ihm die Zeit ein, als seine Mutter ihn mit acht oder neun zum Brombeerpflücken mitgenommen hatte.

An dem Tag, an den Wes sich erinnerte, ein sonniger Sonntagmorgen Ende Juni, hatten seine Mutter und er jeder einen eigenen Blecheimer dabeigehabt. Sie sammelten an den dornigen Sträuchern an einem Totwasserarm und machten ein Spiel daraus, wer am meisten sammeln konnte. Wes pflückte seine Beeren so schnell, dass er sich die Hand an zig Stellen an den Dornen aufriss. Die Kratzer taten erst weh, als das Spiel zu Ende war, nach ihrer Heimkehr. Seine Mutter hielt seine Hände in den ihren, und er saß weinend auf dem flauschigen Bezug des Klodeckels. »Armer Wessy«, sagte sie und tupfte seine Finger vorsichtig mit einem mit Jodtinktur getränkten Wattebausch ab. »Ist schon gut, ist schon gut«, sagte sie und fuhr mit ihren Fingern durch sein Haar.

Heute Nacht übernahm Wes' Vater das Ruder, und Wes machte die Ladebäume bereit. Unter dem von Wolken umgebenen Mond gierten sie durch den Bayou und kamen an den Bojen vorbei, an denen die Schilder der Ölgesellschaften hingen.

GEFAHR! ANKERN VERBOTEN! GASLEITUNG.
EIGENTUM DER BP OIL.
VORSICHT: PIPELINE.

Wes tippte auf seinem Handy herum und checkte sein Facebook-Account, denn schon bald würden sie keinen Empfang mehr haben.

»Jetzt leg endlich dieses Telefon beiseite«, rief sein Vater vom Ruderhaus herunter. »Schlimmer als ’n Baby an der Brust, also wirklich.«

Wes biss die Zähne zusammen und steckte das Handy ein. Steuerbord lag eine Halbinsel voller Zwergeichen und Strauchkiefern. Durch das Schilf sah Wes einen kleinen Friedhof, knochenweiße Mausoleen wie Zahnstümpfe, dazu eine geziegelte Feuerstelle auf einer Lichtung. Früher hatte dort ein Anwesen aus der Zeit vor dem Bürgerkrieg gestanden, Besitz der Robicheaux, einer über fünf Generationen gewachsenen Kreolenfamilie. Sie waren vor dem Sturm geflüchtet, und als sie nach ihrer Rückkehr feststellten, dass alles in Trümmern lag, waren sie nach Texas zurückgekehrt. Das Letzte, was Wes gehört hatte, war, dass sie einen Hähnchenimbiss in Galveston hatten.

Als die *Bayou Sweetheart* die Durchfahrt erreichte, war das Wasser voller Boote, die nur wenige Fuß voneinander entfernt hin und her fuhren und sich eine günstige Ausgangsposition suchten. Ihre roten und grünen Positionslichter ließen das Wasser festlich glitzern. Sirenen schrillten wild durch die Nacht. Männer drohten und fluchten von Ruderhäusern und Bootsdecks herüber. Ein Austernboot mit Reifenfendern zog an ihnen vorbei. Ein wettergegerbter Decksarbeiter, dreißig vielleicht, vielleicht auch sechzig, schwer zu sagen, rief zu Wes hinüber: »He, he, schau mal.«

Wes drehte sich um, und der Mann schleuderte etwas aus einer Blechtasse herüber. Wes wich aus, aber zu spät. Ein stinkendes Eigelb landete in seinem Gesicht. Wes wischte es mit der Hand ab und besah sich seine Finger. Köder.

Der Mann und seine Kollegen kicherten. Wes würgte bei dem fischigen Gestank und säuberte sich das Gesicht mit dem Ende seines Shirts. Der Mann auf dem Austernboot zog seine Anglerhose runter und streckte ihm den blanken Hintern hin. Sein Gesäß war riesig und flammend rot, wie das eines Orang-Utans.

Wes' Vater drosselte das Tempo auf ein Viertel, Wes senkte die Ladebäume und ließ die Netze ins Wasser tauchen. Andere Boote fuhren nur wenige Meter daran vorbei, die sich abmühende Besatzung bloß als Schemen erkennbar. Wes wechselte zwischen Steuerbord und Backbord und kontrollierte die Ladebäume.

Ein bekannter Shrimpfänger mit breitem Boden, sechzig Fuß lang und mit einer Fahne der Konföderierten, glitt vorbei. Der Kapitän rief vom Ruderhaus aus etwas herüber, und Wes blickte auf. Randy Preston, ein Mann, der vor Jahren auf dem Boot seines Vaters gearbeitet hatte. Er grinste mit seinen viel zu großen Zähnen zu ihm herunter, und Wes wies zu seinem Vater hinauf, der sich sein Megaphon schnappte und aus dem Steuerbordfenster lehnte. »Was hast du bis jetzt, Randy?«

»Nicht der Rede wert.«

»So schlimm?«

»Die Frau wird sich scheiden lassen.«

»Muss ja nichts Schlechtes sein«, meinte Wes' Vater.

»Da sagst du was.«

Sein Boot verschwand langsam aus Hörweite, deshalb musste Randy sich beeilen. »Hab im Funk gehört, fünf Meilen westlich fangen sie gut. Mal sehen, was da los ist. Nichts wie weg von hier.«

»Sag mir Bescheid, ob's was taugt«, rief Wes' Vater.

»Ja, ja«, meinte Randy. Er streckte einen Arm aus dem Fenster und machte eine Wichsbewegung. »Alles gut im Griff halten, Wes.«

Wes grinste und streckte ihm den Stinkefinger hin. Randy

beugte sich aus dem Fenster und erwiderte die Geste. Nach einer Weile trieb sein Boot ab und verlor sich in der Flotte.

Wes hängte das Steuerbordnetz an die Winsch. Der Motor qualmte und mühte sich ab, und bald tauchte das volle Netz wie eine Fruchtblase aus dem Wasser auf, gefüllt mit einer wimmelnden Masse aus Flossen und Scheren und glänzenden schwarzen Augen. Dann ging Wes nach Backbord und holte das andere Netz ein.

Sein Vater legte den Leerlauf ein und stieg die Leiter vom Ruderhaus hinunter. Sie ließen den Fang in die Sortierkiste fallen, dann zogen sie Gummihandschuhe an und gingen den wimmelnden Haufen durch. Krabben klapperten mit ihren Scheren wie mit Kastagnetten. Katzenwelse, Flundern und fingerlange Köderfische. Hunderte von weichschaligen Krabben, winzig und so durchscheinend blass, dass sie wie ihre eigenen Geister wirkten. Ein kleiner Mantarochen peitschte mit seinem Stachelschwanz, eine Schnappschildkröte zog ihren Kopf blitzschnell in ihren Panzer zurück.

Und dann waren da noch die fingergroßen Garnelen, deren Hirne und Herzen unter ihrer reispapierdünnen Haut pochten wie kleine schwarze Samenkörner.

»Der schlimmste Fang, den ich je gesehen habe«, erklärte Wes' Vater. Sein tausendmal gewaschenes Polohemd mit den Bruststreifen, die Art, die er immer trug, klebte ihm bereits schweißnass am Rücken.

Wes sagte nichts. Er wusste, was jetzt kam. Sein Vater war sauer, und er würde es an ihm auslassen. Wes war am Arsch, ganz egal, ob er nun was sagte oder nicht.

»So werden wir einen ganzen verfluchten Monat brauchen.«

Wes schwieg weiter und sortierte Fische, Krabben und Shrimps.

»Das war's. Dieser Sumpf macht uns fertig. So fertig wie 'ne Tausend-Dollar-Nutte.«

Wes warf einen kleinen Katzenwels über Bord.

»Pass auf den Manta auf«, schimpfte sein Vater.

»Tu ich doch.«

»Nein, tust du nicht. Wie oft soll ich dir das noch sagen? Das wär's jetzt noch, eine Fahrt zum Krankenhaus.«

Wes warf einen Trommler zurück ins Wasser.

»Himmelherrgott«, sagte sein Vater. »Das ist das Ende der Welt hier draußen.«

Sie brauchten ein paar Minuten, um den Fang von Bord zu werfen. Die meisten Fische und Krebse schwammen zurück in den Schutz des Bayou, doch ein paar lagen wie betäubt auf dem Wasser und drehten verwirrt Kreise.

Sein Vater stieg wieder zum Ruderhaus hinauf, und Wes ließ erneut die Netze zu Wasser. Die *Bayou Sweetheart* bewegte sich durch das Gewühl der Boote voran, und Wes sah auf die Uhr. Halb drei. Seine Augen fühlten sich heiß und trocken an, und er wünschte sich nichts lieber, als die ganze Tortur schon hinter sich zu haben. Er sehnte sich nach einer Dusche und den kühlen, sauberen Laken in seinem Bett. Doch er wusste, sie würden noch Stunden hier draußen bleiben, wenn nicht Tage.

Falls sein Vater und er sich nicht vorher gegenseitig umbrachten.

Es brach gerade ein neuer Tag an, als Wes und sein Vater zwei Tage später bei Monsieur Montegut anlegten. Es war neblig, das Licht orange. Drei junge Decksarbeiter in quietschenden Anglerhosen eilten an Bord der *Bayou Sweetheart* und schaufelten die Shrimps in riesige Flechtkörbe. Fiel ein Shrimp auf Deck, stürzten sich Möwen vom Himmel und landeten auf dem Seitendeck. Eine von ihnen schnappte sich den kleinen rosigen Krümel und flog davon, verfolgt von einer kreischenden Meute.

Die Decksarbeiter trugen die Körbe aufs Dock und schütteten die Shrimps in Sortierbottiche. Dann wurden die Shrimps vom Eis getrennt und auf ein rostiges Förderband gekippt, das ratternd und ächzend in einem massiven Holzschuppen mit Blechdach verschwand, wo die Shrimps auf eine Waage kamen.

Die ersten Wiegetermine im Mai und August waren immer die angespanntesten, die Indikatoren für die Saison im Frühling und im Herbst. In manchen Jahren war der Bayou ein derartiger Knauser, so als wolle Mutter Natur den Fischern sagen, sie sollten aufgeben. Andere Jahre, wenige und in großen Abständen, schienen wiederum gesegnet, die Barataria Bay gab dann mehr Shrimps her, als sie jemals zu hoffen gewagt hatten. Die Alten schwatzten von den sagenumwobenen Fängen in ihren eigenen zweifelhaften Anfängertagen in den Zwanzigern und Dreißigern. Sie sprachen auch davon, dass der Sumpf nicht mehr derselbe sei, seit die Ölgesellschaften ihre Bagger angeschleppt und angefangen hätten, das Land zu fressen. Heutzutage konnten sich die Shrimpfischer schon glücklich schätzen, wenn sie so viel verdienten, um ihre Rechnungen zu bezahlen und ihre Familien zu ernähren. Und wenn sie am Ende noch etwas übrig hatten, um zu sparen – *lagniappe* –, dann war das schon fast ein Wunder.

Als die Decksarbeiter den Fang ausgeladen hatten, verließen Wes und sein Vater das Boot und gingen das splittrige Dock entlang zum offenen Wiegeschuppen. Monsieur Montegut stand hager und mit wässrigen Augen hinter der Waage; eine Zigarette baumelte in seinem Mundwinkel. Er schüttelte ihnen die Hand und meinte, wenn der Preis für Shrimps noch weiter fiele, dann würde er zu einer dieser Bohrinseln hinaussegeln und das verfluchte Ding eigenhändig in die Luft jagen.

»Na, mal sehen, was ihr da habt«, sagte Montegut. »Ihr beiden habt sicher was Besseres zu tun, als mit mir altem Knacker zu schwatzen.«

Als Erstes wog Monsieur Montegut den Fang. Dreihundertdreißig Kilogramm. Bei weitem nicht so viel, wie Wes und sein Vater gehofft hatten.

»Die sehen erheblich größer aus als das Zeug, was gerade sonst so reinkommt«, erklärte Montegut. »Ihr hättet mal den Letzten hier sehen sollen. Die *Lucky Sevens*? Nicht ein Shrimp größer als mein kleiner Finger. Und ich habe Mädchenhände.«

Wes' Vater schnaubte höflich lachend durch die Nase.

Noch gab es Hoffnung, das wusste Wes. Das Gesamtgewicht war nicht wichtig, sondern die Größe der Shrimps, also wie viele auf ein Kilo gingen. Waren es nur sechsundsechzig bis fünfundsiebzig Stück pro Kilo, dann waren sie im Geschäft. Waren es hundertdreißig bis hundertfünfzig, dann war die ganze Arbeit für die Katz gewesen.

Wes' Vater zündete sich eine Zigarette an und sah zu, wie Montegut eine metallene Eisschaufel nahm und in den Shrimpshaufen grub. Er kippte die Schaufel auf eine kleinere Fleischerwaage. Dann legte er noch vier, fünf Shrimps dazu, bis die rote Nadel zitternd ein Kilogramm anzeigte. Dann schüttete er die Shrimps auf einen brusthohen Holztisch und begann zu zählen. Seine aufgedunsenen Lippen bewegten sich, seine Stummelfinger flogen nur so dahin beim Zählen.

Wes stand stumm neben seinem Vater. Aus dem Augenwinkel konnte er dessen hängende Schultern und das zerfurchte Gesicht sehen. Vielleicht war es nur Einbildung, aber in den letzten paar Jahren schien sein Vater plötzlich gealtert zu sein.

Er kletterte die Leiter immer langsamer hinunter. Er war noch drahtig, aber die Haut unter seinen Armen war locker und schwabblig wie der Kehllappen eines Huhns, fand Wes. Und er wankte steif übers Boot, hielt sich dabei das Steißbein und stöhnte.

Hatte schon seinen guten Grund, warum man so viele Schilder für Chiropraktiker und Akupunkteure sah, wenn man in die Barataria fuhr. Viele Männer hatten schon Rückenprobleme, bevor sie überhaupt dreißig waren. Mit vierzig tranken sie Nacht für Nacht Whiskey, um den Schmerz im Zaum zu halten, und besorgten sich bei Ärzten und Freunden Oxycontin, nur um einen weiteren Tag auf See durchzuhalten. Mit fünfzig waren die meisten von ihnen hinüber und am Ende.

Wes' Vater war achtundvierzig.

Nach ein paar Minuten hatte Montegut hundertfünfundzwanzig Shrimps gezählt.

Wes' Vater warf die Kippe auf den Boden und trat sie mit dem Stiefelabsatz aus. »Macht es dir was aus, noch mal zu zählen, Willy?«

Geduldig nahm Montegut eine weitere Schaufel Shrimps heraus. Wog. Zählte. Diesmal kam er auf hundertzweiunddreißig.

»Scheiße«, sagte Wes' Vater und fuhr sich mit den Händen über den Kopf, als wolle er eine Bowlingkugel polieren.

»Wie wär's, wir halten uns an die andere Zahl?«

»Ich wär dir sehr verbunden, Willy.«

»He, scheiß drauf.«

Im lohfarbenen Morgenlicht verließen sie den Wiegeschuppen und gingen einen mit Planken belegten Weg entlang zu Monteguts Büro. Wes' Vater blickte zu Boden. Er presste die Lippen zusammen. Wes wusste, dass ihm die Zahlen wie wild durch den Kopf gingen. Wie viele Tage hatte die Saison noch, wie viele Stunden würden sie die nächsten paar Wochen an Bord verbringen, was kostete der Diesel, wie viele Rechnungen mussten beglichen werden.

Wes wusste, er würde davon später noch jede Menge zu hören kriegen.

Sie kamen an einer bunt zusammengewürfelten Ansammlung von Schuppen und Lagerhäusern vorbei, von Salz und Sonne ganz zerschunden. Ein Shrimpfänger, die *Jean Lafitte*, hatte an einer der Slips festgemacht. Ein einarmiger Mann in Tarnhose brüllte Montegut Söhne an, die die Shrimps von seinem Boot entluden. »Jetzt sieh sich das mal einer an«, tobte er. »Verschütten überall die Shrimps. Das da sind doch schon gut zwei Pfund.«

Als sie außer Hörweite waren, warf Montegut einen Blick über die Schulter zurück. »Der Mistkerl wird auch Jahr für Jahr verrückter.«

Monteguts Büro war so groß wie eine Abstellkammer, der Metallschreibtisch war mit Papier übersät. Quittungen, Rechnungen, Zahlungsaufforderungen, Zeitkontrollkarten. An der Wand hing eine qualmgelbe Karte der Wasserwege in der Barataria. Eine neuere Tidenliste war daneben befestigt.

Montegut goss Kaffee aus einem Topf in einen Styroporbecher, dann griff er nach der Flasche Jameson, die auf dem Aktenschrank stand. Er goss etwas Whiskey in den Becher und trank einen ordentlichen Schluck. Dann nahm er die Halskette ab und öffnete mit einem der Schlüssel, die daran baumelten, die Schreibtischschublade. Er zog eine große Metallschatulle heraus und öffnete sie mit einem zweiten Schlüssel. Er fasste hinein, griff sich ein dickes Bündel Geldscheine, leckte sich den Daumen an und zählte. Dann reichte er Wes' Vater das Geld, der die Scheine traurig betrachtete.

Montegut setzte sich auf seinen Bürostuhl, lehnte sich zurück und klopfte mit dem Finger auf den Schreibtisch, wobei sein Ehering gegen die Schreibunterlage klackerte. »Wenn du mich fragst, dann sind die Medien daran schuld«, verkündete er. »Tun so, als sei das das Ende der Welt. Du weißt ja, wie gern die übertreiben. Ziehen das Ganze in die Länge, damit sie ja nur jeden Abend hübsch was zu schreien haben.«

Wes' Vater steckte das Geld ein und bedankte sich bei Montegut. Als sie wieder am Hafen waren, ließ er einen Schwall von Flüchen los. Auch Wes fluchte vor sich hin, während er das Deck abspritzte. Sein Magen war von den Proteinriegeln und Dosenravioli übersäuert, seine Zunge vom verbrannten Zichorienkaffee seines Vaters wie verkohlt. Bis auf ein paar halbstündige Nickerchen in der Kabine waren er und sein Vater achtundvierzig Stunden auf den Beinen gewesen. Das war nicht ungewöhnlich zu Beginn der Fangsaison. Es gab Geschichten von Crews, die eine Woche am Stück durchmachten. Die Vietnamesen hielten zwei Wochen lang durch. Im Frühling nach Katrina waren Wes und sein Vater vier volle Tage draußen gewesen. Aber da hatten sie noch zwei Mann mehr an Bord gehabt. Und Wes' Vater war jünger und stärker gewesen.

Am Hafen griff Wes' Vater in die Tasche und zog ein paar Scheine heraus. Er zählte ein paar davon ab und reichte sie Wes. Vier Zwanziger. Achtzig Dollar für über vierzig Stunden Arbeit.

Sie standen da und starrten sich an. Sein Vater kniff die Augen wegen der Morgensonne zusammen, das Weiße darin war rotgeädert. »Was?«, fragte er.

»Achtzig Dollar«, sagte Wes.

»Genau.«

»Wo ist der Rest?«

»Es gibt keinen Rest.«

»Zwei Tage für achtzig Dollar.«

»Glaubst du vielleicht, ich fühl mich wohl dabei?«

»Irrsinn«, sagte Wes.

»He, hüte deine Zunge.«

Wes biss sich auf die Lippe und zupfte an seiner Augenbraue.

»Du vergisst 'ne Menge. Der Sprit.«

»Achtzig Dollar.«

»Wes, wie kann ich dir mehr geben, wenn ich nicht mehr habe?«

Wes ließ seinen Vater einfach stehen.

»Wo willst du hin?«

Wes gab darauf keine Antwort.

»Hör mal«, rief sein Vater ihm hinterher, »bei Einbruch der Nacht bist du wieder hier. Und vergiss das Eis nicht.«

Wes ging einfach weiter.

»Wes, hast du gehört? Vergiss das Eis nicht.«

COSGROVE UND HANSON

Eine Krankenschwester rief aus einem Hospiz in New Orleans an und teilte Cosgrove mit, dass sein Vater verstorben sei. Herzversagen, friedlich eingeschlafen. Cosgrove hatte seit fünf Jahren nicht mehr mit seinem alten Herrn gesprochen und war überrascht, dass er es überhaupt so lange gemacht hatte. Er hatte sich noch nie um die Beerdigung von jemandem kümmern müssen, und es gab auch keine lebenden Verwandten mehr, die er hätte anrufen können, deshalb wusste er nicht, was er als Nächstes zu tun hatte. Es war ihm zu peinlich gewesen, die Krankenschwester zu fragen, also nahm er den Bus zur Stadtbibliothek, setzte sich in eine der Lesekabinen und suchte im Computer, was man denn so tat, wenn jemand verstorben war.

Am nächsten Morgen machte Cosgrove sich in seinem siebzehn Jahre alten Corolla, einer Klapperkiste von Schrottmühle mit geborstener Windschutzscheibe und einer Zuckerameisenplage im Handschuhfach, auf den Weg von Austin nach New Orleans. Die hintere Stoßstange war mit Gewebeband befestigt, und auf der I-10, zehn Meilen östlich von Houston, hörte Cosgrove plötzlich ein Knirschen wie Steine in einem Mixer, und der Wagen stotterte und schlingerte. Er schaute in den Rückspiegel und sah die Stoßstange wild über die Fahrbahn schlingern, wie ein Selbstmörder, der sich aus dem Fenster stürzt.

Cosgrove fuhr einfach weiter.

Der Tag der Beerdigung war grau und windig, der Himmel voller Wolken wie eine ganze Armada aus Schlachtschiffen. Plastikbecher rollten über den Friedhofsrasen, zerzauste Fähnchen flatterten auf den Veteranengräbern. Der Wind wehte immer wieder die roten Chrysanthemen vom Sarg, und Cosgrove jagte ihnen zwischen den Mausoleen hinterher wie eine Katze einem Aufziehspielzeug. Schließlich nahm er einen eigroßen Stein vom Boden und beschwerte die Blumen damit.

Als der Priester ihn um ein paar letzte Worte bat, war Cosgrove zunächst sprachlos. Während der Predigt hatte er darauf gewartet, dass vielleicht doch noch ein Fremder verspätet dazukam. Ein entfernter Cousin, eine lang vergessene Bekanntschaft. Doch die Klappstühle am Grab blieben leer.

Cosgrove erhob sich von seinem Stuhl, presste die Lippen zusammen und sah auf seine geliehenen Schuhe hinunter. »Er vertraute auf Gott und blieb auf geradem Wege«, sagte er. Das hatte er am Abend zuvor im Motel einen Fernsehprediger sagen hören. Kaum hatte er die Worte ausgesprochen, ging ihm auf, wie wenig sie zutrafen. Auf seinen Vater, auf ihn selbst. In Wahrheit hätte der Lebensweg seines Vaters nicht gewundener sein können, sein Umherziehen durchs Land ähnelte einer dieser wandernden gestrichelten Linien, die sie in Filmen immer auf Landkarten einblenden. Eine Papierspur aus geplatzten Schecks, Anwaltsrechnungen und Gerichtsvorladungen.

Am Abend verließ Cosgrove sein Motel, ging in eine Bar im French Quarter und kippte zusammen mit drei sibirischen Geschäftsleuten ein Glas Basil Hayden's Bourbon Whiskey nach dem anderen. Das Letzte, woran er sich erinnerte, bevor er einen Blackout hatte, war der Streit mit einem der Männer über den World Cup, von dem er nicht die leiseste Ahnung hatte und der ihm scheißegal war. Er hatte jemanden im Schwitzkasten, dann hatte ihn jemand im Schwitzkasten, und sie waren durch die Bar gewankt wie eine verwachsene Monstrosität, hatten Tische und Stühle umgeschmissen.

Ende der Erinnerung.

Am folgenden Morgen wachte Cosgrove mit einem Riesenkater auf. In einer Gefängniszelle. Auf dem Fußboden zusammengerollt.

Sechs, sieben andere Missetäter teilten sich die Zelle mit ihm, Männer mit harten Blicken, die so aussahen, als hätten sie schon seit der Geburt nichts als Ärger gehabt. Ein paar gingen auf und ab wie Tiere in Käfigen, packten die Gitterstäbe und brüllten, sie seien unschuldig. Andere saßen mit dem Rücken an den Gasbetonsteinen, hatten die Augen geschlossen und die Köpfe gesenkt wie Bußfertige.

Ein Mann mit vorquellenden Augen hörte nicht auf, von dem »berühmten Anwalt Jim Diamond Brousard« zu schwärmen. »Ruft ruhig Jim Diamond Brousard an«, sagte er. »Sagt ihm, Ricky Hallowell steckt in der Klemme.«

Ein anderer Mann mit einem Feuermal auf der Wange hatte die Hosen heruntergelassen und sich ohne viel Aufhebens auf das Klo in der Ecke gehockt. Er warf Cosgrove einen angeschlagenen Blick zu und ging dann weiter seinem Geschäft nach.

Der Polizeibericht las sich wie die Eskapaden eines Seemanns auf Landgang, eine Geschichte, über die seine Dachdeckerfreunde und er daheim gelacht hätten. Trunkenheit in der Öffentlichkeit, Ruhestörung, urinieren an eine Jukebox, Widerstand gegen die Staatsgewalt. Cosgrove zweifelte nur einen Punkt an: Er soll tatsächlich um seinen Vater geflennt haben, als sie ihn auf den Rücksitz des Streifenwagens verfrachteten.

Das klang so gar nicht nach ihm.

Der Richter musste ihn wohl von Anfang an gehasst haben, denn er verdonnerte Cosgrove zu zweihundert Stunden gemeinnütziger Arbeit, eine Strafe, die in überhaupt keinem Verhältnis zum Vergehen stand. Cosgrove blieb einfach in New Orleans, denn in Austin wartete nichts auf ihn, mal abgesehen von einem beschissenen Job als Dachdecker, der im Sommer die reinste Hölle war. Etwas Unterwäsche und ein paar Socken in einer Schublade in einem Econo-Lodge-Motelzimmer. Seine einzige andere Habe, eine Schachtel mit Kindheitserinnerungen und seiner Geburtsurkunde, lag noch immer in einem Schließfach in Miami, wo er die Sachen nach einem kurzen, unglückseligen Zwischenspiel als Barkeeper an einer Hotel-Poolbar in South Beach – er hatte sich einen mörderischen Sonnenbrand geholt – zurückgelassen hatte.

Er befürchtete schon, er könne sich in einen Ruhelosen verwandeln, genau wie sein Vater. Vielleicht würde er ja an einem anderen Ort eine Arbeit finden, eine Frau, ein Leben. In Austin hatte er das jedenfalls nicht gehabt.

Außerdem kam sein vierzigster Geburtstag, in vier Monaten im Januar, so bedrohlich auf ihn zu wie eine Gewitterfront. Vielleicht war es am besten, den Sturm in New Orleans auszusitzen.

Cosgrove mietete die Hälfte eines kleinen sorbetfarbenen Doppelhauses in Mid-City und fand einen Job in einer Sportbar in der Nähe, wo er Austern öffnete. Drei Tage in der Woche, montags, mittwochs und freitags, machte er sich um acht Uhr früh daran, seine gemeinnützigen Stunden abzuleisten. Zusammen mit einem Dutzend anderer Übeltäter, Väter, die ihre Alimente nicht zahlten, Junkies und Alkies, wartete er in Leuchtweste und zerlumpten Jeans vor der Station, bis ein Hilfssheriff sie in einem fensterlosen Lieferwagen zu ihrem Tageseinsatz fuhr. Manchmal arbeiteten sie in Dreier- oder Vierergruppen und entfernten mit Besen und Sandstrahlern Graffiti am Jackson Square. An anderen Tagen arbeiteten sie alle gemeinsam und sammelten mit Nagelstöcken Kondome und Mardi-Gras-Perlenschnüre von den verdreckten Ufern des Mississippi.

Nach einem Monat Strafstunden wurde Cosgrove vor einem heruntergekommenen, zweistöckigen Haus in viktorianischem Stil mit verblichenen roten Fensterläden und schiefen Verandasäulen abgesetzt. Es war Ende August, heiß, Spatzen tobten durch die graugrünen Eichen, Bougainvilleen standen in letzter Blüte. Mit ihm stieg ein Bantamgewicht von Mann aus dem Lieferwagen, kleines, verkniffenes Gesicht, aus seiner Baseballmütze in Tarnfarben ragte ein schwarzer Pferdeschwanz. Sie standen auf dem Gehweg und besahen sich das Haus.

»Grundgütiger«, seufzte der Mann mit dem Pferdeschwanz. Er trug ein TOM PETTY AND THE HEARTBREAKERS-T-Shirt und eine zerlumpte kurze Jeans, die zwei, drei Nummern zu groß war und von einem Segeltuchgürtel mit einer riesigen gold- und silberglänzenden Rodeoschnalle mit den Initialen JHH gehalten wurde.

Der Hilfssheriff, ein flaschenkürbisförmiger, aus der Dominikanischen Republik stammender Mann namens Lemon, sah den Mann mit dem Pferdeschwanz an und warf einen Blick auf sein Klemmbrett. »Hanson, richtig?«, fragte er.

»John Henry Hanson«, antwortete der Pferdeschwanz. »Ja, Sir.« Er hakte seine Daumen in den Gürtel ein.

»Wie sieht das aus, Hanson?«

Hanson drehte sich wieder um und betrachtete das zusammengesackte Haus. Die Farbe hing in großen, leprösen Fetzen von den Balken, die Vorderstufen waren abgewetzt und krumm vom Wetter. Neben dem Haus befand sich ein Carport mit Wellblechdach. Kein Auto, nur Eimer und Farbdosen, Paletten mit Holz, Eimer und Rechen und andere Gartengeräte, die an den Wänden lehnten.

»Ich bin kein Zimmermann«, antwortete Hanson.

»Ein Mann von deinem geistigen Kaliber sollte doch wohl ein wenig Abschmirgeln und Streichen hinkriegen, da bin ich mir ganz sicher«, meinte Lemon. »Wenn du Probleme mit Hammer und Nägeln hast, frag Cosgrove. Der sagt dir, womit man auf was haut.«

Deputy Lemon stieg in den Lieferwagen und reihte sich in den Morgenverkehr ein. Hanson stellte sich neben Cosgrove und sah zu, wie der Lieferwagen auf der Magazine Street davonfuhr. Cosgrove, eins neunzig, Holzfällerbart, kam sich neben dem kleinen Kerl wie ein Grizzlybär vor.

»Ich wette, der Mistkerl ist auf dem Weg, um die Frau eines anderen zu vögeln«, meinte Hanson und packte seine Gürtelschnalle.

Aus der Nähe wirkte das Haus noch viel baufälliger als von der Straße aus, jeder Reparaturversuch schien hoffnungslos. Die Vorderfenster waren verzogen, viele Scheiben eingeschlagen und durch Pappe ersetzt. Hier und da fehlten Verandadielen, und von unterhalb des Hauses stieg der Ammoniakgestank von Tierpisse auf, so streng wie Gift.

Cosgrove und Hanson machten sich mit ihren Spachteln an die Arbeit. Lavendelfarbene Farbkrusten fielen von den Pfosten, Gipsflocken wirbelten durch die Luft. Eine Weile waren nur das Kratzen ihrer Werkzeuge und das Klappern und Stöhnen des Verkehrs auf der Napoleon Avenue zu hören. In der Entfernung jaulten Krankenwagen- und Polizeisirenen.

Als Hansons Rhythmus langsamer wurde, kam sich Cosgrove beobachtet vor und warf einen Blick über die Schulter. Und richtig, der Mann sah ihn von der Seite an.

Cosgrove fragte ihn, was er wolle.

»Bist kein sehr freundlicher Zeitgenosse, hm?«

Das hatten ihm schon andere gesagt, meistens Frauen. »Warum sagst du nichts?«, fragten sie. »Warum hörst du nicht zu?« Weil er die Stille mochte, wollte er darauf antworten. Weil es nichts gab, was er sagen oder hören wollte. Erst fanden sie sein Schweigen anziehend, verwechselten es mit Rätselhaftigkeit und Gedankentiefe. Dann erkannten sie, dass nichts dahintersteckte außer Gleichgültigkeit und vielleicht eine leichte Depression.

»Ich mach nur meine Arbeit«, antwortete Cosgrove. Sein weißes T-Shirt mit dem V-Ausschnitt klebte ihm bereits am Rücken.

»Arbeit. Scheiße. Sind wir vielleicht 'ne Firma?«

Cosgrove hatte nicht unfreundlich sein wollen, nur still. Je weniger Unterhaltung, umso besser. Manche Kerle konnten einfach nicht wieder aufhören zu quatschen, wenn man sie erst mal dazu ermunterte. Dieser Bursche schien auch so einer zu sein.

»Warum bist du denn hier?«, fragte er Hanson.

»Unterschriftenfälschung.«

»Wessen?«

»Die der Präsidenten. Die haben mich geschnappt, weil ich am Jackson Square Bilder mit falschen Unterschriften verscherbelt hab. Irgend so ein Tourist hat sich 'nen Knoten in den Schniepel gemacht, weil ich signierte Fotos von George Washington verkauft hab. Ist gleich zu den Bullen gerannt.«

»Es gibt keine Fotos von George Washington.«

»Blödsinn. Wie hätten sie denn sonst diese Bilder malen können?«

Sie machten sich wieder an die Arbeit. Nach einer Weile fragte Hanson, wie Cosgrove denn hier gelandet sei.

»Trunkenheit in der Öffentlichkeit«, antwortete Cosgrove.

Hanson schüttelte den Kopf und schnaubte ungläubig. »In New Orleans?«, fragte er. »Das ist ja so, als würden die Bullen auf den Friedhof gehen und die Leute verhaften, weil sie tot sind.«

In den folgenden paar Tagen blieb die Arbeit dieselbe. Deputy Lemon setzte sie am Morgen ab und überließ sie ihrer Aufgabe. Am späten Nachmittag tauchte er wieder auf und begutachtete ihren Fortschritt wie ein Plantagenbesitzer, wanderte um das Haus mit auf dem Rücken verschränkten Händen. Ganz gleich, ob Cosgrove und Hanson zwei Minuten oder zwei Stunden gearbeitet hatten, seine Reaktion blieb stets gleich. »Also gut, meine Herren«, sagte er, »das genügt.« Manchmal gab Lemon ihnen sogar Coupons. Für Laser-Tag-Spiele, Pfannkuchen und Autowäschen, auch für den kostenlosen Eintritt im *Love Acts*, einem Stripclub auf der Bourbon Street.

Cosgrove hatte das für unmöglich gehalten, aber Lemon schien sich noch weniger für seine Arbeit zu interessieren als andere Polizisten in New Orleans.

Nach etwa zwei Wochen erhaschte Cosgrove schließlich einen Blick auf die Witwe. In einem rosafarbenen Bademantel, der ihr schief über die knochigen Schultern hing, beobachtete sie ihn verdrossen durchs Küchenfenster. Ihr Haar war schneeweiß, vom Schlaf noch verdrückt.

Cosgrove, der gerade einen toten Rosenstrauch ausbuddelte, lehnte sich auf seine Schaufel. Er hob die Hand und lächelte.

Die Jalousie schoss so schnell herunter wie eine Guillotine.

Als sie am Nachmittag Pause machten, fragte Hanson Cosgrove, ob er wisse, warum sie das Haus der alten Witwe herrichteten.

Cosgrove brummte, das sei ihm völlig scheißegal.

»Die alte Dame wird jeden Tag sterben und schuldet dem County seit 1982 die Steuern«, sagte Hanson. Er nahm die Mütze ab und strich sich über den Pferdeschwanz. »Sobald sie den Löffel abgibt, kriegt der Staat alles. Jedes Fitzelchen bis hin zu den Glühbirnen und Türangeln.«

»Und?«

»Und? Also, ihre Familie stammt von französischen Piraten ab. Lafitte. Exilanten aus der Karibik. Sind schon seit Urzeiten hier. Haben das Verbrechen in der Stadt praktisch erfunden. Ach, wahrscheinlich sogar das Vögeln.«

Wie Cosgrove da so auf den Stufen der Veranda hockte und ein Thunfischsandwich aß, fragte er sich, ob es auch nur einen Augenblick am Tag gab, an dem Hanson nicht irgendeinen Scheiß von sich gab. Er stopfte das halbe Sandwich zurück in die braune Papiertüte und fragte Hanson, woher er das alles denn wisse.

»Hab mich ein bisschen umgehört«, antwortete Hanson. »Hab mir an meinem freien Tag einen Schlips umgebunden und hab hier an ein paar Türen in der Nachbarschaft geklopft. Hab denen erzählt, ich sei vom Statistischen Bundesamt. Wie sich herausstellt, ist diese alte Dame ein richtig übler Finger. Legt sich mit den Nachbarn an, jagt sie während des Mardi Gras von ihrem Rasen. Alles Mögliche.«

Cosgrove fragte sich, welcher Mensch jemals glauben würde, dass dieser Kerl von einer Behörde kam. Der musste schon blind und taub sein, nahm er an. Verrückt. Hirntot.

Dennoch war er fasziniert. »Ich sehe nicht, was das für uns für einen Unterschied machen sollte.«

Hanson grinste und zeigte krumme, aber saubere Zähne. »Du kommst mir ganz so vor, als könntest du ein Geheimnis für dich behalten.«

»Du weißt gar nichts über mich.«

»Jedenfalls genug. Du verpfeifst niemanden. Du hast mich hier den ganzen Tag rumlungern sehen und hast kein Wort zu Lemon gesagt. Das rechne ich dir hoch an. Schätze, Geld hast du nicht viel. Sonst hätte dich ein Anwalt mit tollem Abschluss schon hier rausgehauen.«

»Du nimmst ganz schön viel an.«

»Und, liege ich falsch?«

»Worauf willst du denn hinaus?«

»Okay, ich will auf Folgendes hinaus. Die alte Dame, also, ich wette, die hat irgendeinen Schatz im Haus.«

GRIMES

Brady Grimes war im Auftrag der Ölgesellschaft hier. Es handelte sich um eine Partnerschaft zur Minimierung der Haftungsgrenzen, wie die Gesellschaft es ausdrückte. Irgend so ein Scheiß jedenfalls. Wohin die Gesellschaft ihn auch schickte, der Zweck war immer derselbe: Er sollte so viele Unterschriften von Fischern und Trawler-Kapitänen sammeln, wie er nur konnte. Die Scheiße, die ihnen in den nächsten Jahren PR-mäßig um die Ohren fliegen würde, war eh unausweichlich, aber die Flut der Schadensersatzklagen und Prozesse, die Meute aus Anwälten und juristischen Aasgeiern ließ sich unter Kontrolle halten.

Also schickte die Ölgesellschaft Grimes los, der den Betroffenen die Hand schütteln, sich ihre Geschichten anhören, ihnen Trost spenden und Zusicherungen machen sollte. Vor allem aber sollte er Unterschriften sammeln. Mit einer Einigung über eine Zahlung von, sagen wir mal, zehntausend Dollar, ein Almosen im Vergleich zu den Summen, die British Petroleum wohl im Laufe der kommenden Jahre zu entrichten hatte, konnte sich die Gesellschaft vor weiteren Ansprüchen schützen. Lieber jetzt das Scheckbuch zücken und Schadensersatz leisten, bevor in ein paar Jahren das wahre Ausmaß der Ölkatastrophe an die Öffentlichkeit kam.

»Tun Sie, was immer Sie tun können«, trug Ingram, sein Boss, ihm auf. »Zeigen Sie ihnen Ihr amerikanisches Gesicht.

Lächeln Sie Ihr amerikanisches Lächeln. Leiden Sie mit ihnen. Entschuldigen Sie sich, machen Sie Versprechungen, lügen Sie. Egal was. Solange sie nur das Geld nehmen und unterschreiben.«

Erst protestierte Grimes. Warum er? Warum nicht jemand, der noch nie im südlichen Louisiana gewesen war? Schließlich war er hier geboren, und als er seinen Highschool-Abschluss in der Tasche hatte, hatte er die Beine in die Hand genommen.

Ingram meinte, das genau sei ja der Punkt. »Diese Sumpfratten erkennen einen Yankee doch auf der Stelle«, sagte er. »Wir wollen jemanden dort hinschicken, der so aussieht, als ob auch für ihn etwas auf dem Spiel steht.«

»Ich doch nicht«, protestierte Grimes. »Ich hasse die Gegend.«

»Der so aussieht, habe ich gesagt.«

»Und was, wenn sie nicht unterschreiben?«

»Grimes. Mit wem rede ich denn hier? Natürlich unterschreiben sie. Sie haben kein Geld. Sie müssen doch was essen, richtig? Glauben Sie vielleicht, mir gefällt das? Nein. Aber so ist das Geschäft. Der Trick besteht darin, es so aussehen zu lassen, als würden Sie ihnen einen Gefallen tun. ›Ach, es ist entsetzlich, eine furchtbare Tragödie, aber ich kann Ihnen helfen.‹ Bieten Sie ihnen zehn Riesen an, das ist ein sattes Sümmchen. Wenn sie sich die ersten paar Wochen sträuben, gehen Sie auf fünfzehn. Das werden die niemals ablehnen. Dann brechen wir die Zelte ab und ziehen mit unserem Zirkus weiter. Sie erhöhen auf fünfzehn, aber nur für einen Tag. Danach geht jede Einigung wieder auf zehn Riesen zurück. Machen Sie Druck.«

Ganz gebannt von seiner eigenen Verschlagenheit fuhr Ingram fort: »Sagen Sie denen, dass all die riesigen Zahlungen und Vergleiche, auf die sie warten, nur Märchen sind. Und das ist die reine Wahrheit. Wissen Sie, wie viele Formulare die auszufüllen haben? Wie viele davon ›verloren‹ gehen? Das wird sie in den Wahnsinn treiben. Die werden ihr Lebtag kein Papier mehr sehen wollen. Dann gibt es einen Einspruch nach dem anderen. Und in der ganzen Zeit wird die sogenannte Vergleichssumme Zinsen bringen. Eine Win-win-Situation.«

Eine Win-win-Situation; Grimes traute seinen Ohren nicht. Die Nachrichten von der Ölpest und dem Macondo-Blowout wurden von Tag zu Tag schlimmer. *Das Ende des Bayou, wie wir ihn kennen*, sagte man sich. Rita, Gustav, Katrina, diese Stürme schienen die Apokalypse eingeläutet zu haben, doch die Ölpest war das eigentliche Ende. Die offiziellen Vertreter der Ölgesellschaft sagten das eine, die Nachrichtensprecher etwas anderes, dann kamen die Meeresbiologen aus allen möglichen Universitäten von nah und fern angeflogen und widersprachen ihnen allen rundheraus. Niemand wusste, was er glauben sollte, doch die Zahlen waren exorbitant. Die Menge an Öl und Gift im Wasser, die Abermillionen, die die Shrimps- und Fischindustrie verlor. Grimes hatte sogar von einem Trawler-Kapitän gehört, der sich das Leben genommen hatte; der arme Kerl war so pleite und am Boden zerstört gewesen, dass er sich bei einem Barbecue zum 4. Juli eine Kugel durch den Kopf gejagt hatte.

Die Ökologen befürchteten, dass Rohöl ins Marschland gespült werden könnte. Ein Tropensturm, eine unglückselige Änderung der Windrichtung, und schon würde eine schwarze Flut das gesamte Ökosystem ruinieren. Reiher, Seeschwalben, Kormorane, Lachmöwen, Frösche, Eidechsen, Alligatoren, Rotbarsche, Meeräschen, Austern, Langusten, Rotwild, Bisamratten.

Und, ja: Shrimps.

Ein paar Monate zuvor, im vergangenen Frühling, als Verzweiflung und Verwirrung wuchsen, erwähnten einige Vertreter der Ölgesellschaft etwas von Top Kills und Junkshots, und ein paar Kongressabgeordnete sprachen davon, das Meer in Brand zu stecken. »Das Meer in Brand stecken!«, staunten die Bewohner der Barataria Bay. Warum nicht einfach die ganze Gegend bombardieren und Schluss?

Redakteure schrieben in ihren Leitartikeln darüber, dass es an der Zeit sei, sich von der Ölzitze zu entwöhnen. Bewohner der Küstenregion Louisianas schrieben Leserbriefe und erklärten, ein Aussetzen der Bohrvorhaben wäre das Ende des Gemeinwesens.

Man zeigte mit Fingern auf British Petroleum, auf Halliburton, ja sogar auf die Ölarbeiter auf der Plattform, von denen elf gestorben und über hundert verletzt worden waren. Die Baratarianer wussten nur eines ganz sicher: Keiner der Quatschköpfe im Fernsehen sagte die Wahrheit. BP erklärte, das meiste Öl sei draußen im Wasser und die Säuberungsaktion sei erfolgreich, doch das meiste Öl war noch immer da draußen, tief unter Wasser, unsichtbar.

Die Baratarianer mussten die Wahrheit nicht hören, um sie zu kennen. Sie mussten sich ja nur umschauen. Die Wahrheit war im Wasser und in der Luft und in den seltsamen Gezeiten, die tote Vögel und Fische an Land spülten, einen geschwärzten Knochen nach dem anderen.

Die Gesellschaft steckte Grimes in ein heruntergekommenes Motel in Jeanette, Louisiana, und gegen Ende der ersten Woche wusste Grimes schon nicht mehr, wie viele Stunden er in Wohnzimmern und Küchen, in Bayou-Schuppen und Baracken verbracht und den Fischern zugehört hatte, die über die Ölpest fluchten. Einige waren alt, andere jung, aber in allen tobte eine scheinbar unerschöpfliche Wut. Sie wuchteten sich aus ihren Sesseln, zogen ihre T-Shirts hoch, zeigten ihm die brennenden Ausschläge auf Brust und Armen. Sie klagten über rätselhafte Entzündungen an Augen, Ohren und Hals, die sie aus der Zeit vor der Explosion und den Dispersionsmitteln nicht kannten. Sie schlugen mit den Fäusten auf den Tisch, beschimpften ihn, drohten. Ein paar fluchten sogar auf Französisch.

Und fast immer nahmen sie am Ende das Geld.

Grimes verbrachte endlose Stunden damit, sich über die Unterlagen zu beugen und mühsam jede Einzelheit der Juristendrechselei zu erklären, während die Männer wortlos zuhörten. Manchmal vermutete Grimes, dass die Schleppnetzfischer sich nur zum Trotz besonders dumm stellten. Aus bescheuertem Argwohn gegenüber Fremden. Aber Grimes war kein Fremder. Er kam aus der Gegend, konnte sich nicht erinnern, wann er nicht von hier hatte verschwinden wollen. Wenn die Leute ihn nach seiner Herkunft fragten, lautete eine seiner Standardantworten, dass er schon mit dem Wunsch, den Sumpf hinter sich zu lassen, auf die Welt gekommen sei. Er habe ihn schon verlassen wollen, als er noch im Mutterleib steckte.

Grimes hatte geglaubt, er würde sich schnell anpassen können, wenn er erst mal in New York oder Boston oder Chicago sein würde. Doch die Zeit verging, und als er die dreißig überschritten hatte, ging ihm auf, dass er für immer ein Außenseiter bleiben würde. Er war ja schon in der Barataria Außenseiter gewesen, als er dort aufwuchs, es war also reine Dummheit von ihm gewesen anzunehmen, dass er, nur weil er anderswo sein wollte, auch irgendwo anders dazugehören würde. Manchmal fürchtete Grimes, dass ihm ein bestimmter Gestank des Südens anhaftete, der sich nicht abspülen ließ, ganz gleich, wie weit weg er war, ganz gleich, wie lange er fortblieb.

Oben im Norden hörten die Menschen diesen gewissen Klang in seiner Stimme, diese verräterischen Kadenzen. Für seine Ohren nicht erkennbar und trotzdem vorhanden. Und wenn die Menschen diesen Akzent hörten, wollten sie etwas über seine Vergangenheit wissen. Wo kam er her?

»Aus dem tiefen Süden«, antwortete er dann. »Aus einem kleinen Kaff am Ende der Welt. Schon lange her. In einem früheren Leben.«

»Oh wow«, sagten sie dann, nickten und taten so, als seien sie wirklich interessiert, »echt wahr?«

Und schon wussten sie, *dieser Typ war eine Sumpfratte, ein Coon-ass*, da war sich Grimes sicher. *Coon-ass*: eines dieser Worte wie *Nigger*. Man konnte es als Fluch verwenden, als Herabsetzung, Kosewort, Selbstironie, Urteil. Es konnte eine vielschichtige Mischung aus alldem sein, je nachdem, wer das Wort im Mund führte. Wichtig war der Kontext, in dem das Wort fiel, Kontext und Absicht.

»Da unten zu leben muss ja das reine Paradies gewesen sein«, sagten sie, »all die Meeresfrüchte.«

»Aber sicher«, meinte Grimes, »oh yeah.«

Grimes hasste Meeresfrüchte. Alle. Aus irgendeinem obskuren Nebenarm des Genpools der Familie hatte er eine Aversion gegen das Zeug geerbt. Shrimp, Krabbe, Rotbarsch, alles schmeckte gleich. Wie vergammelnder Müll in Salzlake. Doch als Grimes klein war, war seine Familie so arm gewesen, dass sie häufig ihr Essen hatten selber fangen müssen, und das hieß eben Meeresfrüchte. Er ertränkte die Shrimps und Langusten in Ketchup und scharfen Saucen, nur um den Müll runterzukriegen.

Und nun war er Jahre später wieder hier und fuhr in einem

Mietwagen Stunde um Stunde durch die Barataria. Nichts hatte sich geändert; das Ganze war noch nicht mal eine Ortschaft. Keine Superstores, keine Riesenmalls, nur eine lockere Ansammlung von Supermärkten, Restaurants und Go-Go-Bars an den Straßenkreuzungen. Der weiß getünchte Turm einer katholischen Kirche, der gedrungene Betonsteinbau einer Strafanstalt, ein Zydeco-Tanzschuppen mit Blechdach. Straßenstände, betrieben von Fischern, Kreolen, Cajuns und Isleños, die mit zerfurchten Gesichtern wie sonnenbadende Schildkröten Langusten und Satsumas verkauften.

Erstaunlich, dass das Kaff überhaupt noch stand. Die Schindelhäuser auf überteerten Aufschüttungen, so notdürftig zusammengeflickt, dass sie aussahen, als würden sie jeden Augenblick dem Vergessen des Sumpfes anheimfallen. Das Gleiche galt für die Anlegestellen, die Flachboote und Auslegerboote. Ab und an entdeckte Grimes ein Schild, auf dem Touren durch die Sümpfe angeboten wurden; irgendein unternehmungslustiger Einheimischer hatte ein Magnetschild an seinem Boot angebracht. Bei den Ausflügen in der Highschool hatte Grimes gegen seinen Willen an diesen Touren teilgenommen. Für zwanzig Dollar pro Nase fuhr ein Typ einen in den Bayou hinaus. Der zeigte einem dann die Hütte, in der geflüchtete Sklaven sich einst vor ihren Herren versteckt hatten, den künstlichen Hügel, auf dem bis zum Hurrikan 1915 ein Anwesen mit zweiunddreißig Zimmern aus der Zeit vor dem Bürgerkrieg gestanden hatte, den Streifen am Horizont, wo einst die mit Schätzen beladenen Schiffe des Piraten Jean Lafitte entlanggesegelt waren.

Der Mangel an Infrastruktur war ehrfurchtgebietend. Selbst Dritte-Welt-Länder würden den Ort für einen Außenposten der Zivilisation halten. Grimes kam durch winzige Enklaven, von denen die meisten namenlos waren, kaum mehr als ein paar Schindelhäuser und Hütten, die vereinzelt entlang der Dämme auf Aufschüttungen standen. Er bog ständig falsch ab, folgte einspurigen Straßen, bis sie zu unbefestigten Wegen wurden, die im Sumpf endeten.

»Die Route wird neu berechnet«, erklärte das Navi mit keifender Frauenstimme.

Grimes erwiderte, sie solle die Schnauze halten, verflucht.

»Die Route wird neu berechnet«, wiederholte die Stimme im Navi.

»Ich bring dich um«, tobte Grimes und donnerte mit der Faust aufs Armaturenbrett.

»Demnächst links abbiegen«, sagte die Stimme.

Keine Abzweigung links. Nichts. Nur Rohrkolben und Wasserschlauch und schwarze Schlammpfützen, so weit das Auge reichte. Unbefahrbarer Sumpf. Grimes musste dreißigmal hin und her stoßen, wendete wie ein alter Rentner, der Motor mühte sich und qualmte, Reifen schleuderten schleimige Fontänen.

Wie lange würde er noch hierbleiben müssen? Einen Monat? Ein Jahr? Vielleicht war er schon gestorben und längst in der Hölle.

Auf dem Beifahrersitz des Lincoln Town Car lag eine ausgedruckte Liste mit Namen, Fischer und Trawler, die gegen die Ölgesellschaft Anzeige erstattet und Forderungen eingereicht hatten. Buchstabe K hatte er schon halb geschafft. Einen Augenblick lang munterte ihn das auf. Diese unfassbar beschissen ewig dauernde Aufgabe würde bald erledigt sein. Doch dann sah er sich die Liste genauer an und bemerkte all die Namen, die mit S und T begannen. Und mit Z. Er hatte in seinem ganzen Leben noch nie so viele *Z* gesehen. Eine Orgie. *Zatarain. Zimboni. Zane.*

Dann die anderen Namen. *Trench* und *Toup*. *Lindquist* und

Larouche. Namen, die er kannte, Namen, die in die Grabsteine auf den winzigen Friedhöfen eingemeißelt waren, die rings um Jeanette lagen.

Dann tauchte auch noch sein eigener Name auf: *Grimes*. Der einzige verbliebene Nachname mit G. *Chris Grimes*.

Seine Mutter.

Ein Besuch, vor dem er sich fürchtete und den er vor sich herschob.

Als Grimes am Abend in sein Motelzimmer zurückkehrte, war er kurz vor dem Zusammenbruch. Er goss sich drei Finger hoch Whiskey in einen Plastikbecher, lockerte den Krawattenknoten und warf sich aufs Bett. Er zappte ziellos durch die Fernsehkanäle, und die Bilderflut lullte ihn ein. Präsident Obama in einem Interview zur Zukunft der amerikanischen Truppen in Afghanistan. J. D. Salingers Kloschüssel, die auf eBay angeboten wurde. Mögliche Friedensgespräche zwischen Israel und Palästina im September. Die Barataria war so klein und erstickend, da vergaß man leicht, dass es da draußen noch eine ganz andere Welt gab.

Manchmal landete Grimes bei einem lokalen Sender, der Nachrichten über die Ölpest brachte, und sah sich voller Entsetzen die schrecklichen Horrorvideos an. Seevögel, Schildkröten und Fische, alle lagen tot in Lagunen voller Ölschlamm. Und in New Orleans hatte ein Trawler-Kapitän bei einer Pressekonferenz der Ölgesellschaft in der Stadthalle einem Anwalt eine Zitronen-Baiser-Torte ins Gesicht geworfen. In den Nachrichten waren verwackelte Handyaufnahmen davon zu sehen. Ein alter Mann im Overall, der einem zerlumpten Ichabod Crane ähnelte, stürmte die Bühne und warf dem Anwalt die Torte an den Kopf. Das Gesicht des Mannes bestand nur noch aus Baiser mit einem aufgerissenen Mund in der Mitte. Die Menschen klatschten und johlten. Der Anwalt wischte sich den Matsch aus dem Gesicht und schüttelte ihn von den Fingern, während ein Sicherheitsmann den Kapitän mit einem Taser außer Gefecht setzte. Dann schleppten drei weitere Männer den Mann aus dem Gebäude.

Die Menschen verloren langsam die Fassung, so viel stand fest. Er musste vorsichtig sein. Vielleicht sollte er sich eine Waffe kaufen. Ein Messer. Wenigstens eine Dose Tränengas.

»Der Ort ist die reinste Hölle«, klagte Grimes seinem Boss Ingram übers Handy.

»Sie sind der beste Mann, den wir haben.«

»Blödsinn.«

»Doch, doch.«

»Bin ich nicht.«

»Na ja.«

»Himmel. Dann setzen Sie jemand anderen an den Fall.«

»Der Fall. Das hört sich ja an wie aus einem Krimi.«

»Der Job, egal. Suchen Sie sich jemand anderen.«

Ingram gab einen langen tiefen Seufzer von sich, den Grimes auf jeden Fall hören sollte. »Niemand sonst will da raus. Alle haben Familie und all das.«

»Es muss doch noch jemanden geben, der unter mir auf der Hühnerleiter sitzt. Was ist mit Franklin?«

»Franklins Frau hat Brustkrebs.«

»Was ist mit Snyder? Setzen Sie doch den in den Flieger.«

»Er ist in Pittsburgh.«

»Es gibt Flugplätze in Pittsburgh.«

»Er ist bei der Bar-Mizwa seines Neffen.«

»Langsam hasse ich diese Leute.«

»Sehen Sie? Genau deshalb will ich Sie dort haben.«

Grimes stand in den ersten paar Wochen auf jeder Menge Türschwellen in der Barataria, und mit jeder Beleidigung, mit jeder Obszönität und Drohung, die ihm die Fischer an den Kopf warfen, wuchs sein Widerstand und seine Verachtung. Es dauerte nicht lange, bis ihm klarwurde, dass er nicht nur aus Treue zu seiner Firma handelte, dass ihn nicht die Angst, seinen Job zu verlieren, hier festhielt. Eine Art gekränkter Racheakt trieb ihn an. So ein Gefühl, dass all dies nur ein Spiel war, ein Spiel, das sich gegen eine Gruppe von Menschen richtete, die er nie gemocht hatte und die ihn nie gemocht hatten. Eine lang überfällige Strafe.

Ingram wollte, dass er Unterschriften eintrieb? Nun, Grimes würde mehr Unterschriften sammeln, als Ingram zu träumen wagte, so viele Unterschriften, dass sie ihm eine Statue im Pavillon des Firmensitzes aufstellen würden. Die Kapitäne und ihre Familien meinten, sie würden niemals unterschreiben? Nun, Grimes würde an ihre Türen klopfen und sie auf ihren Veranden vollschmusen, bis sie nachgaben, bis sie ihn anflehten, ihnen die Papiere und einen Stift vorzulegen.

Denn Grimes war vor allen Dingen ein sehr praktisch denkender Mensch. Zahlen: Das Leben war ein Spiel mit Zahlen. Wie viel Geld man auf dem Konto hatte, wie viel man verdiente, wie viele Jahre man noch zu leben hatte. Den ganzen Tag murmelten ihm Zahlen durch den Kopf. Heute waren es drei Unterschriften, diesen Monat dreihundert, er hatte zweihunderttausend auf dem Sparkonto und hunderttausend in Aktien. Er machte fünfzig Liegestütze am Morgen, fünfzig Klappmesser am Abend. Er trank einen dreifachen Whiskey an Wochentagen und einen fünffachen am Wochenende. Er aß einmal die Woche rotes Fleisch, fünfmal Huhn, Pasta und Kohlenhydrate nur an Sonntagen und einen grünen oder roten Apfel jeden Tag.

Im Augenblick arbeiteten die Zahlen zu Grimes' Gunsten.

Sollte sich Ingram in nicht allzu ferner Zukunft an Grimes'

Eroberungen erinnern, dann würde er am Kopfende einer hochherrschaftlichen Country-Clubtafel sitzen, »So ein ausgebufftes Schlitzohr« sagen und sein Cognacglas zu Grimes' Ehren erheben. Geschäftsleute mit fleischigroten Gesichtern, Haigrinsen und Golfbräune würden es ihm gleichtun, und Grimes würde sich zurücklehnen, versuchen, bescheiden zu wirken, und sich innerlich in seinem Ruhm sonnen. »Die Geschichte?«, würde Ingram fortfahren. »Dieser Hundesohn hier? Geht da runter in dieses Kaff, wie immer es auch heißen mag, verflucht, in das beschissene Kaff, in dem er geboren und aufgewachsen ist. Die spucken ihm ins Gesicht und scheißen ihm auf die Schuhe. Und was macht Grimes? ›Unterschreiben Sie hier auf der gestrichelten Linie.‹ Dieser Typ hier. Sagt das zu seiner eigenen Mutter. Das nenn ich Mumm! ›Unterschreiben Sie hier.‹ Hat mir den Kopf gerettet, als er da runter ist. Die hätten mir die Eier meines Enkelsohns im Glas geliefert. Hätten mich nur so zum Spaß ans Kreuz genagelt.«

LINDQUIST

Lindquist wachte mit hämmernden Kopfschmerzen auf; er trug noch immer dasselbe T-Shirt und die Jeans wie am Vortag. Er ging ins Bad, steckte seinen Kopf unter das fließende Wasser und fuhr sich mit den Fingern durchs Haar, das nur ein wirrer Wust war, weil er es sich vor dem Spiegel selbst geschnitten hatte – linkshändig, eine andere Möglichkeit hatte er ja nicht.

Dann suchte Lindquist auf dem Dachboden nach seinem alten Arm. Es dauerte eine halbe Stunde, bis er ihn in einer Schachtel voller Weihnachtsdeko fand. Das Ding war hässlich und zu klein, aber immer noch besser, als mit einem Stummel herumzulaufen, bei dessen Anblick allen schlecht wurde.

In der Küche füllte er einen 35-Liter-Kühlbehälter mit Eiswasser, ging dann ins Wohnzimmer und wühlte durch die Pillendöschen auf dem Klapptisch: Oxycontin, Xanax, Percoset. Er schraubte die Plastikdeckel mit den Zähnen auf, schüttelte sich jeweils sechs, sieben Tabletten heraus und stopfte sie einhändig in seine Hüfttasche.

Draußen sah sich Lindquist auf der leeren Einfahrt und dem Hof nach seinem Pick-up um. Erst als er in der Garage suchte und auf die Straße hinausging und sich umsah, fiel ihm die vergangene Nacht wieder ein. Er konnte seinen Pick-up nicht finden, weil sein Pick-up gar nicht da war. Villanova hatte ihn nach Hause gefahren, und sein Pick-up stand noch immer auf Sullys Parkplatz.

Lindquist schüttelte den Kopf. Selbst diese leichte Bewegung führte zu Explosionen hinter seinen Augen und wühlte eine grüne Welle der Übelkeit in seinem Gedärm auf.

Er ging wieder hinein und rief vom Küchentelefon aus ein Taxi. Trotz des Drängens seiner Tochter besaß er noch immer kein Handy und hatte das auch nicht vor. Wer würde ihn denn anrufen? Geldeintreiber. Seine Tochter, die ihn anpumpen wollte. Seine Frau gewiss nicht.

Er ging zur Zugangsstraße hinaus und wartete im Gestrüpp aus Ackerkleinling; Insekten zirpten im Gras, Schwalben schwatzten in den Bäumen. Es war noch keine neun Uhr, doch schon legte sich die Hitze auf seine Lungen wie Gips. Es würde noch ein paar Monate dauern, bis Ende Oktober die Temperaturen sanken.

Nach einer Weile hielt ein Taxi an, ein rootbeerfarbener Buick mit einem handgemalten Wappen an der Fahrertür, auf dem TAXI stand.

Lindquist stieg ein, und der Fahrer beäugte ihn im Rückspiegel. »Zu Sully's.«

»Sully's?« Leichtes Kopfschütteln. »Sully's hat noch nicht auf.«

»Mein Pick-up steht da.«

»Zehn Dollar«, sagte der Fahrer.

Lindquist bedeutete dem Fahrer, endlich loszufahren.

Sie kamen an einem Stück Marschland voller Rohrkolben vorbei, auf dem in der Mitte eine Hütte auf Stelzen stand, rostige Generatoren und Ölfässer ringsherum auf dem matschigen Hof. Drei Generationen lang hatte dort eine Familie Robicheaux gelebt, doch nachdem Larry, der Älteste, nach

Katrina sein Shrimpunternehmen verkauft hatte, waren alle nach Florida gezogen.

Lindquist beobachtete den Fahrer im Rückspiegel. Sein Gesicht kam ihm bekannt vor. Diese Fuchsaugen, das verbitterte Schürzen der Lippen. So als glaube der Kerl, dass etwas, das ihm zustand, immer unwahrscheinlicher wurde. Ein gekränkter Kind-Mann.

Plötzlich fiel ihm der Name ein: Naquin. Jeremy Naquin, früher mal ein aufstrebender Wide Receiver aus Lindquists Highschool-Footballteam. Das war früher mal gewesen, jetzt war jetzt, und der Penner saß hier und fuhr Taxi.

»Naquin?«, fragte Lindquist.

Der Taxifahrer starrte ihn im Rückspiegel an.

»Gus Lindquist. Jeanette High.«

Der Mann grinste. »Scheiße, Lindquist. Hab mich schon gefragt, ob du das bist. Wie geht's denn so?«

Lindquist wackelte mit der Hand. Dann ging ihm auf, dass Naquin das nicht sehen konnte, also fügte er hinzu: »Tja.«

»Die Geschichte meines Lebens«, meinte Naquin. »So lala. Wenn ich jemals ein Buch über mich schreibe, dann heißt das genau so. Scheiß so lala.«

Einmal im Sportunterricht, aber das war schon Jahrzehnte her, hatte Naquin Lindquist bei den Hüften gepackt wie ein quiekendes Schwein und ihn kopfüber über die Kloschüssel in der Umkleide gehalten. Er hatte seinen Kopf immer und immer wieder eingetaucht, und ein Dutzend anderer Jungen hatten ihn dabei angestachelt. Damals hatte Lindquist höchstens fünfzig Kilo gewogen, samt Kleingeld in der Tasche. Ein halbes Leben später stellte Lindquist fest, dass er komischerweise keinen Groll mehr hegte. Jetzt hockte Naquin da vorn, war fett geworden und fuhr ein Taxi, das nach Fußfäule und frittierten Zwiebeln stank.

»Ich sehe dich sonst nie«, sagte Naquin. »Dachte schon, du bist verschwunden.«

»Ich komm nicht viel rum.«

Der Wagen klapperte über die mit Schlaglöchern übersäte Straße. In der Kühlbox neben Lindquist schnatterte das Eis.

»He, ich sag dir was. Echt verdammtes Pech, das mit deinem Arm.«

»Ja«, meinte Lindquist.

»Weißt du, woran ich mich bei dir erinnere?«

Dass du mir den Kopf in ein verdammtes Klo gesteckt hast?, dachte Lindquist. Doch er fragte, was denn.

»Die Piratenbücher. Du hattest ständig deine Nase in irgendwelche Piratenbücher gesteckt. Stehst du immer noch auf den Quatsch?«

»Eigentlich schon.«

»Schon was gefunden?«

Lindquist sah nur Naquins Grinsen im Rückspiegel. »Ich? Nicht viel.«

»Ich sollte vielleicht auch damit anfangen«, sagte Naquin. »Metall suchen. Die Frau meint, ich sollte mir ein anderes Hobby suchen, als nur auf ihre Hoffnungen und Träume zu scheißen.«

Lindquist schnaubte ein trockenes Lachen durch die Nase, und die beiden schwiegen eine Weile.

»He«, sagte Lindquist.

»Ja?«

»Warum springen Blinde nicht mit dem Fallschirm ab?«

»Warum tut wer was nicht?«

»Weil sich der Blindenhund sonst zu Tode erschrickt.«

Naquins Augen schauten fragend.

»Ein Witz«, sagte Lindquist.

»Ach so«, sagte Naquin. Er warf Lindquist ein verspätetes

Grinsen zu. »Ja, den muss ich mir merken. Der wird den Leuten gefallen.«

Auf Sullys Austernschalenparkplatz stieg Lindquist aus und zog einen Zwanziger aus der Tasche. Er hielt Naquin den Geldschein hin, doch der winkte nur durchs offene Seitenfenster ab.

»Scheiße, mir tut das alles immer noch leid, Lindquist«, sagte er.

Lindquist blinzelte in die Sonne, stopfte seine Hand in die Tasche, wusste nicht, was er sagen sollte. »Die Menschen ändern sich nicht«, hatte seine Frau in ihren letzten gemeinsamen Tagen häufig gesagt. Natürlich immer dann, wenn Lindquist versprochen hatte, genau das zu tun.

Tja, hier war der Gegenbeweis.

»He«, meinte Naquin und schüttelte den Kopf, als würde er aus einer Trance erwachen. »Wenn du mal 'nen Schatz findest und jemanden zum Ausbuddeln brauchst? So wie's aussieht, werd ich wohl nicht in nächster Zeit in der Lotterie gewinnen.«

Klar, meinte Lindquist. Naquin winkte, dann Lindquist. Und sah zu, wie das Taxi in einer Staubwolke davonholperte.

Lindquist kam eine Stunde zu spät zur Anlegestelle. Einer der Männer, King, war schon verschwunden. Nur Dixon saß mit bloßem Oberkörper auf einer blauen Plastikkühlbox am Dock. Seine Augen waren blutunterlaufen, er stöhnte beim Aufstehen und rieb sich mit dem Handballen das Kreuz. Noch keine dreißig, dachte Lindquist, und schon fiel der arme Mistkerl auseinander wie ein Dosenöffner von der Resterampe. Wenn er nicht achtgab, würde er bald die Schmerzmittel händeweise fressen oder sie in einem Mörser zerstoßen und schnupfen.

Wie er.

»Wo ist King?«, fragte Lindquist.

»In Indiana«, antwortete Dixon.

Lindquist rechnete schon damit, dass Dixon sagte, im Bett. Im Krankenhaus. In der Bar. Aber doch nicht Indiana. Nicht irgendwo zig Bundesstaaten weiter, verflucht. »Was zum Henker macht er in Indiana?«

»Er ist fertig. Kommt nicht wieder.«

»Fertig?«

Dixon nickte, und seine Augen schauten überall hin, nur nicht dorthin, wo er hinschauen wollte. Wo Lindquists Prothese sein sollte.

»Das hat er gesagt? Ich bin fertig damit? Ich bin fertig und gehe nach Indiana?«

»Er hat gesagt, kannst Lindquist sagen, ich gehe nach Indiana. Ich bin fertig.«

»Tja«, meinte Lindquist und seufzte müde, »der Tag wird nicht jünger.«

Sie sprangen an Bord der *Jean Lafitte*, ein fünfzig Fuß langer Shrimpfänger mit bauchigem Rumpf, avocadogrün mit Piratenflagge an einem Ausleger. Kurz darauf glitten sie in den Bayou hinaus; das Wasser schimmerte in der Sonne wie Folie, mit Eichen dichtbewachsene Düneninseln und Zisternen aus Zypressenholz zogen vorbei.

Nachdem er die Netze ausgebracht hatte, stieg Dixon zum Ruderhaus hoch und stand hinter Lindquist. Er angelte sich einen Zahnstocher aus der Hosentasche. Dann lehnte er sich an die Wand und stocherte in den Zähnen herum.

»Siehst du, wie das Wasser läuft«, sagte Lindquist. »Die starke Flut wird die Shrimps so richtig aus den Marschen spülen.«

Dixon war mit seinem Zahnstocher beschäftigt.

Lindquist nahm den PEZ-Spender aus der Tasche und

klappte den Donald-Duck-Kopf auf. Eine Pille schob sich heraus, er warf sie in den Mund und zerkaute sie so langsam, wie eine Kuh es tun würde. Im Laufe der Jahre hatte er Gefallen an dem bitteren Geschmack der Pillen gefunden.

Dixon beobachtete ihn.

»Starrst du meinen Stummel an?«, wollte Lindquist wissen.

»Nee.«

»Schau ruhig hin.«

Dixon sah auf den Boden im Ruderhaus; die Dielen waren glatt und silbrig, der Schmutz war so tief in die Holzmaserung gedrungen, dass kein noch so kräftiges Schrubben ihn beseitigt hätte.

»Sieht aus wie 'n Wurstzipfel, hm?«, meinte Dixon, der den Armstummel begutachtete.

»Eher wie 'n Elefantenarschloch«, entgegnete Lindquist.

Dixon grinste unsicher. »Nee.«

»Welcher Mistkerl klaut denn einen Arm?«, fragte Lindquist.

»Was willst du nun machen?«

»Da geht nicht viel.«

»Besorgst du dir einen neuen, meine ich.«

»Ich hab noch den alten Haken da.« Lindquist reckte sein Kinn zur Ruderhausecke hinüber, wo das zerschundene alte Ding neben einem Baseballschläger stand. »Ich hasse es, das Ding zu tragen.«

Sie schwiegen eine Weile, nur der grummelnde Motor und die platschenden Wellen waren zu hören.

»Vielleicht war das jemand, dem selbst ein Arm fehlt«, mutmaßte Dixon.

Lindquist wusste nicht, ob Dixon Witze machte. »Jedenfalls ist der Kerl schon auf halbem Wege nach Missouri.«

Dixon beobachtete Lindquist schüchtern. »Ich muss dir was sagen«, fing er an.

»Ja?«

Dixon schob den Zahnstocher von einem Mundwinkel in den anderen. »Fällt mir schwer.«

»Na los. Spuck's aus, Dixon.«

»Heute ist vielleicht mein letzter Tag.«

»Wobei?«

»Beim Shrimpfang.«

Lindquist nahm seine Kappe ab und fuhr sich mit den Fingern durch das schüttere Haar. Er drehte sich zum Fenster um und steuerte. Der Bayou weitete sich, kleine Brecher mit weißen Kronen schlugen gegen den Rumpf des Schiffs, ein Schwarm Pelikane flog in V-Formation übers Wasser. »Na, schauen wir mal, wie's läuft«, meinte Lindquist.

Dixon drückte sich von der Wand ab und ging einen Schritt auf die Leiter zu, so als wolle er gehen, blieb aber stehen. »Na ja. Nicht vielleicht«, räumte er ein. »Die Frau will, dass ich das BP-Geld nehme. Ölsperren lege. Die werfen mit Geld nur so um sich. Geldscheine wie Essensmarken.«

Lindquist wartete.

»Findest du das schlimm?«, fragte Dixon.

Ja, wollte er sagen, meinte dann aber zu Dixon: »Nein.«

»Du verurteilst mich.«

»Ach, Scheiße, Geld ist Geld. Vor allem, wenn man Kinder hat.«

Lindquist meinte das wirklich so. Seine eigene Tochter sah er nur selten, sprach auch kaum mit ihr, dabei wohnte sie gerade mal zwei Meilen entfernt in dem neuen Trailerpark am Rande der Siedlung. Wenn er Glück hatte, tauchte sie ein- oder zweimal im Monat auf und schaute nach, wie es ihm ging. Zumindest gab sie das vor. Lindquist nahm an, dass ihre Mutter sie schickte. *Schau mal nach, ob er sich nicht eine Überdosis von diesen Pillen eingepfiffen hat. Schau nach, wie es ihm geht. Geh und sag hallo, er ist sicher einsam.*

Andere Male ging Lindquist davon aus, dass Reagan nur wegen des Geldes vorbeikam. Nicht, dass er welches übrig gehabt hätte, aber er gab ihr trotzdem was. Mal zwanzig Dollar, mal fünfzig. Lindquist wusste verdammt gut, wo das Geld landete. Drogen. Hoffentlich nur Marihuana, aber er wusste, dass da wohl auch noch ein wenig Koks mit im Spiel war. Und Pillen, so wie er Reagan kannte. Kein Meth: Er betete zu Jesus darum.

Es tat ihm in der Seele weh zu sehen, wie sehr er sich seiner Tochter entfremdet hatte. Er versuchte nicht daran zu denken, wie schön sie gewesen war. Ihre früher so milchglatte Haut zeigte schon verbitterte Falten um Augen und Mund. Sie trug Make-up auf, aber jeder konnte sehen, dass sie in Schwierigkeiten steckte.

»Solltest du auch machen«, fuhr Dixon jetzt fort.

»Für die Ölgesellschaft arbeiten?«

Dixon nickte.

Lindquist runzelte die Stirn. »Interessiert mich nicht.«

»Na ja, du sollst sie ja nicht heiraten.«

»Mal sehen, wie's wird.«

»Lindquist. Hör dir nur mal die Nachrichten an. Neulich haben sie da ein Restaurant in New York gezeigt. Der Besitzer hat ein Schild in die Tür gehängt. Hat damit geprahlt, dass seine Shrimps aus China kommen. ›Wir servieren keine Shrimps aus dem Golf‹ stand da.«

»Scheiß auf New York.«

»Du musst doch nur Ölsperren ausbringen«, setzte Dixon nach. »Sollte nicht allzu schwer sein.« Er machte den Mund auf, als wollte er noch etwas hinzufügen, hielt sich dann aber zurück. *Selbst mit nur einem Arm*, hatte er sagen wollen.

»Glaubst du, die Sperren helfen?«

»Man sagt, die hätten in Alabama achtzig Prozent des Öls aufgehalten.«

»Na klar haben die das«, lästerte Lindquist.

»Was denn?«, meinte Dixon.

»Sei doch nicht so blöd, Dixon.« Das meinte er nicht unfreundlich, und es klang auch nicht so.

»Ich bin nicht blöd. Ich bin optimistisch. Das ist ein Unterschied.«

Dixon öffnete das Fenster und warf seinen zerkauten Zahnstocher ins Wasser. Er zog einen frischen aus der Tasche und steckte ihn in den Mund. Dann lehnte er sich wieder zurück und drückte eine Stiefelsohle gegen die Wand.

Lindquist steuerte und reckte den Hals, um das grünschwarze Wasser besser sehen zu können. Durch das Backbordfenster sah er einen Habicht, klein wie eine Ascheflocke, über einer mit Robinien bewachsenen Insel kreisen. Fischreiher staksten auf Stelzenbeinen durchs Marschgras. So weit draußen gab es nur noch wenige Austernboote und Lafitte Skiffs.

Im Funk knisterten Stimmen hin und her, Kapitäne, die sich über ihre mageren Fänge ausließen.

»Hast du deinen Metalldetektor heute nicht mit?«, fragte Dixon.

Lindquist hatte sonst immer seinen Detektor dabei, wenn sie hinausfuhren. Im Bayou gab es unausweichlich tote Stunden, wenn die Gezeiten nachließen und die Shrimps zurück in die Marschen schwammen, und dann gab es nichts weiter zu tun, als Karten zu spielen, eine Mahlzeit zuzubereiten oder Schlaf nachzuholen. Lindquist ging dann meist mit der *Jean Lafitte* vor Anker und nahm das Boot hinaus zu einer der Barriereinseln, wo er jedes Fleckchen Land absuchte, auf das man einen Fuß setzen konnte. Er fand nie sonderlich viel, und die Männer zogen ihn damit auf, aber er stellte sich gern vor, wie er eines Tages einen Fund mit aufs Boot brachte. Ein Stück spanisches Gold. Ein Juwelenhalsband oder einen Diamantring. Er stellte sich gern ihre Gesichter vor, wenn sie den Schatz in seiner Hand glänzen sahen, der Beweis nach all den Jahren, dass in seinem Wahn ein Körnchen Wahrheit steckte. Und danach würden sie sich dann alle selber Metalldetektoren kaufen. Dann würde es im ganzen Süden Louisianas kein Fleckchen unberührtes Land mehr geben.

»Das Miststück ist kaputt«, antwortete Lindquist.

»Himmel, Lindquist. Hast du einen Pakt mit dem Teufel geschlossen oder so?«

»Ich hab ihn schon überall gesucht, um einen Pakt zu schließen, aber er hat wohl die Stadt verlassen.«

Dixon grinste.

»Ja, mir gefällt, wie die Flut aussieht«, wiederholte Lindquist.

»Schätze, ich lasse mal die Ausleger runter«, meinte Dixon.

»He, Dixon.«

Dixon blieb stehen und drehte sich um.

»Schauen wir einfach mal, wie's läuft, hm?«

Dixon zuckte zweifelnd mit den Schultern.

»Ich hab da so ein Gefühl, ehrlich«, log Lindquist.

»Ist das Optimismus?«, fragte Dixon.

»Schwing die Ausleger raus, Dixon.«

Um zehn Uhr morgens, als die Luft schon vor Hitze flirrte, legten sie an Monsieur Monteguts Dock an. Monteguts Söhne, vier Kerle mit freiem Oberkörper in kurzen Jeans und Arbeitsstiefeln, wuchteten die vollen Shrimpskörbe auf die Schultern und stiegen über Taue aufs Dock, wo sie die

Shrimps in die Sortierkiste kippten. In ihrer Hast ließen die Burschen Dutzende von Shrimps aus den Körben daneben fallen, wo sie eingingen, kaum dass sie auf dem Bootsdeck landeten.

Lindquist regte sich über die Art und Weise auf, wie Monteguts Söhne sorglos weitermachten, als wenn ihnen der Verlust egal wäre. »Da liegen jetzt schon fünf Dollar«, schimpfte er. »Gebt ihr mir vielleicht fünf Dollar aus euren Taschen?«

Monteguts Söhne mit ihren schrägen Gesichtern sagten kein Wort, sondern beäugten ihn nur düster.

Lindquist und Dixon betraten die Scheune und beobachteten das Wiegen. Monsieur Montegut grub seine Schaufel in den glänzenden Haufen Shrimps und wog ein Kilo ab. Dann schüttete er die Shrimps auf den Zähltisch und ging sie durch.

Lindquist beobachtete ihn mit offenem Mund. Er dachte an seine Frau. Soweit er wusste, verdiente sie an einem Tag mehr als er in der ganzen kommenden Woche. Die Scheidungspapiere lagen auf seinem Küchentisch, und wenn er sie erst mal unterschrieben hatte, würde sie Unterhalt fordern. Er dachte an seine Tochter, die Geld verkiffte und verschniefte, das er nicht hatte. Vierundzwanzig war sie. Mit vierundzwanzig war er schon ein alter Mann gewesen. Heutzutage hingen Kinder in dem Alter noch an der Mutterbrust.

Dixon stand nervös neben ihm und dachte an seine eigenen Sorgen.

»Achtzig bis neunzig«, verkündete Montegut schließlich.

»Verdammte Scheiße«, sagte Lindquist.

Montegut biss die Zähne zusammen, doch als er sprach, klang er beherrscht und freundlich. »Wir machen das nun schon Jahr für Jahr miteinander durch, Lindquist. Jedes Jahr glaubst du, ich ziehe dich über den Tisch, dabei kennst du die Wahrheit so gut wie ich.«

Lindquist ertappte sich dabei, wie er Monteguts Zähne anstarrte, die falsch und zu groß und Country-Club-weiß im Mund steckten. Der Ausschnitt seines Batisthemds stand offen, ein Goldkettchen mit einem Madonnen-Medaillon lag in der rostbraunen Holzwolle seiner Brustbehaarung.

»Zählen Sie noch mal«, bat Lindquist.

»Ich zähl sie auch tausendmal, wenn du willst.«

»Bitte.«

Montegut machte sich erneut ans Zählen. Lindquists Augen schossen hin und her, und die Zahlen ratterten ihm durch den Kopf.

Beim zweiten Mal kam dasselbe heraus.

Lindquist und Dixon folgten Montegut das Dock entlang in sein Büro. Lindquist konnte Monteguts Söhne hinter seinem Rücken kichern und lästern hören.

In der Saunahitze des Büros schloss Montegut eine Schreibtischschublade auf und hob eine Geldkassette heraus. Er stellte sie auf die Schreibunterlage, schloss sie auf und nahm ein Bündel Scheine heraus. Er leckte sich den Daumen an, zählte sechs Zwanziger ab und gab sie Lindquist.

Lindquist nahm das Geld und schob es sich in die Hemdtasche. Bei all seinem Misstrauen Montegut gegenüber, bei all seinem Neid auf ihn wusste er, dass er kein Dieb war. Verflucht, bei den derzeitigen Shrimppreisen und all den Meldungen in der Presse zahlte er ihm wahrscheinlich mehr, als er sich leisten konnte.

»Bis bald«, sagte Lindquist zu Montegut, mit all der Höflichkeit, die er aufbringen konnte. Montegut nickte Lindquist, dann auch Dixon zu.

Zurück im Hafen, machten sie die *Jean Lafitte* wieder an ihrem Platz fest und stiegen steif wie Zombies aufs Dock. Als sie neben Dixons Pick-up auf dem geschotterten Parkplatz standen, zog Lindquist das Geld aus der Brusttasche. Er zählte vier Zwanziger ab und gab sie Dixon. Der zählte nach und sah Lindquist an. »Scheiße, Lindquist«, sagte er.

»Was denn?«

»Ich hab das Geld gezählt, das er dir gegeben hat.«

»Und?«

»Du hast mir mehr als die Hälfte gegeben.«

»Ja.«

»Ich kann nicht.«

»Noch einen Tag, Dixon. Mehr will ich gar nicht. Jeder hat mal einen schlechten Tag.«

Dixon starrte seine Stiefel an, so als würde sich sein Entschluss in Luft auflösen, wenn er Lindquist ansah. »Ich kann nicht, Lindquist«, wiederholte er.

Lindquist sah über Dixons Schulter hinweg zu den weit entfernten Baumwipfeln, graugrün und verschwommen im Dunst der Hitze. »Na, falls du deine Meinung noch änderst«, sagte er. Dixon nickte, stieg in seinen Pick-up und startete den Motor. Er hob die Finger vom Lenkrad, winkte kurz und legte einen Gang ein.

Lindquist sah zu, wie der Pick-up davonschlingerte, griff in die Hüfttasche und zog den PEZ-Spender heraus. Er klappte den Entenkopf auf und schob eine Pille heraus, warf sie in den Mund und kaute, bis bitterer Staub seine Zunge bedeckte.

Auf der Heimfahrt hielt Lindquist bei Trader John's und befestigte ein handgeschriebenes Jobangebot am Anzeigenbrett neben der Tür. DECKSARBEITER GESUCHT, HUNDERT DOLLAR AM TAG GARANTIERT. KEINE TRINKER, KEINE SPINNER. Er schrieb seine E-Mail-Adresse und Telefonnummer darunter, dazu die Zeiten, zu denen man ihn am Hafen treffen konnte.

WES TRENCH

Was er mit seinem Leben anfangen wollte, würde sein Vater ihn fragen. Eigentlich war das keine Frage, wie Wes wusste, sondern nur die umständliche Art seines Vater, ihm zu sagen, dass fast sicher war, was er letztlich tun würde, ob es ihm nun gefiel oder nicht: Shrimpfischen. Wie sein Vater, wie dessen Vater, wie sechs Generationen der Trenches davor. Wes' Vater wollte nicht grausam sein, nur realistisch. Und die Realität lautete: Junge Burschen aus dem Bayou endeten fast immer als Männer aus dem Bayou.

Ebenfalls Realität: Er hatte in diesem Jahr so viele Schultage damit versäumt, seinem Vater zu helfen, dass er die elfte Klasse wiederholen musste. Wenn er Glück hatte, ging er mit neunzehn von der Schule ab. Er war ja schon fast achtzehn. Die meisten Freunde, alles Söhne von Trawler-Kapitänen, hatten die Schule schon abgebrochen, um Vollzeit auf den Booten ihrer Väter zu arbeiten. »Zu cool für die Schule«, lautete ihr Motto.

Ein einziger, Jason Talbot, hatte ein Football-Stipendium für die Louisiana State University bekommen.

Wes war kein Athlet, und er war kein guter Schüler. Seine besten Noten hatte er in Englisch, weil Mr Banksey, die größte mitfühlende Seele unter den Lehrern der Schule, seine Schüler Geschichten als Abschlussarbeiten schreiben ließ. Geschichten erzählen konnte jeder, fand Wes, also schrieb er auch eine.

»Du hast Phantasie und das Herz eines Dichters«, hatte Mr Banksey unter die Arbeit geschrieben und Wes ein A gegeben, seine beste Note seit der Hauptschule. Wes war stolz gewesen. Ein, zwei Tage lang. Dann quasselte ihm der alte, halsstarrige Pragmatismus, den er von seinem Vater geerbt hatte, wie ein Teufelchen auf der Schulter die Ohren voll: Er könne ja nun wirklich nicht bei einer Bewerbung hinschreiben, *Mr Banksey sei der Meinung, er habe Phantasie und das Herz eines Dichters.*

In einer vollkommenen Welt, dachte Wes, würde er mehr Zeit haben herauszufinden, was er mit seinem Leben anfangen wollte. Aber siebzehn in der Barataria zu sein war nicht wie siebzehn anderswo. So mancher Bursche in Jeanette war mit siebzehn verlobt, manche waren sogar schon Väter. Zwei der dreizehn Mädchen in Wes' Klasse waren schwanger, und ihre Bäuche waren bereits so dick und prall, dass sie auf besonderen Stühlen an einem ausklappbaren Kartentisch am Rand des Klassenzimmers sitzen mussten. Mr Hargis, der Biologielehrer, machte Witze, dass er den Mädchen bessere Noten geben würde, falls sie im Unterricht ihre Kinder bekämen. Anschauungsunterricht für alle, nannte er das.

Wes wollte wirklich Shrimpfänger werden, mit seinem eigenen Boot und seiner eigenen Firma. Sein Vater hatte sich mit achtzehn sein eigenes Boot gebaut und mit zwanzig eine eigene Crew von drei Mann gehabt. Wes' Plan, von dem er seinem Vater berichtete, lautete, eine neue Art von Shrimpunternehmen zu gründen, sobald er sein eigenes Boot gebaut hatte. Er würde ein paar von seinen Freunden von der Highschool anheuern, und sie würden die Shrimps direkt am Dock verkaufen, ohne Mittelsmann, Lagerhäuser und Großhändler. Sie würden nur die größten und frischesten Shrimps anbieten, nur vor wenigen Stunden – Minuten –

aus dem Wasser gezogen, Shrimps so groß, dass die Kunden keine Schwierigkeiten haben würden, sie zu putzen, nicht solche Winzdinger, wie sie in den Supermärkten verkauft wurden. Auf Facebook und Twitter könnte er eine Art Aboservice einrichten, so wie der Bacon-of-the-Month-Club, der auf den Rückseiten der Jagdzeitungen inserierte, nur eben mit Shrimps. Und auch nicht jeden Monat, sondern jeden Tag. Er würde den Abonnenten eine Textnachricht posten: *Die frischesten Shrimps der Welt, Hafen, Anlegestelle 89, Punkt sechs Uhr.* Und an Wochenenden würde er vielleicht Touristen, Tagesurlauber aus New Orleans, aufs Boot lassen. Für fünfzig Dollar gab es dann eine Tour durch die Barataria Bay, und sie konnten selbst Shrimps fangen oder aus der Nähe beobachten, welche Plackerei das war. Wes würde erlauben, dass sie ihre eigenen Kühlboxen mitbrachten, dann konnten sie diese randvoll füllen, statt sie nur pfundweise zu kaufen.

Wes' Vater gefiel die Idee, was Wes überraschte. Bis auf die Sache mit dem Internet. Er hasste Computer und Handys. »Bist du auch sicher, dass das erlaubt ist?«, fragte er Wes.

»Ziemlich sicher«, antwortete der.

Sein Vater schüttelte den Kopf und lobte ihn, was selten genug vorkam. »Ich muss zugeben, du hast einen klugen Kopf, Junge.«

Ein paarmal im Jahr fuhren Wes und seine Freunde ins French Quarter, wo sie Jungen und Mädchen aus dem ganzen Land kennenlernten, junge Erwachsene, die zwar meist zwei, drei Jahre älter waren als er, aber erheblich jünger wirkten. Weichherzig und unversehrt von der Welt. Sie hatten kein Auge an einem Angelhaken verloren wie Monty Blevins aus dem Werkunterricht, kannten niemanden wie Peter Arcinaux' Vater, der sich drei Finger abgetrennt hatte, um die Versicherung zu kassieren. Keiner von ihnen hatte miterlebt, wie die eigene Mutter in den Fluten eines Hurrikans ertrunken war.

In fünf oder zehn Jahren würden diese Kindsköpfe Ärzte, Anwälte und Professoren sein, und Wes würde noch immer in der Barataria schleppnetzfischen. Eines fernen Tages würden sie im eleganten Schein eines Restaurants in Manhattan sitzen, ohne zu wissen, dass sie gerade Shrimps aßen, die Wes persönlich gefangen hatte, Shrimps, die aus dem Bayou gefischt und den ganzen Weg von Jeanette mit dem Laster an die Ostküste transportiert worden waren. Da würde Wes wahrscheinlich schon verheiratet sein und Kinder haben. Und – ein deprimierender Gedanke, den er nicht abschütteln konnte, kam ihm in den Sinn: Vielleicht würde er da schon so krumm und verbittert und untröstlich sein wie sein Vater jetzt.

Hoffentlich nicht. Hoffentlich fischte er fröhlich Shrimps, hoffentlich war die Bucht bis dahin wieder sauber, denn er liebte das Leben auf dem Meer.

Rückblickend war die Geschichte, die er für Mr Banksey geschrieben hatte, vielleicht eher so etwas wie seine Memoiren gewesen. Aber das stimmt auch nicht so ganz, denn sollten Memoiren nicht die reine Wahrheit sein? In der Geschichte, oder was immer Wes da für Mr Banksey geschrieben hatte, vermischten sich Wahrheit und Fakten zu einem unauflöslichen Wirrwarr.

Alles, was Wes in der Geschichte über die Stunden vor dem Sturm geschrieben hatte, entsprach der Wahrheit. Wie Wes' Vater die Fenster im Erdgeschoss vernagelte. Wie die Lieferwagen und Pick-ups voller Koffer und Kinder an ihrem Haus vorbeifuhren. Wie die Schatten der Bäume angespannt erstarrten und die Luft draußen dick wurde wie angehaltener Atem.

Wie Wes' Mutter den Vater anflehte zu fliehen.

Der Sturm würde sich schon noch legen und in letzter Minute abziehen, hatte Wes' Vater beharrt. Wie die anderen Stürme zuvor auch.

»Du bist komplett *braque*«, hatte Wes' Mutter erwidert.

In ihrer Wut griff meine Mutter auf ihr Französisch zurück, hatte Wes in seiner Geschichte geschrieben.

Mr Banksey schrieb an den Rand: *Gut beobachtet.*

Als der Sturm losschlug, hörte sich das keineswegs wie ein Frachtzug an, wie Wes das aus anderen Hurrikan-Geschichten kannte. Ein solches Geräusch hatte er noch nie gehört. *Der Aufschrei eines Kraken*, hatte er geschrieben. Eine Kanonade aus Trümmern prasselte auf das Haus, und eine Flut ergoss sich vom Himmel, Wasser füllte Straße und Hof bis über die Rosensträucher und Hortensien. Binnen kurzem schlappte das Wasser die Verandastufen hinauf und drang unter der Haustür ein. Erst waren es nur ein paar Zentimeter, doch innerhalb einer Stunde füllten schlammige, wirbelnde Fluten das Erdgeschoss über dreißig Zentimeter hoch, und Wes und seine Eltern wateten durchs Haus. Irgendwo war ein Deich gebrochen, und Jeanette wurde von einer tobenden Sturmflut verschlungen.

Als der Strom ausfiel, zogen Wes und seine Eltern mit Taschenlampen und Wasserkanistern nach oben. Sie hockten auf Kissen auf dem Boden und spielten im Schein von Laternen Scrabble; Max kauerte mit dem Kopf auf den Pfoten unter dem Bett.

Sie hatten Scrabble gespielt: Später konnte sich Wes darüber nur wundern.

Im Verlauf des Spiels legte Wes' Mutter das Wort STÖR-

RISCH. Wes' Vater meinte, sie sei ein Witzbold. Er versuchte ruhig zu bleiben, aber Wes konnte an seinen verkrampften Schultern erkennen, dass er Angst hatte.

Ein paar Minuten später legte seine Mutter DUMM.

»Okay«, meinte sein Vater. »Schon verstanden.«

Irgendwann nach Mitternacht riss der Wind ein Stück Sperrholz aus einem der unteren Fenster, die Scheibe zerbrach, und Welle um Welle drang ins Haus.

Da hörten sie auf zu spielen und fingen an zu beten.

Bei Sonnenaufgang hockten sie auf dem Dach. Alle Baratarianer hatten aus Furcht vor Stürmen wie diesem auf dem Dachboden eine Axt liegen; Wes' Vater hackte ein Loch ins Dach, damit sie nach draußen klettern konnten. Max wanderte auf dem Dachfirst hin und her, winselte, wedelte mit dem Schwanz und sah in die tosenden Fluten hinunter. Der Hurrikan hatte die Straßen in reißende Kanäle voll wirbelnden Treibguts verwandelt. Holzreste, Plastikfolien, Mülltonnendeckel und Fensterläden. Autos und Pick-ups standen komplett unter Wasser, doch der Himmel wirkte unvertraut ruhig und war grau wie ein alter Nickel.

Vor dem Sturm hatte Wes' Vater seine Piroge an die Eiche vor dem Haus gebunden. Das einzig Kluge, das er getan hatte. Das kleine Boot schaukelte auf dem Wasser, aber es war heil. Wes' Vater holte ein hundert Meter langes Nylonseil aus dem Dachboden und warf es wie ein Lasso nach dem Boot. Beim ersten Mal warf er vorbei, beim zweiten Mal auch. Beim dritten Wurf rutschte Max mit wedelndem Schwanz das Dach herunter und sprang ins Wasser.

Die tosende Strömung riss ihn sofort mit sich und zog ihn unter die Oberfläche.

Wes sollte niemals erfahren, ob das, was dann geschah, ein Unfall war oder ob seine Mutter den Hund hatte retten wollen. Sie rutschte auf dem Po das Dach herunter und verfing sich mit den Tennisschuhen in der Regenrinne. Die Rinne gab nach, verdrehte sich vom Haus weg und riss unter lautem metallischem Kreischen ab, und seine Mutter stürzte in die Fluten.

»Oh, Scheiße«, rief sie noch während des Sturzes. Das waren ihre letzten Worte. Die Worte, die Wes noch hörte.

Wes und sein Vater beobachteten die tosenden Wassermassen, und ihre Körper waren so angespannt, als wollten sie sich selbst in die Fluten stürzen. Dann sah Wes den Blick seines Vaters. Blanke animalische Panik. Ein entsetzlicher Anblick, den er nie vergessen sollte, wie er sofort wusste.

Eine Sekunde lang tauchte der Kopf seiner Mutter drei, vier Meter entfernt auf wie ein Schwimmer. Daran erinnerte sich Wes stets am deutlichsten. Ihr panisches, verzerrtes Gesicht, das Entsetzen in ihren Augen. Ihr offener Mund gab keinen Ton von sich. Dann riss das Wasser sie wieder unter sich.

Sein Vater schrie ihren Namen. »Sandy«, rief er immer und immer wieder, so als könnte sie das zurückbringen.

Von dieser Stelle an war alles, was Wes in seiner Geschichte für Mr Banksey geschrieben hatte, blanke Erfindung.

Zum Beispiel: Wochen später, als er und sein Vater schon in Baton Rouge lebten, aßen sie eines Abends in einem Hähnchenrestaurant zu Abend; sein Vater, der sich mit Whiskey betrunken hatte, fragte ihn: »Gibst du mir die Schuld daran?«

In der Geschichte antwortete Wes: »Natürlich nicht.«

In der Geschichte sagten die beiden sich, wie froh sie waren, einander zu haben.

Im wirklichen Leben hatte Wes geantwortet: »Ja.«

Das war vor fünf Jahren gewesen, und selbst nach einem halben Jahrzehnt fühlte sich die Wunde, die der Tod seiner

Mutter gerissen hatte, noch immer so groß an wie der Hurrikan selbst.

Am nächsten Abend tauchte Wes pünktlich am Hafen auf, doch sein Vater war nirgends zu sehen. Es war dämmrig und still bis auf die Frösche und Insekten. Am Ende des Docks war die unbeleuchtete *Bayou Sweetheart* an ihrem Liegeplatz festgemacht. Wes stieg aus seinem Pick-up und ging auf dem ausgebleichten, mit Schalen übersäten Parkplatz auf und ab. Ein anderer Fischer stieg aus seinem Truck, grüßte Wes und trottete dann zu seinem eigenen Boot hinüber.

Wie Wes da so hin und her ging, überkam ihn das nagende Gefühl, etwas vergessen zu haben. Er führte das auf das ständige Unbehagen zurück, das er seit kurzem in Gesellschaft seines Vaters verspürte. In letzter Zeit stritten sie sich um jede Kleinigkeit. Wie viel Geld eine Glühbirne kosten durfte, wie hoch das Thermostat im Haus stehen sollte, welchen Sprit Wes tankte.

Bei zwei Dingen machte sein Vater ihm am meisten die Hölle heiß: Wes' Boot und die Abfindung von BP.

Als Wes fünfzehn geworden war, hatte er angefangen, auf dem Hinterhof sein Boot zu bauen, genau wie sein Vater und sein Großvater es getan hatten, als sie in dasselbe Alter gekommen waren. Jetzt lag der Kiel des Boots auf Gasbetonsteinen aufgebockt unter einer mit Seilen festgezurrten Plane auf dem Hof; er hatte es seit Monaten nicht angerührt. Wes' Vater machte sich andauernd lustig über seine schlechten handwerklichen Fähigkeiten und seine Schweißtechnik, besah sich die unebenen Nahtstellen, fuhr mit der flachen Hand über den Rumpf wie ein Viehbaron über ein Tier. »Siehst du das?«, sagte er dann. »Das Holz hier musst du rausschmeißen, diesen ganzen Bereich hier. Und das Metall, schau mal. Siehst du, wie verbeult das ist? Ein Boot, das so gebaut ist, kann einfach nicht schwimmen. Es wird untergehen wie ein löchriges U-Boot. Ein Fehler zieht den nächsten nach sich. Hör auf meine Worte.«

Wes stand da mit dem brennenden Wunsch, seinem Vater ins Gesicht zu sagen, dass er ihn nicht um seinen Rat gebeten habe. Das Boot sei doch noch in Arbeit. Er würde es ihm schon zeigen, und das Boot würde am Ende das schönste Boot werden, das er jemals gesehen hätte, egal, ob es nun drei Monate oder drei Jahre dauerte.

Aber Wes hatte das Boot seit Monaten nicht angerührt, und nun stand es da auf dem Hinterhof unter einer gammligen Plastikplane. Wie ein toter Elefant. Wes' Vater verlor kein Wort mehr über das Boot, was irgendwie noch schlimmer war als das ganze Schlechtreden. Vielleicht hatte sein Vater ja recht. Vielleicht hatte Wes aufgegeben, ohne es zu wissen. Er hatte Angst weiterzumachen, Angst, dass alles, was er von nun an baute, seinem Vater recht geben würde. Der erste Trench seit Generationen, der nicht sein eigenes Boot gebaut hatte.

»Du scheinst dich zu freuen«, meinte Wes eines Tages, überrascht, dass er das gesagt, ja überhaupt gedacht hatte.

Sie schleppten gerade ihre Werkzeugtaschen zurück vom Hafen, als sie an dem Boot auf dem Hinterhof vorbeikamen. Der Abendhimmel über den Baumwipfeln war pflaumenblau und rot, eine klamme Frühlingsnacht zog auf.

»Freuen, worüber?«, fragte sein Vater.

»Dass ich nicht mehr an dem Boot arbeite.«

Sie gingen einen Augenblick weiter, dann meinte sein Vater: »Warum sollte ich mich darüber freuen?«

»Weil du recht hattest«, antwortete Wes. »Dass ich nicht fertig werde damit.«

Sein Vater warf ihm einen Blick zu. »Ich denke nicht mal an das Boot.«

»Weil du es nie ernst genommen hast.«

»Wenn du es nicht ernst nimmst, wie soll ich das dann tun?«

»Was soll das denn heißen?«

»Vergiss es.«

Sie blieben stehen und sahen sich an.

»Was hast du mit deiner Zeit angestellt? Und mit deinem Geld?«, fragte sein Vater. »Werd ich dir sagen. Verplempert.«

»Ich arbeite doch die ganze Zeit. Für dich.«

»Ja, ja, schon gut.«

»Wenn ich mehr Zeit hätte, wär das Boot schon lange fertig.«

»Woraus?«, erwiderte sein Vater. »Aus Eisstielen?«

»Soll ich das Holz vielleicht klauen?«, fragte Wes. »Soll ich auf die Werft und mir die Teile klauen?«

»Was wirst du denn so wütend? Du hast doch davon angefangen.«

»Leih mir das Geld.«

»Verrückte Vorstellung.«

»Leih mir das Geld, und ich bin in drei Monaten fertig. Du wirst schon sehen.«

»Welches Geld, Wes? Ich hab nicht mal 'nen Penny, um drauf zu pissen.«

»Na, und ich auch nicht. Aber wenn, dann bau ich das Boot fertig.«

Wes' Vater sah ihn nur an und schüttelte den Kopf.

Dann war da noch ein anderer Abend, als Wes was über das BP-Geld sagte. Sein Vater und er aßen gerade zu Abend, als im Fernsehen eine Nachrichtensendung zu der Ölpest lief.

Die hübsche Reporterin sprach über die Schecks, die die Trawler-Kapitäne und Fischer für die Säuberungsarbeiten und die Einnahmeverluste im Frühling erhielten.

»Ist dieser Typ wieder aufgetaucht, der von Entschädigung quatscht?«, fragte Wes.

»Taucht fast jeden Tag hier auf, das kleine adrette Arschloch«, antwortete sein Vater.

Wes sah ihn an und wartete.

»Was?«, fragte sein Vater.

»Und warum nimmst du nicht das Geld?«, fragte Wes. »Kostet doch nichts.«

»Kostet nichts? Findest du?«

Wes zuckte mit den Schultern.

»Jemand brennt dein Haus nieder und bietet dir fünf Dollar dafür. Kostet das nichts?«

Wes hielt den Mund, bedauerte bereits, überhaupt etwas gesagt zu haben.

»Um das klarzustellen. Das Geld ist nicht umsonst. Nicht, wenn es dich den Ort kostet, an dem du dein ganzes Leben verbracht hast. Das ist so ungefähr das völlige Gegenteil von umsonst.«

An all diese Dinge dachte Wes, als sein Vater gegen halb zehn auf den Schotterparkplatz gefahren kam. Wes saß auf dem Dock und ließ die Beine über die Seite baumeln; er stand auf, als sein Vater über den Parkplatz gehumpelt kam und aufs Dock trat. Sein weißes Haar war auf einer Seite angeklatscht, als hätte er darauf geschlafen, und sein cranberryfarbenes Polohemd mit den weißen Bruststreifen war verknittert. Blick- und wortlos ging er an Wes vorbei.

Er sagte erst etwas, als sie an Bord der *Bayou Sweetheart* waren und der Motor lief. »Dein Freund ist wieder aufgetaucht.«

Wes sah ihn fragend an.

»Der Öltyp. Der Kerl, mit dem ich deiner Meinung nach auf den Abschlussball soll.«

Wes sagte kein Wort. Es sollte wohl eine dieser Nächte werden.

»Der Typ wollte mich nicht gehen lassen. Ein echter Halsabschneider. Quatschte immer weiter. Kaum versuchst du, nett zu sein, dann ziehen dich die Leute nach Strich und Faden über den Altar.«

Wes beugte sich vor und machte eine der Leinen los.

»Was?«, fragte sein Vater aus dem Ruderhaus.

»Ich hab nichts gesagt.«

»Also gut. Ist eh schon spät.«

Wes kontrollierte die Netze und Bäume, während sein Vater durch den träge daliegenden dunkelroten Bayou manövrierte. Wes konnte im Wasser kein Öl entdecken, noch nicht. Ein gutes Zeichen.

Als sie die Durchfahrt erreichten, ließ Wes die Netze herunter, und sein Vater steuerte das Boot gegen die Strömung. Zwanzig Minuten später legte er den Leerlauf ein, und Wes hob die vollen Netze aus dem Wasser. Der Fang sah ordentlich aus, erheblich besser als in der Nacht zuvor. Sein Vater stieg aus dem Ruderhaus nach unten, zog Handschuhe an und half Wes dabei, den Fang auf den Sortiertisch zu schütten.

Während sie die Shrimps aussortierten, durchzuckte Wes ein Gedankenblitz. Das Eis. »Vergiss das Eis nicht«, hatte sein Vater gesagt.

Er sortierte den wimmelnden Fang, und vor Furcht verkrampften sich seine Eingeweide. Er wappnete sich gegen den unausweichlichen Augenblick, fragte sich, was er tun sollte. Er beschloss, sich dumm zu stellen und so zu tun, als sei es sein Vater, der das Eis hätte mitbringen sollen.

Als der Augenblick gekommen war, die Shrimps auf Eis zu legen, sah sich sein Vater auf dem Deck um. Er stemmte die Hände in die Hüften und schaute sich mit offenem Mund um.

»Wo ist das Eis?«, fragte er.

»Hä?«

»Das Eis. Wo ist es?«

»Keine Ahnung.«

»Er hat keine Ahnung.«

Wes schüttelte den Kopf.

»Was habe ich gestern als Letztes gesagt?«

Schweigen.

»Ich sagte, hol Eis.«

Wes zupfte sich an den Augenbrauen.

»Hol das beschissene Eis. Zigtausend Mal. Ich könnte genauso gut mit 'nem Megaphon in deinem Ohr stecken.«

»Ja.«

»Hä?«

»Schon gut.«

»Schon gut?« Der Blick seines Vaters durchbohrte ihn. »Auf welchem beschissenen Planeten lebst du eigentlich? Schon gut?«

»Tut mir leid, okay?«, sagte Wes.

»Nimmst du Drogen?«

»Nein, Sir.«

»Ich hoffe für dich, dass das die Drogen sind. Ich flehe zu Gott, dass du auf Drogen bist. Ich hoffe, du bist grad total high auf irgendwas.«

»Schon gut«, wimmelte Wes ab.

»Schon gut. Schon gut. Schon gut. Wenn es keine Drogen sind, dann hast du ein Problem. Dann müssen wir zum Arzt. Auf der Stelle, verflucht. Der soll sich mal dein Gehirn anschauen. Denn da gibt's irgendein Problem, verflucht.«

»Wir vergeuden nur unsere Zeit.«

»Wir vergeuden unsere Zeit, sagt er. Ich vergeude meine Zeit. Ich hoffe, es sind nur Drogen, Mann. Ich bete zu Gott.«

Wes' Vater kam auf ihn zu und verpasste ihm eine Kopfnuss. Wes drehte sich ungläubig um. Sein Vater hatte ihn seit der ersten Klasse nicht mehr geschlagen, als er ihn übers Knie legte und den Hintern versohlte, weil er ein Schimpfwort in den Mund genommen hatte.

»Du hast mich geschlagen«, sagte Wes.

»Kannst froh sein, dass ich dich nicht über Bord schmeiße.«

Wes starrte ihn wütend an. »Aber du machst nie Fehler? Niemals?«

Kaum hatte er die Worte ausgesprochen, taten sie ihm auch schon leid, denn sein Vater wusste genau, worauf er anspielte.

Sein Vater verzog das Gesicht und knirschte mit den Zähnen. Er schüttelte fest den Kopf, so als wolle er abschütteln, was er gerade gehört hatte. »Ich hoffe nur bei Gott, dass du knüppelvoll mit Drogen bist. Weil man das hinkriegt. Ich bring dich irgendwo hin, dann ist das geklärt. Wenn nicht, dann weiß ich auch nicht weiter.«

Die beiden standen auf dem schwankenden Boot und starrten sich an; nur der Motor war zu hören. Eine halbe Meile entfernt waren die Positionslichter von zwei, drei weiteren Booten zu sehen.

Wes' Vater zischte durch die Zähne und stieg die Leiter zum Ruderhaus hoch.

Als sie zum Hafen zurückkamen, konnte Wes nicht schnell genug von der *Bayou Sweetheart* herunter. Er sprang an Land und ging zu seinem Pick-up, sein Vater ihm dicht auf den Fersen.

»Wo ist das Herz?«, fragte ihn sein Vater von hinten.

Wes warf einen Blick zurück, als sei sein Vater verrückt geworden, ging aber weiter.

»Wo ist das Herz, Wes? Für die Transplantation? Die Herztransplantation. Was? Hast du vergessen? Tja, nun ist das kleine Mädchen, das es gebraucht hätte, tot. Junge, diesmal hast du richtig Mist gebaut.«

Wes drehte sich um. Sein Vater blieb überrascht stehen. »Ich kündige«, sagte Wes.

»Du kündigst?«

»Ja. Schluss.«

»Du kündigst? Blödsinn. Du bist gefeuert. Wenn man Scheiße baut, wird man gefeuert. Da kündigt man nicht.«

»Ich bin gefeuert. Egal. Ich bin fertig mit dem hier.«

»Ach, du willst also nicht mehr für mich das Eis vergessen?«

Wes drehte sich wieder um und stapfte weiter zu seinem Pick-up.

»Wo willst du denn arbeiten?«, fragte sein Vater in seinem Rücken.

Wes erwiderte nichts darauf.

»Ich glaub, ich habe kein Jobangebot gesehen, wo jemand gesucht wird, der das Eis vergisst.«

Wes zog den Schlüsselring aus der Tasche und schloss seinen Wagen auf. Er konnte hören, wie sich ein paar Meter hinter ihm die Schritte seines Vaters verlangsamten. Zögernd, fast entschuldigend.

»Na, komm schon, wir vergeuden nur unsere Zeit«, sagte sein Vater mit sanfterer Stimme. »Lass uns Eis holen und wieder rausfahren.«

»Ich kann nicht«, entgegnete Wes und konnte seinen Vater nicht anschauen.

»Das ist doch verrückt. Du hast das Eis vergessen und bist sauer auf mich?«

Wes saß bei offener Tür hinter dem Lenkrad und warf den Motor an.

»Okay«, lenkte sein Vater ein. »Wir werden sehen. Ich geb dir zwei Tage. Ach was, einen Tag. Hol Eis. Ach, weißt du was, vergiss es, ich hole Eis. Wahrscheinlich erinnerst du dich eh nicht mehr dran.«

Wes schloss die Fahrertür.

Sein Vater stand da und starrte ihn an. »Viel Glück«, brüllte er. »Du wirst es brauchen.«

COSGROVE UND HANSON

Während der Mittagspause hockte Cosgrove auf den Hinterhofstufen am Haus der Witwe, als er jemanden hinter sich spürte. Er drehte sich um und sah die Witwe, die ihn durch einen Türspalt finster ansah. Cosgrove hatte schon eine Menge alter, gehässiger Frauen in seinem Leben gesehen, aber die Augen dieser Frau waren vor Verachtung geradezu radioaktiv. Er fühlte sich für ein Vergehen getadelt, das er weder begangen, ja noch nicht mal gedacht hatte. Für all die Vergehen, die Männer je begangen hatten.

»Guten Tag«, sagte Cosgrove. Er stand auf und ging aufs Gras zurück. Er solle Abstand halten, lautete eine von Deputy Lemons Regeln.

»Fahren Sie zur Hölle«, entgegnete die Alte.

Cosgrove sah sprachlos auf den noch unangebissenen grünen Apfel in seiner Hand.

»Wer sind Sie?«, wollte die Frau wissen.

»Gemeinnützige Arbeit. Wir reparieren Ihr Haus.«

»Ihr Name.«

»Nate Cosgrove.«

»Ich habe das nicht in Auftrag gegeben.«

»Das brauchten Sie auch nicht. Die Stadt hat das gemacht.«

Die Frau starrte ihn weiter unheilvoll an. Sie schien ihn für unter ihrer Würde zu halten, für einen Kleinkriminellen. Cosgrove wollte ihr, aus welchen Gründen auch immer, erklären, dass er einen Highschool-Abschluss und drei Semester am Community College belegt hatte, bevor seine Mutter krank geworden war. Wenn das Leben eine andere Richtung genommen hätte, was es nicht getan hatte, dann hätte er jetzt Doktor sein können oder Anwalt oder Professor. Er hätte alles werden können, was er nur gewollt hätte, zumindest tröstete er sich mit diesem Gedanken.

Bei einem Punkt war er sich Tag für Tag immer sicherer: Alles, was man im Leben brauchte, war ein guter Start.

»Ihr Aussehen gefällt mir nicht«, verkündete die alte Frau, und die verbitterten Falten rings um den Mund vertieften sich noch.

»Na, das tut mir leid.«

»Werden Sie nicht unverschämt.«

Es war Spätfrühling, aber es war schon ziemlich heiß. Ein Schweißtropfen hing an Cosgroves Augenbraue und tropfte ihm ins Auge. Weil es brannte, musste er blinzeln.

»Zwinkern Sie mir ja nicht zu«, drohte die Alte.

»Hab ich nicht«, entgegnete Cosgrove.

Die Alte machte kehrt und knallte die Tür zu. Cosgrove hörte das Schließen des Türriegels und das Klappern der Vorlegekette. *Sie sind ein Frauenschänder*, wollte die Alte wohl mit alldem ausdrücken. Er verfluchte sie, warf den Apfel in die verdorrte Ligusterhecke und machte sich wieder daran, den Lattenzaun hinterm Haus zu streichen.

Zwanzig Minuten später kam die alte Frau wieder aus dem Haus. Cosgrove hörte auf zu streichen, karamellfarbene Tropfen fielen vom Pinsel ins Gras. Er beobachtete, wie die Frau mit übertriebener Vorsicht über den Rasen ging, langsam und vorsichtig einen Fuß vor den anderen setzte, so als würde sie auseinanderfallen, falls sie schneller ginge.

Als die Frau schließlich bei Cosgrove eintraf, wühlte sie in der Tasche des Bademantels herum. Bis Cosgrove erkannte, was sie da herausgezogen hatte, war es schon zu spät, sich zu ducken. Die Alte drückte auf den Knopf einer kleinen Sprühflasche, und tödlicher Nebel legte sich auf seine Augen.

Pfefferspray.

Augenblicklich setzte dieser surreale Schmerz ein. Cosgrove schrie auf und ging in die Knie. Die Welt verschwand in einem unerträglichen weißen Nebel. Er presste die Augen zusammen und rieb sich die Lider, doch der Schmerz breitete sich nur wie Feuer in seinen Händen aus. Er kroch blindlings aufs Haus zu, bis er mit dem Kopf gegen etwas Hartes stieß. Er streckte die Hand aus. Eine der Kreppmyrten. Er schlang die Arme um den Stamm wie ein Matrose, der sich auf einem sturmumtosten Schiff an den Mast klammert.

Durch den heißen, stechenden Nebel hindurch sah Cosgrove eine Gestalt auf sich zukommen. Er zuckte zusammen und hielt sich einen Arm vors Gesicht, um einen weiteren Angriff der Alten abzuwehren.

»Was zum Teufel ist denn hier los?«

Es war Hanson.

»Das Miststück hat mich mit Pfefferspray angegriffen«, schluchzte Cosgrove und rieb sich die Augen mit den Handballen.

»Hör auf, dir ins Gesicht zu fassen. Verdammich.«

Ein paar Minuten saßen sie schweigend da, Hanson im Schneidersitz im Gras, Cosgrove an den Baum gelehnt; Tränen und Rotz liefen ihm übers Gesicht. Nach und nach kehrte sein Augenlicht wieder zurück. Grashalme. Das Haus mit den abblätternden Schindeln und hässlichen violetten Fensterläden. Hansons ernstes Gesicht. Die Sonne, die sich in Hansons Gürtelschnalle spiegelte.

»Ich bring die Alte um«, schimpfte Cosgrove.

»Wirst du Lemon davon erzählen?«, fragte Hanson.

»Was glaubst du denn?«

»Wenn du Lemon was sagst, wirst du schon sehen, was passiert. Die verrückte Alte wird dich beschuldigen, sie missbraucht zu haben. Weiß Gott was sonst noch. Und jetzt rate mal, wem man zuerst glaubt.«

»Kann dir doch scheißegal sein«, erwiderte Cosgrove.

Hanson blickte ernst, als ob er um etwas Geheimes wusste. »Schätze, du siehst die Gelegenheit nicht, die sich direkt vor deinen Augen bietet.«

Hanson argumentierte: Die ganze verfluchte Stadt sei doch sowieso korrupt. Wenn die alte Dame gestorben sei – dieses Miststück übrigens, die Cosgrove ohne jeden Grund mit Pfefferspray angegriffen hatte –, würde der ganze Plunder eh nur auf der Deponie landen. Vorausgesetzt, die Beamten verscherbelten den Krempel nicht selbst und stopften sich das Geld in die eigenen Taschen, zu all dem, was sie jetzt schon klauten. Und außerdem, was hatte denn die Frau von einem Stapel alter Schallplatten? Von alten Teppichen, silbernen Kerzenhaltern und Salz- und Pfefferstreuern aus der Zeit vor dem Bürgerkrieg? Oder von einem hundertzweiundachtzig Jahre alten Buch über Geburtshilfe?

Vielleicht hatte Hanson ja recht. Was hatte er denn verbrochen, dass er in der schlimmsten Sommerhitze zweihundert Stunden ableisten musste? Was hätte er in derselben Zeit dabei verdient, Austern zu öffnen? Und was hatte er verbrochen, um sich Pfefferspray ins Gesicht sprühen zu lassen?

Ein paar Tage nach dem Angriff der Alten kam Hanson zu Cosgrove, als der gerade den letzten Anstrich am Zaun auftrug, und meinte, er solle sich das mal anschauen. Hansons Augen waren weit aufgerissen, fast vergnügt, und Cosgrove wurde unwillkürlich neugierig. Er legte den Pinsel auf den Deckel im Gras und folgte Hanson zu einem der Wohnzimmerfenster. Er konnte Ms Prejean sehen, sie saß zusammengesunken in ihrem Frotteebademantel auf dem Wohnzimmersofa. Augen zu, Mund offen.

»Jetzt pass mal auf«, meinte Hanson und grinste Cosgrove an. Er schlug mit der Handfläche aufs Glas, wartete, schlug erneut. Die alte Frau blieb so reglos wie ein Stein. »Die Lady hat wohl ein paar Pillen eingepfiffen«, meinte Hanson.

»Leg dich nicht mit ihr an«, mahnte Cosgrove.

»Geh zur Haustür und warte einen Augenblick.«

»Worum geht's denn?«

»Himmel, Mann, vertrau mir ein einziges Mal.«

Cosgrove tat übertrieben genervt, ging ums Haus zum Eingang und wartete. Nach einer Weile hörte er, wie der Riegel aufgeschlossen wurde, dann klapperte die Vorlegekette. Er rechnete schon mit einem erneuten Angriff der alten Frau, tat einen Schritt zurück und schützte sein Gesicht mit dem Unterarm, aber es war nur der grinsende Hanson.

»Komm schon. Guck dir mal den Krempel an.«

Cosgrove stand da.

»Die ist wie tot, Mann. Ich sag's dir.«

Das heruntergekommene viktorianische Haus war innen so abgewohnt wie außen. Schummrig und staubig, alte Gerüche waren in die blaue Rosentapete gesickert: Kohl und Qualm, Insektengift und modriges Holz. Die Sockelleisten waren mit Mäusekötteln gesprenkelt. Und im Wohnzimmer hockte die alte Ms Prejean auf dem Sofa und schnarchte leise, auf den Knien ein Tablett voller Pillendöschen und zerknüllter Taschentücher, die wie knittrige Ansteckblumen aussahen. Ein Spuckefaden glänzte an ihrem weiß behaarten Kinn.

»Wie bist du hier reingekommen?«, flüsterte Cosgrove.

»Durchs Küchenfenster. Über der Spüle. Kein Haken. Hab ich hochgeschoben und bin rein.«

Hanson trat zu der alten Frau, beugte sich vor und hielt seine Hände vor ihr Gesicht. Er klatschte einmal laut, der Knall hallte schwach durchs Haus, doch die Alte rührte sich nicht.

Cosgrove meinte zu Hanson, sie sollten besser auf der Stelle verschwinden, verflucht.

Hanson nahm eines der Pillendöschen vom Tablett und las das Etikett. Er schüttelte eine Pille heraus, nahm sie in den Mund und schluckte sie trocken herunter. Dann stellte er das Döschen zurück. »Na komm schon, dauerte nur ’ne Sekunde«, sagte er zu Cosgrove. »Das musst du dir anschauen, vertrau mir.«

Eine Etage höher zweigten mehrere Zimmer von einem dunklen Flur ab, eins davon ein kleines Büro mit einer festen Leiter, die auf den Dachboden hinaufführte. Hanson kletterte die Leiter hoch, Cosgrove folgte ihm. Nachdem Hanson gebeugt in dem Kriechboden stand, steckte Cosgrove seinen Kopf durch die Luke. Durch ein kleines bleiverglastes Fenster fiel schwaches Licht, aber es war hell genug, um die Beute sehen zu können.

Da gab es antike Porzellanpuppen und Spiegel, Buntglasteller und Parfumflakons, alte Quilts und Kobaltporzellan, viktorianische Stühle und Glasvitrinen. Es gab Lampen mit Bleiglasschirmen und alte Messinginstrumente in Lederkoffern mit verzierten Beschlägen. Ganz zu schweigen von den Pappkartons, vier oder fünf hoch aufgestapelt, voll mit Gott weiß was. Der Schatz schien nicht enden zu wollen. Mit dem Zeug dort oben hätte man drei Häuser einrichten können. Einen Sultanspalast.

In den folgenden Tagen ihrer gemeinnützigen Arbeit trugen Cosgrove und Hanson antike Beistelltische, Tiffanylampen und Kisten voller Sammelporzellan direkt zur Haustür hinaus wie professionelle Möbelpacker. Hier gibt es nichts Ungewöhnliches zu sehen, Leute.

Ein Kumpel von Hanson, ein einäugiger Waffelhaus-Koch namens Greenfoot, kam jeden Tag mit seinem Pick-up vorbei, und sie beluden die offene Ladefläche. Greenfoot brachte den Krempel zu einer Pfandleihe in Mid-City und kam ein, zwei Stunden später mit einer Faust voller Geldscheine zurück. Hundert Dollar, manchmal zwei- oder dreihundert.

Zwanzig Prozent für Greenfoot, der Rest für Cosgrove und Hanson. Ein nettes Zubrot.

Eines Nachmittags kam Greenfoot mit erheblich mehr Geld aus der Pfandleihe zurück, als sie erwartet hatten. Fünfhundert. Zum ersten Mal seit Jahren hatte Cosgrove Ersparnisse, zweitausend Dollar, alles auf dem Konto. Nicht viel im Vergleich zu anderen Leuten in seinem Alter, aber ein kleines Vermögen im Vergleich zu den paar Kröten, die er noch gehabt hatte, als er nach New Orleans gekommen war. Cosgrove war fast überschwänglicher Stimmung. Und er fühlte sich so gut wie seit Jahren nicht mehr. Die Arbeit rings um das Haus der Witwe hatte die schwabbligen Stellen an seinem Körper gefestigt und ihm Bauchmuskeln verschafft.

Vielleicht hatte er ja die richtige Entscheidung damit getroffen, in New Orleans zu bleiben.

»Ich hab was für euch, Jungs«, meinte Greenfoot mit einem verschlagenen Grinsen.

Cosgrove und Hanson folgten ihm zum blechgedeckten Carport, und Greenfoot zog einen Plastikbeutel mit Zippverschluss aus der Tasche. Drinnen steckte ein Nugget Gras von der Größe eines Golfballs, blassgrün, mit winzigen orangefarbenen und roten Härchen durchsetzt. Selbst durch die geschlossene Tüte war der Geruch überwältigend und stieg einem gleich zu Kopf.

»Riecht wie die Muschi einer Seejungfrau«, meinte Hanson und hakte die Daumen in die Gürtelschnallen.

»Stimmt genau«, sagte Greenfoot.

Sie saßen im Schatten auf dem Beton, Greenfoot holte eine grüne Bong heraus und stopfte ein Körnchen Gras in den Pfeifenkopf.

»Lemon«, sagte Cosgrove.

»Du und dein Lemon«, höhnte Hanson. »Was habt ihr beide am Laufen, bumst ihr?«

Greenfoot hielt Cosgrove die Pfeife hin, doch der winkte ab. Greenfoot zuckte mit den Schultern und hielt sie Hanson hin.

»Wo ist das her?«, fragte Cosgrove und rechnete schon damit, dass Greenfoot antworten würde: Kalifornien. Afghanistan. Mars.

»Wo ich es gekauft hab?«

»Gezogen.«

»Barataria«, antwortete Greenfoot und starrte Cosgrove mit blutunterlaufenen Augen an. Das etwas hellere braune Glasauge schaute immer in dieselbe Richtung, leicht nach oben.

Hanson gab eine Wolke beißenden Qualms von sich. Er bewegte sacht den Kopf vor und zurück, und sein Pferdeschwanz schwang rhythmisch mit. Jedes Mal, wenn Cosgrove dachte, Hanson wäre mit Ausatmen fertig, kam wieder eine Wolke aus ihm heraus wie bei einem billigen Cheech-und-Chong-Scherz.

»Was für 'ne Gegend?«, fragte Cosgrove. Von Barataria hatte er noch nie gehört.

»Der Sumpf. Barataria Bay. Keine fünfzig Meilen von hier. Selbstangebauter Shit, mein Junge.«

Die Zikaden schrillten in der Eiche, Fahrzeuge klapperten die Napoleon Avenue entlang. Greenfoot sog den Qualm ein, hielt die Luft an, atmete aus.

»Das Zeug knallt«, meinte Hanson. Mit glasigem Blick starrte er grinsend einen Rechen in der Ecke des Carports an. »Mein Hirn schreit mich an. Freestyle.«

»Die Leute bauen im Sumpf Gras an?«, fragte Cosgrove.

»Ja, echt. Gras ist Gras, Mann«, erklärte Greenfoot schulmeisterhaft. »Das wächst doch überall. Du musst nur wissen wie.«

»Gib mir mal die Pfeife«, sagte Cosgrove.

Er nahm Greenfoot die Pfeife ab und zündete sie an, atmete ein, hielt den Qualm in den Lungen und hustete aus.

»So ist's richtig, mein Sohn«, sagte Greenfoot.

»Ich hab die Lungen eines Elefanten«, erklärte Hanson. »Ich kenne jeden Winkel des Universums.«

Schon bald fühlte sich Cosgroves Kopf an wie ein Heliumballon, der in den Äther entschwebt.

»Schau dir dieses Arschloch an«, sagte Hanson und reckte sein Kinn in Richtung Cosgrove. »Der Kerl sieht aus wie 'n Werwolf. Hat dir das schon mal einer gesagt? Dieser verfluchte Bart wuchert dir in die Augen. Ein Werwolf. Bigfoot.«

Hanson und Greenfoot lachten. Dann stimmte Cosgrove mit ein.

Himmel, seit Jahren hatte er sich nicht mehr so gut gefühlt. Vielleicht stimmte ja, was die Frauen ihm so oft sagten, vielleicht litt er ja unter einer leichten Depression und sollte Medikamente nehmen. Er saß in friedlicher Trance da und grinste blöde. War es das, was die Leute *Seelenfrieden* nannten?

»Der beste Pot, den ich je gezogen hab, ist California Gold«, hörte Cosgrove Hanson sagen.

»Sensi«, entgegnete Greenfoot.

»White Owl«, trumpfte Hanson auf.

»Lemon«, sagte Cosgrove.

»Lemon«, kicherte Hanson. »Wer heißt denn schon Lemon, Scheiße?«

»Lemon and lime, partners in crime«, meinte Greenfoot.

»Erinnert ihr euch noch an diesen Lemon-Lime-Typen?«, fragte Hanson. »Der Schwarze? In der Werbung?«

»Verdammt, wovon redest du?«, fragte Greenfoot.

»Ich glaub, ich starre diesen Rechen schon seit tausend Jahren an«, meinte Hanson.

Eine halbe Minute kicherten sie zusammen vor sich hin. Dann reichten sie die Pfeife wieder herum.

»Als ich klein war, hat mich dieser Lemon-Lime-Heini zu Tode erschreckt«, erklärte Hanson erzürnt. »Der Kerl von 7-Up, Mann.«

»Ich brauch mehr von dem Shit«, verkündete Cosgrove.

»Der schwarze Lemon-Lime-Kerl mit der tiefen Stimme.«

»Der Shit ist der Beste«, meinte Greenfoot.

»Mir wachsen schon die Dreadlocks aus'm Arsch«, sagte Hanson.

»Barataria?«, fragte Cosgrove.

»Da ham zwei Brüder 'ne ganze Insel voll von dem Shit«, erklärte Greenfoot. »Jedenfalls schreiben sie's so in unserem Forum. Ganjadude-dot-com. Hätt ich 'n Boot? Würd ich selber suchen.«

»Ich brauch mehr«, forderte Cosgrove.

»Alaskan Thunderfuck«, warf Hanson ein.

»Der Shit ist 'ne Mischung aus Southern Puke und A Thousand Starfishes«, erklärte Greenfoot. »Stammt von einer einzigen Großvaterpflanze von vor dreißig Jahren. Harzig wie die Hölle. Die nehmen nur die obersten Blätter. Schreiben die in Ganjadude-dot-com.«

»Ganjadude-dot-com«, sagte Hanson. »Kannst mich jetzt immer so nennen.«

»Kennt ihr jemanden mit ’nem Boot?«, fragte Cosgrove.

»Die Kerle? Scheiße«, winkte Greenfoot ab. »Was ich gehört hab, schneiden sie dir die Arme ab. Richtig verrückter Scheiß.«

»Ich scheiß Lemon auf die Schuhe«, erklärte Hanson.

»Aber eine ganze Insel voll«, hakte Cosgrove nach.

»Warst du schon mal draußen in der Barataria?«, fragte Greenfoot. »Die Insel findest du nie. Da könntest du genauso gut nach dem Jungbrunnen suchen wie Ponce de León.«

GRIMES

Lindquist: Grimes hielt den Kerl für geistig zurückgeblieben, oder wenigstens für verrückt. Grimes wusste aus Geschichten und Gerüchten, dass die halbe Barataria Lindquist für harmlos hielt. Für einen Dorftrottel. Die andere Hälfte fand, dass mit dem Kerl grundsätzlich etwas nicht stimmte, wie er da, die Birne mit Pillen zugedröhnt, toter Leute Schmuck ausbuddelte.

Zweimal war Grimes schon bei Lindquists Haus aufgetaucht, um seine Unterschrift zu ergattern, und zweimal hatte er mit leeren Händen abziehen müssen. Der Mann hörte einfach nicht auf zu quasseln. Er quasselte, riss Witze und faselte von Piratenschätzen. Für Grimes war offenkundig, dass es dem Kerl schlechtging, dass seine Frau fort war – überall Einzelteile des Metalldetektors und Meereskarten, der Staub auf den Fußleisten und Ventilatorflügeln an der Decke, die dreckigen Teller und Gläser, die sich auf Beistelltischen und Fernseher stapelten.

Jetzt war Grimes ein drittes Mal in Lindquists Haus und saß an einem mit Papieren übersäten Esstisch, während Lindquist ihm einen seiner blöden Witze erzählte. Irgendetwas über einen dreischwänzigen Weimaraner. Grimes hörte nicht zu. Er dachte an seine Mutter. Am Vormittag hatte er sie vom Parkplatz vor dem *Magnolia Café* durch die Scheibe gesehen, wie sie allein in einer Sitznische hockte. Er hatte sich schnell umgedreht, war zu seinem Wagen gegangen und mit wild pochendem Herz und schweißnassen Händen davongefahren.

»Und dann?«, sagte Lindquist. »Und dann meinte der Weimaraner zu der Nonne: ›Hunde müssen nun mal ihren Knochen vergraben.‹«

Er schlug sich auf den Oberschenkel, beugte sich über den Tisch vor und brach in schrilles Gelächter aus.

Grimes lächelte Lindquist steif an und biss die Zähne so fest zusammen, als würde er ein Seil durchbeißen wollen.

»Kennen Sie den von der fetten Lady auf der Thanksgiving-Parade, Mr Grimes?«, fragte Lindquist.

»Mr Lindquist«, unterbrach ihn Grimes. »Ich habe noch eine andere Verabredung.«

Lindquist formte ein übertrieben großes O mit dem Mund. Das graumelierte Haar lugte schmierig unter seinem Yachtkäppi hervor. Er trug dasselbe zeltförmige T-Shirt und die ausgebeulte Tarnhose wie beim letzten Mal, als Grimes ihn gesehen hatte. Womöglich wechselte der Mann niemals die Wäsche, aber das würde Grimes nicht überraschen, so wie das Haus aussah.

»Na, dann kommen Sie später noch mal«, meinte Lindquist. »Ich bin morgen um dieselbe Zeit auch hier.«

»Wenn Sie unterschreiben, muss ich Sie nicht weiter belästigen.«

»Ach, das macht doch nichts. Sie sind okay.«

Grimes richtete sich auf und holte Luft. »Meine Vorgesetzten?« Er beugte sich vor und legte die Hände auf den Tisch. »Unter uns gesagt? Die reinsten Arschlöcher.«

Lindquist nickte. »Oh, ja. Ich weiß, wie das ist.« Dann schürzte er die Lippen. »Aber ich will nichts überstürzen.«

»Mr Lindquist. Unter Freunden? Schauen Sie sich die Zahl im dritten Absatz an.«

»Kommen Sie später noch mal wieder. Wenn ich mit meinem Anwalt geredet habe.«

»Sie haben einen Anwalt?«

»Na ja, ich such mir einen.«

Grimes holte tief Luft. »Darf ich Ihnen mal eine persönliche Frage stellen, Mr Lindquist?«

Lindquist machte eine Handbewegung: Dann mal los.

»Wo ist Ihr Arm?«

Grimes fragte, weil er die Antwort schon wusste. Vor ein paar Tagen hatte er im *Magnolia Café* ein Gespräch über Lindquists gestohlenen Arm mit angehört. Zwei Ölplattformarbeiter rissen an der Theke Witze darüber. »Das Ding kriegt wahrscheinlich mehr Muschis in die Finger, als Lindquist je gesehen hat«, hatte einer von den beiden gesagt.

Lindquist schüttelte ernst den Kopf. »Ist mir gestohlen worden«, erklärte er.

»Sie machen Witze.«

Wieder schüttelte Lindquist den Kopf.

»Ich habe eine Schwester. Regina. Die hat nur ein Bein. Hat sie bei einem Wasserskiunfall auf dem Lake Heron verloren. Wenn jemand ihr Bein klauen würde? Keine Ahnung, was ich da tun würde. Den Kerl vermutlich umbringen.«

Grimes hatte gar keine Geschwister. Manchmal fragte er sich, ob wohl etwas anderes aus ihm geworden wäre, wenn er einen Bruder oder eine Schwester gehabt hätte.

»Wie ist das passiert?«, fragte Lindquist.

»Ist direkt in eine Boje gerast. Bämm. Tschüs, Bein. In den Frühlingsferien.«

»Au, Scheiße. Lebt sie hier in der Gegend? Ein Bein würd mich nicht stören.«

Grimes konnte nicht erkennen, ob Lindquist nur Witze

machte. »Wir würden den Arm gern ersetzen«, sagte er. »Die Firma und ich.«

»Der Arm, also, ich weiß nicht. Unersetzbar.«

»Wir kaufen Ihnen einen besseren Arm.«

»Das war ein Dreißigtausend-Dollar-Arm.«

Dreißigtausend Dollar. Grimes hatte noch nie von so etwas gehört. Neben allem anderen war Lindquist auch noch ein Erpresser. »Ich werde sehen, was ich tun kann«, sagte er nur.

»Das war der Einzige, der jemals richtig gepasst hat. Bei den anderen musste ich mich kratzen, oder sie fühlten sich komisch an.«

»Wenn Sie hier unterschreiben, besorgen wir Ihnen einen neuen Arm. Einen besseren.«

»Ich möchte genau so einen wie den alten.«

»Natürlich«, sagte Grimes und dachte: *Ich bring diesen Scheißkerl um.*

Das Haus der Brüder Toup stand in Rufweite vom Hafen entfernt; es handelte sich um ein mintgrünes Fertighaus auf zweigeschossigen Stelzen am anderen Ende eines von Fichten bewachsenen Stück Lands. Weiße Fensterläden und Leisten, ein Vorgarten voller riesiger Bananenstauden, eine gusseiserne Bank vor einem Lehmofen. Einer der Brüder, breitschultrig und in einem Guy-Harvey-T-Shirt, stand auf der Willkommens-Matte, als Grimes die Treppe heraufkam. Er beschirmte seine Augen gegen die Zehn-Uhr-Sonne und hörte sich mit einer aufgesetzten Miene an, was Grimes zu sagen hatte.

Grimes war überrascht, als der Mann ihn ins Haus bat. Er hatte angesichts der Gerüchte über die Brüder, die er aufgeschnappt hatte, mit mehr Widerstand gerechnet. Der andere

Bruder saß im Wohnzimmer in einem Ledersessel und aß eine Schale Cornflakes. Er sah Grimes mürrisch an, ein fetter Tropfen Milch baumelte an seiner Unterlippe, dann schaute er seinen Bruder an und wartete auf eine Erklärung.

Der erste Zwilling erklärte dem anderen, dass Grimes von der Ölgesellschaft sei und einen Vergleich anbieten würde.

Sie setzten sich an den Esstisch, und Grimes krempelte sich die Hemdsärmel hoch wie ein Politiker vor der Wahlkampfrede. Er öffnete seine Umhängetasche und zog einen fetten Stapel Papier heraus.

Die Augen des mürrischen Bruders flammten ungläubig auf. »Heilige Scheiße«, sagte er. »Papierkram, für'n Arsch. Kaum hast du was davon weggeschafft, kommt irgend so 'n Wichser vorbei und knallt dir fünf Minuten später doppelt so viel hin.«

Grimes konnte es nicht leiden, Wichser genannt zu werden, schon gar nicht von so einer tätowierten Sumpfratte. Aber er wusste, wenn er etwas dagegen sagte, wäre das nicht zu seinem Vorteil. Diese Bayoutrottel hielten sich für besonders taff. Er würde sie gern mal in New York sehen, in Boston oder Chicago. Die würden keinen Tag überleben, ohne nicht auf tausend verschiedene Arten verarscht zu werden.

»Also gut, hinsetzen«, befahl der mürrische Bruder Grimes.

Der erste Zwilling blätterte durch die Papiere. War er mit einer Seite fertig, reichte er sie seinem Bruder und ging zur nächsten Seite über.

»Bringt's euch Kerle um, mal einfache Sätze zu schreiben?«, fragte der Tätowierte. Spinnennetz. Dreizack. Weißer Hai.

»He, ich hab das nicht geschrieben«, wehrte sich Grimes. »Wenn ich das schreiben würde, würde da stehen, dass das ein gutes Angebot ist. Bitte hier unterschreiben. Kurz und knapp.«

Die Brüder lasen, die einzigen Geräusche waren das Ticken der Küchenwanduhr und das Seufzen der Klimaanlage. Das Haus war sauber, gut beleuchtet und luftig, solide Mittelklasse. Die Möbel waren schwer und dunkel, Kirsche und Mahagoni, nicht das billige Pressholzzeug, das Grimes in den Wohnzimmern und Küchen der ganzen Gegend gesehen hatte. Zum Teufel, da standen sogar Usambaraveilchen im Fenster und in der Ecke ein Ficus.

Grimes beobachtete die beiden Brüder. Unheimlich, diese Ähnlichkeit. »Ich hab auch einen Zwillingsbruder«, sagte er.

»Ach ja?«, meinte der erste Zwilling.

»Das war's auch schon«, meinte Grimes.

»Und jetzt sind wir Seelenverwandte, weil Sie einen Zwillingsbruder haben?«, entgegnete der zweite.

Grimes räusperte sich. Stand auf und zog sich die Hose hoch. »Darf ich mal aufs Klo?«, fragte er.

»Scheißen?«, fragte der Tätowierte.

Grimes schüttelte den Kopf.

»Den Flur entlang, zweite rechts. Denken Sie gar nicht erst dran, sich hinzuhocken und zu scheißen.«

Im Bad verfluchte Grimes den Bruder und pinkelte. Dabei nahm er die Zahnbürste aus dem Porzellanhalter neben dem Waschbecken, pinkelte auf die Borsten und steckte die Zahnbürste wieder zurück.

Auf dem Rückweg kam Grimes an der offenen Schlafzimmertür vorbei und sah etwas, das ihn stocken ließ. In einer breiten Bodenvase oder einem Schirmständer in der Ecke steckte eine Armprothese, die Hand nach oben.

Nicht zu fassen, dachte Grimes.

Als er zurückkam, stand der Tätowierte am Tisch, die Unterlagen waren zu Schnipseln zerrissen und lagen wie Konfetti auf dem Boden. Der andere Bruder, der unruhig und peinlich berührt schien, war in der Küche und nahm Teller aus der Spülmaschine.

»Bieten Sie das allen an?«, fragte der Tätowierte.

Grimes nahm seine Tasche und hängte sie über die Schulter. »Vielen Dank, dass Sie sich die Zeit genommen haben«, sagte er.

»Verpissen Sie sich«, brummte der Tätowierte.

Grimes eilte schnell die Treppe hinunter, und er spürte einen Schauder im Nacken, so als sei das Zielfernrohr eines Gewehrs darauf gerichtet.

Am folgenden Tag erwischte Grimes Lindquist am Hafen und teilte ihm mit, dass er wichtige Informationen für ihn hätte.

Lindquist humpelte über den Landungssteg auf den klapprigen Pier. Er runzelte die Stirn, klappte den Kopf seines PEZ-Spenders auf, warf sich eine Pille in den Mund und zerkaute sie.

»Ihr Arm«, sagte Grimes.

Lindquist riss die blutunterlaufenen Augen auf. »Haben Sie ihn gefunden?«

»Ich bin mir nicht ganz sicher, ob ich Ihnen das sagen kann. Das ist ein heikles Thema.«

Lindquist trat flehend zu ihm hin. »Mister«, sagte er, »wissen Sie, wie am Arsch ich ohne den Arm bin?«

Grimes sagte nichts.

»Ehrlich, schauen Sie sich das doch mal an«, setzte Lindquist nach und wedelte mit dem Hakenarm.

Sie standen im heißen Dämmerlicht neben Lindquists Boot. Selbst die *Jean Lafitte* kam Grimes völlig durchgeknallt vor mit ihrer erbsgrünen Farbe und dem verzogenen abblätternden Holz.

»Sagen wir mal, ich bin mir ziemlich sicher, Ihren Arm gefunden zu haben«, sagte Grimes. »Allerdings muss ich diskret bleiben.«

»Sind wir denn nicht Freunde?«

Grimes war verdutzt. In den letzten Wochen war ihm allerhand an den Kopf geworfen worden, aber *Freund* war gewiss nicht darunter gewesen. »Klar«, antwortete Grimes.

»Sagen Sie schon«, drängte Lindquist.

Draußen in der Bucht glitzerten die roten und grünen Positionslichter der Shrimpfänger und Austernboote. Die meisten von ihnen arbeiteten nun im Auftrag der Ölgesellschaft als »Einsatzfahrzeug«.

»Ich will uns keinen Ärger einhandeln. Ihnen nicht, mir nicht.«

»Wird keinen Ärger geben.«

Mücken umschwirrten sie.

»Na ja, wo wir doch Freunde sind«, meinte Grimes und schlug um sich, »sollten wir uns gegenseitig einen Gefallen tun.«

Lindquist dachte darüber nach. »Die Papiere, meinen Sie?«

Grimes nickte.

»Ach, zum Teufel. Mister, ich unterschreibe. Geben Sie mir den Papierkram. Ich unterschreib den Kram mit dem eigenen Blut.«

»Versprechen Sie, niemandem zu sagen, woher Sie das wissen«, mahnte Grimes.

»Ich schwör's bei meinem Leben.«

»Das könnte eine Menge Scherereien geben.«

»Ich schwöre bei Gott.«

Lindquist legte die flache Hand auf eine unsichtbare Bibel.

»Also gut«, sagte Grimes, »bringen wir es hinter uns.«

Sie gingen über den wackligen Steg an Bord der *Jean Lafitte*. Grimes holte die Papiere aus der Tasche, legte sie auf ein hölzernes Schneidebrett und reichte Lindquist seinen Mont-Blanc-Stift. Der unterschrieb schnell und reichte ihm den Stift zurück.

»Die Toup-Zwillinge«, sagte Grimes.

Lindquist schaute verblüfft und ungläubig.

»Ich hab den Arm in ihrem Haus gesehen«, fügte Grimes hinzu. »Er schaute aus einer Vase heraus. Ein Spucknapf oder so. Sah aus wie ein kranker Witz.«

Lindquist, der schon Rachepläne schmiedete, schaute wild um sich.

»Sie haben es versprochen«, sagte Grimes. »Von mir haben Sie das nicht gehört.«

DIE BRÜDER TOUP

Der Abend dämmerte heran, Fledermäuse flatterten wie Ascheflocken über den dichten Bäumen, als die Brüder Toup durch das Vorderfenster sahen, wie Lindquist die Stufen hinaufkam. Er hielt sich mit einer Hand am Geländer fest und zog sich langsam nach oben; anstelle seiner fehlenden Prothese trug er einen schlechtsitzenden Arm mit Haken, der zu klein für seinen Körper war. Als Lindquist auf der erhöhten Veranda ankam, warteten Reginald und Victor bereits auf ihn.

»Ich will euch gleich rundheraus fragen«, fing Lindquist an. Sein Gesicht war puterrot und glänzte vor Schweiß, und sein Atem ging schwer. »Habt ihr meinen Arm gesehen?«

Die Brüder sahen sich an.

»Um ehrlich zu sein, ja«, antwortete Victor.

Lindquist wartete mit offenem Mund und umherirrendem Blick. Er trug ein zu großes T-Shirt, eine Kapitänsmütze und eine Tarnhose.

»Ich hab ihn bei Sully's trinken sehen«, fuhr Victor fort. »Ärsche angrabschen. Rumtanzen. Ärger machen.«

Die Brüder hatten sogar dasselbe Pferdegewieher, wenn sie lachten.

Noch mehr Blut schoss Lindquist ins Gesicht. »Ich werde Villanova anrufen, wenn ich muss«, drohte er.

Die Brüder hörten auf zu lachen. »Willst du uns drohen?«, fragte Reginald.

»Ich will nur meinen Arm. Gebt ihn mir.«

Victor verschränkte die Arme vor der Brust. »Treibst du dich immer noch im Bayou herum?«

»Das ist Staatsbesitz.«

»Nein, unser.«

»Ich pfusch euch nicht ins Handwerk, falls ihr das meint.«

»Was machst du da draußen?«, fragte Reginald.

Lindquist sagte nichts, doch seine Gesichtsmuskeln zuckten.

»Was machst du da draußen, Lindquist?«, wiederholte Reginald.

»Bin auf Schatzsuche.«

Die Brüder wieherten.

»Heilige Scheiße«, sagte Victor. »Weißt du eigentlich, wie durchgeknallt du bist?«

»Geht dich nichts an.«

»Geht mich sehr wohl was an«, entgegnete Victor.

»Ach, Scheiße. Wenn ich was finde, gebe ich euch was ab.«

»Da draußen gibt es gar nichts«, entgegnete Reginald.

»Der Arm hat dreißigtausend Dollar gekostet«, sagte Lindquist.

»Dreißigtausend für'n Arsch«, meinte Victor. »Was soll das sein, Gucci?«

»Ihr könnt mich mal«, schimpfte Lindquist. Er machte kehrt und kletterte die Stufen wie ein alter Mann hinunter, hielt sich wieder am Geländer fest.

»Hast du 'n Witz für uns auf Lager, Lindquist?«, rief Victor ihm hinterher. »Erzähl uns 'nen Witz.«

Ja, Reginald und Victor hatten den Arm geklaut. Erst wollten sie ihn als Druckmittel behalten und vielleicht zurückgeben, wenn Lindquist schwor, nicht weiter in der Bucht herumzusuchen. Doch dann hatte dieser Schnüffler von der Ölgesellschaft die Prothese entdeckt. Kein Zweifel, nach dem Blick zu urteilen, als er vom Klo zurückkam. Und als nun Lindquist ein paar Stunden später auftauchte, seinen Arm zurückforderte und mit Villanova drohte, da wussten die beiden, was zu tun war. Als sie in derselben Nacht in die Bucht hinausfuhren, warf Victor die Prothese dort über Bord, wo niemand sie jemals finden würde.

Am folgenden Morgen klopfte es an der Tür, Reginald linste durch den Türspion und sah Sheriff Villanova mit dem Hut in der Hand auf der Veranda stehen; sein Kürbisgesicht war rot vor Hitze.

»Habt ihr 'ne Minute Zeit?«, fragte er, nachdem Reginald die Tür geöffnet hatte. Reginald erkannte an seinem ernsten Blick, dass der Sheriff wegen Lindquist gekommen war. Reginald hatte schon immer vermutet, dass Villanova ganz genau wusste, was sein Bruder und er in der Barataria trieben, genau wie er vermutete, dass es Villanova egal war, solange es nicht um Meth oder Waffen ging und er nicht mit hineingezogen wurde. Erstaunlich, wie ein paar tausend Dollar in die sprichwörtliche Portokasse die Moral eines Mannes unterhöhlen konnte. Vor allem, wenn dieser Mann die üble Angewohnheit hatte, am Computer zu pokern und sich eine Geliebte in New Orleans zu halten.

Reginald führte den Sheriff zum Esstisch, wo Victor auf seinem Handy spielte. »Hallo, Sheriff«, sagte dieser, legte das Handy beiseite und stand auf. Er reichte dem Sheriff die Hand und setzte sich mit vor der Brust verschränkten Armen wieder hin.

»Kaffee?«, fragte Reginald.

Villanova schüttelte den Kopf, setzte sich, lehnte sich zurück, balancierte den Hut auf den Knien und schlug die Beine übereinander; er trug schokoladenbraune Straußenlederstiefel. Dann strich er sich mit Daumen und Zeigefinger über den Bleistiftschnurrbart. »Ihr beiden wisst, ich war immer gut zu euch.«

»Sicher«, meinte Reginald und setzte sich.

»Und ihr wart gut zu mir.«

»Hoffentlich.«

»Also, rundheraus.«

Die Zwillinge warteten.

»Lindquist«, sagte Villanova.

»Und?«, fragte Reginald.

»Kennt ihr den?«

»Klar«, sagte Victor.

»Jemand will ihm einen Streich spielen«, sagte Villanova.

»Wir, denken Sie?«, fragte Reginald.

Villanova zögerte einen überlegten Augenblick und sah sich um. Durch die makellos sauberen Fenster war die schimmernde Jade des Vormittags zu sehen, kräftige Kiefern und Eichen. Das Haus war karg und sauber, auf den Regalen und Fensterbrettern standen Usambaraveilchen.

»Nein, das tue ich nicht«, antwortete Villanova, »aber Lindquist schon.«

»Der Kerl ist reif für die Klapsmühle«, erklärte Victor.

»Ihr wisst doch, wie er ist«, meinte Villanova.

»Ja«, sagte Victor. »Ein einarmiges Arschloch. Mit Metalldetektor.«

»Habt ihr den Arm gestohlen?«, fragte Villanova.

Victor wieherte.

»Ich weiß gar nicht, was ich darauf sagen soll«, meinte Reginald.

Villanova sah auf die Tischplatte und runzelte die Stirn. »Hört sich verrückt an, ich weiß. Aber er glaubt, dass ihr was damit zu tun habt.«

»Der Typ ist ein Tablettenjunkie«, warf Victor ein.

»Woher weißt du das?«, fragte Villanova.

»Weiß doch jeder«, antwortete Victor.

»Seinen Arm stehlen?«, fragte Reginald ungläubig.

»Ja«, sagte Victor. »Warum sollten wir uns mit einem Krüppel anlegen?«

»Vielleicht hat er an den falschen Orten nach Schätzen gesucht.«

»Genau das tut er«, sagte Victor. »Er gräbt Löcher an all den falschen Orten.«

Villanova dachte darüber nach.

»Mit seinem Detektor hat er es sich mit 'nem Haufen Leuten verschissen«, erklärte Reginald. »Vor allem nach dem Sturm.«

Villanova sah zwischen den Brüdern hin und her.

»Vielleicht habt ihr recht«, gab er zu, »aber ich bezweifle, dass einer von denen den Arm geklaut hat.«

»Wir aber auch nicht«, sagte Reginald.

»Hab ich mir schon gedacht«, meinte Villanova und stand auf. Mit einer Hand setzte er sich den Hut auf. »Aber ihr tut mir einen Gefallen, okay? Am besten schaut ihr den Kerl noch nicht mal falsch an. Der Typ ist ein wenig gaga.«

LINDQUIST

Mit einem Arm auf Shrimpfang zu gehen war schwerer, als Lindquist in Erinnerung hatte.

Als Dixon am Nachmittag nicht auftauchte, fuhr Lindquist allein auf der *Jean Lafitte* in die Barataria Bay hinaus. Mit jeder Stunde wurde die Situation alberner. Lindquist ließ die Bäume herunter, kletterte ins Ruderhaus hinauf, steuerte das Boot, kletterte die Leiter wieder hinunter, hob die Bäume. Dann wuchtete er den Fang aus den Netzen in die Sortierkiste.

Sortieren war die schlimmste Arbeit von allen. Mit einer Hand durch den wimmelnden Haufen Meeresgetier wühlen, den Schweiß aus den Augen blinzeln. Die Katzenwelse mit ihren peitschenden Barteln, die Rochen mit ihren zuckenden rasierklingenscharfen Schwänzen. Nach ein paar Minuten waren seine Finger wund und blutig, und seine Hand fühlte sich an wie ein Holzklotz. Und das alles für magere zwanzig, dreißig Pfund Shrimps, kaum genug, um den Sprit zu bezahlen. Da blieb nicht mal genug für eine Packung Kaugummi.

Und dann wieder alles von vorn, wie so ein Keystone Kop. Runter mit den Bäumen, hoch die Leiter, runter die Leiter, hoch mit den Bäumen.

Immer wieder sah er hilfesuchend gen Himmel, hoffte insgeheim darauf, dass ein Blitz ihn treffen und von seinem Leid erlösen würde. Hielt er inne, um darüber nachzudenken, wie müde er war, würde er wahrscheinlich zusammenbrechen.

Endlose, saunaheiße Nachmittage und Nächte. Das Hemd klebte ihm am Rücken, Beine und Arm taten ihm weh, und seine Augen brannten vor Erschöpfung und salzigem Schweiß.

Und was noch schlimmer war: Die Hitze würde frühestens im Oktober weichen. Mit Glück.

Tabletten: Er hatte aufgehört zu zählen, wie viele er davon einwarf. Sie schienen immer weniger zu wirken. Er brauchte schon zwei davon, um sich nur halb so wohl zu fühlen wie früher nach einer.

Am zweiten Tag allein in der Bucht sortierte er gerade den ersten Fang, als sich eine riesige Blaukrabbe seinen Zeigefinger schnappte. Selbst durch den Handschuh spürte er den wütenden Biss der Schere. Er wedelte mit der Hand, die Krabbe klammerte sich fest, er wedelte stärker, doch noch immer biss sie zu. Er riss den Arm nach unten, schlug die Krabbe gegen das Seitendeck und peitschte mit dem Arm. Die Krabbe flog wild mit den Scheren klappernd ins Wasser.

Lindquist wurde von stiller Wut gepackt. Es war durchaus etwas Befreiendes, fast Besänftigendes daran, sich der Tatsache zu ergeben, dass man am Arsch war.

Lindquist betrat mit einem violetten Samtbeutel (in dem eine Flasche Crown Royal gesteckt hatte) voller billigem Schmuck Trader John's General Store. Für den Notfall hatte er noch einen immer kleiner werdenden Vorrat davon, wenn er Geld für Tabletten, für Diesel, für die Rechnungen brauchte. John Theriot, der alte Besitzer des Ladens, war schon lange tot, nun führte seine Frau den Laden. Lindquist nickte der alten Frau zu und wollte schon zum Tresen gehen, als er sah, wie ein junges Pärchen die Schmuckvitrine begutachtete. Er stopfte den Samtbeutel in seine Tarnhose und verschwand eilig hinten im Laden, wo er vor den gebrauchten Werkzeugen stehen blieb, die an einer Stecktafel hingen. Er verschränkte die Hände auf dem Rücken und besah sich einen Grassodenschneider, als würde es sich um einen Picasso handeln.

Als das Pärchen gegangen war und Lindquist die kleine Glocke an der Tür klingeln hörte, trat er an den Tresen. Er zog den Beutel aus der Tasche, knotete das Zurrbändchen auf und schüttete den Inhalt auf den Tresen. »Ich möchte das verkaufen. Ein Preis für alles.«

Uhren, Halsketten, Ringe, das meiste davon nur vergoldet, billiger Modeschmuck, wie man ihn auf dem Jahrmarkt bekam, wenn man einen Pingpongball in ein Goldfischglas warf. Dazwischen lagen aber ein paar Stücke, die gut aussahen, vielleicht sogar wertvoll waren.

Mrs Theriot blähte die Flügel ihrer schmalen Nase, als sie den Schmuck besah. Lindquist wusste, die Frau mochte ihn nicht, hielt ihn für so unmoralisch wie einen Plünderer. Ihre Gesichtszüge waren hart und mürrisch, wollten so gar nicht zu der grellbunten Ananasbluse mit dem angeknöpften Kragen passen. Während sie die Ringe und Halsketten durchging, besah er sich den Spielplan der New Orleans Saints für 2010/11, der an der Wand hinter dem Tresen hing. Der Saisonauftakt gegen die Vikings sollte Anfang September stattfinden.

»Wo haben Sie das denn alles gefunden?«, fragte Mrs Theriot schließlich.

Lindquist grinste schüchtern. »Oh, das kann ich Ihnen nicht sagen.«

»Das könnte doch jemandem gehören, meinte ich damit.«

Sein Lächeln versiegte. »Wollen Sie damit sagen, ich hab's geklaut?«

»Das hat niemand behauptet.«

»Ich hab mein ganzes Leben noch nichts geklaut. Bin doch kein Dieb.«

»Hat ja auch niemand behauptet.«

Lindquists Gesicht war ganz rot geworden, und sein Mund zuckte.

»Durch den Sturm ist jede Menge Zeugs verlorengegangen«, sagte Mrs Theriot. »Eine Menge Zeugs, nach dem die Leute noch immer suchen.«

Lindquist seufzte und sah zu Boden. Er beugte sich vor, trommelte mit den Fingern auf der Glasplatte und legte sich etwas zurecht. »Ich sag Ihnen was. Wenn die Leute herkommen und was erkennen, bevor es verkauft ist, können sie's haben.«

Die Frau schüttelte den Kopf. »Ich glaube, das ist auch keine sonderlich gute Idee.«

»Wieso nicht?«

»Na ja, dann stehen die Leute von hier bis Mississippi Schlange und erheben Anspruch auf Sachen, die ihnen gar nicht gehören.«

»He, ich hab ja nicht gesagt, dass Sie ein Schild aufhängen sollen, ›Schmuck zu verschenken‹.«

Die Frau wartete.

Lindquist meinte: »Wenn jemand sich das Zeug anschaut und ein komisches Gesicht macht, dann wissen Sie doch, dass was nicht stimmt und der vielleicht die Wahrheit sagt.«

Mrs Theriot ging den Schmuck auf dem Tresen durch. »Das meiste davon ist wertlos«, erklärte sie.

»Schauen Sie sich mal diese Uhr an«, sagte Lindquist und deutete darauf. »Für die wird sich bestimmt jemand interessieren. Und der Ring da. Schauen Sie. Massives Gold. Der Diamant ist nicht groß, aber echt. Mit Gold eingefasst.«

»Ich gebe Ihnen hundert Dollar auf die Hand für alles.«

Lindquist sah schnell weg und wieder hin, eine Art von Stummfilm-Spätzündung. »Hundert Dollar«, stöhnte er. »Also wirklich.«

»Hundert Dollar.«

»Ach, verflucht. Die Uhr allein ist doch schon ’nen Hunderter wert.«

»Ich kann froh sein, wenn ich sie für die Hälfte loswerde. Heutzutage kauft doch keiner Schmuck. Heutzutage kauft keiner irgendwas.«

»Jeder braucht eine Uhr.«

»Wenn ich mehr als hundert Dollar einnehme«, sagte Mrs Theriot, »teilen wir uns den Gewinn halbe-halbe. Aber bei dem Kram können wir von Glück reden.«

Am folgenden Morgen saß ein junger Bursche auf seiner Kühlbox auf dem Deck vor der *Jean Lafitte*. Schwarze Haare, die an den Schläfen schon grau wurden, blassgrüne Augen, heller als seine dunkle Haut. Er fragte Lindquist, ob er der Kapitän sei, der einen Decksarbeiter suche.

Lindquist fragte Wes, wie alt er denn sei, und Wes antwortete, siebzehn, bald achtzehn.

»Siehst ein bisschen klein aus«, meinte Lindquist. »Kannst du eine Winsch bedienen?«

»Ja, Sir. Ich kann alle Arbeiten auf einem Shrimpfänger machen.«

»Du bist erst siebzehn und hast schon graue Haare?«

Wes zuckte mit den Schultern. »Ja, Sir.«

Lindquist besah sich den Burschen. »Ich hab dich hier schon mal gesehen.«

»Hab mein ganzes Leben hier verbracht, kann gut sein.«

»Ja, ich hab dich schon gesehen«, bekräftigte Lindquist. Er nickte unsicher, so als versuche er sich zu erinnern. Hinter seinen Augen klickte es. »Beim Monsieur vor ein paar Tagen.«

»Ja, Sir. Da war ich.«

»Du bist der Sohn vom Trench, nicht?«

Wes nickte.

»Was stimmt denn nicht mit seinem Boot?«

»Nichts.«

»Warum arbeitet ihr nicht zusammen, meine ich.«

Wes stopfte die Hände in die Hosentaschen und erwiderte nichts.

»Ach herrje, so schlimm, hm?«

Wes zuckte mit den Schultern.

»Wird er sauer sein?«

»Auf mich vielleicht. Nicht auf Sie.«

»Ich brauch keine weiteren Arschlöcher mehr, die sauer auf mich sind. Davon hab ich schon genug am Hals.«

»Ich garantiere es Ihnen, Sir.«

»Nimmst du Drogen?«

»Nein, Sir«, antwortete Wes.

»Pfeifst du dir einen rein?«, fragte Lindquist.

»Was tue ich?«

»Einen reinpfeifen.«

»Ich weiß nicht, was Sie meinen.«

»Joints rauchen.«

»Nein, nichts davon.«

»Bist du verrückt?«

»Nein, Sir.«

»Und du kannst eine Winsch bedienen?«

»Ja. Ja, Sir.«

»Kannst du auch Schleppnetze heben?«

»Ja, Sir.«

»Warst du jemals in Sing-Sing?«

»Wo, Sir?«

»Na, dann herzlichen Glückwunsch«, sagte Lindquist. »Du bist angeheuert.«

WES TRENCH

Der Spätnachmittag war warm und wolkenlos, die Sonne eine fette wabernde Zinnmünze, Zikaden schrillten in den Eichen. Wes schaute zu, wie der Bayou vorbeiglitt, und die trägen Strömungen pulsierten vor Leben. Wer wusste schon, welch riesige Monstrosität dort unten lauerte. Wes stellte sich einen Katzenwels vor, groß wie ein Sofa, oder eine Schildkröte, groß wie ein Dünenbuggy. Das war eines der Dinge, die er am Bayou noch immer mochte, dieses Geheimnisvolle.

Sie kamen an einer Düneninsel vorbei, über deren Bäumen eine Gruppe von Bussarden kreiste. Kadavergestank lag in der Luft. Dort lag wohl ein toter Hirsch oder ein Opossum. Noch nachdem sie die Insel passiert hatten, schmeckte Wes den grauen, giftigen Nachgeschmack.

»Hast du einen fahren lassen?«, rief Lindquist aus dem Ruderhaus.

Wes sah nach oben und beschirmte sich die Augen mit der Hand. »Was?«

»Ob du einen hast fahren lassen?«

»Wir sind da an etwas vorbeigekommen.«

»Das kann schon mal vorkommen?«

»Nein, da hinten liegt ein Kadaver unter den Bäumen.«

»Du bist zu angespannt.«

Wes wusste nicht, was er darauf sagen sollte. »Ich glaub nicht«, meinte er.

»Du bist angespannt. All die grauen Haare auf deinem Kopf. Das macht die Anspannung.«

Wes ging zum Heck, um die Netze auszubreiten. Das waren die schlechtesten Netze, die er je gesehen hatte, voller Löcher, schlecht geflickt. Aber seine Netze wären wohl auch in schlechtem Zustand, wenn er nur einen Arm hätte, nahm er an.

Nach einer Minute traf ihn etwas am Hinterkopf. Hart wie ein Stein. Er fasste sich an den Kopf, wirbelte herum und schaute wütend.

Lindquist schaute grinsend aus dem Ruderhaus.

»Haben Sie nach mir geworfen?«, fragte Wes.

Lindquist lachte. »Auf dem Deck«, sagte er. »Zu deinen Füßen.«

Wes sah nach unten auf die Rolle Minzdrops und hob sie auf. »Lutsch ein paar davon«, sagte Lindquist. »Damit du den schlechten Geschmack aus dem Mund kriegst.«

Wes öffnete die Rolle mit dem Daumennagel und steckte sich ein Pfefferminz in den Mund. Er wollte die Rolle schon zurückwerfen, aber Lindquist meinte: »Kannst du behalten. Ich hab noch mehr davon.«

Wes senkte die Netze ab und ließ das Wasser hindurchstreifen. Zwanzig Minuten später winschte er die Ausleger hoch und wuchtete den Fang auf den Sortiertisch. Lindquist kam aus dem Ruderhaus, sie zogen Handschuhe an und sortierten gemeinsam das Gewimmel.

»Schau dir mal diese scheiß kleinen Shrimps an«, meinte Lindquist.

Er warf Wes einen Blick zu, so als warte er auf Widerspruch. Er schnappte sich einen Süßwassertrommler und schleuderte ihn über Bord. Der Fisch zuckte mit dem Schwanz und platschte aufs Wasser.

»Klopf, klopf«, sagte Lindquist.

»Ein Witz?«, fragte Wes.

»Ja, klopf, klopf.«

»Wer ist da?«

»Negerkuss.«

»Negerkuss wer?«

»Michael Jackson.«

Wes pustete ein kurzes Lachen durch die Nase, um Lindquist in dem Glauben zu lassen, dass er das lustig fand.

Bei Sonnenaufgang waren die Shrimps bei Monsieur Montegut entladen und gewogen; dann lotste Lindquist das Boot zurück zum Hafen. Auf dem Parkplatz zählte Lindquist Wes' Anteil ab und reichte ihm das Geld.

Wes bedankte sich und steckte es ein, ohne nachzusehen.

»Willst du nicht zählen?«, fragte Lindquist.

»Ich vertraue Ihnen.«

»Bist du bei Sonnenuntergang wieder hier?«

»Wenn ich soll«, entgegnete Wes.

»Zur Hölle, ja. Warum nicht? Du kannst anpacken.«

COSGROVE UND HANSON

Sollte Lemon jemals eine Teufelei ihrerseits vermutet haben, so ließ er sich nichts anmerken. »Sieht gut aus, die Herren«, sagte er, wenn er ihre Arbeit, oder deren Fehlen, am Abend kontrollierte. »Sieht wirklich, wirklich, wirklich gut aus«, dehnte er und grinste. Irgendwie ahnten sie, dass er sie verarschte, wussten, dass es ihm scheißegal war, ob sie ihn verarschten. Er grinste und schlug ihnen mit seinen fleischigen Händen auf den Rücken. Er schien high oder blau oder beides zu sein. Cosgrove hätte es nicht überrascht. Seine Vorderzähne wirkten lila, weinfleckig, und Cosgrove hätte schwören können, dass er einen beißenden medizinischen Geruch von sich gab, ein Spermizid vielleicht oder eine Gleitcreme.

Hansons letzter Tag kam gegen Ende August. Cosgrove hatte noch etwa eine Woche abzuleisten. Um der guten Zeiten willen wollte Hanson noch ein letztes Mal den Dachboden der Witwe plündern.

»Ich glaube, wir haben unser Glück schon überstrapaziert«, erwiderte Cosgrove.

»Überstrapaziert? Hat sie vielleicht nicht auf den Knopf gedrückt und dir die Scheiße ins Gesicht gepustet?«

Mehr Überzeugung brauchte Cosgrove nicht. Wie immer kroch Hanson durchs Küchenfenster und ließ Cosgrove durch die Haustür herein. Als sie die Treppe hinaufstiegen, hörten sie die Stimme der Alten aus dem Wohnzimmer, gebrechlich, gerade aufgewacht.

»Der Truthahn ist im Ofen«, sagte sie.

Cosgrove blieb auf der Treppe stehen. Dann Hanson. Cosgrove warf einen Blick über die Schulter: Was zum Teufel?

»Jungs?«, rief die Alte. »Der Truthahn ist fast fertig.«

»Keine Eile«, rief Hanson zurück.

»Was machst du, verdammt?«, flüsterte Cosgrove.

»Die alte Lady kann doch ihren Hintern nicht von ’ner Handgranate unterscheiden.«

»Macht schon mal das Spiel an, Jungs, wenn ihr wollt.«

»Ja, wird ’n gutes Spiel. Schauen wir uns an.«

Aus einem der hintersten Winkel des Hauses schlug eine Standuhr.

»Ist der Truthahn gut?«, fragte die Frau.

»Köstlich, Ma’am.«

»Jungs, geht nach oben und spielt, bis das Essen fertig ist.«

»Nichts wie weg hier«, meinte Cosgrove zu Hanson.

»Einen Augenblick«, entgegnete Hanson.

Sie stiegen die Leiter in den glühend heißen Dachboden hinauf und durchsuchten ein paar Kartons. Erst fand Cosgrove nichts Besonderes. Fotos und Daguerreotypien. Bronzierte Babyschühchen. Ansteckblumen in Notizbüchern. Dann stieß er auf einen alten Lederhandkoffer mit Messingbeschlägen. Darin fand er alte Briefe auf Pergament: manche auf Französisch, andere auf Spanisch, nur ein paar auf Englisch. Am Boden des Koffers lagen neuere Umschläge, Absender und Anschrift mit Schreibmaschine getippt, Zehn- und Fünfzehn-Cent-Briefmarken, Poststempel aus den USA: Louisiana, Mississippi und Texas.

Cosgrove überflog schnell die Briefe. Ein paar stammten aus den Siebzigern und Achtzigern, geschrieben von Doktoren und Professoren mit kreolisch klingenden Namen, die sich als Mitglieder der »Studiengruppe Lafitte« bezeichneten.

Nach 1994 nannten sie sich »Lafitte Society«.

Die Briefe hatten alle dasselbe Thema: Adressiert an Esther Prejean, wollten sie von ihr Auskünfte über die Familie mütterlicherseits, die Boudreaux. Lautete Esthers Geburtsname Boudreaux, war sie irgendwie mit Marie Boudreaux, geborene Butte, geborene Breaux, verwandt, die Ausgleichszahlungen aus dem Nachlass Lafitte in Galveston erhielt? Wenn ja, könnte sie lebende Angehörige der sagenumwobenen Linie Lafitte sein, sechste oder siebte Generation in der Genealogie des berühmten Freibeuters, unschätzbarer Quell ihrer historischen Forschungen.

Und so weiter und so fort.

Soweit Cosgrove das beurteilen konnte, waren die Briefe unbeantwortet geblieben. Die Witwe hatte anscheinend kein Interesse daran gehabt, auf genealogische Anfragen einzugehen. Vielleicht hatte sie keine Antworten darauf gewusst. Vielleicht wollte sie gewisse Geheimnisse für sich behalten. Ihre Gründe würden wohl für immer verborgen bleiben, dazu war die Frau schon zu senil. So senil, dass sie die Fremden nicht bemerkte, die Tag um Tag ihren Dachboden geplündert hatten.

»Hast du was gefunden?«, fragte Hanson.

»Du hattest recht«, sagte Cosgrove und wischte sich die staubigen Hände an der zerlumpten Jeans ab. »Die alte Dame stammt von Piraten ab.«

Hanson grinste äffisch. »Hab ich dir doch gesagt, du Penner.«

Cosgrove brummte.

»Was Gutes gefunden?«

»Nur Briefe.«

Hanson stand mit gesenktem Kopf da, um sich nicht an der Schräge des Dachs zu stoßen. Es war brütend heiß, sein Gesicht war rot, das Hemd klebte ihm am Leib. »Vielleicht glaubst du mir ja das nächste Mal«, sagte er. Dann reckte er den Kopf. »Ich krieg gleich ’nen Hitzschlag. Lass uns hier verschwinden.«

Bevor Lemon sie am Nachmittag abholte, hockten sie im Schatten der vorderen Veranda und tranken Tequila aus Hansons Plastikflachmann.

»Machst du dir Sorgen?«, fragte Hanson. »Wegen der Stehlerei?«

Cosgrove zuckte mit den Schultern. »Ein wenig.«

»Die Schlampe hat dich mit Pfefferspray angegriffen.«

»Ja, das sag ich mir auch immer wieder.«

Eine Weile schwiegen sie.

»Was machst du jetzt?«, fragte Cosgrove.

»Keine Ahnung«, antwortete Hanson. »Und du?«

»Austern. Denselben Scheiß wie vorher.«

Hanson griff in die Brusttasche, zog einen Joint heraus und gab ihn Cosgrove. »Abschiedsgeschenk«, sagte er. »Der Stoff, den du so gemocht hast.«

Cosgrove nahm den Joint. »Danke, sehr nett.«

»Vielleicht sehen wir uns.«

»Ja, vielleicht.«

Anfang September war Cosgrove mit seinen Stunden fertig, verlor aber kurz darauf auch den Job bei *Captain Larry’s Oyster House*. Die Touristen kauften keine Meeresfrüchte mehr von der Golfküste. Das Restaurant, das fünfundvierzig Jahre bestanden hatte, sollte eine Woche später schließen.

Cosgrove durchforstete die Annoncen in der *Times-Picayune*, als er auf eine Anzeige stieß, in der Hilfskräfte bei der

Ölbeseitigung gesucht wurden. Kein Empfehlungsschreiben, kein Führungszeugnis, volljährig, amerikanische Staatsbürger wurden sofort genommen. Unter einer Bedingung: »Vogelliebhaber!« stand in der Anzeige.

Ob Cosgrove Vögel liebte? Ja, zum Teufel, für fünfzehn Dollar die Stunde schon.

Er schrieb sich vor der Stadtbibliothek auf der Tulane Avenue ein und wurde am selben Nachmittag zusammen mit weiteren dreißig Freiwilligen nach Jeanette gefahren, einer Bayou-Stadt eine Dreiviertelstunde außerhalb von New Orleans. In Rufweite des Bayou war ein Lager errichtet worden: Nissenhütten und doppelt breite Wohntrailer, Dixi-Klos und eine Kantine, eine aus dem Boden gestampfte Kaserne mit Pritschen.

Cosgrove stieg aus dem Bus und wanderte mit seinem geschulterten schwarzen Seesack, in dem sich fast seine ganze Habe befand, durch das Lager. Helfer in Zivil eilten umher, manche von ihnen erfahrene Vagabunden wie er, andere nach Geld stinkende junge Leute – selbst ihre Sonnenbräune wirkte so teuer wie ihre Zähne; die waren wohl hier, um wieder mal eine gute Tat zu vollbringen, die sie in ihren Bewerbungsunterlagen herausstellen konnten.

Fernsehreporter standen hier und da vor den Kameras herum und sprachen gewichtige Sätze über die Ölpest. Eine junge platinblonde Reporterin in blauer Seidenbluse hielt Cosgrove auf und fragte ihn, was er von der Katastrophe hielt.

Cosgrove stand vor der Kamera wie ein verschrecktes Tier.

»Glauben Sie, dass sich die Lage normalisiert?«, fragte die Frau.

»Ich weiß nicht«, antwortete er. »Ich bin gerade erst gekommen.«

»Ist es so schlimm, wie Sie befürchtet hatten?«, fragte die Frau mit gesetzter Stimme.

Cosgrove trat von einem Bein aufs andere. »Na ja«, meinte er und verschränkte die Arme. »Es ist ziemlich heftig.«

Die Frau wartete, das Mikrophon in Cosgroves Gesicht wirkte so bedrohlich wie eine Klapperschlange.

»Richtig schlimm«, sagte er.

»Na, viel Glück«, wünschte ihm die Frau. »Wir danken Ihnen für die wichtige Arbeit, die Sie hier leisten.«

Cosgrove nickte.

Die Frau wandte sich ab und suchte nach dem nächsten Opfer. Cosgrove ging weiter, und die Worte der Frau klangen ihm noch im Ohr. Niemand hatte ihm jemals gesagt, dass seine Arbeit wichtig sei, keiner hatte ihm je für irgendeine Tätigkeit gedankt. Die Bestätigung, so fehl am Platze sie bei ihm auch gewesen sein mochte, erfüllte ihn mit warmem Summen.

In der Arbeit lag aber auch eine gewisse Befriedigung, wie Cosgrove zugeben musste. Fünf Tage die Woche meldete er sich um acht Uhr früh in einem Hangar voller Säuberungseinrichtungen zum Dienst; dort standen große Plastikwannen wie Babybäder auf schmalen Tischen in Reihen nebeneinander. In jeder Wanne hockte ein ölverschmierter Vogel: ein Pelikan, ein Reiher, ein Fischreiher. Freiwillige in Kitteln und Handschuhen wuschen die Vögel ab und wischten ihnen die schwarze Schmiere aus den Flügeln. Sie schäumten sie mit Spülmittel ein und spülten die Federn mit einem Schlauch ab, dann reichten sie den Vogel in die nächste Wanne weiter, wo der Vorgang wiederholt wurde. Beim letzten Säubern wurden sie abgespült und trockengerieben, dann trug man die Vögel hinaus ins Vogelhaus, wo sie unter Beobachtung blieben, bis sie gesund genug schienen, um freigelassen zu werden. Wenn sie Glück hatten, wurden sie nach Florida gebracht und in der Tampa Bay ausgesetzt.

Der erste Vogel, den Cosgrove säuberte, ein Pelikan, schrie wie ein gequältes Kind und entzog sich seinem Griff. Zwei andere Helfer, kurzgeschorene Lesben in Overalls und Arbeitsschuhen, kamen zu ihm und halfen ihm, den Vogel festzuhalten.

Die Augen des Vogels waren mit verklumptem Öl zugeschwollen, die Federn von der Schmiere verklebt.

Wut schnürte Cosgrove die Kehle zu. Der Vogel würde höchstens noch ein, zwei Tage zu leben haben, wenn er Glück hatte. Oder Pech.

Cosgrove legte eine Hand ans Genick des Vogels und drückte ihn wie zur Taufe unter Wasser. Dann besprühte er die Federn, und durch die Ölschmiere kamen die Flügel zum Vorschein.

»So ist's richtig«, sagte eine der Frauen, »du bist talentiert.«

Cosgrove stellte überrascht fest, dass er rot wurde, und bedankte sich.

In der zweiten Woche beim Vogelschutz hörte er jemanden am Tisch hinter ihm sich räuspern. Das Räuspern klang wie »Cos-grove! Cos-grove!«. Er war gerade dabei, einem Löffler den Flügel zu reinigen, drehte sich um und entdeckte Hanson, der ihn listig durch den Raum ansah. Hanson legte den Schlauch beiseite, wischte sich die Hände an den Hosenbeinen seiner ausgebeulten Jeansshorts ab und kam herübergegockelt, ganz unpassend zu seiner Körpergröße. Seine riesige Rodeoschnalle blinkte im Licht.

»Glaubst du an Schicksal, Cosgrove?«, fragte Hanson.

»Einfach nicht zu fassen, verdammt.«

»Hast wohl gedacht, du siehst mich nie wieder.«

»He, stalkst du mich?«, witzelte Cosgrove.

Sie klatschten sich ab. Cosgrove bemerkte, dass Hansons rechte Gesichtshälfte von einem verblassenden grünblauen Veilchen geziert wurde. Er fragte Hanson, was denn passiert sei.

»Ach, in 'ner Bar hat mich ein Kerl dabei erwischt, wie ich seine Lady falsch angeguckt hab«, meinte Hanson und hakte den Daumen in die Gürtelschnalle. »Scheiße, ich hab nicht mal gewusst, dass sie einen Kerl hat. Sonst hätte ich doch nichts gemacht. Wollte mich entschuldigen, aber der Kerl meinte, ich solle auf Hände und Knie gehen und darum betteln. Irgend so ein Penner aus Jackson, Mississippi, mit Scheiße im Hirn. Ich hab ihm gesagt: ›Scheiß drauf, John Henry Hanson ist noch für niemanden auf die Knie gegangen.‹ Dann hab ich noch was über seine Mutter gesagt, und er hat mir ordentlich einen verpasst.«

Cosgrove pfiff durch die Zähne.

»Ach, ich hab's ihm saftig heimgezahlt. Kannst du mir glauben.« Er nickte, und seine Augen traten vor. Dann, so als ob Cosgrove gefragt hätte: »Hab 'ne Anzeige in der Zeitung gesehen. Vögel putzen für fünfzehn Kröten in der Stunde. Keine Drogentests und sonst was. Scheiße, ja.«

Ein paar Minuten lang arbeiteten sie schweigend weiter, Hanson hielt den Löffler fest, Cosgrove wusch ihm mit dem Schlauch das Öl aus den Halsfedern. Nach einer Weile nahm Cosgrove den Vogel und reichte ihn an die nächste Station weiter. Dann schüttete er das Dreckwasser aus und füllte die Wanne mit frischem Wasser. Schließlich ging er an die Nachbarstation und nahm dem Mann in der Gummischürze, der dort arbeitete, einen Pelikan ab.

Hanson hielt den Pelikan fest, Cosgrove sprühte ihn ein.

»Hast du was von dem Shit?«, flüsterte Cosgrove.

Hanson musste den Kopf nach hinten lehnen, um ihm in die Augen sehen zu können. »Schön wär's. Du?«

Cosgrove schüttelte den Kopf.

»Was für ein Vogel ist das?«, fragte Hanson.

Cosgrove sah Hanson einen Augenblick an, bevor er antwortete: »Ein Pelikan, Mann.«

»Niemals«, entgegnete Hanson. Er sah zu einem der freiwilligen Tierärzte hinüber, der drei Wannen weiter arbeitete. »He, Doc. Was für ein Vogel ist das?«

»Ein Pelikan«, antwortete der Arzt.

»Sieht mir eher wie ein Scheißvogel aus.«

»Wie heißen Sie?«

»John Henry Hanson, Sir.«

»Tun Sie Ihre Arbeit, Hanson«, ermahnte ihn der Arzt.

Hanson senkte die Stimme. »Alle machen ein solches Gewese um diese Viecher«, flüsterte er. »Können die Krebs heilen? Blasen die dir einen?«

»Ökologie«, sagte Cosgrove.

»Du bist ein Mann der wenigen Worte, Bigfoot. Hat dir das schon mal einer gesagt?«

Cosgrove brummte nur, und die beiden arbeiteten schweigend weiter.

»He, weißt du noch die Insel, von der Greenfoot gefaselt hat?«, fragte Hanson. »Ist doch gleich hier um die Ecke, oder?«

GRIMES

Das Problem mit diesen Sumpfratten, dachte Grimes: Sie waren zu blöd, eine Chance zu erkennen, und wenn man sie ihnen in den Schoß legte. Jahr um Jahr versuchten sie, ihren Lebensunterhalt im Bayou zusammenzukratzen – beharrlich, stur, starrsinnig, blind gegenüber der Wirklichkeit –, und Jahr für Jahr pressten sie nur Blut aus den Steinen.

Bob Trench. Der Kerl war besonders starrsinnig. Vielleicht sogar noch schlimmer als dieser irre Lindquist.

Heute, bei seinem dritten Besuch bei Bob Trenchs Haus, klopfte Grimes an die Haustür, und als niemand antwortete, ging er an der Seite entlang zum Hinterhof. Riesige braune Grashüpfer flogen auf und knatterten wie Partykracher. Trench stand auf dem Hof unter einem Schleppnetz, das wie ein riesiges Spinnennetz zwischen zwei Persimonenbäumen hing. Er löste einen Knoten und sah Grimes an. Seine dicken Finger, die sich mit der Schnelligkeit von Insekten bewegten, wurden nicht langsamer dabei. »Himmel«, sagte Trench.

»Guten Tag, Mr Trench«, sagte Grimes.

Grimes stemmte die Hände in die Hüften und sah sich um. Ein gemähter Rasen, ein gestutzter Paternosterbaum, ein Weber-Grill mit einem schmiedeeisernen Tisch und ein paar Stühlen. Am anderen Ende des Hofs, kurz bevor der Rasen dem Gestrüpp wich, stand ein bootsförmiges Etwas unter einer regennassen Plane.

»Hübsches Fleckchen haben Sie hier«, sagte Grimes und nickte beipflichtend.

Trench erwiderte nichts. Zikaden dröhnten in den Kiefern in der Ferne.

»Richtig hübscher Hof. Hoffentlich habe ich auch mal so einen Platz später. Friedlich.«

»Unbefugtes Betreten. Und Belästigung.«

Grimes überhörte die Bemerkung und meinte: »Das sieht älter aus als alles andere in der Gegend. Solide.«

Er trat aus der Sonne in den Schatten der Persimone. Nur ein Hauch kühler. Sein weißes, tailliertes Hemd klebte ihm am Rücken, seine Achseln rochen nach reifen Zwiebeln. Er wusste nur zu gut, dass die Hitze bis in den September, vielleicht sogar bis Mitte Oktober halten würde.

»Hatte nur einen Fuß tief Wasser«, meinte Trench, ohne aufzublicken.

»Ach ja?«, meinte Grimes, dem das egal war, aber er versuchte, mitfühlend zu klingen. Zahlen gingen ihm durch den Kopf, wie viele schon unterschrieben hatten, wie viele noch unterschreiben mussten. Wenn er schnell genug vorankam, könnte er heute noch zehn Häuser schaffen.

»Als ich auf dem Dach stand«, fügte Trench hinzu.

Grimes lachte übertrieben und mit offenem Mund. Vielleicht kam er an den Mistkerl heran. Endlich.

Trench kniff den Mund weiter zusammen und ging zum nächsten Knoten. »Knapp vier Meter Wasser«, sagte er. »Musste alles neu bauen.«

Grimes runzelte die Stirn.

»Haben Sie schon mal vom Road-Home-Programm gehört?«

»Nein«, musste Grimes gestehen.

»Eins dieser Regierungsprogramme, mit dem Leuten nach dem Sturm geholfen werden sollte«, erklärte Trench. »Kompletter Blödsinn. Die schickten mir einen Brief, ob sie mir vielleicht null Komma nichts anbieten dürften. Nada. Ein Formbrief. Weil ich ja eine Versicherung hatte. Die ist für ein Drittel meiner Verluste aufgekommen.«

»Schätze, da wär ich auch sauer«, sagte Grimes und verscheuchte eine Pferdebremse. Er fragte sich, ob es den Mann erweichen würde, wenn er Trench erzählte, dass er Chris Grimes' Sohn sei. Vielleicht. Aber diese Karte sollte er lieber erst später ausspielen.

»Und jetzt raten Sie mal«, fuhr Trench fort. Er klopfte die Brusttasche seines orangefarbenen Polohemds ab und fischte eine Zigarette heraus. Eine von diesen schlanken Frauenzigaretten, Virginia Slim. Er zündete sie an, ließ sie zwischen zusammengekniffenen Lippen glimmen und drückte die Augen gegen den Qualm zusammen, der so weiß war wie sein Haar.

»Und um das Ganze noch schlimmer zu machen«, fuhr Trench fort, »ich hatte einen Deckshelfer. Einen Säufer. So nutzlos wie Titten an 'ner Tomate. Ich hab ihn behalten, weil er Frau und Kind hatte. Hatte vor dem Sturm sein eigenes Boot. Nichts als 'nen Haufen Dreck. Höchstens ein paar Tausender wert. Keine Versicherung. Das Arschloch hat sein Lebtag keine Rechnung pünktlich beglichen. Tja, die Regierung hat ihm siebzigtausend dafür gegeben. Er kauft sich ein Boot für dreißigtausend und steckt den Rest ein. Das verjubelt er in *Harrah's Casino* in New Orleans. Und dann, was für eine Überraschung, schrottet er einen Monat später das Boot. Versoffenes Arschloch.«

Grimes war erstaunt über Trenchs Vertraulichkeit. Langsam fing er an zu vermuten, dass Trench wohl jedem in Hörweite eine Predigt hielt. Der reinste Antichrist.

»Verstehen Sie mich nicht falsch, Mr Trench«, sagte Grimes, »aber warum erzählen Sie mir das?«

»Sie können ja gehen, wenn's Ihnen nicht passt«, meinte Trench aus einem Mundwinkel. Im anderen brannte noch immer die Zigarette. Die lange Asche fiel auf sein Polohemd herunter; er schnipste sie fort.

»Nein, das ist schon interessant. Aber wozu? Wenn Sie mich eh nicht leiden können?«

Trench ging zum nächsten Knoten. »Nicht dass ich Sie nicht leiden kann.«

»Nein?«

»Ich hasse Sie.« Trench blickte nicht auf.

Grimes pochte das Blut im Gesicht, die Ohren glühten, doch er sagte nur: »Ich verstehe ja, dass Sie wütend sind, Mr Trench.«

Trench arbeitete weiter und atmete schwer durch die Nase.

»Ich versuche nur, Ihnen zu helfen.«

Stille.

»Glauben Sie vielleicht, hier gibt es irgendeine wilde Verschwörung gegen Sie?«

»Verschwinden Sie.«

»Ich bin nicht von der Regierung.«

»Sie sind die Regierung.«

»Ich bin von der Ölgesellschaft.«

»Derselbe Scheiß.«

»Ich bin völlig unpolitisch, Mr Trench.«

»In dem Augenblick, wo Sie angefangen haben, für die Firma zu arbeiten, sind Sie politisch geworden. Bobby Jindal, Haley Barbour, der verdammte Riley. Der reinste Rudelbums. Und Sie mittendrin.«

Grimes seufzte und schüttelte den Kopf. Trenchs Wangen und Ohren waren ungesund rot, fiel ihm auf. Wenn der Mann nicht aufpasste, bekam er ruck, zuck einen Herzinfarkt. Würde dem Mistkerl nur recht geschehen. Er stellte sich vor, wie Trench zusammenbrach und sich auf dem Boden wand wie ein Käfer auf dem Rücken. »Jetzt bereit zum Unterschreiben?«, würde Grimes sagen und mit dem Mont Blanc und den Papieren über ihm stehen wie der Sensenmann.

»Ich will mal rundheraus fragen«, setzte Grimes an. »Was muss ich tun?«

»Um was zu erreichen?«

»Dass Sie unterschreiben.«

»Nichts.«

Grimes drückte sich den Nasenrücken und atmete tief ein, so als sei Geduld etwas, das man aus der reinen Luft sog. »Ich verstehe nicht, Mr Trench.«

»Schon okay. Das müssen Sie auch nicht.«

»Ich würde aber gern.«

»Wo sollen denn die Leute da hin?« Er wies mit dem Kinn zu einer Seite des Hofs. Als würde dort jemand zu sehen sein.

Grimes schaute hin. »Ihre Nachbarn?«

»Die Familie in meinem Hof.«

»Die Familie in Ihrem Hof?« Grimes schaute sich erneut um und schüttelte dann verwundert den Kopf.

»Meine Familie, die hier begraben liegt.«

Jetzt begriff Grimes. Jenseits eines kleinen Eichenhains am Rande des Hofs standen verstreut ein paar mit Flechten bewachsene Grabsteine, einer davon erheblich neuer als die anderen; in der Sonne glänzte er wie ein heller Zahn.

»Die kann man umbetten lassen«, meinte Grimes.

Trench fiel der Unterkiefer gespielt ungläubig herunter. »Sie ausgraben?«, fragte er.

Grimes wusste, er musste vorsichtig bleiben. »Das kommt öfter vor, als Sie denken.«

Trench sah zu Boden und kratzte sich mit dem Zeigefinger am Nasenflügel.

»Das sind ausgebildete Fachleute. Ihre Familie« – in Grimes' Ohren klangen die Worte so voll Schmeichelei wie ein Scheißhaufen, der in einen Blecheimer plumpst; weiß Gott, wie das bei Trench ankam – »wird mit der allergrößten Sorgfalt und Behutsamkeit behandelt werden.«

»Schätze, das ist denen so oder so schnurz.«

Nach einem Augenblick räumte Grimes ein, dass dem wohl so sei.

»Ich werde niemals unterschreiben«, stellte Trench fest. Er zog noch mal an der Kippe, spuckte sie ins Gras und trat sie mit dem Absatz aus.

»Das höre ich öfter.«

»Hören Sie«, sagte Trench und hob einen Finger. »Sie können mich in Brand stecken und sagen, ich soll die Flammen auspissen, aber ich unterschreibe nicht.«

»Noch eine Frage«, sagte Grimes.

Trench verschränkte die Arme vor der Brust und starrte zu Boden.

»Warum dieser Ort hier?«, fragte Grimes. »Was ist daran so besonders?«

Trench antwortete nicht darauf. Sein Schweigen versetzte Grimes derart in Rage, dass er all die Gehässigkeit ausspuckte, die sich seit Wochen in ihm angesammelt hatte. »Das ist doch mitten im Nirgendwo«, sagte er, »am Arsch der Welt.«

Trench grinste zynisch. »Ach, wirklich?«

Es war dunkel, als Grimes in sein Motelzimmer zurückkehrte. Er goss sich drei Finger hoch Bourbon in einen Plastikbecher und setzte sich auf die Kante des quietschenden Betts. Dann warf er die Schuhe von sich, löste den Schlipsknoten und rief Ingram auf dem Handy an.

»Ich hab Mist gebaut«, sagte er.

»Was denn jetzt, Grimes?«

»Ich habe die Nerven verloren.«

»Was ist passiert?«

»Ich konnte nicht anders.«

Auf Ingrams Seite klickte ein Feuerzeug. Ingram versuchte sich das Rauchen abzugewöhnen, aber wann immer er mit Grimes telefonierte, schien er zu rauchen.

Ingram fragte, was denn passiert sei.

»Ich hab diesem Trench gesagt, seine Bruchbude sei ein Scheißhaus.«

»Nein, Grimes. Nein.«

»So habe ich es nicht gesagt. Ich meinte, es läge am Arsch der Welt.«

Ingram atmete zischend durch die Zähne ein. »Und was hat er geantwortet?«

»Gar nichts. Es schien ihm nur nicht zu gefallen.«

»Grimes. Sie haben gerade wochenlange Arbeit versaut. Monate. Weil Sie Ihren Mund nicht halten können. Wie oft müssen wir das noch durchexerzieren?«

»Ist schon lange nicht mehr vorgekommen.«

»Es sollte gar nicht vorkommen.«

»Sie verstehen das nicht. Dieser Typ. Dieser Typ ist wie Bartleby, der verdammte Schreiber.«

»Ich leg jetzt auf, Grimes.«

»Die Geschichte von Melville. Die über den Büroangestellten? Sein Chef bittet ihn um die einfachsten Dinge, die simpelsten, einfachsten, alltäglichsten Aufgaben, die man sich vorstellen kann, und der Typ antwortet, ganz gleich worum es sich handelt, ich möchte lieber nicht. Möchten Sie Limonade? Ich möchte lieber nicht. Möchten Sie eine Gehaltserhöhung? Ich möchte lieber nicht. Wollen Sie einen geblasen kriegen? Ich möchte lieber nicht. Dieser Bob Trench ist genauso.«

»Seien Sie ehrlich zu mir, Grimes.«

»Was?«

»Trinken Sie schon wieder?«

»Nein«, log Grimes. »Warum?«

DIE BRÜDER TOUP

Es war halb zwei, als der schwarze Chevrolet Suburban die zerfurchte Einfahrt zu Lindquists Haus entlangschwankte. Nur die von Motten umschwirrte Verandalampe brannte. Ihr Licht warf den langen Schatten des Vogelbades, der aussah wie die Silhouette eines Manns mit Hut, über den Hof.

Die Brüder Toup wussten, dass Lindquist auf seinem Boot in der Barataria Bay war, dass seine Frau vor Monaten ausgezogen war, dass seine Tochter Reagan, die Rothaarige mit den großen Titten, erwachsen war und anderswo wohnte. In so einer kleinen Gemeinde wie dieser hier musste man nur herumfragen. Manchmal noch nicht mal das. Die beiden wussten auch, dass jemand, der so viele Nächte damit verbrachte, im Bayou auf Metallsuche zu gehen, wohl davon überzeugt sein musste, dass seine Suche sich auch lohnen würde.

Victor und Reginald gingen ums Haus und linsten durch ein Fenster nach dem anderen. Die Nacht war still bis auf die Grillen und Frösche, ihre Schritte auf Laub und in Nesseln. Das heimliche Rascheln eines Tiers, Opossum oder Waschbär, das sich tiefer in die Wälder verkroch.

Das Haustürschloss war billig und nicht solide; Victor brauchte gerade mal fünf Sekunden, um es zu knacken. Sie traten ins Haus, Victor suchte nach dem Wandschalter und machte das Licht an.

Ein Sofa vom Gebrauchtmarkt. Grüner Flauschteppich aus den Siebzigern. Holzpaneele an den Wänden.

»Hier möcht ich nicht tot über'm Sofa hängen«, sagte Victor.

Von hinten wehte der Geruch von Müll herein. Die Brüder sahen sich an und verzogen die Gesichter. Sie gingen am übersäten Esstisch vorbei in die Küche, wo sie drei schwarze Müllsäcke neben der Hintertür fanden. Einer der Säcke war aufgeplatzt, und auf dem olivgrünen Linoleum hatte sich eine pechschwarze schleimige Lache gebildet.

»Was für ein Dreckschwein, verdammt«, sagte Victor und hielt sich den Handrücken gegen die Nase.

Die Brüder gingen ins Wohnzimmer zurück und über den Flur zum Schlafzimmer. Victor schaltete das Licht an, ging zu einer Kommode und wühlte in den Schubladen durch Socken, Unterwäsche und T-Shirts. Reginald saß auf der Kante des ungemachten Betts und sah sich das Zeug im Nachttisch an. Eine halbvolle Tube Salbe. Eine kleine grüne Bibel. Eine Lesebrille aus der Drogerie. Leere Tablettenfläschchen.

Die Brüder durchsuchten das andere Zimmer und kehrten dann in die Küche zurück, öffneten die Schränke und durchsuchten Kaffeedosen und Müslischachteln.

Victor stand einen Augenblick da und betrachtete die wasserfleckige Zimmerdecke. Er trat an den Kühlschrank, öffnete ihn und suchte die leeren Fächer ab. Eine gammlige blaugrau verschimmelte Zwiebel. Ein Sixpack Abita. Eine Flasche Texas-Pete-Grillsauce.

Die Brüder kehrten ins Wohnzimmer zurück, und Reginald rief Victor zum Esstisch herüber. Einen Augenblick lang standen sie da und begutachteten den Stapel alter Landkarten. Victor nahm eine davon, die Karte der Wasserwege und Inseln in der Barataria Bay, das komplexe Gewirr der Kanäle und Dämme. Solche Karten hatten sie selbst auch. Auf dieser hier hatte Lindquist mit rotem Stift sein mäanderndes Vorankommen durch den Bayou eingezeichnet, holprig wie eine Nähkante. Die Linie endete an dem kleinen birnenförmigen Deich, wo sie ihn neulich gesehen hatten. Keine halbe Meile entfernt lag der Tautropfen ihrer Insel.

»Schau mal«, sagte Victor und wies darauf.

Reginald besah sich die Karte und schnaubte durch die Nase.

»Ich will verflucht sein, wenn dieser Bursche nicht verrückt ist«, sagte Victor.

LINDQUIST

Lindquist schlief auf dem Sofa, als jemand an der Haustür klopfte und ihn weckte. Er setzte sich auf, rieb sich die brennenden Augen und schaute blinzelnd auf die Uhr. Drei Uhr nachmittags. In der Nacht zuvor war er nach Hause gekommen und hatte bemerkt, dass die Schubladen im Schlafzimmer offen standen und durchwühlt waren und in der Küche Dosen und Schachteln in den Küchenschränken umgeworfen waren. Erst dachte er, Gwen oder Reagan hätten sich selbst reingelassen, doch dann fiel ihm ein, dass sie keine neuen Schlüssel hatten. Nein, er musste wohl alles selbst durcheinandergebracht haben, als er im Nebel aus Bier und Tabletten schlafgewandelt war.

Es klopfte erneut, fester diesmal. Lindquist stand auf und schlurfte zur Tür – leise, für den Fall, dass es ein Gläubiger war. Er hielt die Luft an und linste durch den Spion. Seine Tochter stand vor der Tür; sie trug eine lila Bluse mit kleinen cremefarbenen Blüten, und um ihren Hals war locker ein weißer Chiffonschal gebunden. Die Haare hatte sie mit Haarnadeln hochgesteckt, sie hatte helle Augen und wirkte ausgeschlafen. Eine willkommene Abwechslung.

»Ich kann dich da drin hören, Daddy«, sagte Reagan durch die Tür.

»Ja, ja«, brummte Lindquist. »Moment.«

Er machte kehrt und schaute sich schnell um. Die Reste

einer zerstoßenen Tablette auf dem Beistelltisch, eine verräterische Spur pharmazeutischer Staub. Er ging hinüber, wischte das Pulver auf den Boden und trat es in den Teppich.

Lindquist strich sich die Haare am Hinterkopf glatt und öffnete die Tür. Reagan trat ein, gab ihm einen Kuss auf die Wange und sah sich um. »Ach herrje, Daddy«, meinte sie. »Hast du eine Party geschmissen?«

»Ich doch nicht«, entgegnete er. »So was gibt's bei mir nicht mehr.«

Reagan ging zur Couch, setzte sich hin und stellte ihre rote Ledertasche auf den Schoß. Lindquist setzte sich in den ausgeblichenen karierten Fernsehsessel ihr gegenüber.

»Hab nicht mit Besuch gerechnet«, verteidigte er sich.

»Du siehst dünner aus.«

»Hab 'nen Arm verloren.«

»Daddy. Das ist nicht lustig.«

Lindquist zuckte mit den Schultern. »Sag mal, warst du letzte Nacht hier drin?«, fragte er leichthin, damit es nicht wie eine Anschuldigung klang.

»Hier, im Haus?«

»Ja, ich bin heute Morgen nach Hause gekommen, und meine Papiere waren durcheinander. Auch Zeug im Schlafzimmer.«

»Ich habe noch nicht mal einen Schlüssel. Schon vergessen? Mom hat das Schloss ausgewechselt, nachdem ihr vor zwei, drei Jahren in Streit geraten seid.«

Lindquist machte O mit dem Mund. Ach ja, der berühmte Streit am 4. Juli, als er bei einer Party von einer von Gwens Arbeitskolleginnen betrunken und high gewesen war. Er hatte üble Polenwitze gerissen und Knaller in seiner Prothese gezündet und am Schluss aus Versehen ein paar Gartenmöbel in Brand gesteckt. Dafür hatte Gwen ihn aus dem Haus geschmissen, und er musste eine Woche lang in der *Econo Lodge* in Houma unterkommen.

»Vielleicht war es Bosco«, mutmaßte Reagan.

»Ach, Schätzchen. Die Katze ist doch schon seit zwei Jahren tot.«

Diesmal war Reagan dran mit dem überraschten Gesicht.

Schließlich bemerkte Lindquist, warum seine Tochter den Schal trug. Über dem Stoff war ein Knutschfleck zu sehen. Erst wollte er sie fragen, ob ihr Freund ein Flussneunauge sei oder ob eine Saugglocke sie angegriffen habe. Aber manche Witze waren einfach tabu, eine Höflichkeit, mit der er nur seine Tochter bedachte.

Er zupfte ein Stückchen Stoff von der zerlumpten Lehne des Sessels, drehte ihn zwischen Daumen und Zeigefinger zu einem Kügelchen und schnippte es weg wie einen Popel. Es prallte vom Ohr seiner Tochter ab – Lindquist konnte das mückengroße Etwas im Sonnenlicht sehen – und landete irgendwo im Teppich.

»Netter Knutschfleck«, sagte Lindquist. Er konnte es nicht lassen.

Reagan ging nicht darauf ein. »Warum trägst du nur das hässliche alte Teil?«, fragte sie.

»Ich mag das Hemd nun mal.«

»Den Hakenarm meine ich.«

»Gefällt er dir nicht?«

»Wo ist der andere?«

»Ich mag den alten Hakenarm. Warte erst mal, bis sich der erste Kerl mit mir anlegt. Bämm! Voll einen in die Fresse mit dem Ding. Das spricht sich in der Gegend rum. Leg dich nicht mit Lindquist an. Der macht dich mit seinem Haken platt.«

Seine Tochter beobachtete ihn und wartete.

»Ist mir gestohlen worden«, räumte Lindquist endlich ein.

Reagan klappte den Mund auf, bis man ihre unteren Zähne sah, derselbe Ausdruck, den auch seine Frau zeigte, wenn sie erschüttert war. Seine Tochter ähnelte der Mutter von Tag zu Tag mehr.

»Oh Gott, Daddy«, rief sie aus. »Warum hast du mir nichts gesagt?«

»Wozu denn? Willst du einen Suchtrupp aufstellen?«

»Ich wäre vorbeigekommen, um zu kochen oder was auch immer.«

»Um zu kochen?«, fragte Lindquist ungläubig.

»Warum sagst du das so?«

»Ich will dich nur ärgern.«

»Du bist ziemlich grob heute.«

Sie kramte eine Schachtel Zigaretten aus der Tasche, schüttelte eine heraus und zündete sie sich an. Sie inhalierte, pustete den Qualm fort und beugte sich vor, um die Asche in den Beanbag-Aschenbecher auf dem Beistelltisch abzuklopfen.

Lindquist sah auf die Uhr. In fünf Stunden musste er wieder auf dem Bayou sein, wenn er einen ordentlichen Fang machen wollte. Die Vorstellung, sich von all den Moskitos schier auffressen zu lassen, nur um vierzig, fünfzig Dollar zu machen, bereitete ihm Übelkeit.

»Welcher kranke Wichser klaut denn einen Arm?«, fragte Reagan.

Lindquist zuckte mit den Schultern. »Wie geht's deiner Mutter?«

Reagan drehte den Kopf zur Seite und sah ihn aus dem Augenwinkel an.

»Darf ich nicht fragen?«

»Ich mache euch nicht den Vermittler.«

Sie schwiegen eine Weile, Reagan sah sich im unordentlichen Zimmer um und warf einen Blick zu dem mit Gezeitentabellen, Seekarten und Piratenbüchern übersäten Esstisch.

»Bist du immer noch mit dem Metalldetektor unterwegs?«, fragte Reagan

»Findest du das merkwürdig?«

»Ein wenig.«

»Tja, Mist. Früher hast du das cool gefunden.«

»Ja. Als ich klein war.«

Lindquist klopfte sich auf den Oberschenkel und stand auf. »Fast vergessen«, sagte er. »Hab dir was besorgt.«

»Was denn?«

»Eine Überraschung.«

»Ich bin nicht gekommen, weil ich was haben wollte«, meinte Reagan, als er im Flur verschwand.

Im Schlafzimmer zog er eine Schublade auf und wühlte durch das Kleingeld, die Quittungen und den Mardi-Gras-Plunder. Er zog ein Herzmedaillon an einer hauchdünnen, vergoldeten Kette hervor und pustete Flusen und Staub ab. Im Spiegel bemerkte er seine Tochter. Sie stand am Esstisch, griff sich eines der Tablettenfläschchen und öffnete es. Sie schüttelte ein paar Tabletten heraus, ließ sie in ihre Tasche gleiten und stellte das Fläschchen zurück.

Wieder im Wohnzimmer, hielt Lindquist seiner Tochter die Kette hin. Ihr Lächeln versiegte. Sie hatte wohl mit mehr, mit etwas anderem gerechnet. Geld, zweifellos.

»Hab das mit dem Detektor gefunden.«

Sie ließ die Kette von den Fingern baumeln, und die Sonne fing sich darin. »Hübsch«, sagte sie.

»Sag's deiner Mutter. Sag ihr, ich finde Schätze.«

»Du bist toll«, meinte Reagan. Sie umarmte ihn, Lindquist drückte sie. Sein Hakenarm stand in einem komischen Winkel ab.

An ihrer Haltung war etwas Erwartungsvolles, was ihm verriet, dass sie noch auf etwas wartete. Lindquist griff in die Tasche, zog einen Zwanziger heraus und gab ihn ihr.

»Bist du sicher?«

Er streckte die Hand aus, packte ihre Finger und schloss sie um den Geldschein. »Ist doch nur Geld«, sagte er.

WES TRENCH

Nachdem Lindquist Wes im Hafen zurückgelassen hatte, kurbelte der alle Fenster seines klapprigen Toyota-Pickups herunter und machte sich ein Nachtlager in der Kabine zurecht. Eine staubig riechende Umzugsdecke als Matratze, ein altes T-Shirt als Kopfkissen, ein Strandhandtuch als Decke. Wes war verdreckt, verschwitzt und erschöpft, konnte aber nicht einschlafen, weil es der fünfte Todestag seiner Mutter war. Irgendwo würde sein Vater in diesem Augenblick zu Tode betrübt sein darüber, so viel stand fest. Genau wie er selbst. Na, musste er eben allein leiden. Sie beide mussten jetzt allein leiden. Wes dachte an die Stimme seiner Mutter, versuchte, sich den Kopf mit ihrem süßen weichen Singsang zu füllen – *ist schon gut, okay, Wessy* –, und weinte sich in den Schlaf. Immer wieder weckten ihn die Sirenen der Fischer, ihre rauen Stimmen trugen weit über den Bayou, doch er drehte sich auf die Seite und schlief wieder ein.

Bei Sonnenuntergang schreckte er hoch, als jemand an die Fensterscheibe klopfte. Lindquist. Blasses orangefarbenes Licht lag noch über den Baumkronen, wie die ausgefransten Ecken von kürbisfarbenem Bastelpapier, Vögel flatterten durch die Dämmerung.

Wes öffnete die hintere Kabinentür und kroch hinaus.

Lindquist, der einen Metalldetektor in der Hand hielt,

zuckte bei Wes' Anblick zusammen. »Himmel, Junge. Bist du gestorben?«

»Sorry.«

»Verflucht noch mal. Zieh dir wenigstens saubere Sachen an. Der Schrank ist in der Bootskabine. Schnapp dir irgendwas. Damit ich dich wenigstens nicht riechen muss.«

Wes ging an Bord, Lindquist folgte ihm. Wes grub aus dem Schrank in der Kabine eine alte Jeans aus, die so weit war, dass er sie mit einer Nylonschnur festbinden musste. Dann stieß Wes auf ein altes T-Shirt mit der Aufschrift THE BAHAMAS und zog es an.

Als Wes in seinen neuen Klamotten an Deck kam, linste Lindquist aus dem Ruderhaus, während er durch den dämmrigen Bayou pflügte.

»Ich sag dir mal was«, fing Lindquist an.

»Was denn.«

»Du siehst wie ein Arschloch aus.«

»Sind Ihre Klamotten«, entgegnete Wes.

»Du trägst sie falsch.«

Nach einer Weile waren sie draußen in der Bucht, und Wes ließ den Baum steuerbord zu Wasser, gab hundert Fuß Kabel und sperrte die Winsch. Dasselbe tat er auf der Backbordseite, dann wartete er mit auf der Bordkante verschränkten Armen ab. Ein chemischer Gestank hing in der Luft, so wie er sich Napalm in all den Vietnam-Filmen vorstellte, die sich sein Dad so gern ansah. Sein Dad: Er versuchte, ihn sich aus dem Kopf zu schlagen. Er spuckte ins Wasser und sah über die dunkle, trübe Bucht hinaus. Aus der Entfernung drang ein Grummeln, das immer lauter wurde, bis eine zweimotorige Maschine etwa hundertfünfzig Meter über ihnen so laut dahinschoss, dass Wes sich die Ohren zuhielt.

Nach kurzer Zeit drosselte Lindquist das Boot auf viertel

Fahrt, Wes holte die Netze ein und achtete dabei auf die Kabel und Roste, die vorbeischwangen. Er kippte den Fang auf Deck aus, nahm das Holzpaddel vom Haken an der Wand und wühlte durch das wimmelnde Getier.

Lindquist ließ die *Jean Lafitte* im Leerlauf, kam die Leiter herunter und kauerte auf Deck, um mit dem Haken seines Arms die fingerlangen Fische und kleinen Shrimps zu sortieren. Einige der Fische waren tot, auch ein paar Blaukrabben.

Lindquist griff sich einen und besah sich die Kiemen, die rosig weiß sein sollten, nun aber schmutzig grau waren. »Hast du dich schon jemals gefragt, wozu das alles?«, fragte er.

»Manchmal.« Seine Augen waren tränenfeucht und schmerzten von den chemischen Dämpfen. Er wischte sich die Wangen mit dem Handrücken ab.

»Egal, wie schwer du arbeitest, am Ende kommt doch nichts dabei raus.«

»Sagt mein Dad auch andauernd.«

»Dein alter Herr hat recht.«

Eine Weile sagten sie kein Wort. Lindquist warf einen Süßwassertrommler über Bord, Wes einen kleinen Rotbarsch, der mit Schwären groß wie Chiliflocken übersät war.

»Riechst du das?«, fragte Lindquist.

Wes nickte und verzog das Gesicht.

»Glaubst du, das Zeug ist giftig?«

»In den Nachrichten meinen sie, es sei okay. Die Umweltheinis, wer auch immer.«

»EPA?«

»Ja, Sir.«

»Glaubst du denen?«

»Ich weiß nicht.«

»Ich hab schon Shrimps ohne Augen gesehen«, sagte Lindquist.

»Ich hab mal einen Rotbarsch mit drei Augen gesehen.«
»Hab mal ’ne Meerjungfrau mit drei Titten gesehen.«
Sie kicherten.
»Nur du und dein Pa?«, fragte Lindquist.
»Ja, Sir.«
»Ma abgehauen?«
»Sie ist fort.«
»Indiana?«
»Was?«
»Ist sie nach Indiana gegangen?«
»Nein, gestorben.«
Lindquist sah Wes mit traurigem Blick an. »Ach, Mist«, sagte er. »Tut mir leid, das zu hören, Junge.« Dann, nur ein paar Sekunden später: »Klopf, klopf.«
Erst glaubte Wes seinen Ohren nicht zu trauen. Lindquist wollte doch jetzt wohl keinen Witz erzählen.
»Klopf, klopf.«
»Wer ist da?«, fragte Wes mürrisch.
»Arschloch.«
Wes wartete. »Der ist gut.«
»Nein, du musst fragen: ›Welches Arschloch?‹«
»Welches Arschloch?«
»Das Arschloch, das meine Klamotten trägt und hinten in seinem Pick-up pennt.«
Wes schüttelte den Kopf.
Bei Sonnenaufgang luden sie ihren Fang aus, und Lindquist zahlte Wes auf dem Hafenparkplatz seinen Lohn. Die Luft fing schon an zu brennen und zu köcheln, dichter Nebel stieg aus dem Bayou. Sie gingen gerade zu ihren Pick-ups, als Lindquist fragte: »Willst du wieder in deiner Karre schlafen?«
»Denk schon«, antwortete Wes.
Lindquist brummte und ging zu ihm hin. Er wühlte in

einer der ausgebeulten Taschen seiner Cargohose, zog einen Schlüsselring heraus und warf ihn Wes zu. Der fing ihn mit einer Hand vor der Brust. Lindquist sagte, er solle den kleinen silbernen Schlüssel am Ende nehmen.

Wes fragte, ob Lindquist sicher sei.

Lindquist nickte und meinte: »Fackel nur nicht das beschissene Boot ab, okay?«

In den folgenden Tagen Anfang September blieb Wes an Bord der *Jean Lafitte*, wenn Lindquist und er nach Sonnenaufgang vom Shrimpfang zurückkehrten. Er spülte den Beifangschleim von Deck und duschte in der winzigen Dusche des Boots, dann legte er sich in die Koje mit klumpiger Matratze und Kissen. Die Kabine war klein und holzvertäfelt, an den Wänden hingen ein altes Messingbarometer, ein rostiges Nummernschild aus Louisiana und ein von der Sonne verblichenes Poster aus den Siebzigern, mit Farrah Fawcett in einem roten Badeanzug. Die Regale waren gestopft voll mit Büchern und Magazinen über Schatzsuche; Wes blätterte darin, wenn er einschlafen wollte. Dabei stieß er auf eine Menge Hinweise zu Bürgerkriegsschauplätzen und Schiffswracks, auf Piratenschätze in Louisiana, Alabama und Florida. Die Seiten waren eselsohrig und abgegriffen. Wes musste zugeben, dass die Fotos und Geschichten interessant waren, wenn auch weit hergeholt und wirr.

Daneben gab es ein paar Bücher über den Piraten Jean Lafitte. Wes las eines davon in einem Rutsch durch. Ein paar Fakten kannte er noch aus der Schule. Louisiana hatte früher am Ende der Welt gelegen und war zwischen Frankreich und Spanien hin- und hergeschoben worden wie ein ungewolltes Kind. Dann hatte Thomas Jefferson Napoleon das Territorium für weniger als siebeneinhalb Cents pro Hektar abgekauft.

Doch Louisiana blieb ein Vorposten, eine abseits gelegene Zwischenstation auf dem Weg nach Westen. Das galt vor allen Dingen für die Barataria, für das große Labyrinth an Wasserwegen und vorgelagerten Inseln: ein idealer Zufluchtsort für entlaufene Sklaven und Flüchtlinge.

Und dem Buch zufolge auch für Piraten, deshalb hatte sich Jean Lafitte die Barataria als Ausgangspunkt für seine Operationen ausgesucht. Von hier aus überfiel Lafitte mit seinen Freibeutern Frachtschiffe und brachte die Beute nach New Orleans. Die Franzosen und Spanier kümmerten sich nicht darum, woher die Waren kamen, solange sie sie nur kriegen konnten. Die Nutten bekamen ihre Parfums und Seidenstoffe, die Kreolen ihre Gewürze und ihren Tabak, die Bürger ihren Alkohol und ihre Sklaven.

Eine Zeitlang nahmen Lafittes Unternehmungen und Unverschämtheiten immer weiter zu. Kanoniere, Schiffbauer und Zimmerleute – Ausgestoßene aus aller Herren Länder – schlossen sich Jean Lafittes Mannschaft an. Sie hatten Familien, pflanzten Getreide an, bauten Palisaden und Bordelle. Die Barataria wurde für Piraten, Ausgestoßene und Gesindel zur Heimat fern der Heimat. Auch Lafitte hatte wohl, so das Gerücht, das ein oder andere uneheliche Kind gezeugt.

Als Governor Claiborne eine Belohnung auf Lafittes Festnahme aussetzte, tat der Pirat, was ein Pirat eben so tat: Er versteckte seine Reichtümer im ganzen Bayou. Seine Kumpane, die wussten, dass die schönen Zeiten vorüber waren, taten wohl dasselbe.

Es gab nicht allzu viele Abschnitte in dem Buch, in denen es um verschwundenes Gold ging, doch die waren unterstrichen. Vielleicht war Lindquist doch auf der richtigen Spur, dachte Wes. Was sollte Lindquist denn mit seiner Schatzsucherei schon Schlimmes anstellen? Wes hielt das auch nicht für übergeschnappt. Und wenn er nie was fand? Was soll's. Tat doch keinem weh.

Und wem gefiel es denn nicht, auf Schatzsuche zu gehen? Wes nahm an, dass jeder irgendwie einem Schatz hinterherjagte. Einem Lotterieschein, einer Baseballkarte, einem lang verschollenen Foto von einer Highschool-Flamme.

Einem Boot.

Wes und Lindquist gingen weiter auf Shrimpfang, eine klägliche Ausfahrt nach der anderen. Sie fuhren bei Sonnenuntergang hinaus und kehrten bei Sonnenaufgang zurück; von Bord schleppten sie sich wie Schaufensterpuppen. Monteguts Bezahlung war stets erheblich weniger, als sie sich erhofften. Nahezu beleidigend wenig. Jeden Tag würden weitere Restaurants ihre Bestellungen stornieren und stattdessen tiefgekühlte Shrimps aus China einkaufen, erklärte Montegut. Sie gaben sogar auf ihren Schildern und Speisekarten damit an.

Wes konnte nachts nicht gut schlafen, weil er sich ständig Sorgen um seinen Vater machte. Er wusste, je länger er fortblieb, desto schwerer wurde es, zurückzugehen. Wenn überhaupt. Wahrscheinlich schon. Vielleicht hatte sein Vater versucht, ihn zu erreichen, aber er hatte seine Handyrechnung nicht bezahlt. Wozu auch? Er hatte ja keinerlei gesellschaftlichen Umgang. Und Mädchen, also Mädchen waren so unnahbar wie Gottheiten. Er hatte erst ein Mädchen geküsst und befummelt, Lucy Arcinaux, eine hübsche, fröhliche Blondine aus der Highschool, mit der er einen Monat lang zusammen gewesen war. Aber Lucy war wie jedes andere sechzehnjährige Mädchen gewesen, und als sie mitbekam, wie viel Zeit Wes auf dem Boot seines Vaters verbringen musste und wie wenig Zeit er hatte, um mit ihr auszugehen, ließ sie ihn fallen. Insgeheim war er deswegen immer noch sauer auf seinen Vater.

Tag für Tag sahen Wes und Lindquist immer weniger Trawler draußen in der Bay. Manchmal sah es so aus, als wären mehr Flugzeuge und Hubschrauber in der Luft als Boote auf dem Wasser. In der einen Minute schimpfte Lindquist auf BP, dass er am liebsten all die Ölbohrinseln da draußen in die Luft jagen würde. In der nächsten erzählte er Witze über französische Nutten, schwule Pinguine und polnische Priester mit Holzbeinen. In Wes' Ohren hörten sich diese Witze nicht anders an als sein wütendes Zetern. Stammte doch beides von demselben verbitterten Ort tief in Lindquists Inneren.

Das bisschen Geld, das Wes verdiente, gab er für Dosenfraß, Waschzeug und andere Kleinigkeiten aus. Den Rest sparte er für sein Boot. Er wusste, dass nicht viel dabei herumkam, aber was er sich nicht von seinen Ersparnissen leisten konnte, würde er sich zusammenbetteln, sammeln und leihen. Wenn man in den Sümpfen aufwuchs, lernte man, einfallsreich zu sein. Vor nicht allzu langer Zeit hatten sich die Menschen in der Barataria ihren Lebensunterhalt vollständig aus dem Bayou zusammengekratzt. Sie fingen Shrimps und Krabben. Sie wilderten Alligatoren wegen ihres Leders, fingen Bisamratten und Nutria wegen ihrer Felle. Das war noch zu Zeiten der Großeltern und Urgroßeltern, bevor alle in den Zwanzigern und Dreißigern ihr Land für ein paar Pennys an die Ölgesellschaften verscherbelten und sich BP mit ihren Kanälen und Pipelines ins Marschland fraß. Die paar Achtzigjährigen, die noch in Jeanette lebten, sprachen voller melancholischer Nostalgie von diesen Zeiten. Sie sprachen davon, wie anders die Barataria damals gewesen sei, eine naturbelassene Wildnis, unberührt von Mensch und Zeit. Wie anders Wasser und Luft gewesen seien, um wie vieles besser das Meeresgetier. Selbst die Sonne habe anders ausgesehen.

Der Hang zur Findigkeit war den Menschen von Jeanette

aber geblieben. Auch Wes, und wahrscheinlich auch seinen Töchtern und Söhnen, falls er welche haben sollte. Danach? Wer weiß. An anderen Orten, selbst im nahe gelegenen New Orleans, war Wes immer wieder schockiert darüber, wie ahnungslos die Jugendlichen in seinem Alter doch waren. Sie konnten kein Öl und keine Reifen an ihren Wagen wechseln, geschweige denn sich ein Boot von Grund auf allein bauen.

Eines Nachts brachte Lindquist seinen Metalldetektor an Bord der *Jean Lafitte*, und als gegen zwei Uhr früh der Fang gegen null ging, ruderte er sein Beiboot zu einer der Düneninseln im Bayou. Wes begleitete ihn, und sie legten an einer Insel an, die kaum größer war als ein Kinderplanschbecken. Lindquist wischte mit der Spule über den Boden, Wes folgte ihm mit Laterne und Schaufel.

Nach einer Weile lehnte sich Lindquist auf das Suchgerät und rieb sich die Schulter seines Hakenarms. Er verzog den Mund, sein Gesicht war rot, und er schien Schmerzen zu haben. Er ertappte Wes dabei, wie er ihn anstarrte.

»Guckst du dir den Haken an?«, fragte Lindquist.

»Nee.«

Wes sah mit glühend rotem Gesicht weg.

»Einen Verarscher kannst du nicht verarschen.«

»Wie haben Sie ihn verloren?«, platzte es nervös aus Wes heraus.

»Vietnam.«

»Eine Mine? Oder ein Schuss?«

»Ein Tiger ist aus dem Dschungel gekommen und hat ihn mir abgerissen.«

Wes sah Lindquist geschockt an.

»Kam einfach aus dem Dschungel angerannt, hat mich umgehauen und mir den Arm aus dem Gelenk gerissen. Einfach so. Das Mistvieh kannte sich aus. Dann ist er verschwunden, mit dem Arm im Maul wie ’ne Zigarre.«

Wes starrte Lindquist mit offenem Mund an. Lindquist prustete. »Junge«, sagte er.

»Was?«

»Ich war in keinem Krieg.«

Wes sagte nichts.

»Ich war nicht in Vietnam. Hältst du mich für so alt?«

»Wie dann?«

Lindquist sah Wes ins Gesicht. »Ein Unfall an der Winsch. Das ist alles. Ein Unfall. Ich hab keine Babys gerettet und mich auch nicht für jemand anderen in die Schusslinie geworfen.«

Er sah weg, und seine Miene wurde steinern. Seine Stimme klang hart und sachlich. »Ich war am Arsch. Betrunken, tablettensüchtig. Ich weiß nicht mal mehr, was ich gemacht habe. Vollkommen dicht. Das reinste Kreuzworträtsel. Na ja. In dem einen Augenblick war der Arm da, im nächsten war er weg, die totale Horrorshow. Wenn ich meine Tabletten nicht nehme, hab ich immer noch Alpträume davon. Deshalb nehme ich sie ja ständig.«

Wes, den Lindquists Offenheit überraschte und der sich nicht sicher war, was er sagen sollte, blickte zu Boden und fuhr mit der Stiefelspitze durch den Schlamm. »Ach, Scheiße«, sagte Lindquist, »genug davon.«

Er zog den Donald-Duck-PEZ-Spender aus der Tasche und warf sich eine Tablette in den Mund. Die Nacht war so still, dass Wes hören konnte, wie Lindquists Zähne die Tablette zermalmten.

COSGROVE UND HANSON

Als Cosgrove und Hanson das Leben in den Baracken satthatten, mieteten sie sich in einem Drecksloch von Motel in Jeanette zwei Zimmer nebeneinander, hundert Dollar die Woche; auf dem Parkplatz hing ein Schild mit der Aufschrift PROSTITUTION VERBOTEN, im Innenhof gab es eine Katzenplage. Eine verachtenswerte Aura umgab diesen Ort. Nie standen irgendwelche Türen offen, die Vorhänge blieben stets zugezogen, die Bewohner, fast durchweg Männer mittleren Alters und Single, kamen und gingen mit geradezu verbotener Heimlichkeit. Cosgroves Nachbar war ein junger, genervt wirkender Geschäftsmann, der ein Lincoln Town Car fuhr und braune Apfelkitsche auf dem Schotter zurückließ. Er sprach nie ein Wort zu Cosgrove und Hanson, schaute nie länger als einen Sekundenbruchteil in ihre Richtung, so als fand er sie nicht der Mühe wert. Zumindest war er leise. Von anderen Mitbewohnern konnte Cosgrove das nicht behaupten. Oft weckte ihn mitten in der Nacht der Lärm wüster Gelage. Die mit Kissen gedämpften Schreie einer Frau, das Paviangegrunze eines Mannes, ein Flachmann Whiskey, der auf dem Asphalt zerschlug.

In ihren Zimmern gab es flughafenblaue Teppichböden, Ölgemälde mit Pferdemotiven und Röhrenfernseher aus den Achtzigern. Die aus Gasbetonsteinen errichteten Wände waren in einem glänzenden Beige gestrichen, die gehärteten

Tropfenspuren sahen aus wie Adern. Kalk und Rost verdreckten Badewannen und Kloschüsseln. Immer wieder fanden sie ein Schamhaar in einem der genoppten, nach Bleiche riechenden Handtücher.

Schamhaare gehen aufs Haus, witzelte Hanson.

Hanson ließ sechs oder sieben der wilden Katzen in sein Zimmer. Viele der Tiere hatten sechs Zehen. Hemingway-Katzen, Hanson zufolge. Er wusste jede Menge solcher Dinge. Der Mann wusste nicht, wer der Vizepräsident der USA war, konnte auf einer Landkarte die Kontinente nicht benennen, wusste aber alles, was es über Insekten, Wikinger und Kennedys Ermordung zu wissen gab. Eine wandelnde Enzyklopädie des unnützen Wissens, dieser Hanson.

Hanson fütterte die Katzen mit Stückchen Beef Jerky aus einem Ziplock-Beutel, den er auf dem Nachttisch liegen hatte. Er hielt den Brocken zwischen Daumen und Zeigefinger fest und wartete, bis die Katzen auf den Hinterbeinen standen wie Seehunde im Zirkus. Damit verbrachte er Stunden, hockte auf der Bettkante mit einem Bier in der einen und dem Beef Jerky in der anderen Hand.

Ein paarmal erinnerte Cosgrove Hanson daran, dass Katzen keine Hunde waren.

»Ich wette mit dir fünfzig Dollar, dass ich eines dieser Mistviecher in einer Woche dazu bringe, durchs Zimmer zu spazieren«, entgegnete er.

Nach einer Woche waren Hansons Beine mit wütendroten Flecken übersät. Unentwegt musste er sich wie ein Aussätziger kratzen. Die Reinigungskraft, eine rundgesichtige Vietnamesin, die ständig fremdsprachig in ihr Bluetooth-Headset fluchte, musste Hanson wohl an die Hausleitung verpfiffen haben, denn eine handgeschriebene Warnung war ihm unter der Tür ins Zimmer durchgeschoben worden. Das Motel sei kein Tierasyl, stand in dem Brief. Des Weiteren wurde Hanson aufgefordert, sich nicht seine Kühlbox mit dem Motel-Eis zu füllen.

»Diese Flöhe sind schon hier, seit das Drecksloch gebaut worden ist«, wetterte Hanson wütend. »Ist wahrscheinlich das Einzige, was diesen Laden zusammenhält. Machst du die Wände auf, findest du da bestimmt ’nen Haufen Flöhe beim Händchenhalten.«

»Du meinst Termiten«, sagte Cosgrove. Er strich sich über den Bart und zappte durch die Fernsehkanäle. NASCAR. Highlights aus dem College-Football. Meldungen von einem Eisbären, der in Milwaukee einen Wärter gebissen hatte.

Hanson redete ununterbrochen, vor allem, wenn er betrunken und high war. An diesem Abend hatte er sich aus einer Zwei-Liter-Flasche Big Shot Ananas Soda einen »Eimer« gebaut und rauchte am Waschbecken einen »ziemlich guten« Stoff, wie er sagte. Hanson erzählte Cosgrove, er habe nie Frau oder Kinder gehabt. Hatte nie welche gewollt, sah keinen Sinn darin. Er hatte alle Staaten der USA gesehen, außer die beiden Dakotas; von denen meinte er, die Regierung solle sie aus der Luft bombardieren, aus Gründen, die er nicht weiter ausführte. Er war Bob Dylan und Tom Petty auf deren gemeinsamer Tour 1987 drei Monate lang gefolgt. AC/DC zwei Monate lang während ihrer Blow-Up-Your-Video-Tour 1988. Sein Vater, ein Hotdog-Verkäufer, war von einem Zementlaster umgemäht worden, als Hanson noch klein war. Ein Jahr später hatte seine Mutter einen Papageienzüchter geheiratet, der Hanson aus dem Haus haben wollte, kaum dass dieser achtzehn war. Hanson ließ die Highschool sausen und ging an seinem Geburtstag zur Armee. Ein paar Wochen später saß er in einem Greyhound auf dem Weg nach Fort Bragg, wurde aber kurz darauf entlassen, als der Musterungsarzt bei einer Routinekontrolle merkwürdige Herzgeräusche feststellte.

Außerdem hatte Hanson ein Jahr im texanischen Staatsgefängnis in Huntsville gesessen. »Die Bullen in Texas sind eine Art für sich«, meinte Hanson zu Cosgrove. »Du denkst, die Bullen in Louisiana sind korrupt? Dagegen sieht Lemon aus wie ein Heiliger. Ich hab in Austin Dächer gedeckt und mich mit den falschen Leuten eingelassen. Das ganze verfickte Texas ist voller falscher Leute. Die meisten auf dem Bau. Was für'n Scheiß läuft denn da? Die *Cosby Show*? Schalt um.«

Am kleinen Resopaltisch drückte Cosgrove auf die Fernbedienung. Es war Mitternacht durch, er war bei seinem neunten Bier, und ihm war schwindlig. Die Wände kamen auf ihn zu, so als würde der Raum in sich zusammenstürzen. Er müsse mal schlafen gehen, meinte er zu Hanson.

»Soll ich dir mal was sagen?«, fragte Hanson. »Wenn ich dieses ganze beschissene Leben noch mal von vorn anfangen könnte?«

Cosgrove stand auf. »Ich geh jetzt«, stellte er fest.

Hanson saß auf dem Bett, hatte die Augen geschlossen und redete einfach weiter. Cosgrove ging hinaus und zog die Tür leise hinter sich zu.

Die Marihuanabauern, stellten sie nach einigen Recherchen fest, waren Zwillinge. Reggie und Victor Toup. Erst zögerten die Einwohner von Jeanette, ihnen weitere Informationen zu geben. Ein Typ meinte, sie sollten besser ihre Nasen in ihre eigenen Angelegenheiten stecken, wenn sie wüssten, was gut für sie wäre.

Ein anderer fragte, ob sie von der Regierung seien. Ein dritter fragte, aus welcher Scheißgegend sie denn kämen, und meinte, sie würden noch im Krankenhaus landen und aus den Nieren scheißen, wenn sie nicht aufpassten.

Als Letztes füllten Cosgrove und Hanson die Männer mit Alkohol ab. Schon bald hatten sie herausgefunden, dass die Eltern der Zwillinge in den Achtzigern ums Leben gekommen waren. Irgendeine bizarre Dreiecksgeschichte, die in einer Schießerei im *Roosevelt Hotel* in New Orleans endete. Die Mutter, die genug hatte von den Eskapaden des Gatten, hatte Trost in den Armen ihres eigenen Liebhabers gesucht, eines griechischen Restaurators, seit fünfundzwanzig Jahren verheiratet, Vater von drei Mädchen im Collegealter. Eines Tages war der Vater der Zwillinge dem Pärchen ins *Roosevelt* gefolgt und hatte an die Tür ihres Liebesnests geklopft, als er wusste, dass er sie in flagranti erwischen würde. Als der Grieche die Tür öffnete, stürmte der Vater der Zwillinge ins Zimmer und schoss ihm mit einem .45er Colt in den Bauch. Der Grieche fiel zu Boden und kroch auf Händen und Füßen zu seinem Anzug, der auf dem Teppichboden lag, und zog seine eigene Waffe, eine Smith & Wesson Model 13. Der Grieche schoss dem Vater in die Kniescheibe, der Vater ging zu Boden und schoss erneut und traf den Griechen diesmal in die Schulter. Weitere Kugeln flogen, und am Ende des ganzen schrecklichen Durcheinanders schoss der Vater der Zwillinge seiner Frau ins Gesicht. Ob absichtlich oder zufällig, würde man nie mehr erfahren. Als die Bullen zehn Minuten später eintrafen, waren die drei tot. Ein Blutbad. Man musste nur in eine öffentliche Bücherei in New Orleans gehen und die Story in der *Times-Picayune* nachschlagen.

Danach lebten die Zwillinge bei ihrer Großmutter, die schon so alt war und nur noch Stroh im Kopf hatte, dass die beiden Teenager den Laden allein schmissen. Mit dreizehn fuhren die Jungs mit Omas Cadillac herum. Mit vierzehn klauten sie im Gemischtwarenladen Schnaps und Zigaretten und verscherbelten das Zeug zu höheren Preisen auf dem Spielplatz. Zwei, drei Jahre später hatten sie die Highschool geschmissen und wurden die größten Marihuana-Anbauer in der Barataria Bay.

Cosgrove und Hanson ließen Hansons Pick-up auf dem Parkplatz am Hafen stehen und überquerten die Straße zum Haus der Zwillinge. Es war halb eins in der Früh, und der Schlamm- und Fischgestank des Wassers hing schwer in der Luft. Ab und an drehte der Wind, und ein chemischer Geruch nach Benzin oder Öl zog über sie hinweg.

Das Haus war genau dort, wo man es ihnen gesagt hatte. Sauber und mintgrün stand es auf der anderen Straßenseite von der Werft auf Stelzen; in einem der Fenster brannte Licht. Die Küche: Die beiden konnten die dunklen Holzeinbauschränke und die Deckenbeleuchtung mit dem Buntglas sehen.

»Hätte nichts dagegen, auch in so einem Haus zu wohnen«, meinte Hanson.

Cosgrove brummte und kratzte sich den Bart. Er fragte sich, wie Hanson ihn nur zu einem solchen Wahnsinn hatte überreden können. Sicher, er wollte Geld, und er wollte noch mehr von dem Stoff, aber es gab viele Leute, die das wollten und trotzdem nicht einfach irgendwo einbrachen.

Sie gingen die Treppe hinauf, und Hanson klopfte an. Keine Reaktion. Dann ging Hanson die Treppe hinunter, fand einen tomatengroßen Stein auf dem Hof, ging wieder hinauf und warf ihn durch eins der Seitenfenster.

Der Alarm ging los.

Hanson streckte vorsichtig die Hand durch das Loch in der Scheibe, entriegelte die Tür und ging hinein. Cosgrove folgte ihm. Hanson nahm den Stein vom Fußboden, trat zurück und warf ihn gegen die Alarmanlage. Der Stein zerschlug das Plastik, Teile flogen umher, doch noch immer schrillte der Alarm ohrenbetäubend.

Cosgrove sah Hansons Mund, der sich wie wild bewegte, konnte aber nichts verstehen.

Hanson hob den Stein wieder auf und warf.

Der Alarm schrillte weiter.

»Heilige Scheiße«, sagte Cosgrove, konnte sich aber nicht hören.

Hanson hielt drei Finger in die Höhe: drei Minuten.

Er ging in die Küche und riss die Schränke auf. Im Schlafzimmer am Ende des Flurs räumte Cosgrove Schubladen leer, warf Socken, Unterwäsche und T-Shirts durch die Gegend. Dasselbe im nächsten Zimmer. Nichts. Im Bad ging er den Medizinschrank durch, fand aber nur das Übliche: Zahnpasta, Zahnseide, Aspirin.

Cosgrove und Hanson trafen sich im Eingangsbereich. Hanson brüllte tonlos und fuchtelte wild um sich. Cosgrove schrie zurück und schüttelte den Kopf.

Sie verließen das Haus und rannten die Treppe hinunter. Dann stürmten sie über den Hof und querten die Straße.

Selbst im Pick-up konnten sie noch den Alarm hören.

Sie saßen da und keuchten, Cosgrove starrte Hanson wütend an.

»Verdammt, was willst du von mir, Mann?«, fragte der.

»Unfassbar«, sagte Cosgrove.

Hanson griff in die Tasche und gab Cosgrove ein Papierhandtuch, auf den mit Tintenroller Zahlen geschrieben standen.

»Koordinaten«, sagte Hanson und strich sich über seinen Pferdeschwanz, wobei er noch immer schwer atmete. »Von einem GPS auf der Küchentheke. Ist irgendwo in der Bucht.«

GRIMES

Grimes war, was die Leute erst vermuteten, kein launischer Fremdling, der auf dem Highway die falsche Abfahrt genommen hatte. Eigentlich war ihnen sein Gesicht vertraut. Vielleicht war er mit jemandem verwandt, den sie kannten. Doch nachdem die Nachricht die Runde in der Gemeinde gemacht hatte, dass er geschäftlich hier sei, ein Ölmann, wurden die Blicke der Einwohner von Jeanette scharf und bedrohlich. Im Café, im Gemischtwarenladen, in *Sully's Bar*.

Selbst die nervösen, dürren Kinder in der Gegend, aus deren Augen alte Seelen starrten, spürten etwas an ihm. Etwas Merkwürdiges. Sie lungerten auf dem Parkplatz vor dem Gemischtwarenladen herum, spielten Videospiele im Wohnzimmer, übten Hacky-Sack im Kreisverkehr des Motels und beobachteten ihn mit offener Furcht. So als sei er eine Art Butzemann in weißem Hemd mit Button-down-Kragen und Krawatte.

Sein ganzes Leben lang behandelten die Menschen ihn schon so. Mit Argwohn. Schon als Kind. Vor allem als Kind. Grimes' Klassenkameraden meinten, er sei unheimlich, er würde sie anstarren wie ein Serienkiller. Sie riefen ihn Jeffrey Dahmer, Charles Manson, Crazy Eyes.

Beim Football im Sportunterricht griffen ihn die Jungs härter an als jeden anderen und trieben ihn derart brutal zu Boden, dass er einmal sogar das Bewusstsein verlor. In seinem Sportspind versteckten sie obszöne Fotos von riesigen Schwänzen, die sie aus Pornoheften geschnitten hatten.

Ein andermal brach in der Cafeteria eine Gruppe von Mitschülern hinter seinem Rücken in schakalhaftes Gelächter aus. Er ging mit glühendem Gesicht zu seinem Platz, klammerte sich an sein Tablett, doch das Gelächter nahm noch zu. Er setzte sich an seinen Platz bei den anderen Ausgestoßenen – den Dungeons & Dragons-Fanatikern, den durchgeknallten Gothics –, griff nach hinten und tastete seinen Rücken ab.

Und genau: ein violettes Post-it, auf dem in großen Blockbuchstaben MARSHMALLOW-SCHWUCHTEL stand.

Was immer das hatte heißen sollen.

An ihm war einfach etwas, das die Menschen nicht riechen konnten.

»Die Leute hier hassen mich«, klagte Grimes eines Nachts am Telefon gegenüber Ingram. »Die würden selbst Mutter Teresa hassen. Hier erschießen sie den Überbringer der Nachricht.«

Grimes lag auf dem Bett und balancierte mit einer Hand einen Motelbecher mit Scotch auf der Brust. Sein Kissen war plattgelegen und roch muffig. Morgen würde er mit dem Zimmerservice über die Kissen reden müssen. Wenn es überhaupt einen Zimmerservice gab. Vielleicht sollte er in ein Kaufhaus gehen und sich ein eigenes Kissen kaufen. Wenn es denn im Umkreis von hundert Kilometern rings um dieses gottverlassene Scheißkaff überhaupt ein Kaufhaus gab.

»Ich fühl mich nicht gut. Ich hab andauernd Nasenbluten.«

»Allergien.«

»Ich glaub eher, da ist was in der Luft.«

»Sagen Sie das nicht. Sagen Sie das niemals, zu niemandem.«

»Ich glaub, ich liege im Sterben.«

»Als ich das letzte Mal in Louisiana war, konnte ich einen Monat lang nicht richtig aufs Klo. Irgendwas im Wasser. Trinken Sie ja kein Wasser. Trinken Sie das Wasser?«

Grimes kam sich krank und erschöpft vor, er vermisste die kühlen grauen Tage in der Stadt, die bunten elektrischen Nächte. Die Leuchtreklamen der Chinesen, Franzosen, Spanier. Er vermisste die Haifischlimousinen, die Kamikazetaxis, die Restaurants und Bars, die die ganze Nacht geöffnet hatten, das Rauchglas, die U-Boot-Beleuchtung. Die ganze Vielfalt an fremden Gesichtern, niemals dieselben. Er vermisste den Lärm. Oh Gott, wie sehr er den Lärm vermisste, das tiefe Dröhnen der City, die jaulenden Sirenen, die Durchgeknallten, die an den Straßenecken den Weltuntergang ausriefen, Bass und Höhen des Verkehrs. Vor allem aber vermisste er die Anonymität. In der City konnte man irgendwer sein. In der City interessierte sich niemand für deine Vergangenheit. Man konnte jede beliebige Vergangenheit haben, die man wollte, solange man sie sich nur einbilden und sie jemandem mit unbewegter Miene verkaufen konnte. Manchmal konnte man sich auf diese Weise sogar selbst täuschen.

»Waren Sie wieder bei Tench?«, fragte Ingram. »Oder wie heißt der Kerl?«

»Trench«, antwortete Grimes. »Nein.«

»Tun Sie das.«

»Ich weiß.«

»Morgen.«

Grimes schwieg.

»Ich schlage Ihnen einen Deal vor.«

»Ich höre.«

»Wie wär's mit einem bezahlten Urlaub? Zwei Wochen. November, Dezember, wann immer Sie wollen.«

»Was ist mit der Beförderung?«

»Darüber können wir reden. Wenn alles klappt.«

Grimes nippte gedankenverloren an seinem Scotch.

Am folgenden Tag fuhr Grimes zu Trenchs Haus, doch Trench war nicht da, also fuhr er zum Hafen. Es war später Nachmittag, die erstickend heiße Luft kaum zu atmen. Grimes fand Trench, der mit einem Gartenschlauch Fischeingeweide vom Deck seines Bootes spülte. Das Abwasser floss ins Meer, wo aufgeregte Köderfische an den Eingeweiden knabberten.

Heute bislang vier Unterschriften, dachte Grimes. Mit etwas Glück wäre Trench Nummer fünf. Vielleicht hatte er noch genug Zeit, um sechs oder sieben Unterschriften zusammenzubekommen. »Sieben heute«, würde er Ingram am Telefon mitteilen.

»Wo ist denn der Junge?«, fragte Grimes. Er hatte nämlich etwas zu sagen. Er stand mit einem halb gegessenen Granny-Smith-Apfel in der Hand auf dem klapprigen Dock, dessen Holz schon so vom Wetter ausgeblichen war wie ein alter Knochen. Sonnenüberflutetes Wasser flimmerte durch die Spalten im Holz.

Trench antwortete nicht. Er schob die Düse des Gartenschlauchs unter die Achsel seines zitronenfarbenen Polohemds, wühlte in den Hosentaschen und zog eine Zigarette heraus, Virginia Slim, wie üblich.

Trench zündete sich die Zigarette an und durchbohrte Grimes mit Blicken.

»Ich bin nur der Mittelsmann, Mr Trench.«

Fünf, dachte Grimes. »Kennen Sie Chris Grimes?«

Trench drückte sich den Daumen an den Nasenflügel und pustete Qualm aus.

»Das ist meine Mutter«, fuhr Grimes fort. Er lächelte und biss in den Apfel.

Trench nahm das auf. »Gute Frau. Tolle Frau. Na, diesmal fiel der Apfel ja wohl weit vom Stamm. Er kullerte den Rinnstein entlang bis zur Stadt hinaus.«

»Ich versuche nur, höflich zu sein, Mr Trench.«

Trench zischte durch die Zähne.

»Ich versuche zu helfen.« Grimes suchte nach einem Mülleimer, um den Apfelkitsch zu entsorgen, sah aber keinen, also ließ er das Kerngehäuse ins Wasser plumpsen.

»Hilfe? Da sind hunderttausend Dollar an Fischereiausrüstung festgemacht. Zahlen Sie dafür?«

»Sie werden Ihre Ausrüstung wieder brauchen. Bevor Sie sich versehen.«

»Einen Scheiß werd ich. Die Kühlhäuser in Mississippi kaufen nichts mehr an.«

»Sie sind sauer, Mr Trench. Das wäre ich auch.«

»Sauer? Nennt man das so?«

Jetzt spritzte Trench eine Vorrichtung ab, die aussah wie eine Kreuzung aus einem riesigen Monokel und einem Sieb. »Und was ist mit dem hier? Bezahlen Sie das auch? Vierzigtausend Dollar hat das verdammte Ding gekostet.«

Grimes wischte sich die feuchte Augenbraue mit dem Handrücken ab.

»Das soll Schildkröten retten, die wir eh nie gefangen haben. Die hat die Regierung angeschleppt. Wir nennen das hier in der Gegend den Schwarzen Sonntag. Hat jemand auf Video. Auf seinem Handy oder was immer. Hubschrauber haben den ganzen Scheiß an einem Sonntag abgeworfen. Und am Montag drauf fangen die Leute 'ne Tonne Schildkröten, verflucht. Schildkröten, die wir noch nie zuvor gesehen haben. ›Hast du eine Schildkröte? Ich hab zwanzig. Hast du eine? Ich hab dreißig.‹ Davor? Nicht eine. An dem Tag hab ich graue Haare gekriegt, verflucht.«

Grimes stand sprachlos in der brennenden Sonne. Er fragte sich, ob es in der ganzen Barataria überhaupt eine Menschenseele gab, die nicht einen an der Waffel hatte.

Gott, wenn er doch nur ein für alle Mal mit diesem Kerl fertig wäre.

»Sie fragen sich bestimmt, warum ich Ihnen das alles erzähle«, fuhr Trench fort. Er ging ans Seitendeck, beugte sich übers Wasser und spuckte die Kippe aus. Dann spritzte er wieder den Schildkrötensammler ab. »Ich hab die Schnauze voll, verarscht zu werden. Ich unterschreibe nicht.«

»Mr Trench«, sagte Grimes.

»Mr Trench, Mr Trench. Ich habe Sie eine Million Mal gebeten, mich in Ruhe zu lassen. Sie stellen mir nach.«

Grimes setzte einen ehrlichen Gesichtsausdruck auf. »Wissen Sie, Mr Trench, manchmal wollen die Leute einfach nur helfen. Wirklich. Sogar Leute, die für Firmen arbeiten. Soll schon vorgekommen sein.«

Trench verzog das Gesicht, zögerte, ließ die Worte sinken. Dann warf er die Hände in die Höhe. »Also gut«, sagte er dann, »ich schau mir die Papiere an. Eine Minute nur. Mehr nicht. Zeigen Sie mir die Zahlen.«

Ungläubig blieb Grimes stehen.

»Worauf warten Sie? Kommen Sie lieber her, bevor ich es mir wieder anders überlege.«

Grimes trat auf den Steg, und als er auf halber Strecke zum Boot war, richtete Trench den Schlauch auf ihn und spritzte ihn mit derart kaltem Wasser nass, dass Grimes spürte, wie sich sein Herz verkrampfte. Er kreischte, stolperte, fiel fast ins Wasser. Dann sprang er aufs Dock zurück.

Trench richtete den Strahl weiter auf ihn.

»Verfluchte Sumpfratte«, schimpfte Grimes.

»Ah, jetzt kommt die Wahrheit ans Licht«, meinte Trench lachend. »Mr Sumpfratte. Mr Sumpfratte.«

Grimes drehte sich um und zwang sich, langsam davonzugehen, während das Wasser ihm immer noch auf den Rücken prasselte. »Großer Fehler«, sagte er.

Trench kicherte und spritzte immer weiter.

DIE BRÜDER TOUP

Ihr Haus war verwüstet, Glasscherben im Eingangsbereich, in den Zimmern waren Schubladen ausgeschüttet, Schachteln und Dosen auf dem Küchenboden verstreut. Reginald ging schnell durchs Haus, so als würde sich der Übeltäter vielleicht noch irgendwo verstecken. Victor kauerte sich hin und untersuchte leise fluchend die Schuhabdrücke im Eingang. Zwei verschiedene Paare, die hin und her geeilt waren, eins groß, eins klein. Als Reginald zum Eingangsbereich zurückkehrte, zeigte Victor ihm die Spuren.

»Lindquist«, sagte Victor.

»Könnte sonst wer gewesen sein«, wiegelte Reginald ab.

»Blödsinn«, sagte Victor mit rotem, zu einer Faust zusammengekniffenem Gesicht. »Lindquist.«

»Jemand älterer und vielleicht ein junger Bursche, wie es aussieht«, sagte Reginald.

»Ich habe einen jungen Burschen bei Lindquist gesehen.«

»Der ist normal groß.«

»Wer sollte es denn sonst sein?«

»Irgendwer.«

»Blödsinn.«

»Wir sollten keine voreiligen Schlüsse ziehen«, mahnte Reginald.

»Jemand wird dafür sterben.«

»Nein, wird er nicht.«

»Jemand wird dafür Schmerzen erleiden«, beharrte Victor.

Ein paar Tage lang machte Lindquist einen großen Bogen um die Insel der Zwillinge, doch eines Nachts fuhr er ohne den Jungen südöstlich hinaus in deren Teil des Bayou. Die Brüder folgten seinem avocadogrünen Boot aus der Entfernung, ohne Licht und mit gedrosseltem Motor.

Als Lindquist ankerte, ankerten die Brüder ebenfalls. Reginald beobachtete mit dem Fernglas, wie Lindquist die Piroge zu Wasser ließ und auf die kleine vorgelagerte Insel zuruderte, eine einsame Gestalt im orangefarbenen Schein seiner Petroleumlampe. Nach einer Weile landete er an, holte sein Spürgerät hervor und bewegte die Spule an der Gezeitenlinie hin und her. Ab und an setzte er das Gerät ab und grub mit dem Spaten ein Loch. Dann wühlte er mit der Stiefelspitze durch die aufgeworfene Erde.

Reginald sah, dass Lindquist eine Cargohose aus Armeebeständen trug. Ein künstlicher Arm mit Haken. Und andauernd griff er in die Tasche, fuchtelte mit irgendwas herum und warf sich Pfefferminz oder Kaugummi in den Mund.

Der Typ war hartnäckig, das musste Reginald ihm lassen. Und gründlich. Die eine oder andere Warnung würde ihn nicht lange abhalten. Vielleicht nicht mal ein Warnschuss. Da war schon etwas Überzeugenderes gefordert.

Kein Mord, noch nicht. Das war das absolut letzte Mittel. Außerdem hütete der Sumpf schon zu viele ihrer Geheimnisse. Wurde eins davon entdeckt, konnten durchaus andere auftauchen. Ein Fehler zog den nächsten nach sich, eine Verdächtigung jagte die andere. Der Sumpf war zwar stets ihr bestes Alibi und ihr bester Komplize gewesen, aber er konnte ja auch nur so und so viele Leichen aufnehmen, bevor Knochen für Knochen wieder angespült wurde.

Im Augenblick lag die Zahl bei drei, alles überambitionierte und untalentierte Großmäuler, die sich an ihrem Marihuanahandel hatten gütlich tun wollen. Keiner von ihnen hatte auf die Warnungen der Brüder Toup gehört, und am Ende waren sie tot gewesen und den fernsten Winkeln des Bayou überantwortet worden, mit Steinen in den Taschen im Schlamm und trüben Wasser des Bayou versenkt, einer mit von Ohr zu Ohr durchtrennter Kehle, die anderen beiden mit Kugeln durchs Herz.

Lonny Brewbaker, ein gefürchteter Taugenichts, schuldete den Brüdern Toup noch fünfhundert Dollar für Drogen. Geld, das sie wahrscheinlich nie zu Gesicht bekommen würden, dennoch ließen sie es zu, dass er Schulden machte, denn sie wussten, früher oder später würde er das mit einem Gefallen bezahlen. Eines Nachts rief Victor an, um diesen Gefallen einzufordern; er meinte, er würde den größten lebenden Alligator brauchen, den er auftreiben könne, aber keine Fragen.

Brewbaker meinte zu Victor, er solle ihm einen Tag Zeit geben.

Am folgenden Abend fuhren die Brüder zu Brewbakers Behausung, einem von Rost zerfressenen, doppelt breiten Trailer mit einem von Dornengestrüpp überwucherten Hof und einem schottenkarierten Sofa auf der Veranda. Victor hämmerte an die Tür, Reginald stand hinter ihm, und Junikäfer flogen gegen den Insektenkiller.

Ein krummer Mann mit eingefallenen Wangen kam an die Tür. Er trug Bermudashorts, ein Shirt der New Orleans Saints und fluoreszierend orangefarbene Crocs. Er reckte sein Kinn zum Gruß und humpelte die Stufen hinunter.

Die Zwillinge folgten Brewbaker auf den Hinterhof. Unter einer riesigen Eiche stand ein Drahtkäfig, darin kauerte ein Alligator von eins achtzig bis zwei Metern Länge. Brewbaker holte eine Taschenlampe hervor und leuchtete durch den Draht. Das Licht spiegelte sich in den Augen des Alligators, die aufflammten wie Rubine. Seine Schnauze war mit Klebeband umwickelt.

»Schau dir mal dieses Riesenvieh an«, sagte Reginald.

»Wie hast du das denn abgezogen, verflucht?«, fragte Victor Brewbaker.

»Shit«, entgegnete Brewbaker. Er legte die Taschenlampe auf den Boden, damit der Lichtstrahl in den Käfig schien.

»Das könnte hart werden«, mahnte Reginald.

Brewbaker stemmte die Hände in die Hüften und zögerte. Vielleicht hoffte er, dass die Brüder den verrückten Plan, den sie da ausgeheckt hatten, sausenließen.

»Extrem«, sagte Victor.

»Schaffen wir das verdammte Vieh in den Pick-up«, meinte Reginald. Brewbaker schloss das Tor auf, öffnete es und trat hinein.

Der Alligator fauchte und drängte sich in die Ecke. Reginald und Victor folgten Brewbaker in den Käfig, und die Männer gingen tief gebeugt wie Sumoringer auf das Tier zu. Brewbaker sprang und nahm den Alligator in den Schwitzkasten, dann kam Victor und packte den Schwanz mit beiden Armen. Reginald schloss sich den beiden an und umklammerte die Mitte des Tieres.

»Festhalten«, befahl Brewbaker. »Heilige Scheiße.«

Sie traten seitlich zum Käfig hinaus, glitten im Schlamm aus, klammerten sich an den Alligator mit seinen hundertfünfzig Kilo peitschender Muskeln. So kamen sie durch den Nebenhof zu Brewbakers Pick-up.

Zwanzig Minuten später saßen sie in dem Wagen, das Tier hinten auf der geschlossenen Ladefläche, und sie stanken nach Schlamm und Reptilienpisse. Klamotten und Gesichter waren verdreckt, und im trüben Schein der Deckenbeleuchtung wirkte das Weiß ihrer Augen leicht irre.

Brewbaker lachte, dann die Zwillinge.

»Und jetzt?«, fragte Brewbaker.

»Fahr«, befahl Victor. »Wir sagen dir, wo lang.«

Bei Lindquists Haus warteten Reginald und Brewbaker im Pick-up, während Victor auf die Veranda trat und klingelte. Er sah auf die Uhr, dann über die Schulter. Nach einer Minute nahm er den Dietrich, knackte das Schloss, trat ein und schaltete das Licht ein. Dann kam er wieder aus dem Haus und hielt den beiden den gereckten Daumen hin.

Die Männer wuchteten den Alligator ins Haus und den Flur entlang bis ins Schlafzimmer, wo sie das Tier zu Boden drückten. Brewbaker packte den Hals des Alligators, Victor nahm ein Taschenmesser und schnitt das Klebeband durch. Dann sprangen die drei von dem Tier weg wie von einer Bombe und rannten aus dem Zimmer. Victor machte das Licht aus und schlug die Tür hinter sich zu.

Im Hausflur lauschten die drei. Schon bald hörte man das Klopfen des Alligatorschwanzes an der Wand und das Kratzen der Krallen.

Brewbaker grinste und schüttelte den Kopf. Dann grinsten auch die Zwillinge, und schon bald lachten sie alle lauthals.

»Sind wir quitt?«, fragte Brewbaker.

LINDQUIST

Wieder suchte Lindquist mit seinem violetten Crown-Royal-Samtbeutel voller billigem Schmuck, den letzten Resten seines Notvorrats, Trader John's auf. Er hatte trübe Augen und ein stoppliges Gesicht, seine Hose war an den Knien dreckverkrustet. Er sah die drei anderen Männer am Tresen, örtliche Fischer, die er kannte, und die Augen traten ihm vor. Dann bemerkte er, wie die Männer den Beutel in seiner Hand anstarrten, und schätzte, dass sein Spielchen aufgeflogen war. Zögernd trat er an den Tresen.

»Wie geht's, Jungs«, sagte er.

»Da ist er ja«, sagte einer der Männer. »Schwarzbart, der Pirat.«

Es handelte sich um Michael Franklin, einen kleinen, taubenbrüstigen Kerl, der Lindquist immer an einen dieser Vorgartenjockeys erinnerte.

Lindquist trat von einem Bein aufs andere und atmete ein unsicheres halbes Lachen durch zusammengebissene Zähne. Einen Augenblick lang waren die einzigen Geräusche das Blubbern der Köderbecken und das elektrische Summen der Getränkekühlschränke. Die anderen beiden, Jarred und Ricky, beobachteten Lindquist, ihre Augen eine einzige Drohung.

»Was haben Sie denn heute, Lindquist?«, fragte Mrs Theriot.

Lindquist legte den Beutel auf den Tresen und ließ eine Hand beschützend darüber liegen.

»Irgendwas verkauft?«, fragte er.

»Ach, deswegen«, antwortete die Alte. »Jemand kam herein und hat die Uhr zurückgefordert. Garret, der Pastor.«

Lindquist sah sie an und kaute Luft. Gab es irgendjemanden auf der Welt, der nicht seinen Nächsten nach Strich und Faden verarschen wollte?

»Hätte Sie ja angerufen«, sagte die Frau und verschränkte die Arme vor der Brust der wogenden Ananasbluse, »aber ich hab ja keine Nummer. Ich dachte, Sie würden dieselbe Entscheidung treffen. Ein Pastor, der meint es doch wohl ehrlich.«

»Ach, Scheiße. Irgendein Beweis?«

Die Alte sah ihn an: Beweis?

»Eine Quittung?«, beharrte Lindquist. »Irgendwas?«

»Was denn, braucht man jetzt vielleicht eine Lizenz, um eine Uhr zu tragen?«, warf Jarred ein. »Und die Greencard, wenn's 'ne ausländische Uhr ist?«

»Er hatte keine Quittung«, sagte Mrs Theriot zu Lindquist. »Er hat sie sich nur angeschaut und das Gesicht verzogen und gesagt: ›He, das ist meine Uhr.‹ Bei dem Gesicht wusste ich es gleich.«

Lindquist suchte die Auslage in der Vitrine ab. »Und was ist mit dem Ring?«, fragte er.

»Kennen Sie Tracy Bascombe?«

Lindquist zupfte an seinem Kinn.

»Tracy Bascombe, Georges Mädchen?«

Lindquist wartete.

»Hat den jungen Marshall geheiratet, der noch in Afghanistan ist? Der das Füllen der Sandsäcke organisiert hat?«

»Gibt doch 'ne Million Ringe wie diesen auf der Welt«, meinte Lindquist.

»Stimmt. Aber noch bevor sie ihn überhaupt angerührt hatte, sagte sie, ich solle doch mal nachsehen, ob da eine Gravur innen angebracht ist. Sie wissen doch, wie die Leute mit Daten sind und so? Das hätte sie von dort, wo sie stand, auf keinen Fall sehen können.«

Lindquist sah weg und starrte den Hotdog-Grill an. Hinter dem fettverschmierten Glas drehten sich die vertrockneten Würstchen träge auf den Grillrollen.

»Wo findest du den Krempel überhaupt, Lindquist?«, fragte Michael. »Brichst du bei den Leuten ein?«

Lindquist ignorierte ihn. »Irgendetwas verkauft?«, fragte er. »Irgendetwas, das nicht von jemandem zurückgefordert worden ist?«

»Die Taschenuhr«, antwortete Mrs Theriot.

»Wie viel?«

»Fünf Dollar.«

»Fünf Dollar?«

»Ich sag dir was, Lindquist«, meinte Jarred.

Lindquist blickte Jarred fest an.

»Die Leute stehen nicht so drauf, dass du ihr Zeugs ausbuddelst und dann verhökern willst.«

»Hör mal. Das ist doch Blödsinn. Ich suche doch nur nach Zeugs. Was ich finde, finde ich auf Land, das keinem gehört. Keinem, der nicht 'ne Firma ist.«

Alle starrten ihn an.

Lindquist verzog das Gesicht. »Und zufällig gehört es denen? Ach, Scheiße. Es gibt ja auch noch 'ne Verjährungsfrist.«

»Was für'n Ding?«, fragte Jarred.

Lindquist zögerte. »Hört mal, so gut wie alles hat doch irgendwann mal jemand anderem gehört, nein?«

Die Männer sahen sich gegenseitig an.

»Wollen Sie uns mal zeigen, was Sie heute haben, Lindquist?«, fragte Mrs Theriot.

»Ich muss zugeben, ich bin neugierig«, erklärte Michael. Er sah die anderen an.

»Ich auch«, meinte Ricky.

»Na logisch bist du das«, sagte Jarred.

Lindquist drehte den Beutel um und breitete die Beute aus wie ein Straßenschwindler seine Muscheln. Dann blickte er mit einem Pokerface auf. Zumindest hielt er es für eins.

»Schaut euch das mal an«, sagte Michael. »Vielleicht sollte ich es auch mit dieser Metallsucherei probieren, verflucht.«

Diesmal war Lindquists Haufen noch größer als beim letzten Mal. Die meisten Stücke waren schmutzverkrustet, doch ein paar glänzten wie neu.

»Verdammt«, sagte Michael, »mein Klassenring.«

Er griff in den Stapel und schnappte sich den Ring, bevor Lindquist sich auch nur rühren konnte.

»Blödsinn«, entgegnete Lindquist, griff aber nur Luft.

Michael hielt den Ring in der Faust und trat einen Schritt zurück. »Wenn ich es dir sage. Hab diesen Ring getragen, als ich meine Unschuld verloren habe.«

Jarred griff in den Stapel, zog etwas heraus, und Lindquist drehte sich hastig um. »Ich fasse es nicht«, sagte Jarred. »Die Brosche meiner Großmutter.«

»Blödsinn«, zeterte Lindquist.

»Einen Moment, alle Mann«, ging Mrs Theriot dazwischen.

Dann schnappte sich Ricky etwas aus dem Haufen, eine goldene Halskette mit einer Tautropfen-Perle, und eilte beiseite. »Ich schwöre beim Heiligen Geist, das gehört meiner Frau. Wo hast du das gefunden, Lindquist?«

Lindquist stand mit offenem Mund da und starrte die Männer an. Bevor sich noch jemand etwas schnappen konnte, schob er den Rest zusammen und stopfte alles wieder in den Beutel.

»Ich will Beweise«, sagte er.

»Ich werd's dir beweisen«, erwiderte Jarred. »Mit einem Stiefeltritt gegen den Schädel.«

»He«, sagte Mrs Theriot. »Aber nicht in meinem Laden.«

Lindquist entdeckte etwas in der Vitrine; er hielt inne und runzelte die Stirn. Ein dünnes Goldkettchen mit einem Herzanhänger. »Wo haben Sie das her?«, fragte er Mrs Theriot. »Die Kette mit dem Herz?«

»Warum?«, wollte Jarred wissen. »Willst du vielleicht behaupten, das gehört dir? Hast du dein kleines Herzkettchen verloren?«

Die Männer kicherten.

»Wenn ihr das Zeug behalten wollt, das ihr mir gestohlen habt, dann will ich Schadensersatz«, erklärte Lindquist.

»Schadensersatz? Der reinste Fernsehanwalt.«

»Finderlohn«, sagte Lindquist.

»Nicht den Dreck unter'm Fingernagel.«

»Ich könnt mich alle mal«, sagte Lindquist.

»Lindquist«, mahnte Mrs Theriot, doch der hatte sich schon umgedreht und stürmte zur Tür hinaus.

Draußen starrte er durch die Scheibe und reckte den Mittelfinger. Er gab einen ungestümen Schwall wilder Flüche von sich und sah durchs Glas, wie die Männer lachten und die alte Frau sie mit einem erhobenen Zeigefinger schalt.

Mit Bier und Tabletten zugedröhnt, kehrte Lindquist erst spät aus *Sully's Bar* zurück, stieg im Flur schwankend aus seiner Wäsche und ließ sie einfach liegen. Im dunklen Zimmer auf dem Weg zum Bett stolperte er über etwas Großes und landete mit dem Gesicht voran auf dem Teppich. Einen Augenblick lang lag er wie betäubt und auf allen vieren ausgestreckt da und fragte sich, ob er wohl einen Schlaganfall hatte. Ja, er war voller Pillen. Ja, er hatte ein wenig über den Durst getrunken. Aber Lindquist hielt sich für einen Mann, der wusste, wo seine gottverfluchten Möbel standen.

Er mühte sich auf, als er im Zimmer ein Gurgeln hörte, kehlig, reptilienhaft. Lindquists Herz klopfte einmal hart und raste dann. Er sprang auf und sah einen gedrungenen kajakförmigen Umriss flach am Boden, der zögernd auf ihn zukam.

Er müsse wohl träumen, dachte er. Eine andere Erklärung gab es nicht. Aber er sprang aufs Bett, schaltete das Licht ein und kreischte wie ein Kastrat, als er sah, was er da sah.

Ein Alligator. Eins achtzig, zwei Meter.

Ein verfluchter Alligator, in seinem Schlafzimmer.

Lindquist drückte sich gegen das Kopfende. Der Alligator zog sich ebenfalls zurück und kauerte mit peitschendem ledrigen Schwanz und gebleckten Fangzähnen an der Tür.

Um sicher zu sein, dass er nicht träumte, kniff sich Lindquist fest in die Wange, doch spürte er wegen des Alkohols und der Pillen kaum einen Schmerz. Ansonsten tat sich nichts. Teppich und Wände waren noch immer mit Schlamm, Kot und Urin verschmiert. Ein Tischchen lag noch immer umgeworfen da, und Gwens Porzellanpinguine und -schweinchen waren auf dem Boden verstreut.

»Weg«, sagte Lindquist. Er machte eine dümmlich scheuchende Handbewegung. »Verschwinde, sag ich.«

Der Alligator fauchte durch seine spitzen Zähne.

Lindquist zog eine Nachttischschublade auf und nahm den erstbesten Gegenstand heraus, den er greifen konnte, den Dildo seiner Frau, ein grässliches violettes Ding mit einem dicken, pflaumenartigen Ende. Er warf den Phallus nach dem

Tier, doch der prallte nur an dessen Schädel ab und landete dann auf dem Teppich.

Der Alligator verzog sich in die Ecke und drehte sich um, um Lindquist aus raubgierigen gelbgoldenen Augen anzustarren.

»Grundgütiger«, sagte Lindquist. Er schnappte sich das Telefon vom Nachttisch und wählte mit zittrigen Fingern eine Nummer.

»Ist das ein Notfall?«, fragte die Telefonistin.

»Ja, ja«, antwortete Lindquist.

»Worum geht's?«

»Ein Alligator«, sagte Lindquist mit zitternder Stimme. »Ich hab 'nen Alligator in meinem Schlafzimmer.«

WES TRENCH

Lindquist, fiel Wes auf, hatte sich die ganze Nacht über komisch verhalten. Nervös und aufgedreht. Und er erzählte keinen seiner schlechten Witze. Je weiter er die *Jean Lafitte* in die Bucht lotste, desto sorgenvoller schien er zu werden, warf ungestüm Blicke links und rechts durch die Ruderhausfenster, und ruhelose Besorgnis zuckte ihm übers Gesicht.

Gegen Mitternacht fragte Wes schließlich, was denn los sei, und Lindquist antwortete, dass ihm jemand einen Alligator ins Schlafzimmer bugsiert hätte.

»Einen was?«, fragte Wes und rechnete schon mit einem von Lindquists Scherzen.

»Ein Alligator, in meinem Schafzimmer«, wiederholte Lindquist mit angespanntem, ernstem Gesicht.

Wes war sprachlos.

»Eins achtzig, zwei Meter, das Ding. Hätten genauso gut sechs Meter sein können. Hab mich fast zu Tode erschrocken.«

»Haben Sie die Bullen gerufen?«

»Ja. Zwei Deputys sind aufgetaucht, haben ihm eine Kugel in den Schädel verpasst und das Vieh rausgeschleppt.«

Sie hatten gerade eine Pause eingelegt, hockten unten in der Kombüse, und zwei Rotbarschfilets brutzelten in der Pfanne auf dem Gasherd. Auf Deck über ihnen prasselte ein Platzregen hernieder und schlug gegen die kleine Kombüsenscheibe. Die Positionslichter des nächsten Boots sah man nur verschwommen. Immer wieder schoss ein strahlend violetter Blitz geräuschlos weit entfernt in den Golf. Lindquist stand auf, ging zum Herd und drehte die Filets mit einer Gabel um. Der Duft von Knoblauch, Zwiebeln und Cayennepfeffer ließ Wes das Wasser im Mund zusammenlaufen. In letzter Zeit hatte er nur Dosenwürstchen und Cracker gegessen.

Lindquist stellte Teller auf den kleinen Tisch, einen für Wes, einen für sich selbst. In der Pfanne kurzgebratener Fisch mit ein paar Löffeln Dirty Rice: Zatarain's, direkt aus der Schachtel. Wes schlang sein Essen herunter, auch wenn es ein wenig zu scharf war. Ihm standen Tränen in den Augen, und er musste husten. Lindquist lachte und fragte, ob ihm das Essen genug gewürzt sei.

Nach einer Weile sagte Lindquist: »Ich glaub, das waren die Zwillinge. Die Brüder Toup.«

»Warum sollten die Ihnen denn einen Alligator ins Zimmer sperren?«

»Weil sie verrückt sind, deshalb.«

Eine Weile sagten sie kein Wort, Lindquist kaute erledigt an seinem Essen herum, langsam und gemächlich. Ab und an fielen ihm für einige Sekunden die Augen zu, und sein Griff an der Gabel lockerte sich wie bei einem Baby. Dann riss er die Augen wieder auf und richtete sie auf den Teller.

Wes nahm an, dass das von den Pillen kam. Andauernd kramte Lindquist diesen PEZ-Spender aus der Tasche und schluckte ein oder zwei von den Dingern, die da drinsteckten.

»Die glauben, ich bin hinter ihrem Stoff her«, sagte Lindquist.

Wes erwiderte nichts darauf, weil er nicht wusste, ob Lindquist Witze riss.

»Ich hab denen gesagt, das interessiert mich nicht. Ich bin nur auf Metallsuche. Die haben mir meinen Arm geklaut. Den guten.«

»Sind Sie sicher?«

Lindquist nickte. »Hab keine Beweise, aber ich bin mir sicher. Hat mir jemand verraten. Bin damit zu Villanova gegangen. Aber der hat natürlich nichts unternommen.«

Wes stieß einen überraschten Pfiff aus. »Ich würde ja darauf hören, wenn die zwei meinen, dass ich mich fernhalten soll.«

»Kann ich nicht. Mach ich nicht.«

Der Regen prasselte wie leichter Schrot gegen die Kombüsenscheibe.

Lindquist legte seine Gabel klappernd beiseite. »Ich habe schon mein ganzes Leben lang hier gesucht. Die haben nicht das Recht, mir zu sagen, ich kann nicht. Außerdem kann ich nicht einfach aufhören. Jetzt nicht mehr. Nicht nach all der Zeit.«

Wes fragte ihn, was er denn mit dem vielen Geld machen würde, wenn er es jemals finden würde.

»Mit der Fischerei aufhören, das steht schon mal fest. Wegziehen. Weit weg. Der ganze Laden bricht doch auseinander. Und mir einen neuen Arm kaufen. Einen, mit dem man alles Mögliche anstellen kann.«

Dann stellte Lindquist Wes dieselbe Frage. Wes meinte, er würde ungern aus der Barataria wegziehen, wenn es nicht unbedingt sein müsste, aber bei all dem Öl und den Schäden am Marschland könne man das schwer vorhersagen. Wenn er schließlich sein Boot fertig hätte, würde er sein eigenes Unternehmen gründen, eine Art Shrimp-of-the-Day-Club. »Damit schalte ich den Mittelsmann aus«, sagte er. »So wie früher zu alten Zeiten.«

»Ach, Scheiße«, sagte Lindquist und schüttelte den Kopf.

Wes fragte ihn, warum.

»Du bist ein verfluchtes Genie, Junge.«

»Nee«, kicherte Wes.

»Ein verfluchtes Genie.«

Lindquist sagte, er wünschte sich, seine eigene Tochter sei so genügsam und zielstrebig. Wenn die einen Dollar verdiente, hatte sie eine Stunde später zwei verloren. Eine verflixte Sache. Wes hatte keine Ahnung, was er darauf sagen sollte, wollte auch Lindquists Tochter nicht beleidigen, also sagte er gar nichts.

»Wie soll's denn heißen?«, fragte Lindquist. Seine Stimme klang feucht und undeutlich.

Der Regen hatte nachgelassen, und jenseits des nassen Fensters herrschte nur noch Bayou-Dunkelheit. Wes drehte sich vom Fenster weg und sah Lindquist an.

»Was?«, fragte er.

»Das Boot, Junge.«

»Weiß ich noch nicht.«

»Noch keine Idee?«

»Ich wollte es erst nach meiner Mutter benennen, aber dann hab ich's mir anders überlegt. Meine Mama ist kein Boot, verstehen Sie?«

Lindquist nickte schläfrig.

Wes zuckte mit den Schultern und legte seine Gabel hin. »Schätze, mit dem Namen muss ich noch warten. Will's ja nicht verschreien.«

Lindquist sagte nichts, sah Wes aber auf eine Weise an, als habe er in diesem Augenblick etwas seinetwegen entschieden, aber ob das nun gut war oder schlecht, konnte Wes nicht sagen.

Etwa eine Stunde später, nach dem Regen hatten sie ihre Netze wieder ausgelegt, fiel Wes auf, dass das Boot vom Kurs abkam. Sie hielten direkt auf eine der Barriereinseln in der Mündung der Bucht zu. Wes sah hoch und bemerkte, dass Lindquist über dem Steuerrad zusammengesunken war, den Kopf zur Seite, Augen zu. Er schlief tief und fest.

»Mr Lindquist«, rief Wes.

Nichts.

Wes legte sich die Hände um den Mund. »Mr Lindquist.«

Lindquist rührte sich nicht.

Sie waren noch etwa hundert Meter davon entfernt, mit der Insel zu kollidieren.

Schon bald würde der Rumpf auf Grund gehen, und die *Jean Lafitte* würde havarieren.

Wes eilte die Leiter immer zwei Stufen auf einmal hinauf und rüttelte oben im Ruderhaus Lindquist an der Schulter. Lindquist riss die Augen auf und blinzelte völlig erledigt durch die Gegend.

»Wir fahren auf eine Insel zu«, erklärte Wes.

Lindquists Augen verdrehten sich, er packte das Ruder und kurbelte scharf nach rechts. Als das Boot wieder auf Kurs war, gab er sich ein paar Schläge auf die Wange und sah dann Wes an. Sein Gesicht war ganz rot, so peinlich war es ihm. »Was?«, schnappte er.

»Sie sind eingeschlafen.«

»Ja. Und?«

»Wollen Sie sich hinlegen?«

Lindquist hielt inne. »Was meinst du damit?«

»Ich kümmere mich ums Boot.«

Lindquist sah Wes düster an. »Willst du damit sagen, ich hätte Mist gebaut?«

»Ich wollte nur wissen, ob alles okay ist.«

»Okay?«

Wes schwieg.

»Alles okay?«, äffte Lindquist mit Mädchenstimme. »Alles okay?«, wiederholte er spöttisch. Er sah Wes wütend an. »Den Scheiß habe ich andauernd von meiner Frau zu hören gekriegt.«

Wes blieb stumm.

»Alles okay? Hat sie alle fünf Sekunden gefragt. Und mich so komisch dabei angeschaut. So wie du gerade.«

»Also gut. Sie nehmen jede Menge von diesen Pillen, Mr Lindquist.«

»Ja, und?«

»Mal unter Freunden, dachte, ich sag das mal.«

»Wir sind keine Freunde. Ich bin dein Boss. Du bist mein Angestellter. So sieht's aus.«

Wes schluckte und wurde puterrot. »Also gut«, räumte er ein. »Aber wir stehen auf gutem Fuß miteinander.«

»Im Augenblick ganz und gar nicht.«

Wes stieg wieder aufs Deck hinunter und machte sich bei den Netzen nützlich.

Im Kopf ging er immer wieder die Unterhaltung mit Lindquist durch und fluchte leise vor sich hin. Noch zwei, drei Stunden, dachte er. Dann hatte er genug von dem Kerl, vielleicht für immer. Und was dann? Wieder für seinen Vater arbeiten? Da würde er nur vom Regen in die Traufe kommen.

Nach einer Weile rief Lindquist aus dem Ruderhausfenster. Seine Stimme klang völlig anders, fast freundlich. »Hey, Wes«, rief er, so als sei nichts geschehen.

Wes blickte nach oben.

»Klopf, klopf«, sagte Lindquist.

Wes schüttelte den Kopf und zischte boshaft durch die Zähne.

»Klopf, klopf«, wiederholte Lindquist lauter.

Wes winkte nur ab und drehte Lindquist den Rücken zu.

»Ach, Scheiße«, meinte Lindquist. »Na gut, wenn du es so haben willst.«

Sie sprachen kein Wort mehr miteinander, bis sie ihre Shrimps bei Monsieur Montegut abgeliefert hatten und wieder auf dem Hafenparkplatz waren. Sie standen neben ihren Pick-ups im ersten orangefarbenen Schein der Morgendämmerung, und Lindquist gab Wes den halben Verdienst, nicht das übliche Drittel.

»Sie haben sich vertan«, sagte Wes.

Lindquist blinzelte in die Sonne, Krähenfüße falteten sich in den Augenwinkeln zusammen. »Abfindung«, sagte er.

»Hören Sie, wenn es wegen der Tabletten ist, Mr Lindquist, tut mir leid. Geht mich ja nichts an.«

»Da hast du recht. Tut es nicht.«

Vielleicht bedauerte er, so harsch gesprochen zu haben, denn er fügte freundlicher hinzu: »Hat nichts mit den Tabletten zu tun, Junge.«

Wes sagte nichts.

»Ich schaff das nicht mehr«, erklärte Lindquist.

»Was?«

»Shrimpfang. Ich bin fertig damit. Vielleicht arbeite ich jetzt für diese Leute. Öl wegmachen. Babypelikane putzen. Wer weiß, verflucht.«

»Ich werde kein Wort mehr über die Tabletten verlieren, Mr Lindquist. Lassen Sie mich einfach nur arbeiten.«

»Junge. Das hat mit den Pillen nichts zu tun. Schau dir mal das Wasser an. Schau die Nachrichten. Wir gehen arbeiten und zahlen noch drauf. Anderswo würden sie uns in die Klapsmühle sperren dafür.«

Wes nickte. »Das ist 'ne Menge Geld«, sagte er.

Lindquist winkte mit dem Haken ab.

»Also, danke«, sagte Wes. Er griff in die Hosentasche und holte Lindquists Bootsschlüssel heraus.

»Du kannst noch ein paar Nächte bleiben, wenn du willst. Bis du was gefunden hast.«

»Ich komm schon klar.«

»Gehst du nach Hause?«

»Schon möglich«, log Wes.

»Red mit deinem Pa. Sei nicht dumm.«

»Na gut, Mr Lindquist.«

Lindquist drehte sich um und ging mit erhobener Hand zu seinem Pick-up.

»Pass auf dich auf, Junge.«

»Sie auch, Mr Lindquist«, rief Wes zurück.

COSGROVE UND HANSON

Sie brauchten ein Boot, wenn sie die Insel der Zwillinge finden wollten. Immer vorausgesetzt, dass es sie überhaupt gab. Sie brauchten ein Boot, aber Hanson hatte kein Geld, und Cosgrove weigerte sich, sein mageres Erspartes für Hirngespinste zu verplempern. Hanson gestand Cosgrove, dass er etwas aus dem Haus der Witwe hatte mitgehen lassen, von dem er ihm nie erzählt hatte.

Einen Ring.

»Einen Ring?«, fragte Cosgrove. »Wir waren uns doch einig. Nur Zeugs aus dem Dachboden.«

»Der lag ja auch im Dachboden.«

Cosgrove starrte Hanson an. Ein harter, vorwurfsvoller Blick.

»He, Bigfoot, ich erzähl's dir doch gerade, oder nicht?«

Sie brachten den Ring zu einer Pfandleihe gleich neben dem Highway.

Trader John's.

»Hätte gern mal gesehen, was das wert ist«, meinte Hanson zu der alten Frau in der Hawaii-Bluse, die hinter dem Tresen stand. Er griff in die Tasche und ließ den Ring auf das mit Fingerabdrücken verschmierte Glas fallen. Die Frau nahm den Ring und drehte ihn in ihren gichtigen Fingern, und die Stirn legte sich in Falten, als sie durch die Juwelierslupe linste.

Cosgrove besah sich die Ware hinter dem Tresen, von der

Sonne ausgebleichter Tand, der an den Wänden hing: Banjos, ausgestopfte Tierköpfe, medizinische Apparaturen zwischen Heiligenbildchen und Anti-Obama-Stickern fürs Auto. Die ganze verfluchte Gemeinde lebte auf Pump. Nicht mehr lange, dann verhökerten die Leute ihre Körperteile für Bier- und Zigarettengeld. Nieren und Hornhaut bei Trader John's, gleich mitnehmen, später bezahlen.

»Wo haben Sie das gefunden?«, fragte die Frau.

Ohne zu zögern erzählte Hanson der Frau, dass der Ring seiner Verlobten gehört hätte. Penelope. Tot.

Die Frau ließ die Lupe fallen, und das Glas baumelte an einer Kette um ihren Hals. Sie reckte ihr weiches Kinn und schnalzte mit der Zunge.

»Autounfall«, fuhr Hanson fort und richtete seine Rodeogürtelschnalle. »Und als ob das nicht schon schlimm genug wäre, aber nein, sie hatte einen Kerl dabei. Einen jungen Burschen.«

Eine dicke orangefarbene Katze sprang auf den Tresen und schlenderte zu Hanson hinüber, wobei sie ihn aus strahlend gelbgrünen Augen anstarrte. »Der Kerl hatte die Hosen heruntergelassen«, fuhr Hanson fort und strich der Katze über den Kopf. »Bis zu den Knöcheln. Die beiden haben sich so in Ekstase gebracht, dass sie direkt von einer Brücke in den Fluss gerast sind.«

Cosgrove fragte sich, ob sich Hanson all diesen Seifenopernscheiß schon vorher zurechtgelegt hatte. Er hoffte das zutiefst. Er wollte gar nicht erst darüber nachdenken, welch irrer Verstand sich so etwas spontan ausdenken konnte.

Hanson fuhr fort. Die Geschichte wurde immer surrealer. »Sie trug diesen Ring hier, den ich ihr gekauft hatte. Ich wusste nicht, ob ich weinen oder sie ausbuddeln und noch mal umbringen sollte.«

Hanson tat so, als würde er darüber nachdenken. Das Gesicht der alten Frau blieb so unbeweglich wie eine Holzmaske. In ihren fünfundsiebzig oder achtzig Jahren auf Erden hatte sie womöglich schon jeden Mist zu hören bekommen. »Wissen Sie was«, meinte die Frau. »Das hört sich für mich alles ziemlich albern an.«

Hanson schnaubte erzürnt und runzelte die Stirn. Er nahm seine tarnfarbene Kappe ab, strich sich den schwarzen Pferdeschwanz glatt und setzte die Kappe wieder auf. »Tja, dann weiß ich auch nicht, was ich sagen soll. Schätze, mein ganzes Leben ist ziemlich albern.«

Die alte Frau bot neunhundert Dollar für den Ring. Fünfzehn, sagte Hanson. Nein, entgegnete die Alte. Zwölf, sagte Hanson. Neun, sagte die Frau. Zehn, entgegnete Hanson.

Neun, sagte die Alte.

An ihrem nächsten freien Tag rief Hanson eine Nummer aus einer Zeitungsanzeige an; zwanzig Minuten später waren sie in Hansons Dodge auf dem Weg zur anderen Seite von Jeanette. Als sie an dem geziegelten Ranchhaus eintrafen, kam ein untersetzter, glatzköpfiger Mann mit Soulpatch unter der Unterlippe und einem Batzen Kautabak, der ihm die Wange ausbeulte, herausgehumpelt. Er gab ihnen die Hand; seine Finger waren rauer als alle, die Cosgrove jemals gefühlt hatte, rau wie Rinde.

Der Mann führte sie zum Hinterhof, wo ein T-förmiger Steg in eine erbsensuppengrüne Lagune hinausragte. Cosgrove und Hanson besahen sich das drei Meter lange Aluminiumboot, das mit einem alten Rasenmähermotor ausgestattet war. Der Mann stand mit den Händen in den Hosentaschen und den Daumen in den Gürtelschlaufen da und spuckte Tabaksaft ins Wasser. Elritzen kamen an die Oberfläche geschwommen und knabberten mit ihren winzigen Kussmäulchen an den Spuckebläschen.

»Und wie bringen wir es hin?«, fragte Hanson den Mann.

»Hinbringen?«

»Wo stellen wir es ab?« Hanson trat immer näher an den Mann heran. Der Mann wich beunruhigt zurück und schaute immer mal wieder auf Hansons T-Shirt, auf dem vorn METALLICA stand, darunter die Zeichnung eines blutigen Hammers auf einer blutbespritzten Fliese mit der Unterzeile KILL 'EM ALL.

Es dauerte einen Augenblick, bis der Mann begriff, was Hanson meinte. »Sie haben keine Slipanlage?«

»Nein.«

Der Mann kratzte sich am Kinn und dachte darüber nach. »Hm, schätze, Sie können sich am Hafen billig eine mieten. Wenn Sie keinen eigenen Steg haben.«

»Wie kriegen wir es dort hin?«, fragte Hanson.

Der Mann sah Hanson an, als ob der Witze machen würde. »Sie fahren hin.«

»Können wir es ziehen, meine ich?«

»Haben Sie einen Bootsanhänger?«

Hanson schüttelte den Kopf.

»Dann müssen Sie es dort hinfahren.«

»Verkaufen Sie einen?«

»Nee. Nee, ich hab keinen Anhänger.«

Die drei Männer standen schweigend da und starrten das Boot an, so als könne es dieses Dilemma lösen.

»Nur mal 'ne Frage«, meinte der Mann, »Sie haben doch eine Erlaubnis, richtig?«

»Eine Fahrerlaubnis?«

»Für das Boot.«

»Klar.«

Der Mann sah Cosgrove an. Cosgrove zuckte mit den Schultern. Er stellte sich vor, wie der Mann das alles später seinen Kumpeln erzählen würde. *Das glaubt ihr mir nicht, aber diese Vollpfosten von neulich haben in ihrem ganzen Leben noch in keinem Boot gesessen.*

»Na, kann mir ja egal sein«, meinte der Mann.

»Es ist ein verfluchtes Boot«, meinte Hanson zu Cosgrove. »Wie viele Möglichkeiten gibt es da?«

Gegen Mitte September hatten Cosgrove und Hanson eine regelrechte Routine beim Auskundschaften entwickelt. Jede Nacht nach der Schicht beim Vogelschutz fuhren sie in die Barataria Bay hinaus, erkundeten den Inselarchipel und wanderten im schwachen Schein ihrer Laternen die Ufer ab wie Wiedergänger einer Apokalypse. Die Inselchen und Barrieren waren ungezählt, die meisten davon kaum mehr als marschige Flecken voller Schilf. Die Koordinaten, die Hanson von dem GPS hatte, führten nur zu einer Insel mit einer toten Weide, deren Äste voller schlafender weißer Reiher war. Kein Marihuana. Aber sie nutzten die Insel als Bezugspunkt. Wenn es die Insel der Zwillinge überhaupt gab, dann musste sie wohl hier in der Nähe sein.

Manchmal sahen sie weit draußen am Horizont einsame Bootslichter blinken. Ansonsten war die Bucht geradezu unheimlich frei von jeglichem menschlichen Leben. Vielleicht war auch niemand anders so dumm, sich nur in die Nähe dieser Gegend zu trauen. Tag für Tag wurden die Warnschilder, die an den Stränden standen, immer düsterer. MEIDEN SIE DAS WASSER. MEIDEN SIE TOTE TIERE. SCHWIMMEN VERBOTEN. ATMEN VERBOTEN.

In ein paar Wochen stand auf den Schildern sicherlich: HAUEN SIE AB!

Soweit Cosgrove und Hanson das feststellen konnten, gab es hier niemanden, der auf Recht und Gesetz achtete.

Cosgrove fragte sich, warum er bei Hansons Idiotie so willig mitmachte und er sich den Eingebungen dieses neuzeitlichen Dorftrottels fügte. Allerdings war seine Einwilligung nicht verwunderlich. Er war verzweifelt. Verzweifelt und neugierig. Er wollte wissen, was am Ende bei alldem herauskam. Er wollte wissen, ob in Hansons Blödsinn ein Körnchen Wahrheit steckte. Er schätzte, das Ganze würde ihn vielleicht ein, zwei Wochen seines Lebens kosten. Ein, zwei Wochen, die hatte er übrig. Zeit war alles, was er im Überfluss hatte.

Außerdem wusste Cosgrove eh nicht, wohin, und er hatte nichts in Aussicht. Er steckte in der Arschritze von Louisiana und machte fünfzehn Dollar die Stunde als Mitglied einer Ölbeseitigungscrew. Besser würde es für ihn wohl nicht werden. Natürlich wusste er, dass es verrückt war, nach einer Insel voller Marihuana zu suchen. Aber er wusste auch, dass immer mal wieder irgendwelche Vollidioten ihr Glück machten, sei es durch Fügung oder Zufall.

GRIMES

Grimes hielt am Rand der ausgefahrenen Schotterpiste und stieg aus. Eine Weile sah er auf das Grundstück hinaus – wenn man es denn so nennen konnte –, kaute an einem Granny Smith herum und grübelte, ob er sich der Dschungelwildnis vor sich stellen sollte. Dann hatte er einen Entschluss gefasst. Er warf den Apfelkitsch fort und bahnte sich einen Weg durch das hohe Dornengestrüpp und Gras, wobei er mit den Armen ruderte, als würde er gegen die Strömung schwimmen; Grashüpfer schwirrten mit einem papiernen Flügelrascheln durch die Luft.

Als er bis zu der Veranda des heruntergekommenen Hauses vorgedrungen war, hatte er ein rotes Gesicht und keuchte schwer, und seine Kleidung war staubig und voller Kletten.

Ein hohlwangiger alter Mann saß auf einem Rohrschaukelstuhl im Schatten. »Sie haben's wohl drauf abgesehen, heute umgelegt zu werden«, grummelte er leise.

»Sir?«, sagte Grimes, obwohl er genau verstanden hatte.

»Sie sind auf Privatbesitz.«

»Ich wollte Ihnen keine Unannehmlichkeiten machen, Sir«, sagte Grimes und schnappte noch immer nach Luft. In seinem Kopf glühte die Zahl 4 wie eine Neonröhre. Vier Unterschriften bislang heute. Noch vier Monate im Jahr, seit vier Jahrzehnten auf Erden, noch vier weitere vor sich.

Grimes stand in der Sonne gleich außerhalb des Schattens

und beschirmte sich das Gesicht mit der Hand. Als der Mann nichts sagte, schaute er nach links, wo am Rand des Hofs mit Maschendraht ein Hühnerstall abgeteilt war. Die Vögel gackerten und stolzierten um einen Futternapf herum. Dann sah er nach rechts, wo an einem blechgedeckten Schuppen eine Piroge aufrecht angelehnt stand. Die Tür zum Schuppen stand weit offen, Felle von Bisamratten und Nutria hingen an den kahlen Deckenbalken.

»Ich suche nach Donald Baker«, erklärte Grimes schließlich. »Mr Baker hat bei uns Schadensforderungen eingereicht. Kennen Sie ihn?«

»Schon möglich.«

»Sind Sie das?«

»Von wem kommen Sie?«

»British Petroleum.«

»Sie haben einen Herzschlag Zeit, umzudrehen und Ihren Hintern vom Grundstück zu schwingen«, erklärte der Mann.

»Sir? Ich bin hier, um Ihnen Ihre Entschädigung zu zahlen.«

Der Mann lehnte sich zurück. »Entschädigung wofür?«

»Für Ihre Mühen. Wenn Sie Mr Baker sind, der die Forderungen gestellt hat. Sind Sie das?«

»Sie sind hier, um mir Geld zu geben, meinen Sie.«

»Ich habe den Scheck bei mir.«

»Ich hab kein Konto.«

»Sie können ihn sicher einlösen. Mit Ihrem Pass. Irgendeinem Ausweis.«

»Hab ich auch nicht.«

»Aber Sie sind Donald Baker?«

»Vielleicht ja, vielleicht nein.«

Grimes stützte die Hände in die Hüften und besah sich seine schlammigen Schuhe.

»Ist wohl scheint's nicht der richtige Zeitpunkt.«

»Es wird nie einen richtigen geben.«

Darauf fiel Grimes nichts mehr ein, er hob halbherzig die Hand, machte kehrt und bahnte sich wieder einen Weg durchs Gestrüpp zu seinem Wagen. Als er sich umschaute, starrte ihm der alte Mann noch immer mit steinerner Miene hinterher.

Am folgenden Tag tauchte Grimes wieder auf und stapfte durch das hohe Gras und die Dornen auf den Hof des Alten. Keine Wolke am Himmel, die Sonne brannte auf alles herab wie geschmolzenes Zinn. Als Grimes endlich die festgetretene freie Fläche rings ums Haus erreichte, war er bereits schweißgebadet. Der Alte beobachtete ihn von der Veranda aus. »Haben Sie Bargeld?«, fragte er.

»Kassenscheck«, antwortete Grimes.

»Und Sie sagen, ich muss nur ein Papier unterschreiben und Sie geben mir das Geld.«

»Ganz genau das.«

»Ich bin Donald Baker«, erklärte der Mann.

»Also gut, Mr Baker«, setzte Grimes an. »Wir machen Fortschritte.«

Der Alte erhob sich aus seinem Rohrstuhl und winkte ihn ins Haus.

Grimes betrat die Hütte und sah sich um: Fliegenpapier baumelte von der Decke, das durchgesessene Sofa war mit zusammengenähten Nutriafellen bezogen, die Löcher in der Wand waren mit flachgeklopften Sardinendosen und Pappe geflickt. *Noch fünf Stunden Tageslicht*, dachte Grimes. Wenn er seinen Besuch hier schnell hinter sich brachte, konnte er noch zehn, zwölf Häuser anfahren.

»Durstig?«, fragte der Alte.

»Nein, danke.«

»Ich hol Ihnen Wasser.«

»Alles bestens.«

»Ich wette, Sie sind ausgedörrt.«

Grimes setzte sich mit kerzengeradem Rücken und angespannten Schultern an den Küchentisch, die Aktentasche vor sich. Er ließ die Schlösser aufschnappen, holte einen braunen Umschlag heraus und entnahm ihm einen Schwung Fotokopien. Der Alte trat an einen Blecheimer auf der Theke und schöpfte mit einer abgebrochenen Kelle Wasser in einen Porzellanbecher. Dann kam er an den Tisch und stellte den Becher vor Grimes ab.

Grimes sah mit den Händen im Schoß nach unten. Am Becher war ein verschmierter Lippenabdruck zu erkennen.

Der Alte nahm sich einen Stuhl und setzte sich ihm gegenüber hin. »Trinken Sie«, sagte er.

Zögerlich führte Grimes den Becher an den Mund und nahm einen winzigen Schluck. Er verzog das Gesicht und schluckte herunter. Dann stellte er den Becher ab und schob den Papierkram über den Tisch.

Der Mann kratzte sich am Kinn und machte eine ziemliche Schau daraus, die Unterlagen zu studieren. Grimes bezweifelte, dass die Sumpfratte auch nur ein Wort verstand. »Und Sie sind nicht von der Regierung«, hielt der Alte fest.

Grimes schüttelte den Kopf.

»Tausend Dollar, einfach so.«

»Nun, Ihre Gemeinde hat gelitten. Wir wollen das Versprechen halten, das wir gegeben haben. Wir werden die Gemeinschaft wieder aufbauen.«

»Muss mal pissen«, sagte der Alte und stand erstaunlich behände auf, wobei seine Kniegelenke knackten.

Nachdem der Alte den Flur entlanggestapft war, saß Grimes da und brütete über seine Mutter. Jeden Tag fürchtete er sich mehr vor dem Besuch. Er stellte sich ihr Gesicht vor, die Lippen runzlig, die feuchten Augen fest und strafend. »Wie lange bist du schon in der Stadt?«, würde sie fragen. Dann würde der Augenblick kommen, vor dem er sich am meisten fürchtete, der Augenblick, wenn er in seine Tasche greifen und die Papiere zücken müsste. Sie würde sich missbilligend räuspern, sie durchgehen und dann sagen, wie enttäuscht sie von ihm sei. Wie schon vor einem Jahr, als sie das letzte Mal miteinander telefoniert hatten.

Grimes entschied, sie heute noch aufzusuchen. Ganz bestimmt noch heute.

Nein, heute nicht. Morgen.

Heute.

Grimes überlegte noch immer hin und her, als der Alte wieder in die Küche gestürmt kam, Pfauenfedern im Haar wie einen halbherzigen Indianerkopfschmuck. Er murmelte unverständliches Zeug, die Augen rollten wie bei einer abgestochenen Sau, er hielt ein Glas mit bernsteinfarbener Flüssigkeit umklammert, die wie Apfelsaft aussah.

Grimes erhob sich mit offenem Mund, wusste nicht, was er davon halten sollte. »Mr Baker«, sagte er.

»*Putain!*«, verkündete der Alte. »*Nique ta mère!*«

»Mr Baker«, mahnte Grimes. Sein Blick wanderte zwischen dem Gesicht und dem Glas hin und her.

Der Alte fuchtelte mit dem Arm und übergoss Grimes mit dem Glasinhalt. Pisse. Grimes erkannte den Geruch sofort. Er gab einen unterdrückten schockierten Schrei von sich und sprang auf. Der Stuhl fiel um und krachte zu Boden.

»Was soll das?«, fragte er wütend. »Ist das Urin, verflucht?«

»*Nique ta mère!*«

»Verfluchter Irrer.«

»*Ta gueule!*«

Grimes hängte sich die Tasche um und eilte im Krebsgang seitwärts zur Küche hinaus, den Mann immer im Auge. Er wischte sich wütend mit dem Hemdsärmel übers Gesicht. Im Flur drehte er sich um, riss die Tür auf und sprang fluchend die Verandastufen immer zwei auf einmal hinunter.

DIE BRÜDER TOUP

Victor, der an der Ruderpinne des Motorboots saß, gab Gas, als der Kanal in den Bayou mündete. Schon nach kurzer Zeit passierten sie eine riesige tote Weide, in deren Ästen Reiher schliefen. Hunderte von ihnen, die wie weiße Ornamente im Dunkeln strahlten. An dieser Stelle machten die Leute meistens kehrt, ab hier gab es kein Zurück mehr. Man musste schon einen Grund haben, sich weiter hinauszutrauen, es sei denn, man suchte Ärger. Oder versuchte, dem Ärger zu entgehen.

Heute Nacht waren die Zwillinge unterwegs, um ihre Insel zu kontrollieren. Auf dem Boden des Boots lagen Seesäcke voller Werkzeuge und Fallen.

»Weißt du noch, ›Spion & Spion‹?«, fragte Victor Reginald laut über den Motorenlärm hinweg.

Keiner von ihnen hatte in den letzten zwanzig Minuten ein Wort verloren.

»Ja«, antwortete Reginald. Als Kinder hatten sie die *MAD*-Hefte gesammelt, vor allem hatte ihnen »Spion & Spion« gefallen.

»Die Bücher hab ich gemocht«, sagte Victor. »Ich wette, die sind noch irgendwo im Speicher. Ich werd sie mal suchen.«

»Taugen wahrscheinlich nichts mehr.«

»Ich wette, ein paar von deren Fallen könnten klappen. Dieser mittelalterliche Quatsch.«

Eine Weile war nur der Motor zu hören und der Fahrtwind, der ihnen sanft in den Ohren pfiff.

»Tut dir der Kerl leid?«, fragte Reginald.

»Scheiß drauf.«

»Es ist offenkundig was nicht okay.«

»Scheiß drauf.«

»Hast du die Zähne an den Fallen stumpf gemacht?«

»Das hast du schon zigtausend Mal gefragt.«

»Hast du?«

»Ja, Mutter Teresa.«

»Alle?«

»Ja.«

»Ich will nicht noch ’ne Leiche hier draußen.«

»Ich hab sie jedenfalls stumpf gemacht.«

Sie landeten an, sprangen von Bord und ließen den Strahl ihrer Taschenlampen hin- und herstreifen. Im Unterholz stiegen sie über den brusthohen Zaun und stapften durch die nachtfeuchten Kletterpflanzen und Sträucher, wobei sie sorgfältig den Fallen auswichen, die sie schon gelegt hatten. In der Inselmitte war ihr Anbau, der auf hölzernen Plattformen stand und von einem Tarntuch überwölbt war, unberührt geblieben. Die Ernte gedieh prächtig, wucherte üppig. Die Pflanzen in ihren Töpfen gaben schier unter dem Gewicht der schweren Samenstände nach und erfüllten die Luft mit ihrem ranzigen Geruch. Bald kam die Erntezeit.

»Siehst du«, sagte Reginald. »Hast dich umsonst aufgeregt.«

»Mistkerl«, schimpfte Victor.

Sie kehrten zum Boot zurück, hoben die Seesäcke heraus und legten die Fallen. Victor legte eine Bärenfalle mit abgefeilten Zähnen auf dem Boden aus. Er bog die Backen auseinander und schob mit dem Stiefel Laub über die Falle. Dann trat er zurück, kauerte sich hin und legte die nächste Falle.

Reginald buddelte mit einer Pflanzschaufel in der Erde. Er grub ein dreißig Zentimeter tiefes Loch, steckte einen Shish-Kebab-Spieß mit der Spitze nach oben ins Loch und bedeckte die Falle mit Meeresschlamm.

Die Brüder machten fast eine Stunde so weiter, bis sie alle Fallen gelegt hatten. Dann trafen sie sich mit verschwitzten, im Dunkeln glänzenden Gesichtern am Boot wieder.

»Das sollte reichen«, sagte Reginald. »Mistkerl«, sagte Victor.

LINDQUIST

Wie ein Kind, das die Tage bis Weihnachten zählt, wartete Lindquist so lange, wie er es nur aushalten konnte, bevor er die Suche im Bayou wieder aufnahm. Noch einen Tag länger, dann wäre er viel zu überdreht gewesen, um noch vernünftig zu handeln, wie diese Aufziehsachen, die seine Großeltern im Spielzimmer für die Kinder aufbewahrt hatten. Er erinnerte sich, wie er den Schlüssel am Spielzeug so lange gedreht hatte, bis es nicht mehr ging, und dann war der Blechdino losgewackelt und hatte geruckelt wie vom Teufel besessen. Lindquist spürte, wie sich in seinem Innersten ein Nerv verkrampfte, wie sich eine riesige Schraube immer fester anzog. Er machte sich schon Sorgen, er könne überschnappen und wie eines dieser billigen Blechspielzeuge mit wild um sich schlagenden Gliedmaßen in einem Lebensmittelladen Amok laufen, Flaschen, Dosen und Schachteln aus den Regalen fegen, bis der Angestellte hinter dem Tresen eine Waffe hervorholte und ihn umlegte.

Lindquist verließ den Hafen gegen halb eins. Nebel wie aus einem Horrorfilm stieg vom Wasser auf, und es stank nach Öl. Aus dem Ruderhausfenster sah er viele tote Fische an der Oberfläche treiben; ihre Bäuche blitzten im Lichtschein des Bootes weiß auf.

Er zog seinen PEZ-Spender aus der Tasche, klappte den Entenkopf aus Plastik auf und warf sich eine Tablette in den

Mund. Dann noch eine. Ein Doppelschlag aus Oxycontin und Percoset. Er zerkaute die Tabletten zu feinem Mehl und schluckte den narkotischen Staub herunter. Langsam durchzog warme rosige Euphorie seinen Körper.

Nach kurzer Zeit passierte er den Salzstock mit dem in Plastikblumen gehüllten Holzkreuz, dann die Insel mit der riesigen abgestorbenen Weide. Heute Nacht waren die Äste leer. Manchmal waren die Reiher da, manchmal nicht. Ein Rätsel.

Es war fast zwei Uhr, als er das Stückchen voller Sumpfreis, Zypressenstümpfen und salzverkrusteten Tupelobäumen erreichte. Er ankerte, stieg in sein Beiboot, ließ es zu Wasser und ruderte zur Insel. Aus dem Augenwinkel sah er eine Bewegung und drehte sich um, doch es handelte sich nur um seinen eigenen Schatten, der über das beleuchtete Wasser huschte.

Es dauerte nicht lang, bis er das Boot in den schmalen Streifen Farn am Ufer steuerte, dann stieg er aus und watete breitbeinig zu einem Zypressenstumpf hinüber. Er setzte die Laterne ab, watete zum Boot zurück und holte den Metalldetektor und die Schaufel. Er lehnte die Schaufel an den Stumpf, schaltete den Detektor ein und fuhr mit dem Sensor über den Boden. Salamander schlängelten wie Tintenschnörkel über die schleimigen Blätter davon.

Der Detektor piepte leise. Er stellte das Gerät beiseite und begann lustlos, aber schnell zu schaufeln wie ein Roboter. Schlamm füllte das Loch wie Blut eine Wunde. Lindquist grub weiter. Eine hakenarmige Gestalt; seine Laterne, das einzige Licht im Umkreis von mehreren Meilen, warf ihren Schein auf das trampolingroße Stück Sediment.

Nach ein paar Sekunden schlug das Schaufelblatt gegen etwas Kleines. Lindquist beugte sich vor und durchwühlte den Schlamm, bis seine Finger auf etwas Münzgroßes stießen, schwer für seine Größe. Er richtete sich auf, steckte die Schaufel in den Boden und ging zur Laterne, wo er sich hinkauerte, um das runde Stück Metall zu inspizieren.

Eine Unterlegscheibe, dachte er. *Eine Radmutter.*

Sein Herz schlug schneller.

Er spuckte auf den Gegenstand, rieb den Schmutz am Hosenbein ab und schaute noch einmal hin.

Es war eine Münze.

Tatsächlich.

Keine gewöhnliche Münze. Auf die eine Seite war irgendeine Perücke tragende königliche Person im Profil geprägt. Auf der anderen Seite befand sich ein Siegel oder Wappen.

Lindquist sprang auf und sah sich absurderweise um. Da war niemand. Kleine Wellen plätscherten leise. Der Mond war ein milchiger Fleck hinter einer Wolke.

Er hielt die Münze in die Höhe und starrte sie an, konnte immer noch nicht ganz glauben, was er da sah.

»Ach, Scheiße«, sagte er leise flüsternd bei sich. Dann wurde er vor irrer Freude lauter. »Aber es stimmt«, sagte er, »ganz genau, verflucht.«

Die Goldmünze war so groß wie ein halber Dollar und lag beruhigend schwer in Lindquists Hand. Er verbrachte Stunden damit, die Münze zu streicheln, sie zwischen den Fingern zu bewegen, sie wie ein Straßenzauberer über die Knöchel wandern zu lassen. Bei den Mahlzeiten legte er die Münze auf den Tisch und betrachtete die beiden Seiten genauer. Auf der einen Seite stand: CAROL.iiii.D.G.HISP.ET.IND.R.1798. Auf der anderen IN.UTROQ.FELiX.AUSPICE.DEO.FM.

Nach einem Tag hatte Lindquist jede kleinste Kleinigkeit der Oberfläche verinnerlicht. Die winzigen Kerben am Rand. Der Palimpsest der Kratzer auf der Münze, fein wie Spinnweben. Wenn nötig hätte er die Dublone in einer Reihe von hundert gleichen Münzen heraus erkannt. Mit geschlossenen Augen. Allein daran, wie sie sich anfühlte und was sie wog.

Lindquist wusste, die Münze würde bei einer Auktion hunderte, vielleicht tausende Dollar bringen. Aber er würde sich nicht von ihr trennen, nicht von dieser.

Sie war der Beweis, dass er recht hatte. Zum ersten Mal in seinem Leben.

Von anderen Münzen würde er sich ohne Schwierigkeiten trennen. Es mochte Hunderte, Tausende von ihnen in der Barataria geben. Und an diese Möglichkeit dachte er hunderte, tausende Male am Tag.

Wenn er noch weitere Münzen fand – und das würde er, das wusste er –, dann würde er als Erstes seine Schulden begleichen. Er war kein Taugenichts. Er machte gerade nur schwierige Zeiten durch. Wie die meisten Menschen hier in der Gegend. Wie diese Gläubiger ihn behandelt hatten: wie ein Tier. In Kürze würden sie ihm die Tür einschlagen und ihn in Ketten davonschleifen.

Was hatte der Dieselheini an der Werft zu ihm gesagt? »Du bist nicht der Kerl mit den geplatzten Schecks, Lindquist«, hatte er gesagt. »Du bist ein Jahrmarktstyp, der mit den Luftballons.«

Dann hatte der Mann Lindquists Scheck auf den Dielenboden in seinem Büro fallen lassen. Er hatte den Scheck angestarrt, bis Lindquist gefragt hatte, was zum Teufel er da machen würde. Der Mann hatte geantwortet, er würde nur darauf warten, dass der Scheck platzen und ihm um die Ohren fliegen würde.

Den Dieselheini würde Lindquist als Ersten bezahlen. *Der Rest ist für dich,* würde er sagen und ihm noch einen Zwanziger extra geben. *Ich stehe zu meinem Wort.*

Der Dieselheini würde nie wieder Witze über ihn reißen.

Einen Teil des Geldes würde er dem Burschen für sein Boot geben, Trench. Ein guter Junge, dieser Wes. Wenn nur seine Tochter halb so gut wäre. Ein entsetzlicher Gedanke, wie er wusste, aber wahr. Vielleicht brauchte Reagan ja nur eine Gelegenheit, eine zweite Chance. Genau wie er mit Gwen. Er würde seiner Tochter eine zweite Chance geben. Mit ein wenig Geld könnte sie zurück zur Schule – zur University of New Orleans, auf die Nicholls State University – und würde wieder ins Lot kommen. »Du bist noch jung, du hast noch eine Chance«, würde er zu ihr sagen. Er stellte sich vor, wie sie beide an einem sonnigen Nachmittag in einer Fensternische im *Magnolia Café* sitzen, er zieht den Scheck aus der Tasche und schiebt ihn über den Tisch.

Und Gwen. Natürlich Gwen. Hoffentlich gab sie ihm auch noch eine Chance. Wenn er erst mal Geld auf der Bank hatte, würde es diesmal vielleicht anders laufen. Komisch, welche Macht Geld hatte. Man sagte, damit könne man keine Liebe kaufen, aber es hielt die Menschen zusammen, und das war ja fast dasselbe, oder?

Er stellte sich vor, wie er in naher Zukunft mit Gwen Urlaub machte. Sonnenuntergang in der Karibik, der Sand am Strand fein wie Puderzucker. Spindeldürre Palmen, ihre windgebeugten Silhouetten vor der tropischen Abenddämmerung. Und was würde er dort tun? Entlang der Tidengrenze nach Metall suchen und sich von der quecksilbernen Brandung die Zehen wärmen lassen. Gwen würde in der Nähe auf ihrem sonnenbeschirmten Clubsessel sitzen und einen Kokosmilchcocktail schlürfen. Er würde zu ihr hinüberschauen, sie würde lächeln, er würde das Lächeln erwidern. Sie würde das Glas heben und ihm zuprosten, und in ihren Augen würde wieder das Licht der Liebe und Bewunderung leuchten.

Die Bank. Lindquists Frau hatte ihm gesagt, er solle nicht mehr dort aufkreuzen, aber noch bewahrte die Bank zweihundertdreißig Dollar für ihn auf. Sein letztes Geld. Also, wenn sein letztes Geld dort lag, dann gehörte die Bank auch zum Teil ihm, nicht wahr? Nach seiner Schlussfolgerung war es jedenfalls so.

Als er am Freitagnachmittag zehn Minuten vor Dienstschluss die Bank betrat, sahen ihn die Kollegen und Kolleginnen seiner Frau von ihren Tischen und Kabinen aus nur kühl an. Gwen stand an ihrem Kassenfenster und zählte einer alten Vietnamesin mit medizinischer Halskrause Geldscheine hin. Als sie zur Tür hinüberschaute und Lindquist sah, machte sie ein verdrießliches Gesicht.

Lindquist trat an den Kundentisch, nahm sich einen Einzahlungsschein und einen kurzen Bleistift. Dann setzte er sich auf einen vinylbezogenen Stuhl unter einem künstlichen Ficus, legte sich den Schein aufs Knie und füllte ihn aus. Vier Dollar dreißig. Normalerweise würde er sich mit solch einer Summe nicht abgeben, aber er wollte Gwen die Münze zeigen. Er wollte Gwen beweisen, dass er die ganze Zeit über recht gehabt hatte.

Als Gwen mit der Vietnamesin fertig war, stand Lindquist auf und bahnte sich einen Weg durch das Labyrinth an samtbezogenen Absperrseilen zu ihrem Fenster. »He, Gwen«, sagte er. Er legte Einzahlungsbeleg und Geld auf den Tresen.

Gwen schaute nach unten, sah, wie viel Geld dort lag, und schüttelte verächtlich den Kopf.

»Wie geht's dir?«, fragte er seine Frau.

Die anderen Kassiererinnen beobachteten sie auf eine Weise, die sie für diskret hielten. »Nicht besonders«, sagte Gwen mit gläserner Stimme. Der Kragen ihrer violetten Satinbluse stand offen, und Lindquist konnte das leuchtende Rot ihrer Brust sehen. »Warum denn nicht?«

»Ich denke, das weißt du, Gus.«

»Ach, Quatsch. Ich mach doch nur 'ne Einzahlung. Bin nicht hier, um Ärger zu machen.«

Sie nahm das Geld und den Beleg und klapperte auf ihrer Tastatur herum. »Die Farbe gefällt mir an dir«, sagte Lindquist. »Der Nagellack. Schöne Farbe. Steht dir gut.«

Gwen druckte die Quittung aus und reichte sie Lindquist. »Einen schönen Tag noch.«

Lindquist stand da mit der Quittung in der Hand und grinste wie ein Hund. »Ich hab einen Witz für dich«, sagte er.

»Bitte, Gus.«

»Du hast schlechte Laune. Vielleicht muntert der Witz dich auf.«

»Bestimmt nicht.« Gwen klang ungeheuer müde.

»Du hast ihn doch noch gar nicht gehört.«

»Da warten Kunden. Das ist mein Job.«

Lindquist warf einen Blick über die Schulter. Niemand.

»Klopf, klopf«, sagte Lindquist.

Gwen erwiderte nichts darauf.

»Klopf, klopf«, wiederholte Lindquist lauter.

»Wer ist da?«, fragte Gwen mit leiser, erstickter Stimme.

»Max«, sagte Lindquist, lehnte seinen Unterarm auf den Tresen und beugte sich näher zum Glas hin. Dann sagte er: »Du musst jetzt ›welcher Max‹ fragen.«

»Welcher Max?«, fragte Gwen leise.

»Magst du's auch ohne Gummi?«, antwortete Lindquist. Er warf den Kopf in den Nacken und kicherte, und sein Adamsapfel sprang auf und nieder wie ein gut geschmiertes Kugellager.

Gwens Gesicht wurde rot und zuckte.

»Hat dir nicht gefallen, hm?«, fragte er.

Hinter Lindquist räusperte sich ein Mann. Lindquist drehte sich um und sah einen der Abteilungsleiter vor sich, diesen Kerl mit Bela-Lugosi-Haaren, und er starrte ihn an wie ein Sheriff in einem Duell, die Arme drohend vor der Brust verschränkt.

»Moment noch«, sagte Lindquist. Er drehte sich wieder um und grinste seine Frau an. Er bemerkte, dass die Kassiererin mit den orangefarbenen Haaren nebenan zuschaute.

»Wie geht's, Marcy«, fragte Lindquist.

»Gut, Gus.«

»Schön zu hören. Deine Haare sehen toll aus heute. Steht dir gut.«

»Danke, Gus«, sagte Marcy.

»Ach, Scheiß. Brauchst dich nicht bedanken, nur weil ich die Wahrheit sage. Die Wahrheit sagen ist leicht.«

»Bitte, Gus«, flehte Gwen.

»Bitte was?«

»Bitte geh.«

»Das ist ziemlich unhöflich. Ich bin ein friedlicher Kunde.«

»Hab doch ein wenig Selbstachtung, mehr will ich nicht.«

»Klar, ich nehme eine Portion«, erwiderte Lindquist und sah sich um, als suche er das Tablett mit den Horsd'œuvres. »Wo denn?«

Es herrschte Totenstille im Raum, bis auf das Geräusch der Klimaanlage, das Rascheln der Papiere und Kratzen der Stifte.

»Klopf, klopf«, sagte Lindquist.

Gwen starrte auf den Tresen.

»Klopf, klopf«, wiederholte Lindquist.

Stille.

»Okay, fein«, meinte Lindquist und sah Marcy an. »He, Marcy, klopf, klopf.«

»Wer ist da?«, fragte Marcy.

»Little Boy Blue«, sagte Lindquist.

»Nein«, ging Gwen dazwischen. »Frag ihn nicht. Marcy, nein.«

»Marcy, frag, wer an der Tür ist«, drängte Lindquist.

»Ich bin nicht sicher, ob ich das tun sollte, Gus.«

»Wo ist denn nur der Sinn für Humor geblieben?«

Niemand sagte ein Wort.

Wieder räusperte sich der Sheriff.

»Okay, ich werd dich nicht weiter belästigen«, gab Lindquist nach. »Nur noch ganz kurz.«

Er grinste, griff in die Tasche und legte die Dublone auf den Tresen.

Gwen warf einen Blick auf die Münze, doch an ihrem Gesichtsausdruck änderte sich nichts. »Wegen dir werde ich noch gefeuert«, sagte sie.

»Aber schau doch. Das ist eine Dublone. Eine echte. Die hab ich gefunden. Die ist echt.«

Gwens Augen wurden feucht, und Lindquist sah die Träne auf ihrer Wange. Sie wischte sie fort.

Lindquist steckte die Münze wieder in die Tasche. »Also gut, in Ordnung«, sagte er. »Ich gehe.«

Gegen drei Uhr früh hörte Lindquist schwere Schritte an Deck. Adrenalin durchfuhr ihn. Er schaute zum Ruderhausfenster hinaus. Niemand. Die Bucht lag in gedämpftem Schlummer, dunkel wie nur was, bloß die leisen Geräusche der Wellen am Rumpf waren zu hören. Er fragte sich, ob sich wohl an der Werft ein Hund an Bord geschlichen hatte, vielleicht auch ein anderes Tier.

All diese Möglichkeiten schossen ihm durch den Kopf, als er jemanden schnell die Leiter hinaufkommen hörte. Er sah sich hektisch nach einer Waffe um, doch in der hintersten Ecke stand nur ein Baseballschläger, aber der war zu weit weg, denn die Person war schon halb die Leiter hoch.

Schließlich tauchte ein Kopf vom Boden auf wie ein Springteufel. Einer der Brüder Toup.

»Guten Abend, Lindquist«, sagte er. Er trat ins Ruderhaus und kam nahe genug, dass Lindquist die dritte, blassere Augenbraue zwischen den anderen beiden sehen konnte.

»Du bist verrückt«, sagte Lindquist.

Es handelte sich um Victor, wie er an den Tätowierungen am Arm erkennen konnte. Victors Augen brannten vor Verachtung. »Weißt du, was ich dir antun könnte?«

Neun bis zehn Meter entfernt tauchte ein Licht in der Bucht auf. Lindquist schaute hin. Ein kleines Motorboot, Reginald, der andere Bruder, stand darin wie ein Bote der Dunkelheit, die hinter ihm lag.

Victor trat an den Metalldetektor, der an seinem Haken hing, und nahm ihn von der Wand. Er packte ihn mit beiden Händen, als würde er einen Golfschläger halten, und donnerte damit immer und immer wieder auf den Boden. Lindquist schaute ungläubig zu. Die Spule löste sich vom Stiel und baumelte an den Drähten; dann drehte Victor das Suchgerät um und zerschlug das andere Ende. Die Kontrollinstrumente zersprangen, Plastiksplitter und rote und grüne Drähte flogen umher. Eine der Schrauben traf Lindquist an der Wange und schrammte sie blutig.

Victor warf die zerstörte Maschine zu Boden und starrte Lindquist wütend an. Ein breitschultriger Troglodyt mit einem ganzen Zoo an Tätowierungen auf den Armen. »Wir haben dich gewarnt«, sagte er.

»Dafür wirst du bezahlen«, sagte Lindquist wie ein Kind. Er bemerkte den Handgriff des Revolvers, der aus dem Hosenbund von Victors schwarzer Jeans ragte und auf dem SIG SAUER stand.

»Bezahlen? Ich hab das Ding gerade zu Schrott gemacht.«

»Ich rauche noch nicht mal.«

»Rauchen? Wovon zum Henker faselst du überhaupt?«

»Hasch.«

Victor fletschte die Zähne. »Du hast keine Ahnung, wie kurz du davorstehst, verschissen zu haben.«

»Was hab ich euch getan? Warum belästigt ihr mich?«

»Glaub ja nicht, ich wüsste nicht, was du in meinem Haus angerichtet hast, du Arschloch.«

Diesmal platzte das *Arschloch* mit derartiger Bösartigkeit aus ihm heraus, dass Lindquists Gesicht mit Spucketröpfchen übersät wurde. Er zuckte zusammen.

»Dein Haus?«

»Ich schlag dir den verfluchten Schädel ein, Lindquist.«

»Mir den Arm zu klauen hat noch nicht gereicht?«, entgegnete Lindquist. »Und was ist mit dem Alligator in meinem Haus?«

Victor starrte ihn wütend an und schnaubte laut durch die Nase.

»Ich geh zu Villanova«, drohte Lindquist.

»Mach das. Ich werde alles abstreiten. ›Wovon reden Sie überhaupt, was für ein Suchgerät?‹ Weiß doch jeder hier, dass du ein durchgeknallter Pillenschlucker bist. Sagt sogar deine eigene Tochter.«

Lindquist blinzelte und verzog den Mund.

»Schau dich doch mal an. Du bist doch irre, verdammt.«

Victor starrte ihn noch eine Weile an, dann stieg er wieder die Leiter hinunter, hielt seinen Blick aber auf Lindquist gerichtet, bis sein Kopf außer Sicht war. Dann sprang er zurück ins Boot, das unter seinem Gewicht ins Schaukeln geriet. Reginald warf den Motor an. Die Brüder setzten sich, Victor sah zum Ruderhaus hinauf. Lindquist sah zu, wie das Boot davonfuhr, der Scheinwerfer wurde zu einem wankenden Punkt und verging dann ganz.

Lindquist besah sich die zertrümmerte Maschine auf dem Boden. Er fluchte leise und streckte die Hand aus, um sie aufzuheben, doch dann setzte er sich wieder hin.

Totalschaden.

Lindquists Kehle schnürte sich zu und wurde heiß. Gegen seinen Willen musste er weinen.

Lindquist lehnte sich mit den Unterarmen auf das Glas des Tresens und flüsterte geheimnisvoll, obwohl sonst niemand im Trader John's war, der hätte lauschen können. Er bat Mrs Theriot, ein Geheimnis zu bewahren, das er ihr anvertrauen wollte.

»Was soll das denn mit der komischen Stimme?«, fragte Mrs Theriot.

»Ich möchte, dass Sie Stillschweigen bewahren.«

»Gehen Sie vom Glas runter.«

Es war noch früh am Morgen, und die Sonne schien hell durch die Schaufenster. Lindquist hatte einen ganzen Tag nicht geschlafen, und der Kopf summte ihm vor Erschöpfung. Haarwurzeln und Augenlider schmerzten. Er hatte seine Tabletten einteilen müssen, denn er hatte nur noch ein Dutzend. Er hatte schon das ganze Haus auf den Kopf gestellt und nach etwas gesucht, das er hätte verpfänden können, aber alles, was von Wert gewesen war, hatte er bereits verhökert. Flachbildfernseher, Stereoanlage, Mikrowelle, Mixer, alles verkauft. Für Tabletten. Vordergründig als Pfand, doch Lindquist löste die Sachen nicht wieder aus, also verscherbelte Theriot die Gegenstände.

Jetzt beäugte Lindquist den Metalldetektor, Fisher, wasserdicht, der an der Wand hinter dem Tresen hing.

»Ich bin da an etwas dran. Sie müssen es bitte für zwei Wochen beiseitelegen.«

»Eine Woche.«

»Zehn Tage?«

»Eine Woche. War schon immer eine Woche, wird auch immer so bleiben.«

Lindquist zögerte und sah sich unsicher um. Dann zog er die Münze aus der Tasche und ließ sie aufs Glas klappern.

Theriot runzelte die Stirn und nahm die Münze. Sie klopfte damit gegen ihre Zähne, dann besah sie sich Kopf und Zahl durch ihre Lupe.

»Meine Güte«, sagte Mrs Theriot. »Wo haben Sie die her?«

»Ernsthaft«, flehte Lindquist. »Zeigen Sie sie niemandem. Bitte.«

Mrs Theriot sah Lindquist fragend an. »Sie sollten sich mal anschauen. Wann haben Sie das letzte Mal geschlafen?«

»Zehn Tage?«

»Eine Woche.«

Lindquist reckte das Kinn. »Das Suchgerät da oben.«

WES TRENCH

Wes sah sich in der Gegend nach Arbeit um, klapperte die Docks ab, sprach mit Kapitänen und Decksleuten. Niemand heuerte an, allen ging es schlecht. Die Kapitäne, die selbst im Elend steckten, waren ganz zerknirscht, wenn sie ihn abweisen mussten. »Versuch's mal bei Captain John drüben auf der Grand Pass«, rieten sie ihm dann. Oder: »Hast du's schon bei Harry Bogardus' Boot versucht? Die *Mustang Sally*? Ein Schrotthaufen, kannst du gar nicht verfehlen.«

Die heißen Tage gingen in den September über, und die Hitze war geradezu apokalyptisch. Halloween schien noch ewig weit weg. Nachts schlief Wes im Park in der Kabine seines Pick-ups. Sein achtzehnter Geburtstag fiel auf einen Montag; der Tag schien nicht sonderlich anders zu sein als alle anderen Tage. Er kaufte sich ein Twinkie und ging ins Kino, um sich einen Film mit Michael Douglas über die Wall Street anzusehen.

Wes wusste, er sollte aufgeben, gesenkten Hauptes nach Hause schleichen und seinen Vater um Verzeihung bitten. Es war nun schon über einen Monat her. Mehr als alles andere, mal abgesehen von seinem Bett, vermisste er es, an seinem Boot zu arbeiten. Es hatte bis zur nächsten Shrimpsaison fertig werden sollen, aber das würde auf keinen Fall mehr klappen. Vielleicht würde es nie mehr fertig werden. Vielleicht sollte er die Barataria verlassen wie alle anderen. Aufgeben.

Eines Nachts wurde Wes durch ein lautes Klopfen an der Scheibe geweckt, und er schoss in die Höhe und stieß sich den Kopf am Himmel. Er hielt sich den Schädel, und als er wieder richtig gucken konnte, erkannte er Lindquist.

»Hey«, meinte Wes, fuhr sich mit den Fingern durch die zerzausten Haare, öffnete die hintere Kabinentür und kroch hinaus.

»Ach Scheiße, Junge«, sagte Lindquist und linste ihn an. »Du haust ja wie ein Landstreicher.«

Wes, der vom Schlaf noch ganz benommen war, zuckte mit den Schultern und sah auf die Uhr. 3 Uhr 25.

»Warum gehst du nicht einfach nach Hause?«, fragte Lindquist, »und begräbst das Kriegsbeil?«

Wes schüttelte den Kopf.

»So schlimm, hm?«, fragte Lindquist.

»Schon.«

Sie schwiegen eine Weile. »Was machen Sie denn hier draußen?«, fragte Wes.

Lindquist hob den Detektor an und klapperte damit. »Suchen. Dachte, ich bräuchte mal 'ne Abwechslung von der Bucht.«

Wes nickte.

»Du siehst aus wie Dünnbier mit Spucke.«

Wes dachte darüber nach. »Schätze, ich fühle mich besser, als ich aussehe.«

»Wollen wir hoffen. Du siehst nämlich aus wie tot.«

Wes kicherte.

»Komm heute Abend zum Hafen«, sagte Lindquist. »Bei Sonnenuntergang.«

»Gehen Sie wieder auf Shrimpfang?«

Lindquist schüttelte den Kopf. »Ist schwerer mit einer Hand zu suchen und zu buddeln, als du denkst.«

Dann meinte er zu Wes, sie würden wenigstens ein paar Tage draußen bleiben, und er solle es sich überlegen. Wes erwiderte, das bräuchte er nicht, er sei dabei. Hauptsache Arbeit.

Die Arbeit war tatsächlich härter, als er gedacht hatte, genau wie Lindquist gewarnt hatte. Insekten, Hitze, der nach Methan stinkende Schlick. Am Ende des ersten Tages hatte er Blasen an den Fingern und Krämpfe in den Händen vom vielen Buddeln.

Am zweiten Tag wusste Wes nicht mehr, wo sie waren, so weit waren sie abgedriftet. Er war es gewohnt, sich in einer Ecke des Sumpfs aufzuhalten, doch diese Inseln waren ihm alle nicht vertraut. Fünf, sechs Stunden Schlaf die Nacht, blutige Hände, ein schmerzender Rücken, aber für ihre Mühe hatten die beiden nichts vorzuweisen. Doch Lindquists Enthusiasmus brannte unvermindert, so als würde er von einer Kraft getrieben, die noch stärker war als blanker Glaube.

Am Ende des vierten Tages suchte Lindquist im Schilfrohr, das eine kleine Insel säumte, als die Maschine anschlug. Es war früher Abend, das letzte Licht fiel vom Himmel, Fetzen aus Violett, Pink und Orange über bauchigen Wolken. Mücken umschwirrten sie wie Rauchschwaden.

Lindquist fuhr drei- oder viermal mit dem Suchgerät über dieselbe Stelle. Schließlich deutete er auf einen Platz kurz oberhalb der Gezeitenlinie. Er zog seine Taschenlampe heraus und ließ den Strahl über den Sand huschen. Fischgräten, Muscheln und Sand. »Genau hier«, sagte er. »Da ist was.«

Wes rührte sich nicht. Der Schweiß lief ihm übers Gesicht und in die Augen. Woher der Mann seine Energie nahm, war ihm schleierhaft. Er war eine Laune der Natur.

»Worauf wartest du?«, fragte Lindquist.

Ich will nach Hause, wollte Wes sagen. Doch er fing an, langsam und lustlos zu graben, warf Erdklumpen über die Schulter. Lindquist trat beiseite, um dem Bombardement zu entgehen, und fuhr mit der Spule über die aufgeworfene Erde. Eine Weile buddelte Wes, es wurde finster, der warme weiche Wind strich an seinen Ohren entlang, das Rohr raschelte am Ufer.

Nach einer Weile hob Lindquist etwas vom Boden auf und machte ein Geräusch, das halb nach Stöhnen, halb nach Erstaunen klang. Er hielt etwas Kleines in der Hand, eilte zum Wasser und wusch es ab. Dann machte er kehrt, stolperte fast, als er aus dem Wasser zurückgeeilt kam, und sein Gesicht wirkte in der Dunkelheit ganz irre.

»Hab ich's dir doch gesagt«, rief er. »Schau mal.«

Auf Lindquists schmieriger Hand lag ein silberner Geldclip mit einem eingeprägten Aztekenkalender. Wes nahm den Clip und hielt ihn näher vors Gesicht, um ihn sich genauer anzuschauen; dabei entdeckte er auf der Rückseite eingraviert: MADE IN TAIWAN.

Wes erinnerte sich an einen seiner Freunde auf der Highschool, der sich immer so verhielt, wie Lindquist das gerade tat: manisch. Preston Teague sorgte für derart viel Unruhe im Klassenzimmer – er quasselte und zappelte und kicherte –, dass Mrs Brown, ihre Klassenlehrerin, ihn auf den Gang hinausschicken musste. Dann hockte er auf dem Linoleum mit dem Rücken gegen die Spinde gelehnt, murmelte vor sich hin, drückte auf den Tasten seines Handys herum und trommelte mit seinen Sneakers auf den Boden.

Am folgenden Tag wirkte Preston dann wie ausgewechselt, trottete mürrisch unter dem Gewicht seines Rucksacks zur ersten Stunde in die Klasse. Er schielte auf sein Pult, kritzelte Busen und Ärsche und Fratzen auf ein Blatt in seinem Ringordner.

Ja, Lindquist erinnerte ihn an Preston. Die merkwürdige Energie, diese frettchenhafte Art, den Kopf ruckartig hin- und herzubewegen, so als wolle er in alle Richtungen gleichzeitig gehen.

Lindquist schlief immer nur eine Stunde am Stück, Nickerchen. Dann wachte er wieder auf, war unerklärlich frisch und blieb weitere acht Stunden auf. Wes machte sich Sorgen, Lindquist könne davon einen Herzinfarkt kriegen. Und dann noch all diese Tabletten, die er schluckte. Er wusste nicht, wie alt Lindquist war, wusste auch, dass er besser nicht fragte, aber egal wie alt, so viele Tabletten, das war doch gefährlich.

Eine Nachts hatten sie gerade den letzten Damm des Tages abgesucht und saßen auf Deck der *Jean Lafitte*. Es waren noch drei Stunden bis Sonnenaufgang, und der Mond war nur eine schmale, blasse Sichel. Wes hatte noch nie so viele Sterne auf einmal gesehen. Sie breiteten sich in milchigen Bändern bis zum Horizont aus. Selbst Lindquist, den ein solches Schauspiel überhaupt nicht interessierte, betrachtete verwundert den Himmel, legte den Kopf so weit in den Nacken wie möglich und riss dabei den Mund auf.

Wes meinte zu Lindquist, vielleicht sollten sie mal ein, zwei Tage an Land gehen. Dann ginge es wieder frisch raus in die Bucht.

Lindquist sah Wes abschätzig an und sagte nichts. Er richtete seine Aufmerksamkeit wieder auf die Karte, die er auf dem Schoß ausgebreitet hatte. Immer wieder legte er seine Taschenlampe beiseite und setzte mit einem grünen Filzstift eine Markierung.

Das Boot schaukelte im leichten Wellengang, und ein feiner Sprühnebel legte sich Wes auf Arme und Gesicht.

»Einen Tag noch«, sagte Lindquist, so als habe er Wes erst jetzt gehört, »einen Tag noch, und wir machen eine Pause.«

»Mr Lindquist. Ich fühl mich nicht gut. Ich werd seekrank.«

»Wir sind doch erst drei Tage hier draußen.«

»Ist schon eine Woche.«

»Quatsch.«

»Eine Woche und einen Tag wohl.«

Lindquist wirkte schockiert. »Bist du sicher?«

Wes nickte.

»Na und? Diese Vietnamesen bleiben zwei Wochen am Stück draußen.«

»Ich weiß nicht, ob ich das schaffe, will ich nur sagen.«

»Das weiß man erst, wenn man es macht.«

Wes schüttelte den Kopf.

»Hast du Hunger? Ich koch dir was.«

»Nein, das ist es nicht.«

»Ich koch dir was. Ich hab noch Zwiebeln und Knoblauch in der Kombüse. Ich hau Rotbarsch in die Pfanne. Diesmal bin ich sparsam mit dem Cayennepfeffer und der scharfen Soße.«

»Ich habe keinen Hunger.«

»Klopf, klopf«, sagte Lindquist.

Wes zupfte sich an der Augenbraue, und Übelkeit stieg in ihm hoch. Lindquist grinste und glotzte ihn an. Wes wusste, Lindquist würde erst nachgeben, wenn er mitspielte. »Wer ist da?«, fragte er, bekam kaum die Worte heraus, so müde war er.

»Barbara«, sagte Lindquist.

»Welche Barbara?«, fragte Wes kümmerlich.

»Barba Rhabarbera.«

»Blöder Witz.«

»Aber du grinst.«

»Weil das so blöde ist.«

»Aber es funktioniert. Du lachst.«

»Mr Lindquist, ich muss mal vom Boot runter.«

»Warum?«

»Weil.«

»Weil ist kein Grund.«

»Weil wir schon eine Woche hier draußen sind.«

Lindquist verzog das Gesicht, sein Mund formte ein lockeres O, so als wolle er ein mathematisches Problem lösen. »Schwöre, dass du zu niemandem ein Wort sagst«, verlangte er.

Wes nickte, ihm war es egal.

»Gold. Ich habe schon welches gefunden. Eine Dublone.«

Wes fand kaum die Worte. »Na ja, was immer Sie suchen, es wird auch morgen noch da sein«, sagte er. »Und am Tag danach auch. Wenn wir uns ausgeruht haben, können wir ja weitersuchen.«

»Aber vielleicht ist jemand vor uns dort.«

»Mr Lindquist, bei allem Respekt?«, meinte Wes. »Hier draußen ist niemand.«

»Die Zwillinge schon.«

»Ich habe sie nicht gesehen.«

»Weil wir deren Insel hinter uns gelassen haben. Jetzt fahren wir zurück. Wir sind ein Dutzend Inseln weitergesprungen. Die müssen wir jetzt auch noch abklappern.«

Auf einer Nachbarinsel rief eine Eule. Eine andere antwortete.

»Ich pack das nicht«, erklärte Wes.

»Und was, wenn wir noch mehr finden?«, fragte Lindquist.

Wes kratzte sich an einem Mückenstich am Knie.

»Ich geb dir was ab, wenn wir noch mehr finden.«

»Ich muss runter. Ich bin krank. Ich muss eine Weile an Land. Bitte bringen Sie mich zurück.«

Lindquist kratzte sich im Nacken und sah sich gereizt um. »Na, dann geh nach Hause.«

»Bringen Sie mich?«

Lindquist winkte mit seinem Hakenarm ab. »Geh selber.«

Wes verstand nicht, kam sich dumm vor. »Soll ich schwimmen?«

»Natürlich nicht. Du nimmst das Boot.«

»Und lasse Sie hier?«

Lindquist nickte.

»Das kann ich nicht machen«, sagte Wes. »Auf gar keinen Fall.«

»Dann musst du eben bleiben.«

»Ach, verdammt«, meinte Wes.

»Nimm das Boot. Lass die Piroge hier. So sehen die mich nicht.«

Wes brütete und biss die Zähne zusammen.

»Komm morgen zurück. Ich halte mich streng ostwärts. Werd nur ein paar Inseln weiter sein.«

Lindquist stand auf, ging in die Kabine und kehrte mit einem Rucksack auf dem Rücken wieder zurück. In der guten Hand hielt er den Detektor, den er ins Beiboot warf, und kletterte hinein.

»Bitte tun Sie das nicht, Mr Lindquist.«

Aber Lindquist ließ das kleine Boot zu Wasser. »Ein, zwei Tage«, rief er zu Wes hinauf und ruderte mit einer Hand davon.

»Mr Lindquist. Nicht.«

Lindquists Stimme wurde schon schwächer. »Ist mal ein Abenteuer.«

Dann war Wes allein in der Dunkelheit des Bayou, und es war still bis auf das Schlagen der Wellen an den Rumpf. Er sah nach Norden, wo die Hafenlichter von Jeanette so fern und schwach am Horizont glänzten, dass es sich auch genauso gut um eine optische Täuschung hätte handeln können.

Er warf den Motor an.

COSGROVE UND HANSON

Nach einer Woche Sucherei, gegen Ende September, bahnte sich Hanson einen Weg durch die Farne, Cosgrove hinterdrein, als in dem Wald eine Eule in der Nähe einen durchdringenden Ruf von sich gab. Hanson erschrak, stolperte über eine Zypressenwurzel und fiel vornüber. Er rollte sich im Schlamm auf den Rücken wie ein Schwein in der Suhle, fluchte und versuchte, wieder hochzukommen.

Cosgrove schwang erst ein, dann das andere Bein über die Wurzel und hielt die Laterne über Hanson.

Mit weiß glänzenden Augen starrte der ihn böse an, und sein Gesicht war derart von Schlamm bedeckt, dass er aussah wie direkt aus dem Arsch eines Elefanten gefallen.

»Was machst du mit dem Licht, verdammt?«, fragte Hanson. »Ich seh nichts.«

Cosgrove unterdrückte ein Grinsen.

Hanson hielt eine schlammige Hand hoch. »Hilf mir mal.«

»Scheiße, nein«, entgegnete Cosgrove.

»Lachst du etwa?«

Cosgrove spürte, wie sich langsam ein Grinsen auf seinem Gesicht breitmachte.

»Hilf mir hoch, verdammt.«

Cosgrove verzog das Gesicht, nahm Hansons Hand und zog; dann kehrten sie zum Boot zurück und machten sich auf den Weg zur nächsten Düneninsel.

Der Ölgestank hing schwer in der Luft, wie heißer Teer im Sommer. Cosgrove sah Rohölbatzen im Wasser, Flottillen durchfallartigen Schaums. Er sorgte sich um die Dämpfe, die er einatmete, all diese übelklingenden Gifte, von denen er in den Nachrichten gehört hatte. Benzol, Arsen, Corexit. Die Delphine, so hatte er gehört, husteten und schissen schon Blut. Nicht gut.

»Kommt mir vor wie aufgewärmte Scheiße«, rief Cosgrove über den Motorlärm hinweg. Er spürte, dass er Kopfschmerzen bekam.

»Du wirst dich gleich besser fühlen, wenn wir erst mal gefunden haben, was wir suchen, Bigfoot.« Ein krummzahniges, sehr weißes Grinsen auf seinem schlammigen Gesicht.

Wie oft hatte Hanson das in letzter Zeit gesagt? Unzählige Male. Doch dieses Mal, zehn Meter vor dem Ufer, schauten die beiden sich an. Hanson schnüffelte, dann Cosgrove.

Ein wachrüttelnder Duft. Grün, harzig, unmissverständlich vertraut.

Sie sagten nichts, wie aus Aberglauben, ein Wort könne alles zunichtemachen.

Sie landeten an, Hanson sprang aus dem Boot. Cosgrove folgte ihm. Ein paar Meter landeinwärts stießen sie auf eine Barriere hüfthohen Maschendrahts zum Schutz vor Tieren. Die beiden trampelten eine Stelle flach, überquerten den Zaun und wateten durch die Farne.

»Moment mal«, sagte Cosgrove zu Hanson.

Hanson blieb stehen und warf einen ungeduldigen Blick über die Schulter.

»Wenn jemand den Zaun gezogen hat, dann wird er auch noch anderes Zeug versteckt haben.«

Hanson starrte den Boden an, als sei ihm dieser Gedanke

überhaupt nicht gekommen. Cosgrove sah sich um, ging zu einer kleinen Zypresse und riss einen Zweig aus einem der unteren Äste. Dann ging er langsam tiefer ins Unterholz und stocherte im Boden herum wie ein Blinder mit Stock.

Salamander schlängelten wie Tintenschnörkel über die schleimigen Blätter davon.

Dann schnappte etwas mit einem lauten metallischen Geräusch nach dem Stock, und Cosgrove sprang zurück. Im Mondschein erkannte er das stumpf glänzende Metall. Eine Falle, die kantigen Zähne fest um den Stock geschlossen.

»Ja, verfluchte Scheiße«, zischte Hanson.

Cosgrove schlug das Herz bis in die Ohren, ein Lärm wie ein in Baumwolle gewickelter Hammer auf Blech. Er kroch weiter, Hanson direkt hinter ihm.

Sie näherten sich der Inselmitte, und der vertraute Geruch wurde immer stärker.

»Kann nicht sein«, sagte Cosgrove.

»Wäre der perfekte Ort dafür«, meinte Hanson.

»Ich säg mir beide Füße ab«, stellte Cosgrove fest.

Als sie auf der Lichtung standen, gab Hanson einen lauten Jubelschrei von sich. Ein Aufschrei wie bei einer Erweckungsversammlung. Ehrfürchtig standen sie nebeneinander und schwenkten die Taschenlampen. Vor ihnen sahen sie nichts Geringeres als ein Wunder an Erfindungsreichtum. In den Schlamm gerammte Pfosten, darauf hölzerne Plattformen voller Marihuanapflanzen, eine Art Hydrokultur auf Stelzen. Einen halben Meter über den Pflanzen war ein Tarnnetz gezogen, das hier und da mit Blättern bedeckt war. Die Marihuanapflanzen wuchsen in großen Behältern, gefüllt mit einer Art blassem Dünger, der aussah wie Aquariumsand. Zwischen den Behältern schlängelte sich ein Netz aus Schläuchen, die zu Regensammelbottichen führten.

Unmöglich zu sagen, wie viel Stoff hier wuchs, dazu war es zu dunkel. Sicherlich genug, um den ganzen Staat Louisiana für Wochen high zu machen. Cosgrove schwankte wild zwischen Ungläubigkeit und Euphorie hin und her. Er fragte sich, ob es wohl ein pflanzliches Äquivalent zum Katzengold gab. Der Hochgarten war bestimmt so groß wie ein Tennisplatz. Der Geruch war schwer und betäubend.

»Charlie und die beschissene Schokoladenfabrik«, meinte Hanson. Er warf sich kichernd in die Pflanzen, drückte ein großes Büschel davon an die Brust und vergrub sein Gesicht in den Blättern.

»Vorsichtig«, mahnte Cosgrove. Eine merkwürdige Mischung aus Überschwang und Angst durchfuhr ihn. Wie konnten sie nur so viel Glück haben? Niemand hatte solch verfluchtes Glück.

Hanson riss an den Blättern und stopfte sich die Taschen seiner kurzen Jeans voll. Seine Hände zitterten, sein Gesicht war schweißgebadet und wild.

»Hanson«, sagte Cosgrove, und ein schweres Gefühl der Vorahnung machte sich in seinem Gedärm breit. »Der Laden ist verwanzt. Kann nicht anders sein.«

»Der beste verfluchte Tag meines Lebens«, entgegnete Hanson mit vor Freude zitternder Stimme.

Cosgrove wartete, holte tief Luft und trat zu den Pflanzen. Er riss eine Handvoll Blätter ab, dann noch eine. Schon bald waren seine Finger klebrig, ihm schwirrte der Kopf, und er riss mit ganzer Hingabe an den Pflanzen.

In der folgenden Nacht nahmen sie erneut das Boot zur Insel, Cosgrove saß am Motor, Hanson rauchte einen Riesenjoint, groß wie eine Banane. Normalerweise hätte Cosgrove nur über eine solche Verschwendung gespottet, aber sie hatten so viel Marihuana, dass sie schon nicht mehr wussten, wohin damit.

Während sie auf die Marihuanainsel zumanövrierten, bot Hanson Cosgrove den Joint an.

Cosgrove winkte ab. »Einer von uns muss nüchtern bleiben«, sagte er.

»Das ist das Problem mit dir«, meinte Hanson. »Du bist einfach zu nüchtern, verdammt.«

Cosgrove winkte ab. Er staunte über Hansons Zustand, die Augen rotunterlaufen, der Mund schlaff und spuckefädig. Ein übergroßer Kretin nach drei Tagen Party. Sollte die Küstenwache oder der Wildhüter sie anhalten, würden sie Hanson schon allein wegen seines Aussehens abknallen.

Sie fuhren weiter in den Sumpf hinaus, die rohrbewachsenen Ufer blieben zurück, das Wasser wurde unruhiger. Bald kamen sie an den mit toten Zypressen und Tupelobäumen bewachsenen Barriereinseln vorbei, deren Ufer mit rohölgeschwärzten Ölsperren belegt waren.

Die Lichter von Jeanette hinter ihnen verblassten, die Unterseiten der Wolken glühten orange. Vor ihnen am Horizont standen die turmhohen Ölbohrplattformen, deren Warnlichter weit draußen im Golf blinkten.

»Ein Raumschiff«, sagte Hanson und zeigte hin.

»Zieh noch mal«, meinte Cosgrove.

»Der Shit ist so feucht, der bleibt nicht an.«

Ab und zu passierten sie einen Austernfischer oder einen Boston Whaler, die unter einer orangefarbenen dreieckigen Flagge fuhren: SONDEREINSATZ; private Boote, die von BP angeheuert worden waren, um im Wasser nach Öl Ausschau zu halten und Ölsperren zu legen. Die Boote fuhren Zickzack ohne jegliche erkennbare Koordination, die Fahrwege kreuzten sich, manchmal kollidierten die Sperren beinahe. Den Gerüchten zufolge zahlte BP tausend Dollar am Tag. Eintragen am Morgen, austragen am Abend. So einfach ging das. Keine Aufsicht.

In der Nähe brummte ein Shrimpfänger, ein Kapitän mit flachem Käppi im Ruderhaus, zwei junge Matrosen glotzten Cosgrove und Hanson an; ihre Gesichter wirkten geisterhaft im roten und grünen Schein der Positionslichter. Bei einem baumelte eine Zigarette aus dem schräg grinsenden Mund, und sein kariertes Hemd mit den abgerissenen Ärmeln stand bis unten hin offen.

»He, Jungs«, rief Hanson.

»He, Astloch«, sagte der mit der Zigarette.

Die beiden Männer kicherten; das Boot grummelte in die Nacht davon.

Auf der Marihuanainsel stopften sie Müllsäcke mit den klebrigen Blättern voll. Jedes Mal, wenn Cosgrove im Wald einen Ast knacken oder ein Rascheln im Farn hörte, fuhr er zusammen und lauschte.

Nach einer Stunde hatten sie alle Müllsäcke voll, und der Geruch war so stark, dass der Duft selbst bei dreifacher Plastiklage unverkennbar war. Das Harz klebte ihnen an den Fingern, und ihre Hände stanken selbst dann noch, als sie sie mit Schlamm und Sumpfwasser abgewaschen hatten.

Als die beiden ins Motel zurückgekehrt waren, stapelten sie die Säcke in Hansons Badezimmer, schlossen die Tür, verstopften den Türspalt mit einem Motelhandtuch und sprühten Raumduft. Doch der Gestank nach Marihuana war derart stark, dass ein halluzinogener Hauch das Zimmer vernebelte. Cosgrove war schon von den Dämpfen high. Jeder, der an ihrer Tür vorbeikam, hätte das sofort gerochen. Zimmermädchen, Manager. Cosgrove malte sich schon aus, wie er aus dem Fenster sah und den Parkplatz voller Streifenwagen vorfand.

Sie stopften die Säcke wieder in Hansons Pick-up und nahmen die Einfallstraße. Vier Uhr früh, der Mond ein Krummsäbel. Auf einer Lichtung, eine halbe Meile vom Motel entfernt, stießen sie auf einen fensterlosen, aus Resthölzern gezimmerten Werkzeugschuppen. Er stand efeubewachsen hinter stämmigen Eichen und war von der Straße aus kaum zu erkennen.

Hanson hielt am Straßenrand, und sie trugen die Säcke durch das Unkraut in den Schuppen. Hanson stellte seine Petroleumlampe auf den festgetretenen Boden. An die Wände waren *Penthouse*-Ausklappschönheiten von vor Jahren gepinnt. Der Schuppen war voller Spinnweben und alter Wespennester, aber es war trocken und schattig, einen besseren Platz konnten sie nicht finden, um das Marihuana zu trocknen und nachzubehandeln.

Sie ließen die Säcke stehen und kehrten am nächsten Nachmittag zurück, um die Zweige mit Kordeln an die Deckenbalken zu hängen. Und die ganze Zeit über malten sie sich aus, wie viel Geld sie damit verdienen und auf welche unwahrscheinliche Weise sie es wieder ausgeben würden.

GRIMES

Trenchs Nachbar George, einer der Ersten in der Barataria, der den Vergleich unterschrieben hatte, teilte Grimes die Neuigkeiten mit: Trench hatte beim Fischen einen Herzinfarkt erlitten und lag nun im Mercy General Hospital. Sein Zustand war stabil. Grimes fuhr sofort ins Krankenhaus und trug sich am Empfang als »Peter Lorre« ins Besucherbuch ein.

In Trenchs Zimmer war es dämmrig, zwar standen die Vorhänge offen, aber ein durchsichtiger Behang sperrte den trüben Tag aus. Trench lag in einem meergrünen Patientenkittel im Bett, den Oberkörper hochgelagert, Plastikschläuche schlängelten sich aus Nase und Armen. Das Bett neben ihm war leer. Ein kleiner, in der Ecke der Zimmerdecke angebrachter Fernseher lief tonlos. Eine dieser Fernsehrichter-Sendungen.

Grimes stand in der Tür, als Trenchs Blick auf ihn fiel. Die Augen erinnerten Grimes an die eines waidwunden Tiers. Trübe, vom Unglück verfolgt, aller Trotz ausgelöscht.

Grimes nahm seine Tasche von der Schulter, packte sie am Griff und trat ein. Als er näher kam, bemerkte er die wächserne Farbe von Trenchs Gesicht, und die Haare waren so weiß wie das Krankenhauskissen.

»Ich bin so schnell gekommen, wie ich konnte, Mr Trench«, sagte Grimes.

Im Gang kam eine junge schwarze Krankenschwester im

Kittel vorbei, und Grimes lächelte sie an. Sie erwiderte das Lächeln und war verschwunden.

»Sie sind hoffentlich versichert?«, fragte Grimes Trench.

Trench blinzelte die Zimmerecke an.

»Keine Versicherung? Das ist ja furchtbar.«

Stille. Ein, zwei Zimmer weiter murmelte ein Fernseher. In einem anderen Zimmer nieste jemand. Eine jung klingende Frauenstimme sagte: »Gesundheit, Mr Lafourche.«

Grimes besah sich einen der piepsenden Monitore und zeigte darauf. »Was ist denn das da?«, fragte er. »Diese zackige Linie? Ihr Herz?«

Trench atmete rasselnd.

»Ich hoffe doch, Sie sind versichert.«

Schließlich sah Trench Grimes an. »Geben Sie mir einfach die Unterlagen«, sagte er.

Grimes riss die Augen übertrieben theatralisch auf. »Sind Sie sicher?«

Nach einem Augenblick nahm Grimes die Papiere aus der Tasche und legte sie Trench auf die Brust. Dann reichte er ihm den Mont Blanc. Trench unterschrieb hastig, ein geschnörkelter Strich.

Grimes nahm das Blatt und besah es sich auf Armeslänge. *Sechs*, dachte er. *Sechs Unterschriften heute.* Dann packte er das Formular ein und nahm seinen Stift.

»Sind Sie zäh?«, fragte Grimes Trench.

Schweigen.

»Sind Sie zäh?«

Trench presste die Lippen zusammen.

»Sie können mich mal, Trench«, erklärte Grimes, machte kehrt und schlenderte zum Krankenhauszimmer hinaus.

LINDQUIST

Lindquist erinnerte sich daran, wie er als Kind die Ticks seines Vaters beobachtet hatte, zwanghafte Gewohnheiten, die er nie merkwürdig gefunden hatte, bis ihm auffiel, dass die Freunde seines Vaters Türknäufe und Toilettengriffe nicht immer und immer wieder anfassten und nicht zwanzig-, dreißigmal am Tag durch den Türspion linsten. Er nahm an, dass er die Besessenheit von seinem Vater geerbt hatte, so wie man mit einer eingefallenen Brust oder einer Hasenscharte auf die Welt kommt. Das lag im Blut.

»Was, wenn du dich irrst?«, hatte Gwen ihn wegen des Schatzes gefragt. Das war ihre Art zu sagen, dass er seine Zeit vergeudete. Dass er den Verstand verlor. Gegen Ende war sie nicht mehr so höflich, sondern sagte ihm rundheraus, seine Schatzsucherei sei traurig und jämmerlich. »Selbst nach dreißig Jahren glaubst du immer noch nicht, dass du dich irrst?«, fragte sie.

Nein, Lindquist irrte sich nicht. Es lag ihm im Blut. Er wusste es mit schicksalhafter Gewissheit, so wie ein Rutengänger wusste, wann Wasser im Boden, oder ein Wahrsager, wann ein Geist im Zimmer ist. Und solange er suchte, solange er Löcher in den Boden buddelte, konnte er sich nicht irren.

Wie lange hatte Lindquist schon niemanden mehr in diesem Teil des Bayou gesehen? Seit Tagen nicht. Und nun war da dieses Boot, das kleine Licht kam langsam auf ihn zu. Im Dunst der Abendhitze schimmerte es am Horizont wie ein matter, sterbender Stern. Beim Näherkommen erkannte Lindquist, dass es sich um ein kleines Boot handelte. Das erkannte er nicht vom Sehen – dazu war es noch zu weit entfernt –, sondern an dem blechernen insektenhaften Gesirre des Motors.

Die Zwillinge? Sein Herz schlug hart, und er spürte, wie ihm das Adrenalin wie ein elektrischer Schlag durch die Gliedmaßen fuhr. Wenn es die Zwillinge waren, dann war er so gut wie tot.

Es waren nicht die Zwillinge, aber zwei Männer waren es. Einer klein mit Pferdeschwanz und verdreckter Tarnmütze, der andere groß, mit hängenden Schultern und einem bärtigen Gesicht, ernst wie ein Leichenbitter. Sie reckten ihre Kinne nach Lindquist, und Lindquist winkte.

»Was gibt's, Jungs?«, rief Lindquist von seiner kleinen Piroge herüber.

»Was geht?«, fragte der kleinere Mann, Bantamgewicht, zurück. Er trug ein ärmelloses T-Shirt mit der Aufschrift TOM PETTY AND THE HEARTBREAKERS auf der Brust.

»Angeln?«, fragte Lindquist.

»Nee«, winkte Bantam ab.

Lindquist erkannte, dass in dem Boot ein großer schwarzer Müllsack lag. Fallensteller, fand Lindquist. Ihm war das scheißegal.

»Wollte ich gerade sagen, den Fisch hier draußen würd ich nicht essen.«

»Wir angeln ja auch nicht«, meinte der Kleine. »Und Sie?«

»Nein. Bin nur so hier.«

»Ja. Wir auch. Genießen die Aussicht.«

»Hier draußen sieht man nicht allzu viele Leute«, bemerkte Lindquist.

»Nee«, bestätigte der Kleine. Er besah sich Lindquists Boot. »'ne ganz schöne Strecke zum Rudern, Mann.«

Lindquist räumte ein, dass das wohl stimme. Er sah den anderen Mann an, der noch immer kein Wort gesagt hatte. »Wie geht's?«, fragte er.

»Passt schon«, antwortete der Große.

»Fischer?«, fragte der Kleine.

»Manchmal. Und ihr?«

»Wir sind aus Missouri«, meinte Bantam. »Umweltschutz. Verschiedene Sachen.«

»Wollt ihr Jungs mal 'nen Witz hören?«

Die beiden warfen sich einen müden Blick zu. Der Kleine zuckte mit den Schultern. »Schon von der Schwuchtel gehört, die sich das Rauchen abgewöhnen will?«

Die beiden warteten.

»Er nimmt jetzt nur noch vier am Tag in den Mund«, sagte Lindquist.

»Ha«, machte der Kleine. »Na gut.«

»Also«, sagte Lindquist.

»Also«, meinte der Kleine.

»Wir machen uns besser auf den Weg«, sagte der Große.

»Wollt ihr Jungs noch einen hören?«

»Wir sollten besser weiter«, winkte der Große ab.

Bantam winkte, warf den Motor an und fuhr davon.

Lindquist winkte zurück. Sie beobachteten einander, während sie davonfuhren und jeder wieder seiner Wege ging.

Zwei oder drei Tage? So lange war es wohl her, dass der Bursche ihn abgesetzt hatte, schätzte Lindquist. Vielleicht ein wenig länger. Stimmte schon, er verlor schnell die Zeit aus den

Augen, wenn er auf Schatzsuche ging. Aber viel länger konnte es nicht sein, denn er hatte immer noch ein paar Flaschen Wasser und Energieriegel im Rucksack.

Es war vier Uhr früh, Lindquist buddelte im trüben Schein seiner Laterne auf einer Düneninsel, als das Schaufelblatt auf etwas Hartes traf. Ein Stein, dachte er. Dann schlug er mit der Kante dagegen, und er hörte ein hohles hölzernes Geräusch. Er kauerte sich hin und wischte dreckige Blätter und Schlamm beiseite. Dann griff er hinein und fuhr mit den Fingern an einer alten, vor Fäule weichen Planke entlang, zumindest fühlte es sich so an.

Eine Kiste, eine sehr alte Holzkiste.

Lindquist stand auf, nahm die Schaufel und schob das Blatt unter die Kiste. Er trat auf die Blattkante und versuchte, die Kiste aus dem Boden zu hebeln. Schließlich gab sie nach, Lindquist stolperte und landete mit dem Hintern im Schlamm.

Schnell kroch er auf Händen und Knien zu dem Loch. In dem Loch stand eine alte verdreckte hölzerne Schatulle. Er sprang auf die Füße, griff nach der Schaufel und rammte sie ins Holz, das schnell nachgab.

Er hatte Halluzinationen, anders konnte es nicht sein. Er war nun schon so lange draußen in der Bucht, hatte so wenig Schlaf gehabt und Nahrung zu sich genommen, dass er nun sah, was er sehen wollte. Ein Fiebertraum. Vor Stunden schon waren ihm die Tabletten ausgegangen, und er hatte eigentlich vorgehabt, zum Hafen zurückzurudern und nach Hause zu gehen, um welche zu holen. *Noch eine Stunde*, hatte er sich immer wieder gesagt. *Noch ein Loch.*

Passiert das denn nicht den Männern, die tagelang durch die Wüste wandern? Sie haben Träume und Visionen. Sie sehen genau die Dinge, die sie sich am meisten wünschen.

Im trüben Schein der Laterne sah er ein Glitzern zwischen all dem Holz und der Erde. Er kniete sich hin, griff hinein und nahm eine Münze heraus. Er hielt sie im Licht vors Gesicht. Gold. Er griff mit der Hand in die Schatulle und wühlte herum. Er spürte Münze um Münze darin. Schwer zu sagen, wie viele. Hunderte sicherlich. Er nahm eine Handvoll, hielt sie vors Gesicht und küsste sie. Schlamm verdreckte ihm die Lippen. Er war ihm egal. Überschwänglich sah er gen Himmel.

Der Augenblick war so perfekt, dass jeder Zwischenfall, jedes Missgeschick, jeder Kummer, der ihn hierhergeführt hatte, wie seligstes Glück erschien.

»Danke, danke«, sagte er. Er leerte die Taschen seiner Cargohose und füllte sie mit Münzen. »Danke«, wiederholte er.

DIE BRÜDER TOUP

Als die beiden Brüder das nächste Mal die Insel kontrollierten, stellten sie fest, dass ihre Plantage verwüstet worden war, ganze Schneisen zogen sich quer durch ein Feld von der Größe eines Tennisplatzes. Auf dem Boden ein einziger Wirbelsturm aus toten Stengeln und Blättern, Pflanztöpfe waren von der Plattform auf die Erde geworfen worden. Das ganze Ausmaß der Schäden war im Dunkeln unmöglich zu erkennen. Hier und da fanden sich im Matsch Schokoriegelpapiere, eine Chipstüte, eine zerdrückte Bierdose.

Victor ging hin und her, rasende Ungläubigkeit stand ihm in den Augen, während er sich umsah. Er legte eine Hand vor den Mund, spuckte Flüche und ging weiter hin und her. »Ich fasse es nicht«, sagte er mit vor Wut erstickter Stimme.

Reginald besah sich das Chaos vom Rande der Lichtung aus, seine Schultern hingen vor Erschöpfung herab. Er fürchtete sich vor dem, was nun kam. »Schau dir den Scheiß doch mal an«, brüllte Victor und sah Reginald eigentümlich beschuldigend an, so als warte er nur darauf, dass Reginald ihm widersprach. So als habe er ihn in Verdacht, Komplize dieses Diebstahls zu sein. »Das sieht ja so aus, als hätte jemand einen Rasentrimmer benutzt.«

Eine nächtliche Brise, heiß und teerig, ließ die Blätter ringsumher sanft schaukeln.

Reginald sah sich um, als würde sich der Plünderer noch

irgendwo in der Dunkelheit verbergen. Sein Bruder fluchte, ballte die Fäuste und kniete zwischen Pfotenabdrücken und Vogelspuren im Dreck. Er fuhr mit dem Strahl der Taschenlampe über den Boden und begutachtete die Stiefelabdrücke im Schlamm. Zwei verschiedene Paare verliefen hin und her, eines groß, das andere klein. Sie führten ans Ufer zurück, wo sich die große Schleifspur eines Bootes im Schlamm fand.

»Ich bring ihn um«, sagte Victor.

Reginald erwiderte nichts. Er hielt seine Laterne in die Höhe, kauerte sich hin und hob einen Jointstummel vom Boden auf, so dick wie eine übermäßig fette Zigarre.

»Lindquist, ich hab's doch gesagt«, meinte Victor. »Du wolltest nicht auf mich hören, jetzt stehen wir hier.«

»Schon gut, verdammt.«

»Genau hier. Schau dich um.«

»Was willst du denn? Ich sehe es ja.«

Victors wutverzerrtes Gesicht war im Schein der Laterne gut zu sehen. »Ich will, dass du aufhörst, so ein Weichei zu sein.«

Reginald winkte ab. Er ließ den Stummel fallen, Victor kam und trat ihn fort. »Widerlich«, sagte er.

WES TRENCH

Sein Zuhause war zwar nur eine Meile weiter die Straße entlang, doch noch nie war es ihm so weit weg vorgekommen. Jede einzelne Faser von Wes' Körper schrie nach seinem Bett, aber er konnte den Gedanken nicht ertragen, sich seinem Vater stellen zu müssen. Stattdessen schlief er auf dem Hafenparkplatz in der Kabine seines Pick-ups, mit einer schimmlig riechenden Packdecke und einem verknüllten T-Shirt als Kopfkissen. Selbst bei offenem Fenster war die Luftfeuchtigkeit so erdrückend wie ein verschwitzter Lumpen im Hals. Die Footballsaison hatte vor ein paar Wochen begonnen, doch noch immer war nicht der leiseste Hauch von Herbst zu spüren. Der würde wohl noch ein paar Monate auf sich warten lassen. Manchmal schreckte er mitten in der Nacht auf, weil er nach Luft schnappen musste, manchmal weckten ihn die Stimmen der Kapitäne und Decksleute. Dunkle Gestalten, gesichtslos, unheimlich, huschten an seiner Autoscheibe vorbei, und das orange Leuchten der Parkplatzlaternen warf ihre Schatten.

Halbtrunken vor Erschöpfung, stattete Wes einem alten Higschool-Freund einen Besuch ab, und Grant Robicheaux und seine Familie schienen sich richtig zu freuen, ihn zu sehen. Dankenswerterweise fragten sie ihn auch nicht nach seinem Zuhause.

Sie bereiteten ihm eine Mahlzeit aus Langusten-Gumbo

und Maisbrot, sein erstes richtiges Essen seit einer ganzen Weile, das nicht aus der Dose kam, und richteten ihm ein Bett auf dem Sofa in der verglasten Veranda hinterm Haus. Um neun war er in tiefen, traumlosen Schlaf gesunken. Gegen Mitternacht allerdings kamen Grants drei Bassets mit ihren klackernden Pfoten auf die Veranda und leckten ihm ausdauernd das Gesicht. Am Morgen waren seine Arme und Beine von entzündeten Flohbissen übersät, und Wes wollte nur noch weinen, so müde war er.

Beim Frühstück bedankte sich Wes bei Grant und seiner Familie für ihre Gastfreundschaft und meinte, er wolle jetzt lieber heimgehen.

Am Morgen fuhr Wes zum Hafen und stieg an Bord des Boots seines Vaters. Der Kopf schwirrte ihm, und er konnte kaum die Augen aufhalten. Er wusste, sein Vater würde ihn finden, wenn er bei Sonnenuntergang käme, doch das störte ihn nicht. Ganz gleich, welchen Zorn und welche Demütigung er für ihn auf Lager hatte, Wes war bereit, sich dem zu stellen.

Nach wenigen Minuten war er auf der Pritsche in der Kabine eingeschlafen.

Als Wes aufwachte, war es schon dunkel, und er kletterte aufs Dock und wartete. Halb zehn. Normalerweise wäre sein Vater schon längst hier. Die meisten anderen Anlegestellen waren bereits verlassen. Wes hockte im Schneidersitz auf dem abgewetzten Dock und beobachtete die Lehmpiste, die zum Hafen führte. Sterne und Zikaden, Fische, die im Bayou sprangen. Nach ein paar Minuten flackerten Scheinwerfer durch die Bäume, und ein Pick-up fuhr mit knirschenden Reifen auf den Schotterplatz. Wes stand auf und wappnete sich. Als er sah, dass es sich nicht um den Pick-up seines Vaters handelte, löste sich der Knoten in seinem Magen. Der rostschutzfleckige Ford hielt unter einer der Straßenlaternen auf dem Parkplatz, und Randy Preston, ein alter Freund der Familie, stieg aus. Er stapfte zum Dock, schleppte eine Igloo-Kühlbox und rauchte eine Zigarette.

Randy kam auf ihn zu und fragte: »Wie geht's, Wes?« Sein riesiges Gebiss leuchtete im Dunkeln.

»Gut. Du?«

»Gut. Wartest du auf deinen Pa?«

»Ja.«

»Geht's ihm gut?«

»Ja.«

»Gut«, meinte Randy und ging weiter zu seinem Boot. »Halt nicht nur die Ohren steif, Wes.«

»Mach ich«, sagte Wes und reckte ihm den Stinkefinger hin. »Du auch.«

»Jede Nacht«, meinte Randy, erwiderte den Stinkefinger über die Schulter, drehte sich aber nicht zu ihm um.

Wes wartete bis zehn, dann stieg er in den Pick-up und fuhr zum Haus. Es brannte kein Licht, die Vorhänge an den Vorderfenstern waren offen. Zwei Ausgaben der *Times-Picayune* lagen noch immer in ihren Plastiktüten auf der Zufahrt. Wes stieg aus, hob sie auf und schloss die Haustür auf.

Sofort überfiel ihn der Gestank nach etwas Verfaultem. Wes schaltete Licht ein und ging in die Küche, wo es am schlimmsten stank. Auf dem Kaffeemehl und den Zeitungen im Abfalleimer lag ranziges gelbes Hühnerfett. Wes nahm die Plastiktüte aus dem Eimer, knotete sie zu, trug sie auf den Hinterhof hinaus und warf sie in den Mülleimer. Wes sah den Rumpf seines Bootes, ein verloren wirkender Anblick da unter der modrigen Plane.

Er ging wieder ins Haus und hörte den Anrufbeantworter ab. Auf dem kleinen beleuchteten Display stand, dass es zwölf Nachrichten gab. Wes nahm den Hörer ab und ging die Anrufe durch. Alles unbekannte Nummern aus den letzten drei Tagen, Gläubiger oder andere schlechte Neuigkeiten.

Ein Schweißtropfen lief Wes über die Wange, und er wischte ihn fort. Dann erst fiel es ihm auf. Es war im Haus viel heißer, als sein Vater es normalerweise hatte, so als sei die Klimaanlage schon eine Weile nicht mehr gelaufen.

Er sah im Schlafzimmer nach. Das Bett war nicht gemacht, aber das war nicht ungewöhnlich. Das Bad war leer, ebenso die anderen Zimmer, Bäder und die Garage. Wes ging zurück ins Schlafzimmer und sah im Schrank nach. Die Sachen seines Vaters waren noch da, ebenso der Koffer.

Vergammeltes Fleisch. Verpasste Anrufe. Das Boot lag noch im Hafen.

Wes zuckte das Herz wie ein Froschbein.

Er nahm sein Handy, klappte es auf; erst dann fiel ihm ein, dass es nicht mehr funktionierte. Er hatte die Rechnung nicht bezahlt. Wie ein Arschloch.

Wes ging zum Pick-up zurück und fuhr zum Nachbarhaus. Vielleicht wusste Chuck etwas. Sein Vater und er waren freundlich zueinander.

Chuck, untersetzt und mit rotem Gesicht, kam an die Tür. Einen Augenblick schaute er Wes verwirrt an, und seine weißen Augenbrauen wanderten auf und ab. Dann: »Ach, du weißt es gar nicht, oder?«

Wes stand einfach nur da.

»Ach, Junge. Es tut mir leid.«

Voller Angst und Schuldgefühle nahm Wes den Fahrstuhl zum Zimmer seines Vaters im zweiten Stock des Krankenhauses.

Einer der Ärzte war in die Eingangshalle gekommen, um Wes alles zu erklären: Sein Vater hatte nach zwei Tagen Arbeit allein in der Bucht einen Herzinfarkt erlitten. Er war im Ruderhaus auf die Knie gegangen und über den Boden zum Schrank gekrochen, wo er die Leuchtraketen aufbewahrte. Er hatte eine genommen, sich selbst an der Kurbelwelle des Ruders hochgezogen und durchs Fenster gefeuert. Ein anderer Shrimpfänger hatte das Licht gesehen und war zur *Bayou Sweetheart* gefahren, wo er Wes' Vater im Ruderhaus vorfand.

»Glück gehabt«, sagte der Arzt zu Wes.

Jetzt stieg Wes aus dem Fahrstuhl und ging langsam den Gang entlang. Er achtete darauf, geradeaus zu schauen, nicht in eines der Zimmer, deren Türen offen standen. Er spürte die kränklichen, nichts Gutes verheißenden Blicke der Patienten in ihren Betten.

Als er das Zimmer betrat, hob sein Vater den Kopf vom Kissen und sah zur Tür hinüber. Dann ließ er den Kopf wieder sinken, doch seine von Medikamenten umwölkten Augen waren weiter auf ihn gerichtet. Wes bemerkte die Schläuche in Nase und Armen, sah auch, dass sein Gesicht abgespannt und hager war.

Wes trat ans Bett und fragte sich, ob er seinem Vater einen Kuss auf die Wange geben sollte, wie er es als Kind getan hatte. Stattdessen ließ er nur kurz seine Hand auf der Schulter seines Vaters ruhen. Unter dem steifen Patientenkittel fühlte sich dessen Körper dürr und fragil an, kurz vor dem Zerbrechen.

Wes holte einen Stuhl aus der Zimmerecke, zog ihn neben das Bett und setzte sich.

»Was sagen sie?«, wollte Wes wissen und zupfte sich an der Augenbraue.

»Ich hab noch drei Stunden zu leben«, antwortete sein Vater.

Sie schwiegen für eine Weile.

»Ich fühl mich mies«, gestand Wes.

»Musst du nicht.«

»Mein Telefon war aus.«

»Ich weiß.«

»Ich hab die Rechnung nicht bezahlt.«

»Kluge Entscheidung.«

Der Fernseher lief, irgendeine Serie mit einer hübschen blonden Detektivin mit losem Mundwerk und Filzhut. Eine Weile schauten sie wie gebannt in die Glotze.

»Ich hab das Geld angenommen«, sagte sein Vater und sah weiter fern.

Wes nickte, was sein Vater aber gar nicht sehen konnte.

»Der Typ tauchte gestern hier auf, und ich hab einfach unterschrieben.«

»Ja«, sagte Wes.

»Ich will noch nicht mal die Rechnung von hier sehen«, fuhr sein Vater fort. »Sobald ich die sehe, kriege ich den nächsten Infarkt. Dann können sie mir noch 'ne Rechnung schreiben.«

»Brauchst du was?«, fragte Wes. »In der Eingangshalle steht ein Automat.«

»Nein. Alles gut.«

Sie schauten weiter fern. Eine Werbung für etwas, das sich diskreter Taschenkatheter nannte. Xylophonmusik, ein Mann mittleren Alters, der in einem Park mit drei jungen Frauen in Neckholdern Frisbee spielte.

»Kannst gehen, wenn du willst«, sagte Wes' Vater. »Du hast bestimmt was zu tun.«

»Ich schau mir das an.«

»Das da? Die Werbung?«

»Die Serie.«

»Du wartest, bis der Film weitergeht?«

»Ja.«

»Gefällt er dir?«

»Weiß nicht.«

»Worum geht's denn? Nur irgendeine Perle mit 'nem komischen Hut, die Mordfälle klärt.«

»Weiß nicht. Ich hab die Serie noch nie gesehen.«

»Die sieht ziemlich gut aus.«

»Ja.«

Wes rieb sich immer und immer wieder die schweißigen Handflächen an den Hosenbeinen ab.

Als die Sendung weiterging, schauten sie wieder eine Weile.

»Hm?«, machte Wes' Vater.

Wes zupfte an der Augenbraue. »Ich hab nichts gesagt.«

»Machst 'nen Haufen Lärm da drüben.«

»Ich hab nichts gesagt.«

»Kriegst ja gleich 'nen Anfall da auf dem Stuhl.«

»Ich sitz doch nur hier.«

»Schätze, du kannst ruhig gehen. Ich werd eh müde. Will dich nicht aufhalten.«

»Alles in Ordnung.«

»Ich mach jetzt eh ein Nickerchen. Diese Medikamente machen mich groggy.«

Wes stand auf und ging zur Tür.

»He«, sagte sein Vater.

Wes drehte sich um.

»Ich weiß, mit mir ist es nicht einfach.«

»Schon okay.«

»Bringst du mir nächstes Mal was zu essen? Falls du nichts anderes vorhast?«

»Ich komme morgen. Das hatte ich vor.«

»Ein Sandwich von Sully oder so. Der Krankenhausfraß ist das reinste Gift. Wahrscheinlich wirklich. Damit sie mich noch länger hierbehalten und 'ne höhere Rechnung schreiben können.«

»Ich bring dir was von Sully«, sagte Wes.

»He, Wes.«

Wes wartete.

»Ich streng mich an. Okay?«

Wes nickte. »Bis morgen«, sagte er.

COSGROVE UND HANSON

Es hing derart viel Marihuana in dem verlassenen Schuppen, dass selbst Hanson in seinem verwirrten Zustand zugeben musste, dass das so nicht weitergehen konnte. Sie würden niemals so viel verhökern oder selbst rauchen können. In einer Million Jahren nicht. Er rief seinen alten Kumpel Greenfoot an, der einen anderen Bekannten dazuholte, und nach ein paar Minuten klingelte Hansons Telefon im Motelzimmer. Es war halb elf, freitagmorgens, 1. Oktober. Cosgrove saß am Ecktisch und hörte zu, wie Hanson die Fragen des Typen beantwortete.

»Fünfzig vielleicht«, sagte Hanson. »Fünf oder zehn mehr oder weniger.«

Er ging so weit auf und ab, wie die Schnur des altmodischen Bakelittelefons es zuließ, und nach einer Weile hockte er sich auf die Bettkante und zwinkerte Cosgrove zu.

»Ja«, bestätigte Hanson. »Pfund.«

Der Mann am anderen Ende der Leitung musste wohl gelacht haben, und Hanson stimmte mit ein. »Ja, Sir«, sagte er, »ich sag's doch, in jeder Hinsicht.«

Cosgrove und Hanson schleppten die Säcke aus dem Schuppen zum Straßenrand und stapelten sie auf der Ladefläche von Hansons Pick-up. Als alle Säcke verstaut waren, standen sie fast dreißig Zentimeter über die Ladehöhe hinaus.

Über den vor Hitze flimmernden Baumkronen hing ein Pauspapiergeist von einem Mond.

»Das ist das Verrückteste überhaupt, verflucht«, meinte Cosgrove zu Hanson. Er wischte sich die nasse Stirn mit dem Handrücken.

»Hast du eine bessere Idee?«

»Ja. Einen Umzugswagen.«

»Bist du schon jemals mit einem Umzugswagen durch New Orleans gefahren?«

»Ich fahre. Ich kann einen Umzugswagen fahren.«

»Mann, da ist es wie in Usbekistan. In jeder Hinsicht. Die reinsten Kamikazefahrer. Mad Max jenseits der Scheiß Donnerkuppel.«

Hanson stützte die Hände in die Hüften und begutachtete den Stapel. Er stieg auf die Ladefläche, setzte sich auf die Säcke und versuchte, sie plattzudrücken.

»Ich fahre den Umzugswagen«, bot Cosgrove ihm großzügig an.

»Ich werd doch nicht mit ’nem Möbelwagen voller Stoff von irgendeiner Brücke stürzen.«

»Hast du wenigstens eine Plane?«

»Eine Plane?«, entgegnete Hanson und richtete seine Rodeoschnalle aus. »Jetzt komm schon.«

»Eine Plane ist doch ganz normal. Manche Leute haben echt Planen.«

»Was sollte ich denn damit anfangen?«

»Lass uns wenigstens eine Plane besorgen«, drängte Cosgrove. »Um den Scheiß abzudecken.«

»Diese Säcke sind schwer. Da passiert nichts.«

»Das haut dem größten Fass, das ich je gesehen hab, den Boden raus, verflucht«, schimpfte Cosgrove.

»Du führst dich auf wie ’ne alte Oma, Mann. Meine Plakette ist neu. Die Bremslichter funktionieren. In jeder Hinsicht okay.«

Cosgrove schnaubte verächtlich.

Hanson fuhr an verrosteten Mobile Homes vorbei, die auf Trägern standen, passierte verlassene Ladenzeilen, in deren schmutzigen Schaufenstern Schilder hingen: GESCHÄFTSAUFGABE und ZU VERMIETEN. Bald war der einzige Hinweis auf die Zivilisation die Straße selbst, ein sie gelegentlich überholendes Auto, eine verwitterte Werbetafel. Auf einer stand: JESUS IS LORD BESEITIGUNG VON BAUMSTÜMPFEN. Auf einer anderen: JIMMY DIAMOND BROUSARD, ANWALT DES HERRN.

Sie kamen an Sumpfland voller Rohrkolben und violett blühenden Wasserhyazinthen vorbei, an Hainen voller Sandkiefern, an leuchtend blühenden Wildblumen, zwischen denen winzige braunorange Falter flatterten wie Konfettiwirbel. Am Straßenrand hüpfte eine Phalanx Aasgeier um etwas Schwarzes, Gummiartiges. Cosgrove sah in dem Wirrwarr der Gedärme weiße Fangzähne. Ein Alligator.

Cosgrove sah auf den Tacho. »Fahr langsamer«, forderte er Hanson auf.

»Ich fahr achtzig.«

»Hier ist siebzig.«

»Ich hab gerade achtzig gesehen.«

Sie näherten sich dem nächsten Schild. »Siebzig, schau«, sagte Cosgrove. »Wach auf, verflucht.«

Hanson ging ein wenig vom Gas. Sie brauchten eine halbe Stunde, bis sie zum Highway kamen, Cosgrove schaute alle halbe Minute nach hinten, um die Säcke im Auge zu behalten, Hanson hing über dem Lenkrad wie ein Tattergreis. Werbetafeln für Chiropraktiker und halbseidene Anwälte wichen denen für Stripclubs und Austernbars. Nach kurzer Zeit kamen sie am Louis Armstrong Airport vorbei; ein Flugzeug flog so niedrig über den Highway, dass Cosgrove die Umrisse der Köpfe in den Fenstern sehen konnte.

In Metairie nahm der Verkehr zu, Schrottkarren eierten vor sich hin, Pick-ups wechselten in selbstmörderischem Tempo die Fahrspur. Ein paar Streifenwagen trudelten gleichmütig dahin, die Bullen bekamen nichts mit, oder es war ihnen egal. Vielleicht waren sie selbst betrunken oder stoned. Vielleicht genossen sie ihren Blowjob im Fußraum.

Cosgrove drehte sich erneut um und kontrollierte die Säcke. Immer noch da, immer noch alles okay. Immer noch genug, um ihn für lange Zeit hinter Gitter zu bringen.

Hanson grinste Cosgrove schief an. »Alles Easy Street.«

»Pass du auf die Straße auf«, mahnte Cosgrove.

»Der beste Scheiß Fahrer, den du je gesehen hast«, meinte Hanson. »Cool wie 'ne Eskimotitte.«

New Orleans kam in Sicht, die verfallenen Ziegelsteinbauten der Fabriken, die grauen und schwarzen Wolkenkratzer, die in giftigen Smogwolken steckten, der Koloss von Superdome. Unter dem Highway drängten sich verlassene Wohnhäuser, viele davon niedergebrannt oder ausgeweidet, die meisten von ihnen mit den Kreuzsymbolen der National Guard versehen. Die unheilvolle Kurzschrift aus Zahlen und Abkürzungen an den Häusern, die nach Katrina hatten geräumt werden müssen.

Zum vielleicht hundertsten Mal sah sich Cosgrove nach der Ladefläche um. Ein Sack machte Sprünge, wenn der Dodge über die mit Schlaglöchern übersäte Fahrbahn hopste. Mit erschreckender Unerbittlichkeit rutschte er zur Ladeklappe des Pick-ups.

Cosgrove sah entsetzt zu. »Da ist ein Sack«, sagte er. »Der rutscht.«

Hanson, der eine Hand auf seinem Tarnkäppi liegen hatte, sah mit weit aufgerissenen Augen in den Rückspiegel.

Ein großer weißer Lieferwagen fuhr jetzt hinter ihnen und berührte fast ihre Stoßstange.

»Wer ist dieser Wichser?«, fragte Hanson.

»Pass auf das Schlagloch da vorn auf.«

»Die ganze verschissene Stadt ist voller Schlaglöcher.«

Hanson donnerte über den Krater, und der Pick-up hob ab. Cosgrove sah zu, wie der Sack wie ein Fallschirmspringer von der Ladefläche hüpfte. Der Pick-up donnerte wieder auf die Fahrbahn und knallte auf die Stoßdämpfer. Hinter ihnen schoss der Lieferwagen aus seiner Fahrspur, und der Fahrer drückte auf die Hupe. Der Sack rollte wie irre über den Asphalt, andere Fahrzeuge schleuderten aus dem Weg, eine wütende Huperei ging los.

Ein brauner Tercel aus den Achtzigern fuhr über den Sack, der in einer Explosion leuchtend grüner Blätter aufplatzte.

»Sack«, brachte Cosgrove schließlich heraus.

Hanson sah Cosgrove an.

»Ein Sack ist runtergefallen«, sagte Cosgrove.

Hanson sah mit offenem Mund in den Rückspiegel. »Sollen wir zurücksetzen?«, fragte er.

»Fahr weiter, verflucht, fahr.«

Sie saßen schweigend und angespannt da und warteten darauf, dass Sirenen aufjaulten.

Nach einer Weile lachte Hanson kurz auf. »Jemand wird heute Abend eine Mörderparty schmeißen«, stellte er fest. Noch immer keine Sirenen.

Aber schließlich war das ja auch New Orleans.

Auf der Royal Street hielt Hanson vor einem blassvioletten kreolischen Stadthaus: schmiedeeiserne Balkone, hohe Fenster mit Läden, eine riesige mintgrüne Tür mit einem Wasserspeierkopf aus Messing als Klopfer. Betrunkene Touristen schwankten auf dem Gehsteig. Drei Jungs einer Studentenverbindung mit Florida-Seminoles-T-Shirts. Ein älterer Mann mit einer Asiatin in katholischer Schuluniform. Ein grauhaariger Bauarbeiter mit einem Witzkäppi mit zwei Schaumstoffbusen vorne dran. Alle hielten sie Bierflaschen oder Becher in der Hand.

Als Cosgrove aus dem Pick-up stieg, wäre er am liebsten auf die Knie gegangen und hätte den Boden geküsst. Das hätte er vielleicht auch getan, wenn es nicht so schmutzig gewesen wäre: verdreckte Mardi-Gras-Perlen, versteinerte Hundescheiße, Kippen.

Ein warmer Wind trug die Gerüche von Müll und Urin, Meeresfrüchten und Zichorienkaffee, Pferdeäpfeln und vergammeltem Obst heran.

Die stinkende Gewürzkiste New Orleans.

Hanson ging zur Haustür und klingelte. Einen Augenblick später trat ein junger Mann ohne Hemd auf den oberen Balkon und linste hinunter. Er zerkaute einen Lutscher und warf den Stiel auf die Straße, bevor er wieder verschwand.

Cosgrove und Hanson warteten neben dem Pick-up. Eine Pferdekutsche kam die Straße entlang auf sie zu, und die Hufe klapperten über das Pflaster. Ein dürrer Schwarzer mit Zylinder, der seine Augen beschattete, zog sanft an den Riemen. Sechs oder sieben Touristen saßen auf den Bänken der wippenden Kutsche. Sie starrten Cosgrove und Hanson an, als würden sie zur Kulisse gehören.

Ein Japaner hob sein Handy und machte ein Foto. Cosgrove starrte ihn so lange an, bis er wegsah.

Als der junge Bursche nach unten kam, stellte er sich als Benji vor. Er sah den Pick-up und den riesigen Haufen Säcke und fing an zu lachen. »Ihr Jungs seid so vom Bayou hergefahren?«, fragte er. Er sah erst in die eine Richtung die Straße entlang, dann in die andere.

»Einfach so«, bestätigte Hanson stolz und hakte die Daumen über seinem Gürtel ein.

»Himmel, was stinkt der Shit«, sagte der Bursche und lachte wieder.

Cosgrove hatte nicht mit so einem jungen Burschen gerechnet. Der Kerl war keine fünfundzwanzig, vielleicht eher zwanzig. Ein Kind. Auf amerikanische Art gutaussehend, sandfarbenes Haar, das ihm in die Augen fiel, weiße Zähne. Wenn Cosgrove ihm auf der Straße begegnet wäre, hätte er ihn für ein Kind aus reichem Hause gehalten, für einen Studenten von der Tulane University.

»Mann«, sagte der Bursche, der noch immer den Pick-up bestaunte. »Das schreibe ich in meine verdammten Memoiren.«

Benji und Hanson trugen die Säcke ins Haus, Cosgrove stand neben dem Pick-up Wache. Als sie alle Säcke im Haus hatten, gingen sie hinein.

Die Räume im Haus hatten hohe Decken, und es roch nach Kerzenwachs und Bücherstaub. Antike Kirschholzmöbel, Kunstgegenstände. Durch ein hohes Fenster sah man auf einen ummauerten Garten hinaus, in dem ein riesiger schwarzer Olivenbaum stand; Dutzende kleiner Vögel zwitscherten in der Krone.

Und genau hier lagen nun Cosgroves und Hansons Müllsäcke voller Marihuana mitten auf dem Schachbrettboden.

Der Bursche fasste in die Hosentasche, zog ein Schweizer Messer heraus, schnitt einen der Säcke auf und nahm sich eine Handvoll Blätter. Er hielt sie vors Gesicht und roch daran. Er griff sich einen Spross, drehte ihn zwischen den Fingern und begutachtete ihn.

»Eine Menge Blütenstempel, noch grün«, stellte er fest.

»Und?«

»Früh geerntet.«

»Ich hab das Zeug geraucht«, sagte Hanson. »Erstklassiger Stoff. In jeder Hinsicht.«

»Kein Zweifel, Mann. Ist aber noch feucht. Muss noch getrocknet werden.«

Hanson sagte nichts. Cosgrove stand mit verschränkten Armen neben ihm.

An dem Burschen war etwas, das ihm nicht behagte. Das ironische Grinsen. Natürlich war Cosgrove neidisch. Man sollte meinen, dass die Positionen vertauscht wären, ein Bursche in diesem Alter sollte die Drecksarbeit machen, nicht andersherum.

»Ja, das Zeug wird erst noch trocknen müssen«, betonte der Bursche. »So kann man das nicht verkaufen.«

Hanson nahm sein Käppi ab, strich sich den Pferdeschwanz nach hinten und setzte es wieder auf.

»Düngt ihr?«, fragte Benji.

»Ja«, sagte Hanson wie ein Schulkind, das die richtige Antwort zu raten versucht.

Der Bursche griff erneut in die Hosentasche und zog einen Lutscher hervor. Er wickelte das Papier ab, steckte ihn sich in den Mund, und seine Wange beulte sich. »Wie oft düngt ihr?«

Hanson schluckte und dachte nach. Er machte eine unbestimmte Handbewegung. »Alle zwei Wochen.«

»Man sollte nicht überdüngen.«

Hanson zuckte mit den Schultern.

»Und wässern?«

»Auch so.«

»Verratet mir doch noch mal, wie lange ihr das schon macht?«

»Ein paar Jahre.«

Einen Augenblick lang starrte Benji Hanson nur an, bewegte den Lutscher von einer Seite zur anderen, und der Lutscher klackte ihm gegen die Zähne. »Wo habt ihr diesen Shit geklaut?«, fragte er.

Cosgrove sah zur Tür und fragte sich, wie lange es wohl dauern würde, hinauszurennen.

»Das hat bisher noch keiner behauptet«, wehrte sich Hanson.

»Ich behaupte es.«

»Macht das was aus?«

»Wenn jemand heute Nacht mein Haus mit Maschinenpistolen bearbeitet? Ja.«

»Das macht niemand.«

»Nein?«

»Nein.«

»Euch ist keiner gefolgt.«

»Also, ich sag's dir rundheraus. Wir haben diesen Flecken da draußen in der Barataria Bay gefunden.«

Der Bursche wartete.

»Da gibt's 'ne ganze Insel voll von diesem Shit. So viel, das fällt dem gar nicht auf, der da anbaut. So viel ist das.«

»Draußen in der Barataria Bay.«

»Ganz weit draußen. Mitten im Nirgendwo.«

Von draußen drang das Zwitschern kleiner Vögel herein.

»Und keiner weiß davon«, meinte der Bursche.

»Frag die Leute, die dich angerufen haben. Ich bin ein vorsichtiger Mistkerl.«

»Du bist mit dem ganzen Zeug auf der Ladefläche deines Pick-ups vom Bayou hergefahren. Und du bist ein vorsichtiger Mistkerl.«

Hanson griff mit einer Hand nach seiner Gürtelschnalle. »Ich weiß, was ich tue.«

Der Bursche dachte darüber nach und sah dann Cosgrove an. »Und wie lautet deine Geschichte?«

»Ich steh nur hier«, antwortete Cosgrove.

»Das ist keine Geschichte.«

»Hör mal, Mann, ich will keinen Ärger.«

»Ich auch nicht. Deshalb frag ich ja.«

»Er erzählt die Wahrheit«, sagte Cosgrove.

»Und das soll ich euch glauben.«

»Bursche«, mahnte Cosgrove. »Hör auf mit mir zu reden, als ob ich dein Köter wäre.«

Benji reckte die Hände in die Höhe. »Das muss ich alles fragen«, sagte er. »Versetzt euch doch mal in meine Lage.«

Benji und Cosgrove starrten sich an. Dann seufzte der Bursche, schüttelte den Kopf und kauerte sich hin. Er riss einen zweiten Sack auf und nahm sich eine Handvoll hellgrüner Blätter, hielt sie vors Gesicht und inhalierte tief. Er zupfte ein paar trockenere Blätter ab und rollte sie zwischen Daumen und Zeigefinger zusammen; dann trat er an den Kaminsims, öffnete dort eine Holzschachtel und nahm eine One-Hitter-Pfeife aus buntem Glas heraus. Er stopfte den Shit in den Kopf, zündete ihn an und atmete den Qualm ein. Er wartete kurz, atmete aus und sah dann Hanson und Cosgrove an.

»Das Zeug gehört den Zwillingen, oder?«

»Zwillinge?«, entgegnete Hanson.

»Das hab ich schon mal geraucht. Echt sanftes High. Mächtig, aber sanft.«

»Vielleicht ist es ja aus demselben Samen.«

»Es gibt im Land nur fünf oder sechs Leute mit dem Zeug. Wenn überhaupt. Der Rest ist gemischt mit Green Crack und Agent Orange.«

»Keine Ahnung.«

»Der Shit ist genau derselbe. Dieselbe Farbe. Dieselben Härchen. Alles dasselbe.«

»Wir kennen keine Zwillinge«, sagte Cosgrove.

»Verarscht mich nicht«, drohte Benji.

Cosgrove und Hanson schwiegen.

»Zwei der größten Arschlöcher, die ich je gesehen hab. Die würd ich ausplündern, wenn ich könnte.«

»Tja, wir kennen keine Zwillinge«, betonte Hanson.

»Sicher?«

»Gehen wir«, meinte Cosgrove zu Hanson.

»Zwanzig Riesen, bar auf die Hand«, bot Benji an.

»Zwanzig?«, fragte Hanson. »Das ist Diebstahl. Für den Shit kriegst du ’nen Learjet.«

Der Bursche blieb standhaft. »Vielleicht. Gut möglich. Aber wo wollt ihr das ganze Zeug loswerden?«

»Dreißig.«

»Schnappt euch eure Säcke. Ladet sie wieder auf.«

»Achtundzwanzig.«

»Nehmt sie.«

»Siebenundzwanzig, und gut.«

»Nehmt die Säcke. Na los. Und nichts für ungut.«

Ein paar Minuten später waren Cosgrove und Hanson wieder auf der Royal Street, jeder von ihnen mit zehn Riesen in Hundertern in der Tasche. Hanson grinste dümmlich triumphierend. Sie eilten den Bürgersteig entlang, als würden sie fürchten, Benji könne ihnen folgen und die Abmachung zurücknehmen.

Langsam sammelte sich das Freitagspartyvolk in den Straßen. Zwei nach Holzfällern aussehende Kerle kamen händchenhaltend vorbei. Eine hübsche Schwarze mit großem Afro fuhr ein Velotaxi. Eine Frau mittleren Alters in hautengem

Trikot und einem Schamhaartoupet aus Neonfedern schlenderte vorüber.

Aus ein paar Straßen Entfernung hörte man ein paar jazzige Trompetenfloskeln. Weiter weg pumpten Schlagzeug und Bass einen 4/4-Takt.

»Ausgeraubt«, schimpfte Cosgrove. »Wir sind da drin einfach ausgeraubt worden.«

»Das Zeug war doch nicht mal unseres«, wiegelte Hanson ab.

»Du bist der schlimmste Zocker unter der Sonne.«

»Scheiße, du bist doch derjenige, der fast einen Streit mit dem Kerl vom Zaun gebrochen hätte.«

Cosgrove schwieg.

»Was sollten wir denn machen? Das Zeug selber verhökern?«

Cosgrove wusste, Hanson hatte recht. Und er spürte, wie eine Last von ihm abfiel. Selbst das Luftholen fiel ihm leichter, unbeschwerter. Man konnte eine Menge anstellen mit zehntausend Dollar. Leute fingen mit erheblich weniger ein neues Leben an.

Sie gingen zur Bourbon Street, mitten hinein in den Tumult einer Freitagnacht im Spätsommer. Alle waren betrunken. Kanadische Touristen, Transsexuelle, Frischvermählte, Collegekids, Profitmacher, Erotik-Puppenspieler, Hinterwäldler, Coverband-Musiker. Es stank. Zydeco, Funk und Rap dröhnten aus den Türen der Bars, wilde Schreie und Gelächter übertönten den Lärm der Musik. Falsche Spinnweben, riesige Pappkürbisse und Totenköpfe – erste Halloween-Dekorationen – hingen in den Schaufenstern der Strip-Clubs.

Cosgrove und Hanson kauften sich kleine Schnapsflaschen und Bier zum Runterspülen und wanderten die Bourbon Street auf und ab. Betrunkene Collegemädchen kauerten zusammengesunken am Straßenrand und kotzten zwischen die gespreizten Beine. Ein Walross von Mann, mit zahllosen Perlenketten behängt, lag ohnmächtig auf dem Gehsteig. Trunkenbolde traten über ihn hinweg und auf ihn drauf. Ein Bursche drückte ihm eine brennende Zigarette zwischen die Lippen.

Hanson betrat einen Souvenirladen und kaufte sich eine schwarze Satinjacke mit einem riesigen grünen Marihuanablatt-Aufnäher auf dem Rücken. Er zog sie an und stolzierte damit herum. Auf dem Weg hinaus fiel ihm eine schwarze Baseballkappe mit einer Bourbonenlilie und der Jahreszahl 2010 vorn ins Auge. Auf dem Schirm war in silberner Schrift eingestickt: LE BON TEMPS ROULE. Hanson kaufte sie und stopfte sein altes dreckiges Tarnkäppi in eine Mülltonne. In neuer Jacke und mit neuer Kappe schlenderte er, die Daumen in den Gürtel gehakt, aufgeblasen vor sich hin. Cosgrove, der neben ihm ging, bemerkte die Touristen, die bei diesem Anblick grinsten. Sie stupsten sich an, flüsterten: Schau dir den Typen mal an. So etwas wie Mitleid und Beschützerinstinkt erwachte in Cosgrove. *Habt ihr Arschlöcher vielleicht gerade zwanzig Riesen gemacht?*, wollte er sagen.

Im *Old Absinthe House* tranken sie jeder zwei Tequila, und als sie wieder auf der Bourbon Street waren, betrat Hanson erneut den Touristenladen. Er probierte eine zweite schwarze Satinjacke an, als der indische Verkäufer ihn darauf hinwies, dass er doch schon eine trug. Hanson war ganz verwirrt und bedankte sich bei dem Mann. Dann teilte er ihm wütend mit, dass er sich wirklich eine zweite Jacke hatte kaufen wollen, bevor er mit seiner neunmalklugen Bemerkung dahergekommen wäre. Nun würde er eben anderswo kaufen. Da, wo ein Mann sich zwei gleiche Jacken kaufen könne, ja zwanzig, wenn er wolle.

Irgendwann nach zwei Uhr saßen sie in der *Lafitte's Blacksmith Shop Bar* und kamen mit zwei Frauen um die Mitte vierzig in Neckholdern ins Gespräch. Die eine trug einen Cowboyhut aus Stroh mit Muschelstücken am Hutband, die andere einen Fedora, den sie derart schief aufgesetzt hatte, dass sie sich gleich als Touristin outete. Auf dem Arm trug sie eine Tätowierung, das Gesicht ihres toten Sohns, darüber Geburts- und Sterbedaten, darunter SEE YOU IN HEAVEN, RUSTY. Er hatte keine drei Jahre auf Erden geweilt. Hanson und Cosgrove fragten lieber nicht nach.

Die Frauen waren wild entschlossen, Spaß zu haben, beide lachten derartig wild über Hansons Witze, dass Cosgrove schon annahm, sie würden einen Wettstreit untereinander austragen oder seien aus irgendeiner Anstalt entsprungen. Hanson rutschte zwei Hocker weiter, damit sich die Frauen zwischen sie setzen konnten. Die mit dem Cowboyhut hatte sich neben Cosgrove niedergelassen, und er bemerkte die blasse Linie an ihrem Ringfinger. Konnte ihm doch scheißegal sein.

Die Frauen erzählten, sie seien auf einem Kongress für Leichenbestatter in der Stadt und wollten keinen Ärger, sondern nur Spaß. Hanson meinte, da hätten sie gerade das große Los gezogen. Spaß sei sein zweiter Vorname. Er spendierte allen Drinks.

Cosgrove erzählte den Frauen, er sei der welterste afroamerikanische Astronaut.

»Bigfoot hat 'n Witz gemacht«, meinte Hanson undeutlich.

Sie lachten alle ziemlich lange darüber.

Irgendwann flüsterte Dixie, das Cowgirl, Cosgrove ins Ohr: »Hast du noch andere Freunde hier heute Nacht? Ich glaub, Mary Ann steht nicht so auf deinen Freund.«

Cosgrove strich sich über den Bart. »Tja, uns gibt's nur im Doppelpack«, meinte er.

Die Frau dachte darüber nach.

»Versteh das jetzt nicht falsch«, flüsterte Cosgrove. »Aber der kleine Kerl da? Hanson? Ägypter. Sehr gut ausgestattet. Ein Kamel. Und für seinen Oralsex ist er geradezu berühmt. Ein Zauberer.«

Himmel, er hörte sich jetzt auch schon wie Hanson an.

Das Cowgirl lachte zu Cosgroves Erleichterung herzlich darüber. Mary Ann und sie entschuldigten sich, und als sie zurückkehrten, wirkten sie aufgeregt, standen vielleicht unter Drogen. Mary Anns Gesicht war rot, und ihr Hut saß noch kecker als zuvor. »Habt ihr Jungs bei euch auf'm Zimmer auch noch 'n paar Cocktails?«, fragte Dixie.

Cosgrove und Hanson nahmen die Frauen mit ins *JW Marriott* an der Canal Street, wo sie im zwanzigsten Stock zwei Zimmer nebeneinander hatten. Hanson nahm Mary Ann mit auf sein Zimmer, Cosgrove das Cowgirl auf seins. Als die Frau sich auszog, schien ihr die Narbe vom Kaiserschnitt peinlich zu sein, doch Cosgrove meinte nur zu ihr, das würde ihn nicht stören, was auch stimmte. Außerdem hatte sie Bräunungsstreifen und große weiche Brustwarzenhöfe, was er besonders gern mochte. Sie bat ihn, das Licht auszuschalten und die Gardinen zuzuziehen, bedankte sich, als er das tat, und meinte, er sei ein echter Gentleman. Schon lange hatte keine Frau ihn mehr so bezeichnet.

Kurz vor Sonnenaufgang, als die Frau nackt in seinem Bett schlief, trat Cosgrove im Bademantel ans Fenster und sah auf die Stadt hinaus. Selbst von hier oben, so hoch über der Straße, hörte er das Rattern der Straßenbahn und das Hupen der Taxis. Er betrachtete die geschäftige Canal Street mit ihrer Vielzahl an Taxis und Bussen, Fastfood-Restaurants und Touristennepplåden. Er sah die roten Leuchtreklamen der Hotels in der Nähe, das *Roosevelt*, das *Astor*. Bis ganz nach rechts zog sich eine grüne und gelbe Neonschrift: *Dickie Brennan's Palace Café*.

Wie er so dastand und sich das Neonpanorama von New Orleans anschaute, verspürte Cosgrove zum ersten Mal seit ewigen Zeiten wieder so etwas wie Hoffnung.

Am nächsten Morgen fuhren sie zur Barataria zurück und verbrachten den Tag damit, ihren Kater auszukurieren. Am Abend schaute Hanson bei Cosgrove vorbei, und die beiden lagen auf den getrennten Betten und schauten fern. Ihre Gesichter waren grau, ihre Augen gelb, sie sahen aus, als habe man sie gerade aus dem Grab geholt.

»Wie viel Arbeit haben wir verpasst?«, fragte Cosgrove.

»Was sollen sie denn machen?«, erwiderte Hanson. »Uns feuern?«

Cosgrove brummte. Dann: »Wie viel hast du noch?«

»Acht Riesen.«

Er warf Hanson einen Blick zu. »Du machst Witze.«

»Eher siebeneinhalb.«

»Du hast zweieinhalb Riesen verjuxt«, sagte Cosgrove und war überzeugt, dass sie beide die dümmsten Idioten auf der ganzen Welt waren.

»Lockeres Taschengeld. All die Drinks und Trinkgelder. Die Stripperinnen und Drogen. Die Zimmer.«

Cosgrove schloss die Augen und rieb sich die brennenden Lider.

»Wie viel hast du noch?«, fragte Hanson.

»Hotelzimmer, Drinks und all der Scheiß? Hab vielleicht 'nen Tausender ausgegeben.«

Hanson kicherte heiser und musste husten. »Wir wissen, wie man feiert. Hab bestimmt fünfzig Schlampen Drinks spendiert.«

Eine Weile sagten sie kein Wort.

»He, kann ich mal 'n Vorschlag machen?«

»Nein.«

»Ein Mal noch.«

»Nein, zum Teufel.«

»Wir schnappen uns, so viel wir können.«

Cosgrove lag mit geschlossenen Augen da und tat so, als würde er Hanson ignorieren.

»Ein Mal noch«, wiederholte Hanson. »Deine Entscheidung.«

WES TRENCH

Bei Sonnenaufgang parkte Wes auf dem Hafenparkplatz und stieg mit einem Papiersack vom Supermarkt aus. Ein paar Flaschen Wasser, Müsliriegel, ein großer Beutel Trockenfleisch, geräuchert. Für Lindquist, falls dem die Lebensmittel ausgegangen waren. Es war dumm, ganz dumm von ihm gewesen, Lindquist in der Bucht allein zu lassen. Aber Lindquist hatte den Verstand verloren und war für Argumente nicht mehr zugänglich gewesen, war auf irgendeiner Mission unterwegs. Trotzdem war es töricht von Wes gewesen, ihn da draußen zu lassen. Er hätte ihn mit vorgehaltenem Messer zwingen, die Cops rufen sollen. Oder bei ihm bleiben, Seekrankheit hin oder her.

Irgendwas eben.

Wes steuerte die *Jean Lafitte* zu der Insel mit der toten Weide; als er dort eintraf, stieg messingfarbener Nebel aus dem Bayou auf. Die Reiher hatten sich bereits von ihren Ästen erhoben und plünderten das Ufer, manche standen einbeinig da und putzten sich das Gefieder, andere schnäbelten durch den Schlamm. Wes fuhr näher an die Insel heran, schaltete den Motor aus und suchte das Ufer ab.

Kein Lindquist, kein Boot.

Er nahm das Fernglas vom Armaturenbrett und suchte die grauen und grünen Bäume ab.

Kein Lindquist, kein Boot.

Er öffnete das Ruderhausfenster, legte die Hände um den Mund und rief nach Lindquist. Seine Stimme verklang ohne Hall, wurde in die ungeheure Weite des Bayou gesogen. Dann hörte man nur noch das plätschernde Wasser.

Ostwärts, hatte Lindquist gesagt, also hielt sich Wes nach Osten und umrundete die nächste Insel. Er drosselte den Motor, öffnete das Fenster und rief sich heiser.

Kein Lindquist, kein Boot.

Als Wes die dritte Insel erreichte, war der Nebel über dem Bayou verschwunden. Weiter draußen sah das Wasser fremdartig aus, dunkler, aber das war nur schwer zu erkennen, weil die Scheibe von Salz und Schmiere so verschmutzt war. Wenn Wes ein Boot derart dreckig verließ, bekam er es von seinem Vater endlos vorgehalten. Er wischte mit der Handfläche eine Stelle frei, aber das brachte nicht viel, deshalb machte er das Fenster an Steuerbord auf. Ja, das Wasser war dunkler, ocker und rot gebändert. Um die Deichinsel lag eine schwarze Schürze Rohöl.

»Mr Lindquist«, rief Wes.

Alle möglichen Gedanken rasten ihm gleichzeitig durch den Kopf. Vielleicht war Lindquist nach Jeanette zurückgerudert und saß sicher daheim. Wenn er nur wüsste, wo er wohnte, würde er nachschauen. Wenn er die Nummer wüsste, würde er anrufen.

Wes sagte sich, dass er sich ganz umsonst Sorgen machte. Die Bucht war riesig, ja, aber Lindquist war einfallsreich. Und ein Mann, selbst ein Einarmiger in seinem schlechten Zustand, konnte locker nach Jeanette zurückrudern. Selbst ein Einarmiger mit dem Kopf voller Medikamente. In der alten Zeit hatten das Männer geschafft, die doppelt so alt gewesen waren wie Lindquist. Andauernd.

Wes öffnete das Fenster und rief erneut. Ein Schwarm Regenpfeifer brach aus dem Gestrüpp und flog davon, und ihre Schreie wirkten durchaus mürrisch, so als schimpften sie über eine weitere Störung durch den Menschen.

Der *G-Spot*, der einer geduckten Bingohalle ähnelte, befand sich in einem grimmig wirkenden Gebäude aus Gasbetonsteinen mit einem pinkfarbenen Neonschild auf dem Dach wie eine Nelke auf einem Witwenhut. Selbst bei geschlossener Seitenscheibe konnte Wes das Mörserfeuer der Musik in der Bar hören. Drinnen war der donnernde Bass ohrenbetäubend, so laut, dass Wes den Mann hinter dem Tresen anschreien musste, einen kahlrasierten schwarzen Goliath, locker eins fünfundneunzig, dessen muskulöse Arme auf eine Weise baumelten, die bedrohlich wirkte.

»Einundzwanzig und älter«, sagte der Mann.

»Ja, Sir«, sagte Wes. »Ich will auch gar nicht rein. Ich muss nur mit jemandem reden.«

»Na klar«, sagte der Mann. »Verschwinde.«

»Eine Frau namens Reagan, Sir. Reagan Lindquist.«

Der Kerl schwieg und starrte ihn an. »Was bist du denn für einer, ein Stalker?«

Wes trat nervös von einem Bein aufs andere. Sein Mund war ganz trocken. »Nein, Sir. Es geht um ihren Vater.«

Der Mann räusperte sich, verschwand nach hinten und drückte sich dort durch die Schwingtüren. In dem kurzen Augenblick, bis die Türen wieder zufielen, erhaschte Wes einen Blick auf die eigentliche Bar. In dem Tiefseelicht umkreiste eine junge Blondine in einem knappen Bikini eine Stange, und ein Dutzend Männer hockten wie die Geier rings um die Bühne.

Wes wartete; der Bass pochte in seinem Unterleib. Auf der Oberfläche des Tresens klebte ein sich ablösender Anti-Irak-Sticker.

Nach kurzer Zeit kam eine langhalsige Rothaarige in den Vorraum. Sie trug einen Stringbikini, aus dem all ihre hübschen prallen Teile herausquollen. Wes musste jedes bisschen Willenskraft aufbringen, um sich auf ihr Gesicht zu konzentrieren. Er erklärte ihr, warum er gekommen war, und Reagans Gesicht legte sich in Sorgenfalten.

»Ich bin sicher, er ist zu Hause«, beruhigte er sie. »Ich will nur sichergehen.«

»Ich kapier das nicht. Warum ist er mit dem Boot raus?«

Der schwarze Kerl hinter dem Tresen tat so, als würde er nicht zuhören, und kratzte mit einem Kugelschreiber in einem Sudoku herum.

»Mir war schlecht, und ich musste nach Hause«, erklärte Wes. »Er wollte nicht zurück. Ich hab ihn tausendmal angefleht. Wirklich, Ma'am, hab ich.«

Reagan wartete mit verschränkten Armen, also musste Wes weiterreden.

»Wir waren eine Woche draußen«, sagte er. »Aber er wollte nicht umkehren. Hat sich rundheraus geweigert. Ich hab gesagt, ich nehm das Ruderboot. Er hat mir sein Boot aufgedrängt.«

»Wie lange ist das her?«

Sie knetete mit den Fingern ihre Unterlippe wie einen Teigbatzen.

»Zwei Tage.«

»Zwei Tage im Bayou in einer Nussschale.«

»Er hat alles dabei. Vorräte.«

Je mehr er redete, desto deutlicher wurde ihm, wie lächerlich sich das alles anhörte. »Ich möchte nur seine Anschrift und Telefonnummer, wenn das okay ist.«

Reagan bat den schwarzen Kerl um Papier und Stift. Dann schrieb sie ihm die Adresse und Telefonnummer ihres Vaters auf die Rückseite einer Quittung. Sie gab Wes das Stück Papier, dann nahm sie es ihm wieder ab und kritzelte noch eine zweite Nummer dazu. Ihre eigene.

Der schwarze Kerl schüttelte den Kopf.

»Verpiss dich, Antoine.«

»Ist dein Leben«, meinte der Mann. Er wandte sich wieder dem Rätsel zu.

»Wie heißt du noch mal, Schätzchen?«, fragte Reagan.

Wes hatte ihr seinen Namen noch nicht genannt. Er wurde am ganzen Körper rot, so fühlte es sich an. »Wes.«

»Also gut, Wes«, sagte Reagan, seufzte laut und tupfte sich die Stirn ab.

»Es ist bestimmt alles in Ordnung«, sagte Wes, aber selbst in seinen eigenen Ohren klang das nach einer Lüge.

GRIMES

Da war sie wieder. Seine Mutter, die allein in einer Fensternische des Cafés hockte. Er fragte sich, ob er in den Wagen steigen und davonfahren sollte wie beim letzten Mal. Nein: Er konnte das nicht länger vor sich herschieben. Außerdem war er immer noch aufgedreht von dem Besuch bei Trench. Er stieg aus seinem gemieteten Lincoln Town Car und stand in der sengenden Hitze auf dem Parkplatz. Er holte Luft, zog den Bauch ein und betrat das *Magnolia Café*. Es war acht Uhr früh, und abgesehen von der jungen, kaugummikauenden Kellnerin, die hinter dem Tresen an ihrem Handy herumspielte, war das Café leer. Ein alter Mann saß auf einem Eckhocker, trank Kaffee und kauerte über seiner Zeitung.

Grimes wünschte einen guten Morgen.

Nichts. Nicht mal ein Brummen.

Grimes trug seine Pilotenbrille, aber seine Mutter erkannte ihn sofort. Die kleinen Muskeln rings um ihren Mund zuckten, als er auf sie zukam. Sie stand auf, und Grimes gab ihr einen Kuss auf die Wange. Sie umarmte ihn, er umarmte sie, und sie hielten sich gut fünf Sekunden lang in den Armen. Dann setzte er sich auf die andere Seite in die Nische. »Nimm die Brille ab«, bat sie. »Damit ich dich sehen kann.«

Grimes nahm sie ab, klappte sie zusammen und legte sie auf den verchromten Serviettenhalter. Er kniff die Augen zusammen. Als sie sich an das Licht gewöhnt hatten, sah er seine Mutter seit Jahren zum ersten Mal wieder richtig an.

Ihr Gesicht wirkte im Licht verkniffen und mitgenommen. Grau werdende Augenbrauen. Teefleckige Zähne. Aber ihre Augen waren lebhaft und strahlten; sie schien sich zu freuen, ihn zu sehen. Nervös, wie sie es in seiner Anwesenheit immer war, aber froh.

»Ach, Brady«, sagte sie und griff über den Teller mit dem Rührei und dem Weizentoast hinweg und nahm seine Hand. »Das war zu lang.«

Grimes stimmte ihr zu. »Wie geht es dir?«, fragte er.

Sie antwortete nicht darauf, weil gerade die Kellnerin mit Kaffeekanne und Tasse an ihren Tisch trat. Sie stellte die Tasse vor Grimes hin und goss ein. Grimes' Mutter blickte auf und lächelte. »Wie geht's denn so, Grace? Okay?«

»Okay, Mrs Grimes«, antwortete das Mädchen leise. Sie sah Grimes nicht an.

Grimes' Mutter wartete, bis das Mädchen wieder außer Hörweite war, und sprach dann weiter. »Hast du das bemerkt?«

»Was denn?«, fragte Grimes.

»Normalerweise lieb, wie es lieber nicht geht. Redet wie ein Wasserfall. Und heute?«

Sie trug ein LSU-Baseballkäppi, das sie jetzt absetzte und neben sich legte. Ihr Haar war dünner geworden, fiel Grimes auf. Grauer. Natürlich war es das.

»Was?«, fragte Grimes' Mutter. »Bist du gekommen, um mir den Papierkram vorzulegen?« Sie grinste, als hätte sie einen Witz gemacht.

»Glaubst du, deswegen bin ich gekommen? Ich wollte dich sehen.«

Seine Mutter sah ihn spöttisch an.

»Ich wollte dich schon früher besuchen«, beharrte er.

»Wie lange bist du schon hier?«

»Einen Monat etwa.«

»Noch länger, wie ich gehört habe.«

»Ich hab die Zeit aus den Augen verloren«, meinte Grimes und fühlte sich schuldig.

Seine Mutter sagte nichts, sah ihn nur fest an. Vielleicht versuchte sie das Rätsel zu lösen, wie sie ein Fleisch und Blut sein konnten.

»Keine Ahnung, wie es so schlimm kommen konnte«, sagte Grimes.

Seine Mutter trank Kaffee. Sie legte die Hände auf den Tisch und besah sie sich. Auch Grimes blickte hin. Schwarze Halbmonde unter den Nägeln. Sie bekam sie nie sauber. Sein Vater auch nicht, als er noch lebte. Ganz gleich, wie fest und wie sehr er sie mit Bimssteinseife schrubbte.

»Ein Tag vergeht nach dem anderen«, fuhr Grimes fort. Er hatte gar nicht sagen wollen, was er jetzt sagte. Dabei klang es durchaus wohlüberlegt, so als hätte er sich alles vorher aufgeschrieben und die Worte vor dem Spiegel aufgesagt. »Bevor du dich versiehst, ist ein Monat vergangen. Dann eine Jahreszeit. Dann verwandelt sich alles in diese, diese merkwürdige Angelegenheit. Du willst nicht anrufen, weil es schon so lange her ist. Es gibt zu viel Versäumtes nachzuholen. All diese kleinen, alltäglichen Dinge machen ein Leben aus. Das fällt einem nicht auf, aber so ist das.«

»Ich weiß«, sagte seine Mutter.

»Tja.«

Grimes' Mutter schniefte, und die Falten rings um ihre Augen wurden tiefer. »Vielleicht sollten wir zu Hause weiterreden«, sagte sie.

Der Geruch. Der fiel Grimes als Erstes auf. Der Geruch nach alten Büchern und altem Holz, nach Hickoryrauch und muffigen Pappkartons im Dachboden, nach Bohnerwachs mit Fichtenduft und dem Zigarrenqualm des schon lange toten Vaters in Sofakissen und Vorhängen. Das nostalgische Duftbukett löste in Grimes gemischte Gefühle aus. Vor allem aber die Erkenntnis, wie alt er geworden war, wie viel Zeit vergangen war, wie wenig sich verändert hatte.

Das Haus, Grimes' Zuhause während seiner Kindheit, war ein solides Ranchhaus aus hellen Ziegeln, das Katrina gut überstanden hatte. Nur die anthrazitfarbenen Dachschindeln waren neu und ein paar Südfenster. Grimes ging durch alle Räume. Das alte Arbeitszimmer seines Vaters mit den Bücherschränken voller Farmeralmanachen, Bürgerkriegsbüchern und Taschenbuchausgaben von John D. MacDonald. Das Wohnzimmer mit dem alten Röhrenfernseher im Holzrahmen, dem mit geblümtem Stoff bezogenen Sofa und dem veloursbezogenen La-Z-Boy, in dem sein Vater immer gesessen und Football geschaut hatte, die New Orleans Saints und LSU. Die Küche mit dem Parkettboden und den olivgrünen Resopalwandschränken. Und natürlich sein Zimmer, in dem noch immer alles ganz genau so war, wie er es verlassen hatte. Die Figuren aus *Masters of the Universe* und *Star Wars* auf den Regalen, die Kisten mit den Comics im Schrank, die Kiss-Poster.

Kiss, wie um alles in der Welt hatte er die Band derart verehren können? Jetzt konnte er sie nicht mehr ertragen.

»Nichts hat sich geändert«, sagte Grimes zu seiner Mutter, als er wieder am Küchentisch saß.

Sie stand mit einem Holzlöffel am Herd und rührte in einem Topf Tomatensauce, Grimes' Lieblingssauce. Als Kind gab es montags rote Bohnen mit Reis und sonntags Tomatensauce.

Der Duft von schmorendem Knoblauch mit Zwiebeln und grünem Paprika erfüllte den Raum.

»Warum sollte ich was ändern?«, meinte seine Mutter. »Ich rechne in nächster Zeit nicht mit Thronerben.«

Früher hatte sie immer Hosenscheißer gesagt, damit aber vor vier, fünf Jahren aufgehört, als es peinlich wurde, weil klar war, dass Grimes Junggeselle war und auch bleiben wollte.

»Ich hab mir mal dieses Century Village angeschaut«, sagte Grimes.

Seine Mutter klopfte den Holzlöffel laut am Topfrand ab, was ihn aufschreckte. »Century Village? Muss man hundert sein, um da wohnen zu dürfen?«

»Das ist eine nette Seniorenresidenz in Boca, Ma.«

»Boca Raton«, sagte sie, sprach es aber »Ray Ton« aus. Dann drehte sie sich wieder zum Herd um und rührte. »Ein Haufen alter New Yorker. Und dann ich. Eine durchgeknallte Sumpfratte. Kannst du dir das vorstellen?«

»Lass mich wenigstens jemanden holen, der mein altes Zimmer ausräumt. Vielleicht kannst du was davon verkaufen. Dann kann sich eine von deinen Freundinnen ein Zimmer bei dir nehmen.«

»Du musstest die Sachen immer sofort haben, wenn sie rauskamen. Die Comics und die Baseballkarten.«

Grimes nahm einen Schluck Bier aus der Flasche. »Nicht so viel Cayennepfeffer, Ma.«

Nach einer Weile deckte seine Mutter den Topf zu und nahm sich selbst ein Bier aus dem Kühlschrank. Dann setzte sie sich Grimes gegenüber an den abgewetzten Ahorntisch. Wie lange war es her, dass sie hier gesessen hatten? Er konnte sich nicht daran erinnern. Die Zeit entglitt ihnen beiden.

»Lass mal eins deiner Formulare sehen«, meinte seine

Mutter und seufzte schwer. Als er zögerte, drohte sie mit dem Finger. »Na komm schon, ich will mal sehen, in welche Schwierigkeiten du dich gebracht hast.«

Er nahm die Tasche, die an dem Riemen über der Stuhllehne hing, und suchte darin herum. Dann reichte er seiner Mutter einen der Verträge. Stirnrunzelnd blätterte sie durch die Seiten. »Auf Erden verkauft jeder seine Seele für nichts«, stellte sie fest.

»Immer so dramatisch«, meinte Grimes.

»Natürlich unterschreiben die Leute alles, wenn sie verzweifelt sind. Und hier in der Gegend gibt es viele Verzweifelte.«

»Sie hatten die Wahl. Ich hab ihnen ja nicht die Waffe an den Kopf gehalten.«

Sie schaute auf den Tisch, blickte ihn nicht an. Das konnte sie nicht. »Ich find das nur komisch, das ist alles.«

Grimes spürte, wie sein Gesicht und Hals glühten. »Also, ich vermisse dich. Wirklich.«

»Ich dich doch auch. Sehr sogar. Ich bin deine Mutter.«

»Lass uns im *Commander's Palace* essen gehen. Eine Tagestour nach New Orleans.«

»Ich will dich mal was fragen«, sagte sie.

Grimes machte eine schnelle Handbewegung: Nur los, dann haben wir es hinter uns.

»Was springt dabei für dich raus?«, fragte sie.

Er zuckte mit den Schultern. »Ist nur ein Job.« Er trank schnell einen Schluck Bier, dann noch einen, um nicht weitersprechen zu müssen. Doch sie schaute ihn immer noch an und wartete. »Nur ein Job. Was soll ich sonst sagen?«

»Die hätten dich doch sonst wo hinschicken können.«

»Ma? Sie haben mich nun mal hierhergeschickt.«

»Du hättest es ablehnen können.«

»Sie haben mich gezwungen. Gezwungen. Ich stehe kurz vor einer Beförderung.«

Die beiden schwiegen und tranken.

Nach einer Weile: »Du weißt, ich hab dich nie dafür verurteilt, was du getan hast.«

»Manchmal kam es mir schon so vor.«

»Aber das hier?«

Grimes wusste nicht, was er darauf sagen sollte. Er schloss die Augen, rieb sich die Lider mit Daumen und Zeigefinger, dann schlug er sie wieder auf und stützte sich mit verschränkten Armen auf den Tisch. »Hast du jemals innegehalten und überlegt, dass vielleicht alles, woran du glaubst, nicht wahr ist?«

Grimes' Mutter blieb entnervend still. Sie sah ihn an, und ein merkwürdiges Gefühl durchfuhr ihn. Seine ganze Vergangenheit sah ihn durch seine Mutter an. Seine Großeltern, ihre Eltern und deren Eltern. Alle, ganze Heerscharen.

»Vielleicht sind nicht alle da draußen hinter dir her, weißt du?«

Seine Mutter stand auf und sah nach der Sauce. Sie brachte Grimes noch ein Bier und setzte sich wieder. In ihrem Gesicht spiegelte sich jetzt Besorgnis, und ihre Augen wirkten bedrückt und feucht. Sie müsse ihm etwas sagen, meinte sie. Jetzt sei so gut wie jeder andere Augenblick.

Was denn, wollte er wissen.

Endlich blickte sie auf. »Ich bin krank, Brady.«

»Was? Richtig krank?«

Sie nickte bedächtig, sah Grimes direkt in die Augen, wollte, dass er verstand.

»Was denn? Sag es mir.« *Du machst mir Angst*, wollte er sagen.

Sie sagte es ihm. Sie war vor ein paar Wochen zum Arzt

gegangen, weil ihr Gesicht geschmerzt hatte und geschwollen gewesen war. Stirnhöhlenentzündung war die erste Diagnose gewesen. Er hatte das bei vielen seiner Patienten gesehen, vor allem bei jenen, die auf dem Wasser arbeiteten und all dem Öl und den Bindemitteln ausgesetzt waren. Dann hatte sie dem Arzt von ihrer Migräne erzählt. Zur Vorsicht hatte der Arzt eine Reihe von Röntgenaufnahmen vom Kopf gemacht und die Tumore entdeckt.

Grimes bemerkte, dass er die ganze Zeit die kalte Bierflasche in der Hand gehalten hatte, ohne zu trinken. Er stellte die Flasche auf den Tisch; die Knöchel schmerzten ihn, die Finger waren eisig und schrumplig. »Wir besorgen dir einen Arzt. Ich besorge dir den besten Arzt, den man für Geld kriegen kann.«

»Brady.«

Grimes war schwindlig, so als bräuchte er frische Luft. »Ma, ich bezahle dafür. Mach dir um Geld keine Sorgen.«

»Da kommen sie nicht dran, es steckt in der Hirnhaut. Leptomeningeale Karzinomatose. Klingt eigentlich nach nichts, oder? Hört sich an wie aus einem Kinderbuch von Dr. Seuss.« Sie lächelte steif, doch der Gesichtsausdruck verging schnell wieder.

Er schüttelte den Kopf. »Das war nur ein Arzt, richtig? Wir besorgen dir einen anderen.«

»Brady. Es war Dr. Oschner. New Orleans.«

Er schüttelte noch immer den Kopf und griff sich an die Kehle. »Wir bringen dich zur Tulane University, Ma.«

»Schätzchen«, sagte sie. Sie griff über den Tisch, und Grimes nahm ihre Hand. Seine Finger waren immer noch kalt von der Flasche, deshalb fühlten sich ihre Finger warm an. Knotig, arbeitsrau.

Absurderweise wollte er nichts wie weg. Das traurige,

schlaffe Gesicht seiner Mutter im orangefarbenen Schein der Küche war kaum zu ertragen. Er wollte fort, wollte weglaufen, bis das Gefühl von Panik und Verhängnis, das ihm wie ein Ungeheuer auf den Schultern hockte, sich verflüchtigte.

Unwillkürlich dachte er an all das Öl, all die Chemikalien. Das konnte doch nicht der Grund sein, oder doch? Aber sicher nicht so schnell.

Seine Mutter drückte fester zu. Dann ließ sie los und tätschelte ihm den Unterarm. »Schon in Ordnung«, sagte sie. »Ich mache mir mehr Sorgen um dich.«

Grimes traute seiner Stimme nicht. Sein Hals fühlte sich salzig und heiß an, und er musste schniefen. Er griff nach dem Arm seiner Mutter, doch die hatte sich schon umgedreht und war aufgestanden. Sie rührte wieder in der Tomatensauce, eines der wenigen Dinge auf Erden, bei denen Grimes sich nostalgische Gefühle erlaubte.

Und danach, was war dann noch?

Bevor Grimes Ingram auf dem Handy anrief, kippte er schnell drei Fingerbreit Bourbon. Dann setzte er sich in Hose und gestärktem weißen Hemd auf die Bettkante und teilte seinem Boss das Neueste mit. Seine Mutter hatte Krebs. Inoperabel.

»Das ist ja furchtbar«, sagte Ingram.

Grimes hörte, wie am anderen Ende der Leitung ein Feuerzeug klickte.

»Ich weiß nicht, wie lange sie noch hat«, sagte Grimes.

»Es tut mir leid, Grimes.«

»Man munkelt, es könne an all den Chemikalien in der Bucht liegen.«

Ingrams qualmgetränkte Stimme bekam Schärfe. »Nein, das kann nicht sein.«

»Na ja, die Ärzte.«

»Die Ärzte reden auch viel Scheiß. Unter gar keinen Umständen. Hören Sie mir zu. Niemals.«

Langes Schweigen. Grimes konnte Ingram nicht mal mehr atmen hören. »Ingram?«, fragte er. »Sind Sie noch dran?«

»Ja.«

»Ich glaube, ich will heim. Und meine Mutter mitnehmen. Mal sehen, was die noch tun können.«

»Heim? Jetzt? Nach allem, was Sie erreicht haben? Ihre Zahlen sind phänomenal, Grimes. Sie sind da draußen wie der irre Colonel Kurtz.«

Grimes schwieg.

»Kapiert? Kurtz? Sie mit Ihren Anspielungen auf Bücher?«

»Ja, kapiert, Ingram.«

Ingram atmete lange aus. »Sie können noch nicht nach Hause. Wir brauchen Sie, Mann.«

Aus dem Augenwinkel sah Grimes eine winzige Bewegung. Er schaute hin. Ein graugrüner Gecko huschte über die Wand, seine pistaziengroßen Eingeweide waren dunkel unter der opaken Haut zu sehen. Die Echse flitzte bis zur Decke und verharrte in der Ecke, von wo sie ihn aus Augen beobachtete, die wie schwarze Samenkörner wirkten.

»Und, haben Sie ihre Unterschrift?«, fragte Ingram.

»Wessen?«

»Die Ihrer Mutter?«

Auf dem Weg zum Flughafen kam Grimes in seinem Mietwagen an der Stelle vorbei, wo Donald Bakers Haus gestanden hatte. Das Haus war verflucht noch mal genau dort gewesen, da war sich Grimes sicher. Er verlor doch nicht den Verstand. Trotz des Alkohols hatte er ein ziemlich gutes Gedächtnis. Er war nicht abergläubisch, und er glaubte nicht an Voodoo, aber in Gedanken kehrte er immer wieder zu dem Alten zurück.

Wie der unverständliche französische Flüche ausgestoßen hatte, als Grimes aus dem Haus floh. Welches Pech er seitdem hatte.

Grimes wendete, fuhr eine Minute lang die Schotterstraße entlang, wendete wieder. Er erinnerte sich an diese Weide, wie man sich an ein hübsches Gesicht in der Menschenmenge am Tag zuvor erinnerte. Solche Weiden sah man nicht mehr, nicht so große, nicht so mächtige. Im Schatten dieser Weide konnte eine zehnköpfige Familie picknicken.

Er erinnerte sich an das Feld voller Iris, an diesen Hain windgeformter Fichten, die in der Gabelung der Schotterpiste standen. Er hielt sich rechts und holperte weiter. Wieder kam er an der Lichtung vorbei. Wo früher ein Dachgiebel gewesen war, leuchtete nun der Himmel in einem sanften Purpur zwischen den Bäumen, und die Wolken wirkten wie Girlanden aus ockerfarbenem Rauch.

Er hielt am Straßenrand, stieg aus und fragte sich, ob er an der richtigen Stelle war. Das war er. Er verlor nicht den Verstand. Beim ersten Mal war er zufällig hier gelandet, beim zweiten Mal nach dem Gedächtnis. Dies war das dritte Mal, und er wusste, er war richtig. Dieser Tupelobaum. An den erinnerte er sich. An den hatte er sich gelehnt, nachdem er aus dem Haus des Alten geflüchtet war, schockiert und nach Luft schnappend, während er sich den Urin aus dem Gesicht wischte.

Jetzt drückte er mit dem Handballen den durchhängenden Stacheldraht hinunter, hob einen Fuß darüber, dann den anderen. Er bahnte sich einen Weg durch das Gestrüpp. Insekten flogen vor ihm auf und landeten auf dürren Stängeln, die sich unter ihrem Gewicht zur Seite neigten.

Als er auf der Lichtung stand, sah sich Grimes um. Nichts als holzkohlengraue Erde. Er kniete sich hin, nahm eine Handvoll und ließ sie durch die Finger rieseln. Hier und da fanden sich Metallreste, Glasscherben, Knoten aus verschmolzenem, Blasen werfendem Plastik.

Die Frösche und Grillen lärmten wieder los, eine Fledermaus wirbelte durchs Zwielicht und flatterte davon.

Das Haus war verflucht noch mal genau hier gewesen. Das wusste er. Er verlor nicht den Verstand.

WES TRENCH

Als Erstes fielen Wes bei Lindquists Haus die Zeitungen auf, mehrere in Plastik verpackte Ausgaben der *Times-Picayune*, die rings ums Vogelbad im khakifarbenen Gras lagen. Dann die toten Topfpflanzen auf der Veranda, die Umschläge im Briefkasten. Überfällige Rechnungen, den verräterischen Farben nach zu urteilen. Rechnung, erste Mahnung, zweite Mahnung. Er hatte jede Menge solcher Umschläge bei sich zu Hause gesehen, wusste schon, dass ihm eine jämmerliche Nacht bevorstand, in der sein Vater herumfluchte, wenn er sie im Briefkasten fand. Als ob sein Vater glaubte, Wunschdenken allein würde die Gläubiger im Zaum halten. Als hege er den aberwitzigen Gedanken, jemand habe einen Fehler gemacht oder würde Gnade walten lassen.

Wes klopfte an und klingelte. Wartete. Klopfte und klingelte wieder.

Nichts.

Es war spät am Tag, die Abendsonne warf schon lange Schatten der Fichten und Magnolien über den Hof. Nachtinsekten plärrten und schwirrten durchs Gebüsch.

Er ging ums Haus herum nach hinten, wo eine Schiebetür in die Küche führte. Er klopfte so fest an die Scheibe, dass ihm die Knöchel weh taten. Wartete. Versuchte die Tür zu öffnen, doch die war verschlossen. Er beschirmte die Augen und linste hinein. Dreckige Teller in der Spüle, ein Pappeimer von

KFC auf dem Tresen. Am Ende des Küchenflurs ein Zimmer mit dunklem Teppichboden, darin ein Esstisch voller Papiere und Bücher. Wes erkannte einen in der Mitte durchgebrochenen Metalldetektor, dessen zerfetzte Innereien aus der Instrumentenbox baumelten.

Vor drei Tagen hatte er Lindquist in der Barataria Bay zurückgelassen.

Am Abend fuhr Wes zum Büro des Sheriffs und zeigte Villanova auf der Karte der Bucht den Ort, an dem er Lindquist zurückgelassen hatte. Wes erzählte Villanova, dass er mit Lindquist im Bayou auf Schatzsuche gewesen sei, dass sie mehrere Tage hintereinander draußen geblieben seien, bis ihm schlecht geworden sei und er gebettelt habe, nach Hause zu dürfen. Als er zu der Stelle kam, wo Lindquist nur mit einem Ruderboot in der Bucht verschwand, war es ihm peinlich, da alles so lächerlich klang; er sah zu Boden und wischte mit dem Schuh auf dem Linoleum herum.

Villanova besah sich die Karte. »Die ganze Gegend da«, sagte er.

»Ja, Sir.«

»Ziemlich groß.«

»Da gibt es eine Insel mit einer toten Weide und vielen weißen Vögeln.«

»Das grenzt das Ganze ja schon mal auf vielleicht zehntausend Orte ein.«

Der Sheriff hatte was von einem alten Knaben an sich, das fleischige Gesicht, der bleistiftdünne Schnurrbart, wie ihn die Männer in den Schwarzweißfilmen der Dreißigerjahre getragen hatten. Die Filme, die seine Mutter so geliebt hatte. »Bin in der falschen Epoche geboren«, witzelte sie. »In der deines Vaters.«

Villanova hatte wohl Wes' Besorgnis bemerkt, denn er meinte nur: »Junge, der Mann ist dickköpfiger als all meine Exfrauen zusammen.«

Wes wusste nicht, ob er darüber lachen sollte, also ließ er es.

»Wär ja nicht das erste Mal«, fuhr der Sheriff fort. »Keine Ahnung, wie oft seine Frau angerufen und ihn als vermisst gemeldet hat.«

Villanova markierte die Stelle, die Wes ihm gezeigt hatte, mit einem roten Filzstift. »Vielleicht kannst du ja mit dem Deputy rausfahren und ihm die Stelle zeigen. Geht das?«

»Ja, Sir.«

Wes wartete und zupfte sich an der Augenbraue. »Vielleicht sollten Sie noch etwas wissen«, sagte er.

»Was denn«, fragte Villanova.

»Diese Zwillinge, die Toups. Mr Lindquist meint, die hätten ihn belästigt.«

Villanova lehnte sich zurück, und sein Stuhl quietschte. Er holte müde tief Luft und gab sie beim Sprechen langsam wieder von sich. »Eine Menge Leute belästigen Lindquist, und Lindquist belästigt eine Menge Leute.«

»Ich wollte es Ihnen nur sagen.«

Pause. »Lindquist hat Probleme, Junge. Mehr darf ich nicht sagen.« Dann fügte er hinzu: »Entspann dich. Er wird schon auftauchen. Ist wahrscheinlich eh gerade auf dem Rückweg.«

Wes fuhr mit einem der Deputys namens Melloncamp mit dem Motorboot des Sheriffs hinaus in die Bucht. Die Nacht war feucht und bis auf den Fahrtwind auch windstill. Eine Meile hinter ihnen schimmerten die Lichter von Jeanette wie ein Altar.

»Riechst du das Öl?«, rief der Deputy Wes zu.

Wes sah ihn an. Gesicht rund wie eine Kuchenform, roter Bullenschnauzer, rote Haare.

»Mein Dad redet von nichts anderem«, rief Wes zurück. Der Fahrtwind zerrte an seinen Ohren und verwehte ihm die Haare. Der Schweiß auf der Stirn trocknete, und seine Haut fühlte sich straff an.

»Diese Werbung«, sagte der Deputy. »Hast du die gesehen? BP Oil, irgendein Schauspieler, der einen Fischer spielt. Der Typ sieht aus wie Sam Shepard oder so und sagt, ja, oh ja, kommt ruhig her, das Wasser ist bestens. Und in der Zwischenzeit krepieren überall die Vögel und Fische«, mokierte er sich. »Wenn du mich fragst, sollte dafür jemand erhängt und gevierteilt werden.«

»Das sagt mein Dad auch die ganze Zeit«, meinte Wes. »Nur mit noch mehr Schimpfwörtern.«

Der Mann grinste. Eine Reihe stummliger Zähne. »Ich fürchte, irgendein Arschloch wird wohl auf die Idee kommen. Selbstjustiz.«

Als sie die Insel mit der Weide erreichten, schaltete Melloncamp den Motor aus. Die plötzliche Stille dröhnte Wes im Kopf. Achtern sprang ein Fisch aus dem Wasser, sein fetter Körper drehte sich im Mondlicht, der weiße Bauch, die silbrigen Schuppen. Dann klatschte er wieder ins Wasser zurück, und eine ganze Reihe von kleinen Wellen schlug an die Bootswand.

»Bist du sicher, es war hier?«

Wes nickte.

Der Deputy nahm sein Megaphon, schaltete es ein und rief ein paarmal hallo hinein.

»Hat er jemals hier draußen was gefunden?«, fragte Melloncamp.

Wes fragte sich, was er wohl darauf antworten sollte. »Ich bin nicht sicher.«

Der Deputy zuckte mit den Schultern, als sei ihm das eh gleichgültig, und rief wieder in sein Megaphon. Er kratzte sich mit dem Daumennagel am Kinn. »Lindquist, ständig mit dem Detektor unterwegs.«

»Ja.«

»Hat mir immer ein wenig leidgetan als Junge. Die Kinder haben ihn ständig schikaniert. Machten sich über ihn lustig, weil er so komisch war. Haben ihn zu allerlei verrücktem Zeug überredet. Tu dies, tu das. Wie so ein dressiertes Äffchen. Er dachte, sie würden mit ihm lachen, dabei haben sie über ihn gelacht.«

Sie beobachteten schweigend die Insel, als Melloncamp kichern musste. »Einmal? Bei dieser Mathelehrerin, Ms Hooven? Da hat Lindquist einen Präser mit Tapiokapudding gefüllt und in ihrer Schreibtischschublade versteckt. Oh Mann, hat die vielleicht ein Gesicht gemacht. Vergess ich nie. Als ob ihr jemand einen Ziegelstein an den Kopf geworfen hätte.«

Eine Weile lachten die beiden drüber.

Melloncamp schniefte. »Ein andermal, ich weiß gar nicht, wo. Ein Ausflug, glaub ich. Aber da hab ich gesehen, wie Lindquist einen Marienkäfer im Schulbus gegessen hat.«

»Was?«

»Alle hatten ihn gedrängt. Lindquist machte die ganze Zeit so, glaubt ihr mir nicht? Dann nimmt er ihn in die Hand und schluckt ihn runter. Einen lebenden Marienkäfer. Einfach so. Wie ein Bonbon.«

»Heiliges Kanonenrohr.«

»Nee, Sekunde. Da kam noch was. Jetzt weiß ich wieder. Wir waren auf einer dieser Sumpftouren auf einem dieser Boote. Das wirst du nicht glauben, aber kurz darauf muss

Lindquist rülpsen, und der Marienkäfer kommt ihm zum Mund rausgeflogen.«

Wieder lachten sie.

»Ich hab's nicht gesehen, aber ein anderes Kind. Hat es beschworen.«

Stille.

»Wird schon wieder auftauchen. Mann, der Kerl hat 'n Arm verloren. Ist 'n zäher Mistkerl.«

DIE BRÜDER TOUP

Die Brüder Toup stapften das Ufer der Insel hoch und bahnten sich einen Weg durchs Gebüsch. Nach einer Minute entdeckten sie Licht zwischen den Bäumen und hörten Rascheln, leise, menschlich.

Als sie auf die Lichtung kamen, sahen sie einen kleinen Kerl vor sich, den Rücken zu ihnen. Eins fünfzig, wenn's hoch kam, Baseballkäppi, Pferdeschwanz. Er trug Kopfhörer, riss Marihuanapflanzen aus und stopfte sie in einen schwarzen Müllsack. Victor schlich leise durchs Unterholz zu dem Mann, trat lautlos über die weichen, toten Blätter und Nesseln. Als er näher kam, drang ein vertrauter Song aus dem Kopfhörer: »Don't Do Me Like That« von Tom Petty.

Victor zog die SIG SAUER aus dem Hosenbund. »He«, sagte er.

»Keine Dummheiten«, fügte Reginald an.

Der Winzling ging weiter seiner Beschäftigung nach.

»He«, sagte Victor lauter.

Keine Reaktion.

Victor kam näher und trat dem Kerl kräftig in den Hintern. Der flog nach vorn, jaulte auf wie ein Tier und landete mit dem Gesicht voran im Dreck.

»Cosgrove«, heulte der Mann wütend auf. Er riss sich den Kopfhörer herunter. »Ich bring dich um, verflucht.«

»Wer ist Cosgrove?«, fragte Victor.

Der Mann schreckte zusammen, stand auf und drehte sich um. Er starrte die Zwillinge mit aufgerissenen Augen an. »Wie geht's?«, fragte er. Ein zuckendes, nervöses Grinsen. Er trug ein T-Shirt von Tom Petty, DAMN THE TORPEDOES, und kurze Jeans, Spreu klebte ihm an Kinn und Stirn. Auf seiner Baseballkappe prangte eine Bourbonenlilie, auf dem Schirm stand LE BON TEMPS ROULE.

Victor richtete die Waffe auf den jockeyhaften Kerl.

»He, was soll die Waffe?«

»Erntest du gerade?«

Der Kerl sah sich um. »Wusste nicht, dass die jemandem gehören.«

»Wie heißt du?«

Der Kerl zögerte, doch dann sah er etwas in Victors Gesicht, und er beeilte sich. »John Henry Hanson.«

»Das wächst also einfach so wild, hast du gedacht?«

Hanson erwiderte darauf nichts.

»Wer ist Cosgrove?«

»Der Typ, mit dem ich meistens unterwegs bin.«

»Ist der auch hier?«

Hansons Kiefer arbeiteten, als würde er einen Sonnenblumenkern zermahlen.

»Ob der auch hier ist? Du hast genau eine Sekunde.«

»Ja, ist er«, antwortete Hanson leise.

»Wo?«, fragte Victor.

Der Mann reckte vage das Kinn. »Wahrscheinlich beim Boot.«

»Was für ein Vollidiot.«

Reginald zog unter den tiefhängenden Ästen den Kopf ein und ging durchs Unterholz, um den Mann namens Cosgrove zu suchen.

Victor hielt dem Kerl die SIG SAUER vor das Gesicht und

befahl ihm, auf die Knie zu gehen. Hanson gehorchte, legte die Hände hinter den Kopf, und seine Gesichtsmuskeln zuckten panisch.

»Hör mal, Mann«, sagte er. »Das tut mir alles wirklich ausgesprochen leid. Nimm, was ich geerntet habe. Gehört dir. Ich brauch's nicht.«

»Ich kann das haben, sagst du?«

»Ja, ja, Sir.«

»Na, das ist ja richtig großzügig.«

Stille.

»Gehört mir, sagst du?«

»Ja, Sir.«

»Und warum hast du es dir dann überhaupt genommen?«

Hanson schüttelte langsam den Kopf.

Victor trat vor und drückte Hanson den Lauf der Waffe gegen die Stirn. »Also, du bist jetzt der Chef. Sag mir, was was ist. Ich soll mir nehmen, was mir gehört, sagst du. So als wenn du mir einen Gefallen tun würdest.«

»Wir verschwinden. Auf der Stelle. Wir kommen nie wieder.«

»So funktioniert das nicht.«

Hanson sah zu ihm auf und fuhr sich mit der Zunge über die trockenen Lippen. »Doch, doch.« Ein hoher, flehender Ton lag in seiner Stimme.

»Nein, tut es nicht.«

»Warum denn nicht?«

Victor schwieg.

»Warum nicht? Wir sind nicht von der Drogenfahndung.«

Victor starrte Hanson an, ohne zu blinzeln. Hanson wusste nicht, was er sagen sollte, und er sah zu Boden, seine Augen zuckten hin und her, während er in den Tiefen seines Verstandes nach dem richtigen Satz suchte, dem Zauberwort, das es nicht gab. Ringsumher summten und sirrten Insekten. Dann näherten sich Schritte, Schuhe schlurften über Schlick und Laub. Dann tauchte Reginald mit einem anderen Mann aus dem Unterholz auf, einem breitschultrigen Kerl mit Bart und Bauchansatz. Cosgrove.

»Hab diesen Werwolf aufgestöbert«, meinte Reginald zu seinem Bruder.

Cosgrove warf Hanson einen müden Blick zu: *Ich hab's dir ja gesagt.* Reginald drückte den Lauf seiner Bearcat Ruger an den Hinterkopf des Mannes und befahl ihm, sich hinzuknien. Cosgrove zögerte.

»Auf die Knie«, sagte Victor.

Cosgrove zuckte zusammen und kniete neben Hanson. »Wie heißt du?«, fragte Victor.

»Baker.«

»Baker wie?«

»Larry Baker.«

»Sicher?«

Stille. Der Ruf einer Nachteule von einer benachbarten Düneninsel. Der Seufzer des Windes in den Marihuanapflanzen.

»Das war schon mal ein schlechter Anfang«, meinte Victor.

»Warum denn?«

»Weil das nicht dein Name ist.«

Cosgrove schwieg.

»Wie lautet dein richtiger Name?«

»Nate Cosgrove.«

»Finde ich den Namen auch, wenn ich in deiner Brieftasche nachschaue?«

»Na los. Schauen Sie nach.«

»Und was ist mit dir?«, fragte Victor den Kleinen.

»Ich habe keine Brieftasche dabei. Schauen Sie nur nach, Mister. Ich schwöre bei Gott.«

»Namen sind jetzt wohl eh nicht mehr wichtig«, stellte Victor fest.

Hansons Lippen über seinen krummen Zähnen zitterten. Er sah verängstigt zu Cosgrove hinüber, der sich bemühte, geradeaus zu blicken, ohne den Zwillingen ins Gesicht zu schauen.

»Ihr beiden seid nicht besonders helle, oder?«, fragte Reginald.

»Schätze nicht«, meinte Cosgrove.

»Das ist das erste Wahre, das du den ganzen Abend gesagt hast«, stellte Victor fest.

»Ich weiß nur nicht, was ich mit euch anstellen soll«, fügte Reginald an.

»Lassen Sie uns gehen«, flehte Cosgrove.

»Gehen lassen«, sagte Victor tonlos.

»Wir geben Ihnen Ihr ganzes Geld zurück.«

Stille.

»Mit Zinsen«, sagte Cosgrove.

»Was ist denn drin für mich?«

»Sie kriegen Ihr Geld zurück.«

»Also, ich soll einfach das Geld nehmen und euch laufen lassen? Für all meine Mühen?«

»Ja.«

»Warum?«

»Wir geben Ihnen, was immer Sie wollen«, sagte Cosgrove. »Für Ihre Mühen.«

»Was immer ich will.«

»Was immer Sie wollen«, pflichtete Hanson bei.

»Euer Leben?«

Hanson ließ den Kopf sinken, als sei sein Hals plötzlich aus Gummi.

»Was immer ich will, richtig?«

»Scheiße«, sagte Hanson.

»Egal, wie viel Geld«, bot Cosgrove an. »Wir haben dreizehn, vierzehn Riesen im Motel. In bar. Ich kann's sofort holen. Noch in dieser Sekunde. Dreizehn, vierzehntausend, locker.«

Hanson sah zu Cosgrove und schüttelte den Kopf. Sein Kinn zitterte. »Diese Typen verarschen uns.«

»Halt's Maul«, entgegnete Cosgrove.

»Die verarschen uns.«

»Halt's Maul, verflucht.«

»Vierzehntausend?«, fragte Victor.

»Bar«, antwortete Cosgrove. »Auf der Stelle.«

»Vierzehn ist noch nicht mal annähernd die Summe, von der ich rede. Noch nicht mal im selben Universum.«

»Sie sind die Anbauer«, stellte Hanson fest. »Sie verarschen uns. Richtig? Was wird das hier, *Scarface*?«

»Man wird euch niemals finden«, stellte Victor fest. »Das ist der Punkt. Niemals.«

»Sie verarschen uns.«

»Bla, bla, bla«, machte Victor, hob die Waffe und schoss Hanson, ohne zu zögern, ins Gesicht.

COSGROVE

Hansons Kopf explodierte wie eine Melone, und während die letzten Echos über dem Sumpf verhallten, hing der dunkle Blutnebel weiter in der Luft. Einen Augenblick blieb der Körper auf den Knien hocken und fiel dann rücklings in den Dreck. Die Insekten und Tiere im Gestrüpp unterbrachen ihre kleinen Rascheleien, als hätten sie Angst, ein ähnliches Schicksal könne ihnen drohen. Dann war nur noch die dröhnende Stille der Nacht.

Die Brüder sahen im Pulverdampf auf Hansons Leiche hinunter. Der Nichttätowierte starrte seinen Bruder böse an. Jemanden zu erschießen war nicht Teil des Plans gewesen. Der Tätowierte fuhr sich mit den Fingern durchs Haar und überlegte, was er mit Cosgrove machen sollte. Nicht, ob er ihn erschießen würde, das war schon entschieden. Nein, was er mit Hanson, oder dem, was von ihm übrig war, anstellen sollte.

Cosgrove sprang auf die Füße und stürzte mit derselben Bewegung ins Gebüsch. Ein Schuss donnerte hinter ihm los, ein Sturm aus zerschossenen Blättern traf ihn an der Wange. Er duckte sich und stolperte voran, hielt sich an einer Ranke fest, richtete sich auf. Wieder ein Schuss, und diesmal pfiff die Kugel so knapp über seinen Kopf hinweg, dass Cosgrove das Gefühl hatte, seine Haare kräuselten sich wie eine Spinne in Flammen.

Er kämpfte sich mit beiden Händen durch das verwachsene

Gestrüpp und erhaschte einen Blick auf den blass gesprenkelten Himmel. Ob das wohl das Letzte war, was er vor der vollkommenen Dunkelheit zu sehen bekam, fragte er sich. Eine Kugel durchs Hirn. Die Haube des Henkers, die sich ein für alle Mal senkte.

Cosgrove spürte die dritte Kugel, bevor er sie hörte. Sein Körper wurde nach vorn gestoßen, und der mörderische Lärm des Schusses klingelte ihm in den Ohren. Schmerzen in der Schulter wie Feuer. Er packte nach der brennenden Stelle, hielt seine Hand vors Gesicht und erkannte, dass seine Finger dunkel waren vor feuchtem Blut.

Aber er konnte nicht stehen bleiben.

Er stolperte durch den Schlamm, seine Stiefel waren riesig vor Matsch, weißes Licht stand ihm vor den Augen. Er schüttelte sich den Schwindel aus dem Kopf, bis der Dschungel ringsherum wieder klar zu sehen war, die Zaubererbärte der Moose, die verschlungenen Zweige des Efeus.

Schwere Schritte folgten ihm. Zweige knackten, Gestrüpp raschelte. Ein Bruder beschimpfte den anderen. Arschloch hier, Arschloch da.

Cosgroves Stiefel verhakten sich irgendwo, und er stolperte nach vorn. Er fiel auf Hände und Knie, widerlicher Matsch spritzte ihm ins Gesicht. Die Schritte hinter ihm verstummten, ein Bruder meinte zu dem anderen, er solle mal still sein. Cosgrove krabbelte auf allen vieren zum nächsten Baum und hockte sich mit dem Rücken am Stamm hin. Seine Stiefel waren voller Schlamm, und er spürte, wie ihm warmer Schlick in die Unterwäsche sickerte.

Ein paar Meter entfernt fiel der Schein einer Taschenlampe durch die Bäume. »Hast du ihn getroffen?«, fragte einer der Zwillinge.

»Ja.«

»Wo?«

»Am Kopf.«

»Sicher?«

Stille. Dann hörte Cosgrove hoch über sich ein Flugzeug brummen. Was hätte er dafür gegeben, in diesem Augenblick in der Maschine zu sitzen, auf dem Weg anderswo hin, auf dem Weg zu einem anderen Leben als dem seinen.

Der erste Zwilling sagte: »Na, wenigstens ist er totsicher nicht davongeflogen.«

»Du hast ihn gar nicht getroffen, Scheiße.«

»Er liegt irgendwo hier tot rum. Was willst du wetten?«

»Wie kann er denn einfach verschwinden?«

»Ich hab ihn getroffen, ich sag's dir doch.«

»Und was sollte der Scheiß, den Kerl einfach so abzuknallen?«

»Will ich nicht hören.«

»Bullshit. Das kriegst du für den Rest deines Lebens zu hören.«

Cosgrove kam es wie eine Ewigkeit vor, bis die Brüder sich zurückzogen; ihre keifenden Stimmen wurden leiser und verklangen im Wispern der Nacht. Cosgrove sah keine Taschenlampe mehr, verhielt sich aber weiterhin still. Nach einer Weile beugte er sich in einen Flecken Mondlicht und begutachtete seine Schulter. Im trüben blauen Schein sah die Wunde ganz schwarz aus, aber das Blut gerann bereits. Eine tiefe Kerbe, nichts, was ihn umbringen würde.

Er zog sein dreckiges weißes T-Shirt aus und legte sich einen Druckverband um die Schulter; den Knoten zog er mit den Zähnen fest. Er spuckte den Geschmack von Blut und Sumpfwasser aus. Dann setzte er sich still hin und lauschte. In der Ferne krächzte ein Vogel. Das hysterische Geplapper der Insekten.

Hanson war tot, dachte er. Hanson war tot. Eine ganze Weile saß er da, ihm schwirrte der Kopf, er konnte es nicht fassen. Er versuchte sich daran zu erinnern, was Hanson an Freunden und Familie hatte. Ein Papageienzüchter, hatte Hanson ihm erzählt. Mehr fiel Cosgrove nicht ein. Hätte er gewusst, dass Hansons Leben so enden würde, dann hätte er besser aufgepasst. Schon komisch, dass er nach all den Monaten so wenig über ihn wusste, außer diesem wichtigsten Detail: dem Ende. Nun gab es da draußen womöglich Menschen, die bis in ihr eigenes Grab niemals erfahren würden, was ihm zugestoßen war. Und wenn Cosgrove nicht lebendig hier herauskam, dann würde sich dasselbe auch über ihn sagen lassen.

Nach einer Weile hörte Cosgrove die Brüder wieder. Weit weg, so weit, dass er nicht verstehen konnte, was sie sagten. »Lee's Quest«, so hörte es sich jedenfalls an. Aber die Stimmen klangen rau, bedrohlich. Dann hörte Cosgrove eine schnelle Salve.

Er blieb still hocken und lauschte. Als er es im Wald rascheln hörte, starrte er in die Dunkelheit und wartete darauf, dass einer der Brüder aus dem Unterholz auftauchte. *Da bist du ja, du Arschloch*, würde er sagen, einen schnellen Schritt nach vorn machen, zielen, und dann wäre Cosgroves Welt zu Ende, noch bevor er den Schuss gehört hätte.

Und was dann? Nichts. Eine Leiche im Sumpf, genau wie Hanson. Ein Geheimnis, das nur die aasfressenden Reptilien und Vögel kannten. Keine Seele auf Erden, die sich an ihn erinnerte.

Cosgrove war nach Weinen zumute, doch seine Augen blieben trocken, waren sandig vor Erschöpfung. Das Ende seines Lebens, und er bekam nicht einmal ein paar Tränen zustande.

War es das: das Ende seines Lebens? Würde ein Fremder das überhaupt Leben nennen? Er kannte kein anderes Leben, um es vergleichen zu können, nur die aus den Filmen und Fernsehserien, Leben, an die sich sentimentale Säufer in Bars erinnerten, die sich selbst wahrscheinlich ebenso etwas vorgemacht hatten wie ihm. Was ihm nun wahllos durch den Kopf ging, war Strandgut aus den Tiefen seines Verstands. Er erinnerte sich an eine Handnummer von einem schielenden Mädchen mit Spange – ihm fiel nicht mal ihr Name ein – in seinem schrottigen Tercel nach dem Ball auf der Highschool. Er dachte an seinen Vater, der am 4. Juli auf dem Hinterhof aus einer leeren Bierflasche Feuerwerksraketen abfeuerte. Er erinnerte sich daran, wie er mit neun oder zehn aus dem Baumhaus eines Freundes gefallen war und danach mit zwei gebrochenen Rippen schluchzend eine halbe Meile nach Hause gegangen war.

DIE BRÜDER TOUP

Kurz vor Sonnenaufgang suchten die Brüder Toup gerade das hintere Ende der Insel nach Cosgrove ab, als sie ein Ruderboot sahen, das sich schnell der Nachbarinsel näherte. An Bord brannte eine Laterne, eine kauernde Gestalt ruderte wie wild. Victor sah durch das Zielfernrohr seines Gewehrs und erkannte Lindquist. Er musste wohl die Schüsse gehört haben, und nun floh er, hundert Meter von dieser Insel entfernt und zehn von der nächsten.

»Lindquist«, stellte Victor fest.

»Sag ich doch die ganze Zeit«, meckerte Reginald. »Eins führt zum anderen.«

»Ich bring den Arsch um«, sagte Victor. Er zielte und linste durchs Fernrohr.

»Nein.«

Reginald griff nach dem Lauf und riss ihn nach oben. Victor entwand seinem Bruder die Waffe, zielte, hielt den Finger am Abzug. »Er hat uns gesehen. Scheiße, das Arschloch hat vielleicht ein Handy.«

»Das weißt du doch nicht.«

»Du auch nicht.«

»Hier draußen funktioniert das eh nicht«, sagte Reginald. Dann fügte er hinzu: »Villanova. Der weiß sofort, dass wir es waren, wenn was passiert.«

»Nicht, wenn sie ihn nicht finden.«

»Lindquist!«, rief Reginald.

»Was machst du da? Meinst du, er hört dann einfach auf?«

»Lindquist!«

»Ist er vielleicht ein Hündchen?«, meinte Victor. »Kommt auf Pfiff?«

Er feuerte dreimal in schneller Folge. Das Boot kenterte, die Laterne ging aus. Victor feuerte noch zweimal, doch aus der Entfernung war schwer zu erkennen, was er getroffen hatte. Wenn er überhaupt getroffen hatte.

Er schaute durchs Fernrohr und wartete. Nur das gekenterte Boot und die Wellen. Dann sah er, wie Lindquist ans Ufer der Nachbarinsel stieg und in den dunklen Schlingpflanzen und Zweigen verschwand. Er feuerte noch dreimal.

»Arschloch«, sagte Victor.

»Hast du ihn getroffen?«

Victor knirschte mit den Zähnen und antwortete nicht.

Wieder fragte Reginald, und als sein Bruder auch diesmal nicht antwortete, meinte er: »Der größte beschissene Scheiß Schlamassel, der mir je untergekommen ist.«

LINDQUIST

Er hörte, wie einer der Zwillinge nach ihm rief. Dann feuerte jemand auf ihn. Und wieder, als er kenterte und im Wasser strampelte. Er kam mit den Stiefeln auf Grund und stapfte und ruderte mit den Armen ans Ufer. Als er aus dem Wasser stieg, schoss wieder jemand, und er verschwand in den Binsen.

Etwa hundert Meter tief im Wald griff er nach seinen Taschen. Das meiste Gold, wenn auch nicht alles, war noch da.

In blinder Panik stolperte er weiter.

Bald brach der Tag an, und die Wildnis um ihn herum nahm Konturen an. Die moosbehangenen Eichen waren so mächtig wie Wassertürme, die Zypressen hoch wie Obeliske.

Gleich hinter einem Windbruch Kiefern stieß Lindquist auf einen alten graugesichtigen Rotluchs. Er huschte einen Lorbeerbaum hinauf und stierte ihn aus wütend gelben Augen an. Lindquist sah, dass dem Tier bis auf einen abgerissenen Stummel ein Ohr fehlte. Er spürte eine gewisse Seelenverwandtschaft, doch das Tier schien diese Gefühle nicht zu teilen.

Bisamratte, Opossum, Nutria: Lindquist verlor den Überblick, wie viele es davon gab. Er hörte es im Farn rascheln und blieb stehen. Die Tiere hielten ebenfalls inne und beäugten Lindquist mit deutlicher Verdrossenheit. Möglich, dass sie noch nie einen Menschen zu Gesicht bekommen hatten. Vielleicht erkannte ein animalischer sechster Sinn einen Hauch von Untergang.

Das mantrische Summen der Insekten. Anolisse mit ihren roten Kehlsäcken. Pferdebremsen, groß wie Pflaumen. Käfer wie Kartoffeln mit Flügeln.

Gegen Mittag überquerte er eine Lichtung voller Seegras, als ein Schatten über sein Gesicht huschte. Er blickte nach oben. Ein Truthahngeier schwebte über ihm, groß, zerlumpt, ein Gesicht wie ein Batzen ausgespuckter Kaugummi.

Als er wieder nach oben schaute, hatte sich ein zweiter Geier hinzugesellt, eine Minute später ein dritter. Sie kreisten über ihm wie ein unheilvolles Mobile.

»Mistviecher«, fluchte Lindquist. Er ging auf die Knie, wühlte mit einer Hand im Schlamm und fand einen faustgroßen Stein. Dann stand er auf und warf ihn. Der Stein eierte jämmerlich durch die Luft, verfehlte die Vögel um ein, zwei Meter und plumpste dann in den Schlamm. Lindquist holte ihn sich wieder und warf erneut. Beim Wurf durchfuhr ihn ein Schmerz die Seite entlang, er stöhnte und fasste sich in die Lendengegend.

»Mistviecher«, sagte er und sah wütend nach oben.

Er gab auf und ging weiter. Nach einer Weile gaben auch die Geier auf; vielleicht war er nicht der Mühe wert.

Der Sumpf war ein teuflischer Hinderniskurs. Einfach geradeaus zu gehen war unmöglich. Morast, unpassierbares Dornengestrüpp, trübe Lagunen, Schlammlöcher tiefer als er selbst. Lindquist schätzte, dass er nach drei Meilen Zickzackkurs eine Meile weiter nach Norden kam.

Ein falscher Schritt und er war am Arsch, das wusste Lindquist. Er stellte sich vor, wie er in Treibsand geriet. Eine Ranke außerhalb seiner Reichweite baumelte. Sein Hakenarm nutzlos herumfuchtelte, und er immer tiefer und tiefer sank. Das Gold ihm ein kostbares Stück nach dem anderen aus den Taschen fiel, im Schlamm unwiederbringlich verloren war.

WES TRENCH

An einem sonnigen Dienstagmorgen wurde Wes' Vater aus dem Mercy General Hospital entlassen. Es gab eine strenge Regel: Patienten, die entlassen wurden, mussten im Rollstuhl aus dem Gebäude gebracht werden, ganz gleich, in welchem Zustand sie sich befanden. Keine Ausnahme, auch nicht für Sturköpfe wie Bob Trench. In demselben cranberryfarbenen Poloshirt und der ausgebleichten Jeans, in der er aufgenommen worden war – dankenswerterweise vom Krankenhaus gewaschen –, saß sein Vater in dem Rollstuhl, den Wes durch die sich automatisch öffnenden Glastüren schob. Kaum waren sie draußen in der Sonne, sprang er auf die Füße wie ein begnadigter Gefangener und klopfte seine Taschen nach Zigaretten ab, die er nicht hatte.

»Alles in Ordnung?«, fragte Wes seinen Vater, als sie im Pick-up saßen und vom Parkplatz rollten.

»Alles primstens«, antwortete Wes' Vater.

Wes, der einen Arm auf dem Lenkrad hatte und den anderen aus dem Fenster baumeln ließ, schaute auf die Straße hinaus. Er wusste, ein beunruhigter Blick, der kleinste Anflug von Zweifel oder Sorge würde genügen, um seinen Vater auf die Palme zu bringen. Er würde es als Beleidigung auffassen, als mangelnden Glauben an seine Genesungsfähigkeit.

Es war ein warmer, luftiger Tag, der Himmel so blau, wie er zu dieser Jahreszeit nach einem kräftigen Schauer sein konnte. Die ausgefahrene, mit Teer geflickte Straße führte sie an einem kleinen Friedhof vorbei, zehn, zwölf von Flechten überwachsene, schiefe Grabsteine auf einer Lichtung voller Wildblumen. Aus dem Augenwinkel bemerkte Wes, wie sein Vater herumrutschte. Er spielte mit den Luftauslässen, öffnete das Handschuhfach und klappte es wieder zu, besah sich die Fußmatte. Er suchte etwas, das er kritisieren konnte, irgendeine blöde Kleinigkeit, über die er meckern konnte, um die Stille zu durchbrechen. *Schau dir mal das Armaturenbrett an, schau doch mal die Fenster, verflucht.* Aber die Fenster waren makellos sauber, und im Fußraum lag kein Abfall. Wenn, dann konnte er nur auf das unermüdliche leise Knarzen des Pick-ups hinweisen, während sie fuhren, aber das war ja nicht Wes' Schuld. Der Toyota, den er von seinem Vater übernommen hatte, hatte zweihundertachtzigtausend Kilometer auf dem Tacho. Und die Straße war so wellig wie ein Waschbrett.

»Die reinste Strafkolonie da drin«, sagte Wes' Vater, als würde er eine bereits begonnene Unterhaltung fortsetzen.

Wes brummte.

»Was?«

»Da wette ich.«

Vor ihnen lag ein aus Abfallholz zuammengezimmerter Minimarkt mit Blechdach, der vom Wetter mitgenommen war.

Sie waren nah genug, dass Wes die Reklametafel lesen konnte, die auf dem mit Muschelbruch belegten Parkplatz stand. MILCH. BROT. ZIGARETTEN. EISKALTES BIER. GEAUX TIGERS. WHO DAT.

»Halt mal an«, sagte Wes' Vater.

»Zigaretten?«

»Halt an. Ich muss was holen.«

Wes wartete im laufenden Pick-up und beobachtete zwei Amseln, die sich rings um einen Maulbeerbusch jagten. Eine stummelschwänzige, getigerte Katze, die ihrem dicken Bauch zufolge trächtig war, schlich sich an, um den Tumult zu beäugen, und stürzte sich nach einem Augenblick auf den Busch. Wie durch ein unsichtbares Band miteinander verbunden, flatterten die Vögel gemeinsam auf und flogen davon.

Wes' Vater stieg wieder ein und riss die Zellophanhülle von einer Schachtel Virginia Slims.

»Hier drin nicht, bitte«, sagte Wes.

Wes' Vater zündete sich mit einem billigen Plastikfeuerzeug, auf dem in Partybuchstaben auf einer amerikanischen Fahne FLICK THIS BIC stand, eine Zigarette an.

Wes warf seinem Vater einen Blick zu.

»Eine wird mich schon nicht umbringen.«

»Und was ist mit der danach?«

»Ach, halt den Mund. Ich will mich nur für eine Sekunde gut fühlen.«

Wes lehnte den Kopf zum Fenster hinaus, atmete die frische Luft ein und sagte kein Wort mehr.

Die Ärzte hatten Wes' Vater untersagt, einen Monat lang aufs Boot zu gehen, doch am ersten Tag machte er sich rund ums Haus nützlich. Er zupfte Unkraut vor und hinter dem Haus und räumte das Abfallholz aus der Garage. Sein Vater wusste nicht, dass Wes ihn beobachtete, aber Wes sah durchs Küchenfenster, wie er sich an einen der Persimonenbäume im Hinterhof lehnte und vorsichtig eine Hand auf die Brust legte, so wie man vielleicht bei einem kranken Welpen die Atmung prüfen würde.

Am Abend saßen sie am Esstisch und aßen einen Takeaway-Auflauf, als Wes' Vater fragte: »Was ist dein Problem?«

Wes blickte verdutzt auf. Sie hatten eine Weile nicht gesprochen, ESPN murmelte im Fernseher.

Wes fragte ihn, was er denn meine. Seine Gabel voller Auflauf schwebte auf halbem Weg zwischen Teller und Lippen. Er hatte an Lindquist gedacht, hatte ihn sich tot und im Sumpf treibend vorgestellt.

»Die saure Miene«, sagte sein Vater.

»Ach, nichts«, wiegelte Wes ab. Er bemerkte, dass das Gesicht seines Vaters ganz rosig und fleckig war und die Nasenspitze rot.

»Na gut. Wie du meinst.«

Geklapper und Kratzen ihrer Bestecke.

»Weißt du, was ich gern machen würde?«, fragte sein Vater.

Wes brummte.

»Ich möchte mir gern diesen Ölheini vorknöpfen. Grimes. Ihm die verfluchten Kniescheiben mit einer Brechstange einschlagen.«

Wes wusste nicht, ob er es ernst meinte. »Ach, das machst du eh nicht.«

»Aber die Vorstellung tut gut.«

»Stell dir vor, was du willst.«

Es dauerte nicht lange, da fragte sein Vater erneut, was denn los sei.

Wes legte die Gabel hin und schüttelte den Kopf. Er hatte keinen Appetit, dabei knurrte ihm der Magen. »Ich hätte ihn nicht da draußen lassen sollen«, sagte er.

Sein Vater kaute nur eine Weile und runzelte die Stirn. »Ich versteh immer noch nicht, was da passiert ist«, sagte er.

»Er ist verrückt geworden. Schwer zu beschreiben.«

»Er ist nicht verrückt geworden, Wes.«

Komisch, seinen Namen aus dem Mund des Vaters zu hören, das tat er nicht mehr allzu häufig. »Er ist schon verrückt gewesen. Schon lange.«

»Nein, ist er nicht«, widersprach er. Beinahe hätte er *war* gesagt. In solchen Situationen waren die Verben kompliziert. Er erinnerte sich noch an die Monate, nachdem seine Mutter ertrunken war, und welche Schwierigkeiten sie damals mit den Zeiten hatten.

Gegenwart, Vergangenheit. War, ist. Nichts schien zu passen.

»Jedenfalls nicht so, wie die Leute denken.«

Stille. Wes nahm seine Gabel, hielt sie aber nur in der Hand.

»Manche Leute muss man ihre Fehler machen lassen«, meinte sein Vater, »die machen sie so oder so.«

»Was, wenn er nicht wieder auftaucht?«, fragte Wes.

»Hätte, könnte, sollte. Der Weg zur Hölle ist mit solchen Schildern gesäumt, glaub mir.«

Wes wusste, was sein Vater meinte. Ganz genau. Aber er wollte nicht weiter darüber diskutieren.

Äpfel und Birnen.

Ja, Äpfel und Birnen, aber Wes musste daran denken, wie er sich gefühlt hatte, nachdem seine Mutter in dem Sturm ertrunken war, das fürchterliche schwarze Gefühl, das in seiner Brust hockte. Aber das war später, nicht sofort nach ihrem Tod.

Gleich in den ersten Monaten nach dem Sturm waren Wes und sein Vater nie lang genug mit ihren Gefühlen allein gewesen, als dass sie Wurzeln hätten schlagen können. Es gab zu viel zu tun. Zu viele Ablenkungen. Weil ihr Haus in Trümmern lag, lebten sie ein halbes Jahr in Baton Rouge bei einem Cousin seines Vaters, wo sie auf Luftmatratzen in einem umfunktionierten Spielezimmer mit Tischtennisplatte und Flipperautomat schliefen. »Onkel Eddie«, der Cousin, war Autohändler, Mitglied der freiwilligen Feuerwehr und im Nebenberuf Hundezüchter – Labrador –; er war verheiratet und hatte drei Kinder im Mittelschulalter, also kamen und gingen ständig Leute. Und Wes' Vater war ebenfalls ständig unterwegs, fuhr täglich mit dem Pick-up zwischen Baton Rouge und der Barataria hin und her und bahnte sich einen Weg durch die Trümmer.

Außerdem hatten die beiden zu dem Zeitpunkt noch Hoffnung. Irrationale, ungesunde Hoffnung, aber Hoffnung. Sie brachten das gegenseitig nie deutlich zum Ausdruck, aber das brauchten sie auch nicht. Sie war einfach da, erkennbar an den VERMISST-Aushängen an Telefonmasten und in Schaufenstern, an der Art, wie sie mit religiösem Eifer die Regionalnachrichten schauten, wie sie unablässig bei den Notunterkünften, Krankenhäusern und Polizeirevieren anriefen. Vielleicht hatte die Flut sie weit hinaus in den Bayou gespült und auf einer der Inseln wieder ausgespien, wo sie nun auf Rettung wartete. Im Fieberwahn, dem Tode nah, aber lebend. Vielleicht war sie in all dem Chaos irgendwie – wobei das *Irgendwie* für Wes verschwommen blieb – in Houston gelandet, war mit unzähligen anderen Evakuierten aus dem südlichen Louisiana dort mit Bussen hingebracht worden. Vielleicht lag sie in einer Nachbargemeinde in einem Krankenhaus im Koma. Vielleicht hatte sie einen so harten Schlag an den Kopf bekommen, dass sie sich nicht mehr an ihren Namen erinnern konnte.

Vielleicht, vielleicht, vielleicht.

So groß war das Ausmaß ihres Nichtwahrhabenwollens.

Erst als sie nach Jeanette zurückgezogen waren, erhielten sie eines grauen Freitagnachmittags im Februar einen Anruf. Wes saß auf dem Sofa im Wohnzimmer und schrieb gerade eine lineare Gleichung in ein Schulheft mit marmoriertem Einband. Hausaufgaben. In der Küche hörte er seinen Vater mit tonloser Stimme sagen: »Zahnschema«. Wes stand auf, ging zur Tür, lehnte sich an den Rahmen und lauschte. Sein Vater stand mit dem Rücken zu ihm, und er klammerte sich ans Kabel, als wollte er es erwürgen. Wes konnte eine winzige insektenhafte Stimme aus dem Hörer summen hören.

Nach einer Weile bedankte sich sein Vater bei der Person am Telefon, legte auf und stand stocksteif da, eine Hand wie zur Stütze an die Wand gedrückt. Seine Schultern zuckten ein paarmal, als habe er Schluckauf. Wes konnte ihn laut und schnell atmen hören.

»Dad«, sagte Wes.

Sein Vater reagierte nicht. Er versteifte die Schultern und fing an, mit der Faust gegen die Gipswand zu schlagen, immer und immer wieder, bis es nur noch Blut und geborstenen Gips gab. Wes sah hilflos zu. Er hörte leise krachende Geräusche, das Knirschen der Handknochen seines Vaters. Als der schließlich wieder aufhörte, war ein grapefruitgroßes Loch in der Wand, und seine Hand war aufgeplatzt und geschwollen und hing schlaff herunter. Von den Knöcheln tropften rote Münzen aufs Linoleum.

»Deine Mutter«, sagte er mit erstickter Stimme. Mehr nicht.

In diesem Augenblick breitete sich ein Gefühl in Wes' Innerstem aus, ein derart monströses, riesiges Gefühl, dass er davon überzeugt war, es würde ihn bei lebendigem Leib schlucken. Traurigkeit und Wut, Entsetzen und Bedauern, alles zusammen. Seine Mutter war tot, er würde sie nie wiedersehen. Würde ihr nie sagen können, dass er sie liebe. Sie würde niemals sehen, wie er Medaillen in der Leichtathletik gewann, die Highschool beendete oder sein eigenes Boot baute. All das war auf einen Schlag ausgelöscht, eine Geschichte, die hätte sein können, aber niemals sein würde, weil sie zur falschen Zeit am falschen Ort gewesen waren.

Weil sein Vater gesagt hatte: »Wir bleiben.«

Danach verlor sich sein Vater in seiner Wut. Er wurde zu dem, der er heute war. Alles konnte ihn zur Weißglut treiben. Ein unpassender Anruf, eine langsame Ampel, ein Laib Brot von gestern. Die Welt hatte sich gegen ihn verschworen. Bei der leisesten Provokation wurde er puterrot und machte ein wütendes Gesicht. Flaschen gingen zu Bruch, Teller, Kaffeetassen. Ein Salzstreuer wurde Arschloch tituliert, ein kaputtes Maßband verfluchtes Miststück.

Sein Vater war schon immer mürrisch gewesen – Wes' Mutter hatte ihn liebevoll Grumpy genannt –, doch nun war sein Zorn umfassend und nicht enden wollend. Nichts und niemand wurde verschont.

Auch Wes nicht.

Er beschimpfte ihn nicht, legte nie Hand an ihn, aber er schrie ihn bei jedem bedeutungslosen Fehler an. Weil er nicht den richtigen Umgangston traf, weil er vergessen hatte, das Licht auszumachen. Wes ließ diese Stürme über sich ergehen, wie er als kleiner Junge regnerische Tage über sich hatte ergehen lassen: Er ging auf sein Zimmer, schloss die Tür, legte sich mit Kopfhörern aufs Bett und wartete, bis sich der Sturm gelegt hatte.

Warum ausgerechnet sie, dachte er dann.

Er versuchte diese schwarzen Gedanken zu unterdrücken, aber sie tauchten immer wieder auf, wie eine Runde Whac-A-Mole.

Er fragte sich, wie anders wohl das Leben wäre, wenn seine Mutter noch leben würde. Und sein Vater stattdessen gestorben wäre. Er fühlte sich schuldig, wenn er so etwas dachte, es war schrecklich, doch er konnte sich nichts vormachen. Er liebte seinen Vater, aber er mochte ihn nicht besonders.

Sein Vater entschuldigte sich nie für seine Ausbrüche, doch manchmal fand Wes ein kleines Geschenk, ein Friedensangebot, auf dem Esstisch. Ein Takeaway-Essen, ein Comicheft, einen Schokoriegel. »Hab ich aus dem Laden«, meinte sein Vater dann. »War im Angebot.«

Und ja, manchmal tat ihm sein Vater leid. Selten, aber es kam vor. Vor allem in der Nacht, wenn ihn die Schreie seines Vaters weckten. Mit pochendem Herzen lag Wes im Bett und hörte seinen Vater mitten in einem Alptraum schluchzen, stöhnen und reden. Nach einer Weile wurde es dann still, und Wes schlief wieder ein.

Damals fragte sich Wes, warum sein Vater die Barataria nicht verließ, wenn er sie doch so sehr hasste. Sein Vater wolle sich wohl selbst bestrafen, dachte er. Erst Jahre später wurde ihm klar, dass er deswegen nicht ging, weil alles, was von seiner Mutter geblieben war, sich hier in der Barataria befand. Er konnte nicht einfach der Geschichte, der Vergangenheit, den Rücken kehren.

Noch viel später, als Lindquist verschwand, erkannte Wes, was es hieß, solch ein Bedauern, solch eine Wut mit sich zu schleppen wie einen Mühlstein um den Hals.

Die ganze Welt hing von einer einzigen Entscheidung ab.

Von einem einzigen Wort.

COSGROVE

Gegen Mittag hörte Cosgrove, wie sich im Gestrüpp etwas schnell näherte. Blätter raschelten, Zweige knackten, Sumpfwasser schlappte. Bei der Größe konnte das nur ein Mensch sein. Oder ein Bär. Er fragte sich, ob es wohl Bären im Sumpf gab, und hoffte bei Gott, dass dem nicht so war.

Cosgrove blieb still stehen; die Schritte näherten sich zögernd und verstohlen. Endlich tauchte ein Mann aus dem Gestrüpp auf, klein, dickbäuchig, mit Hakenarm und Yachtkappe. Seine Augen im dreckigen Gesicht waren weit aufgerissen und wirkten irr.

»He, Mann«, sagte Cosgrove freundlich und zeigte seine Handflächen. »He. Ich will keinen Ärger machen.«

Der Mann blinzelte und formte ein weiches O mit dem Mund.

Die Sonne fiel in glitzernden Streifen durch die Blätter. Cosgrove musste sich die Augen beschirmen, um das Gesicht des Manns zu erkennen.

»Wer sind Sie?«, fragte der Einarmige und beäugte ihn aus zusammengekniffenen Augen.

»Hab mich verlaufen.«

»Wer sind Sie?«

Diesmal klang seine Stimme härter, aber eher gekünstelt hart, mit einem hohen, zitternden Unterton, wie bei einem Kind, das herumgeschubst wird.

»Niemand«, antwortete Cosgrove. »Hab mich nur verlaufen.«

Der Mann starrte ihn an. Insekten summten in der schwülen Luft zwischen den sonnengesprenkelten Blättern.

»Ich will keinen Ärger«, beschwichtigte Cosgrove.

Der Mann entspannte sich etwas, und die Falten rings um die Augen lösten sich, während er sich umsah. »Haben Sie die Zwillinge gesehen?«, fragte er leise.

»Vor Stunden.«

»Gehören Sie zu denen?«

Cosgrove schüttelte den Kopf.

»Sind die hinter Ihnen her?«

Cosgrove zögerte und nickte.

»Ich heiße Lindquist.«

»Cosgrove. Ich suche nach meinem Boot.«

Das schien den Mann zu interessieren. Wieder formte er ein O. »Irgendwo in der Nähe?«

»Weiß ich nicht.«

»Keine Ahnung?«

»Nein.«

Die Hoffnung im Blick des Mannes versiegte. Er schüttelte betrübt den Kopf. »Dann werden Sie es nie finden«, erklärte er.

Gemeinsam wateten sie durch den Sumpf, kamen an Zypressenstümpfen, von Schlingpflanzen erdrosselten Bäumen und umgefallenen Baumstämmen vorbei, die von blassen Larven nur so wimmelten. Sie schlugen nach Ranken und Ästen, von denen kühle Wassertropfen herabregneten, die ihnen Schulter und Kopf benetzten.

»Haben Sie was zu essen?«, fragte Lindquist.

Cosgrove schüttelte den Kopf.

Eine Weile gingen sie schweigend weiter, und der Schlamm gluckste um ihre Füße.

Spinnweben rissen auf Cosgroves Gesicht, aber das kümmerte ihn nicht mehr. Er hatte größere Sorgen. Seine Kehle war trocken wie Sand und wund vor Dehydrierung. Der Kopf schmerzte ihm, und seine Füße waren taub. Er machte sich Sorgen um Fußfäule und Wundbrand.

»He, Sie kommen mir bekannt vor«, sagte Lindquist und sah Cosgrove von der Seite an.

»Hab ich auch gerade gedacht.«

»Hab Sie draußen in einem Boot gesehen. Mit einem kleinen Kerl.«

»Wie lange sind Sie schon hier draußen?«, fragte Cosgrove.

»Eine Woche vielleicht?«

Eine Woche, dachte Cosgrove. Kein Wunder, dass der Mann nicht mehr alle Murmeln beisammenhatte.

Dann fragte Lindquist: »Sind Sie auf Schatzsuche?«

Er erschlug einen Moskito auf seiner Wange und schnippte das Insekt von den Fingern.

Cosgrove glaubte, sich verhört zu haben. Vielleicht war Schatz ja auch eine Umschreibung für Marihuana. »Wie bitte?«, fragte er.

»Piratenschatz?«

»Ein Kumpel und ich sind in Schwierigkeiten mit den Zwillingen geraten.«

»Marihuana?«

Cosgrove sah Lindquist an. »Ja.«

»Der kleine Kerl?«

»Ja.«

»Wo ist er?«

»Sie haben ihn umgelegt«, antwortete Cosgrove.

Lindquist machte ein heiser schluchzendes Geräusch. Er starrte Cosgrove mit offenem Mund an.

»Haben ihm den Kopf weggepustet. Einfach so.«

»Den Kopf weggepustet«, wiederholte Lindquist. Er nahm seine dreckige Yachtkappe ab und fuhr sich mit den Fingern durchs Haar. Seine Augen zuckten panisch hin und her. »Oh Mann«, sagte er, »oh Mann.«

»Wir gehen in die falsche Richtung«, sagte Cosgrove.

»Das ist die richtige Richtung. Zum Festland. Der einzige Weg.«

»Aber weg von meinem Boot.«

»Das werden Sie nie finden.«

»Das hier sieht vertraut aus.«

»Das tut's überall. Ist der Sumpf.«

»Nein, ich erinnere mich an diese Stelle.«

»Sicher?«

»Sehr vertraut.«

Wieder flammte Hoffnung in den Augen des Mannes auf. »Wenn Sie es finden, nehmen Sie mich mit?«

Cosgrove sah ihn an. Das O seines Mundes, die getrocknete Spucke im Mundwinkel.

»Es lohnt sich für Sie«, setzte Lindquist nach. »Bin jetzt reich. Muss nur hier raus. Aber dann? Sehr, sehr reich.«

Sie gingen weiter. Cosgrove nahm einen Zipfel seines T-Shirts und wischte sich damit den Schweiß vom Gesicht. Er blieb an einem Elefantenohrblatt stehen und ließ sich das angesammelte Wasser in den ausgedörrten Mund fließen. Dann holte er Lindquist wieder ein.

»Haben Sie denen den Stoff geklaut?«, fragte Lindquist.

»Woher wissen Sie davon?«

»Die haben eine ganze Insel voll davon. Weiß jeder. Weiß auch jeder, sich davon fernzuhalten.«

Wenn er nur früher mit dem Mann gesprochen hätte, dachte Cosgrove. Dann würde Hanson noch leben. Und er wäre nicht mitten im Nirgendwo und würde womöglich bald krepieren. Er ertappte sich dabei, wie er sich nach den Tagen bei der gemeinnützigen Arbeit zurücksehnte. Nach den Tagen, in denen er in Austin in der größten Hitze Dächer gedeckt hatte und die Sonne ihm wie ein Eisen auf dem Rücken brannte.

Nun kam ihm das wie das reinste Paradies vor.

Am frühen Nachmittag war die Gegend Cosgrove völlig unbekannt. Was früher halbwegs wiedererkennbar schien, war nun vollkommen fremd, ein endloser Streifen voller Wasserhyazinthen, Sumpfpflanzen und Lilienfelder. Hunderte wie Edelsteine glitzernde Libellen schwebten und schossen davon.

Lindquist hatte recht: Es sah überall gleich aus.

Cosgrove blieb stehen. »Wir sind hier falsch«, sagte er.

Lindquist zischte verbittert durch die Zähne.

»Wir müssen umkehren«, beharrte Cosgrove.

Lindquist blieb stehen und sah ihn an. Aus irgendeinem Grund klopfte er andauernd seine Taschen ab. »Das Boot ist weg«, sagte er.

»Wie weit ist es noch bis zum Land?«

»Ach, drei, vier Meilen.«

»Das schaffen wir nie.«

»Kommen Sie einfach mit mir, Mister. Besser, wir halten zusammen.«

Cosgrove schüttelte den Kopf. »Ich mach kehrt. Such mein Boot.«

Entschlossen ging Lindquist weiter durch den Matsch. »Kommen Sie.«

Cosgrove blieb stehen. »Ich kann nicht.«

»Sie werden umkommen!«, rief Lindquist über die Schulter.

»Seien Sie still«, mahnte Cosgrove. »Die hören uns.«

»Sie werden umkommen«, sagte Lindquist. »Seien Sie doch nicht blöd.«

Cosgrove machte kehrt und ging in die Richtung, aus der sie gekommen waren. »Wir werden umkommen!«, hörte er Lindquist rufen, ging aber weiter.

LINDQUIST

Als die Nacht hereinbrach, schlingerte Lindquist durch Tümpel und Rohrdickicht, die Taschenlampe über Kopf in der Hand. Die meiste Zeit ließ er sie aus, damit die Brüder ihn nicht sahen. So tief im Sumpf war es unglaublich dunkel, anders als jede Dunkelheit, die er bisher erlebt hatte. Hinter der Wolkendecke war der Mond gerade mal hell genug, um Schatten von anderen Schatten zu unterscheiden, verwachsene Silhouetten aus Büschen, Bäumen und Zisternen aus Zypressenholz.

Manchmal wirkte die Form menschlich, so als würden seine Verfolger plötzlich vor ihm auftauchen. So als habe er in einem Spiegelkabinett die falsche Richtung eingeschlagen. Andere Male wirkten die Umrisse ungeschlacht und riesig, Wasserspeier direkt aus den Seiten eines Grimm'schen Märchenbuchs.

Seine Stiefel waren voller Matsch, seine Socken tropfnass. Wie lange würde es wohl dauern, bis er Finger und Zehen verlor?

Stunden? Tage? Und was dann?

Denk nicht darüber nach, dachte er. Oder sagte er.

Er hoffte, er war nicht dabei, den Verstand zu verlieren.

Immer wieder sah er in der Entfernung ihre Taschenlampen im Busch aufblitzen, eine Sekunde, dann wieder nicht.

Er fragte sich, was schlimmer wäre: dass die Brüder Toup

ihn erwischten oder ihn erst ein wildes Tier angriff. Ein Puma, ein Schwarzbär, ein wilder Hund. Die gab es alle hier.

Und Alligatoren. Hunderte, Tausende von Alligatornestern auf die Quadratmeile, manche davon angeblich hundert Jahre alt und so groß wie ein Auto, Kreaturen, die ein ganzes Reh auf einmal verschlingen konnten.

Und dann gab es da noch Korallenottern, Mokassinschlangen, Wassermokassinschlangen, Klapperschlangen, manche davon so giftig, dass sie dich in Sekunden erledigen konnten. Was hatte sein Vater immer gesagt? Es gibt zwei Sorten Schlangen: lebende und tote.

Wer wusste schon, was sonst noch im Sumpf lauerte? Manche Typen sammelten ja seltene Reptilien aus dem Amazonas, und wenn sie zu groß für die Gefangenschaft wurden, setzten sie sie in der Wildnis aus. Lindquist wettete darauf, dass es hier draußen Pythons und Kobras gab. Irgendein verfluchtes, zwei Meter großes Vieh aus Borneo mit Zähnen wie ein Weißer Hai.

Lindquist fiel vornüber und streckte im Fallen seinen Hakenarm aus, um den Sturz abzumildern. Er schrie vor Schmerz auf, als die Kante der Prothese ihm ins Fleisch schnitt und gegen den Schulterknochen drückte. Er richtete sich auf, stolperte zu einem Baumstumpf und setzte sich. Fast musste er wegen der Schmerzen in seinem Arm weinen. Er klopfte die Taschen ab, um sicherzugehen, dass die Münzen noch da waren. Er spürte den tröstlichen Ballast, schwer und kühl, an seinen Beinen.

Was würde er jetzt nicht für eine dieser Pillen geben. Ja, sogar was von dem Gold.

Was würde er nicht für einen anderen Arm geben, für einen Weg hier raus.

Es handelte sich um eine kleine Hütte im Sumpf, zusammengebaut aus allen möglichen Resten und Abfällen: Vinylsturmverkleidungen, abgefahrene Autoreifen, Hühnerdraht. Bojen – mintgrün, sorbetorange, pastellgelb – hingen wie magische Ornamente an den Seiten. Ansonsten wirkte die Hütte so vom Wetter verzogen und krumm vor Moder, dass Lindquist sie für unbewohnt gehalten hätte, wenn da drinnen nicht eine Laterne gelblich orange geleuchtet hätte, was man durch die Risse sehen konnte.

Lindquist stand einen Augenblick verblüfft da und war schon halb überzeugt zu halluzinieren. Er hatte nur eine äußerst vage Vorstellung davon, wo er war. Er hatte Mond und Sterne zu Hilfe genommen, um sich ostwärts durch den Sumpf zu bewegen, und er wusste, er hatte noch ein gutes Stück vor sich, so weit, dass er niemals damit gerechnet hätte, diesen Flecken hier zu finden. So weit, dass er kaum glauben konnte, was er sah.

Er stolperte durch schienbeintiefes Wasser voran und rief hallo. Er wedelte mit dem Arm, ohne zu wissen, warum. Wieder rief er.

Ein alter Mann in einem verdreckten Overall kam an die Tür. Zumindest, was als Tür durchging: ein Blech, mit Seilen als Scharniere. Er öffnete sie nur gerade weit genug, um hinauszulinsen, wütende Augen in einem faltigen Gesicht. »Sind Sie von der Regierung?«, fragte er.

»Regierung?«, fragte Lindquist zurück. Er hätte gelacht, wenn er nicht solche Angst und Schmerzen gehabt hätte. »Nein, Sir«, sagte er. »Ich bin nicht von der Regierung.«

Der Alte öffnete die Tür ein wenig weiter. Die Haare, dünn wie Maisbart, standen ihm ab. Sein Blick wanderte zu Lindquists Hakenarm und blieb dort. Normalerweise hätte Lindquist gesagt, er solle sich um seinen Kram kümmern, aber solche Dinge schienen nun der Vergangenheit anzugehören.

»Sie sind Lindquist?«, fragte der Alte.

Lindquist reckte das Kinn, war nicht sicher, ob er darauf antworten sollte.

»Sie sind Lindquist, oder? Der ohne Arm.«

Lindquist glotzte stumm.

»Ja, Sie sind Lindquist. Hab im Laufe der Jahre alle möglichen Geschichten über Sie gehört.«

»Hier draußen?«, fragte Lindquist und merkte, wie wirr er sich anhörte.

»Ach, hab nicht immer hier draußen gelebt. Hab früher in Jeanette gewohnt. Bevor alles den Bach runterging.«

Lindquist wartete. Verdreckt und keuchend, das Gesicht von Insektenstichen verquollen, Haare schlammverkrustet. Er sah wahrscheinlich ebenso verrückt aus, wie er den Alten fand.

»Was wollen Sie?«, fragte der Mann.

»Ich hab mich verlaufen.«

»Dacht ich mir.« Der Mann warf einen ängstlichen Blick über Lindquists Schulter. »Jemand bei Ihnen?«

»Nein.«

»Na«, sagte der Alte. Dann winkte er Lindquist herein.

Drinnen brannte mitten auf den Dielen ein Spirituskocher. Über ihm hing ein kleiner gusseiserner Kessel voll weißer Bohnen und fleischigem Brei. In der Ecke lag eine wasserfleckige Matratze mit einer blauen Decke und einem Kissen. Ein Transistorradio, ein Stapel mit zehn, zwölf Taschenbüchern mit brüchigem Rücken. Lindquist sah ein paar Namen von Schriftstellern, Thoreau und Franklin.

Sie setzten sich auf gegenüberliegenden Seiten des blubbernden Feuers auf den Boden. Dampf stieg aus dem Kessel wie eine verzauberte Schlange. Ein Luftzug fing ihn ein und sog ihn durch einen Spalt nach draußen.

»Sie haben drüben in Jeanette 'ne Menge Leute verärgert«, sagte der Alte. Er strich sich über den Stoppelbart und schaute scheu und strafend zugleich.

Lindquist hatte kaum die Kraft zum Schulterzucken. »Schätze schon«, sagte er.

Er fragte sich, ob er den Alten wohl bitten könnte, bei ihm übernachten zu dürfen. Ob er sich wohl einfach in die andere Ecke legen und ein, zwei Stunden Schlaf kriegen könne. Aber er wusste, das ging nicht, selbst wenn der Mann eingewilligt hätte. Die Brüder Toup konnten nicht weit weg sein. Vielleicht standen sie jetzt schon draußen mit ihren Gewehren und Messern. Vielleicht steckte der Alte mit ihnen unter einer Decke und würde ihm ein Messer ins Herz bohren, kaum dass er die Augen zumachte.

»Die Leute erzählen sich, Sie graben auf Friedhöfen«, sagte der Alte rundheraus.

»Auf Friedhöfen? Niemals grab ich auf Friedhöfen.«

»Da hab ich anderes gehört.«

»Zur Hölle damit. Hab ich noch nie gemacht.«

»Man erzählt, Sie graben Leichen aus.«

»Zum Teufel, nein. Ich hab auch noch nie eine verfluchte Leiche ausgebuddelt.«

Der Alte starrte ihn an.

»Das erzählt man sich also? Ich buddle Leichen aus?«

Der Alte winkte ab. »Vergessen Sie's«, meinte er.

»Also, so was hab ich noch nie gemacht. Damit das klar ist.«

Der Mann griff nach dem Kochlöffel und rührte im Topf.

»Und Sie heißen noch mal?«, fragte Lindquist.

»Hab ich noch gar nicht gesagt.«

Lindquist wartete darauf, dass der Alte seinen Namen

nannte, doch der schwieg. Lindquist sah sich unsicher in der Bruchbude um. Hinter den Taschenbüchern entdeckte er drei Kanister mit Wasser. »Kann ich was trinken?«, fragte er.

Der Alte machte eine Handbewegung, die Lindquist als Ja deutete. Er beugte sich vor und griff nach einem Kanister, er klappte den Deckel auf und legte den Kopf in den Nacken. Kaum hatte er die Flüssigkeit im Mund, würgte und spuckte er. Das Zeug schmeckte wie Farbverdünnung, was immer es auch war. Er wischte sich die Lippen mit dem Handrücken ab.

Der Alte klopfte sich die Schenkel und kicherte; die wenigen verrotteten Stümpfe in seinem Unterkiefer standen kreuz und quer. »Das ist der falsche«, sagte er. »Nehmen Sie den anderen.«

Das tat Lindquist, und diesmal war es wirklich Wasser. Er trank acht oder neun lange Schlucke, bis er nach Luft schnappen musste. Dann stellte er den Kanister beiseite. Ihm war gar nicht aufgefallen, wie durstig er war.

»Wollen Sie was essen?«

Lindquist beugte sich vor, reckte den Hals und schaute in den Topf: kleine gelbe Fettstückchen, sehnige Brocken Fleisch. Er nickte.

»Warum sind Sie denn hier draußen?«

»Ich werde verfolgt.«

»Regierung?«

»Ein paar Typen. Mehr nicht.«

»Sind Sie sicher, die sind nicht von der Regierung?«

»Ein paar Typen, die glauben, ich hätte ihnen Drogen geklaut.«

Das schien den Alten sichtlich zu interessieren. »Haben Sie welche?«, fragte er.

»Drogen?«

»Ja.«

»Nein.«

Der Alte runzelte die Stirn. »Sehr schade.«

Lindquist war nicht sicher, wie er darauf reagieren sollte, also sagte er nichts.

Der Alte stand auf und wühlte in dem Krempel hinter sich. Er nahm eine blaue Plastikschüssel, in die er fünf große Löffel Stew schaufelte, und reichte Lindquist die dampfende Schüssel.

»Danke«, sagte Lindquist.

»Kein Besteck«, meinte der Alte.

Lindquist nickte und schaufelte ein wenig von dem Brei mit den Fingern heraus. Er schmeckte Zatarain's und Sauce Piquant heraus, auch Cayennepfeffer. Er war überrascht, wie gut das Essen war. Genauso gut wie bei einer der seltenen Fahrten, die er mit seiner Ex nach New Orleans unternommen hatte. Ach, zum Teufel, besser.

»Gut«, lobte Lindquist.

Der Alte nickte, und das Feuer flackerte in seinen wässrigen Augen.

»Haben Sie jemals von den Toups gehört?«, fragte Lindquist. »Zwillinge?«

»Nein.«

»Na, die sind jedenfalls hinter mir her.«

»Ja. Und?«

Diese Reaktion verdutzte Lindquist. »Na ja, schätze, wenn mir was zustößt, dann waren die das.«

Der Alte erwiderte nichts darauf. Lindquist sah den Alten an, der Alte sah Lindquist an.

»Was glotzen Sie so?«, fragte der Alte.

»Ach, nichts.«

»Seh ich irgendwie komisch aus?«

»Nein.«

»Wenn Sie das beantworten können, dann haben Sie ja geglotzt.«

Lindquist schüttelte den Kopf. »Na ja.«

Der Alte sah Lindquist mit zuammengekniffenen Augen an. »Was haben Sie denn da in den Taschen? Sie fummeln die ganze Zeit an sich rum.«

»Nichts.«

Der Mann reckte den Hals. »Blödsinn«, sagte er. »Was haben Sie da? Drogen?«

»Hab ich doch schon gesagt, nein, keine Drogen.«

»Was dann?«

»Möchte ich lieber nicht sagen.«

»Dann stecken Sie wohl in Schwierigkeiten«, meinte der Alte.

Lindquist aß zu Ende und stellte die leere Schüssel beiseite. »Ich muss nach Jeanette«, sagte er.

»Viel Glück dabei.«

»Wie weit ist es bis dahin?«

»Drei Meilen ganz genau.«

»Drei Meilen?«, fragte Lindquist. Wie um alles in der verfluchten Welt sollte er noch weitere drei Meilen schaffen?

»Ganz genau.«

»Wie kommt man da hin? Was ist der beste Weg?«

»Mit dem Boot ist der einzige Weg.«

Er ahnte Lindquists nächste Frage voraus und zeigte mit dem Daumen über die Schulter. »Kleines Motorboot, da hinten.«

»Würden Sie mich nach Jeanette bringen?«

»Nein«, antwortete der Alte.

Lindquist wartete.

»Ich sehe nachts nicht so gut«, erklärte der Alte.

»Und wenn ich fahre? Sie können die Nacht bei mir verbringen und am Morgen zurückfahren.«

»Ich hab's nicht so mit Pyjama-Partys.«

»Ich muss nach Jeanette zurück.«

»Ich kenn Sie nicht.«

»Ach, verflucht. Ich kann Ihnen Geld geben.«

»Shit.«

»Ich kann Ihnen viel Geld geben.«

Der Alte sah Lindquist übers Feuer hinweg unverwandt an. »Wie viel?«

»Was würde es kosten?«

Der Alte schüttelte den Kopf. »Ich bin dreiundachtzig und muss mich nicht verarschen lassen.«

»Ich kann Ihnen Gold geben.«

Der Alte lachte wild jodelnd. »Sie sind wirklich verrückt, oder?« Er schüttelte den Kopf und hörte nicht mehr auf. Vielleicht wackelte er auch einfach so. »Die anderen haben immer gesagt, ich sei selber ein wenig verrückt. War mir immer scheißegal.«

»Sir. Ich flehe Sie an.«

»Legen Sie sich schlafen, wenn Sie wollen. Ich leg Ihnen da drüben 'ne Decke hin. Morgen reden wir weiter.«

»Sir.«

»Ich habe Ihnen meine Antwort gegeben«, sagte der Alte mit nun härterer Stimme.

»Na dann«, meinte Lindquist. Er stand auf, ging zur Tür und wartete darauf, dass der Alte seine Meinung änderte. Mitleid zeigte.

Stille, nur das leise Knistern des Feuers.

»Tja, dann geh ich wohl besser, schätze ich«, sagte Lindquist.

»Schätze ich auch«, sagte der Alte.

DIE BRÜDER TOUP

Es war nach Mitternacht, der schwarzgrüne Sumpf war angeschwollen und tropfnass, vom Mond angestrahlte Taujuwelen zitterten an den Blättern. Die Toup-Zwillinge stießen auf eine umgestürzte Eiche, deren Stamm wurmstichig war und von Larven nur so wimmelte. Der Stamm war zu groß, um darüberspringen zu können, also stiegen sie hinauf, die Stiefel versanken im verrotteten Holz, dann sprangen sie auf der anderen Seite wieder hinunter.

Den Großteil des Tages waren sie hinter Cosgrove und Lindquist her gewesen, und jedes Mal, wenn sie umkehren wollten, weil sie dachten, die Männer hätten sich entweder verlaufen oder seien schon tot, hörten oder sahen sie etwas. Etwas Großes brach in der Entfernung durchs Unterholz, ein stecknadelgroßes Licht zwinkerte.

Dann stießen sie auf ein Spinnennetz, groß wie ein Shrimpnetz, das zwischen den tumorösen Stämmen zweier Erlen hing. Eine handgroße Spinne wie ein Kunstwerk aus Glas döste in der Mitte und rührte sich nicht.

Als sie um das Netz herumgingen, fiel Reginald etwas ein. Erst sagte er nichts deswegen, lief nur abgelenkt weiter, war mit den Gedanken aber woanders. Oder in einer anderen Zeit. Vielleicht war die Erinnerung ja nur eine Einbildung, eine neurologische Störung aufgrund von Erschöpfung und Dehydrierung.

Nein, dies war eine Erinnerung, daran hatte Reginald keine Zweifel. Sie besaß diese Qualität, unauslöschlich wie ein Traum, in Säure geritzt. Wirklicher als der Augenblick, in dem er gerade lebte.

»Erinnerst du dich noch daran, wie wir uns hier verlaufen haben?«, fragte Reginald Victor. Selbst sein Flüstern wirkte laut in der Dunkelheit.

Sie wateten nebeneinander voran, die Hosen schlammig bis an die Hüfte.

»Wir haben uns jetzt verlaufen«, entgegnete Victor.

»Als Kinder, meine ich.«

Victor sah Reginald an, und sein Atem rasselte in der Nase. »Bist du da drüben Gott begegnet?«, fragte er. »Wenn ja, will ich nichts davon hören.«

»Wir haben uns hier draußen mal verlaufen. Ich schwöre.«

»Genau hier?«

»Nicht genau hier. Aber an so einem Ort.«

Victor schüttelte den Kopf.

»Mein Gott, ich kann nicht fassen, dass ich mich daran erinnere.«

»Hast du wahrscheinlich geträumt.«

»Hab ich nicht. Du warst dabei. Hast geweint. Fällt mir gerade ein.«

Victor schlug sich auf die Hand. »Blödsinn.«

»Wir waren jung. Vier oder fünf. Wir waren noch ganz klein. Ich weiß noch.«

Sie stapften durch die großen, feuchtblättrigen Pflanzen, und Reginald schaute, ob Victor irgendeine Reaktion zeigte, ein verräterisches Zucken im Gesicht, eine winzige Veränderung an Mund oder Kinn. Doch sein Bruder ging nur missmutig weiter.

»Du musst dich erinnern«, sagte Reginald.

»Was sollten wir denn hier draußen?«

»Daddy hat uns abgesetzt. Hat uns hier draußen zurückgelassen.«

Victor wischte sich den Schweiß von der Stirn. »Das hast du geträumt.«

»Du kannst sagen, was du willst, aber es stimmt. Daddy hat uns hier ausgesetzt.«

»Okay.«

»Er hat uns ausgesetzt, und wir mussten den Heimweg allein finden.«

»Okay«, sagte Victor.

»Weißt du noch, wie wir gegangen und gegangen sind? Den ganzen Tag. Du hast immer wieder gesagt, wir müssten uns in eine Richtung halten. Das hättest du in einem Film gesehen oder in einem Cartoon. Wir sind in ein großes Spinnennetz gelaufen, und du bist ausgeflippt und weggerannt und hast dich am ganzen Körper abgeklopft. Dann bist du auf etwas getreten, das ist dir durch den Schuh gegangen. Ein Stück Metall oder so. Ein Nagel. Ich musste dich huckepack nehmen, bestimmt eine Meile oder so.«

Victor brummte und schüttelte den Kopf.

»Was?«, fragte Reginald.

»Der Scheiß ist überhaupt nicht passiert.«

»Bist du sicher, dass du nicht einfach nur blockierst?«

Victor sah seinen Bruder düster an. »Bist du jetzt unter die Seelenklempner gegangen?«

»Vielleicht wollte er nicht, dass wir den Rückweg finden«, sagte Reginald. Victor hielt den Mund, und Reginald ließ das Thema fallen. Vielleicht würde er ein andermal wieder darauf zu sprechen kommen. Wenn sie nicht wie die Blödmänner einen Einarmigen durch den Sumpf jagten.

»Wir sollten zum Boot zurückgehen«, sagte Reginald.

»So kommen wir nie zurück.«

»Was machen wir denn, wenn wir sie erwischen?«

»Was denkst du denn?«

»Das ist doch verrückt«, meinte Reginald. »Wir müssen zum Boot.«

Schweigend gingen sie weiter. Das elektrische Stammeln der Insekten.

Nach einer Weile sagte Victor: »Träume sind doch nie interessant, nur für einen selbst.«

COSGROVE

Cosgrove hörte die Zwillinge, bevor er sie sah, einer sagte in der Dunkelheit zum anderen, dass irgendetwas verrückt sei, total verrückt. Dann erwiderte der Bruder, er solle sich nicht so anstellen. Den Rest konnte Cosgrove nicht verstehen; die Stimmen wurden vom Farndschungel und dem Schwirren des Sumpflebens gedämpft. Seit Cosgrove sich von Lindquist getrennt hatte, waren ein paar Stunden vergangen. Jetzt hörte er Zweige knacken, dass die Zwillinge durchs Gestrüpp auf ihn zukamen. Er sah sich nach einem Stock um, den er als Waffe benutzen könnte, nach einem Versteck, nach irgendetwas.

Ein paar Meter entfernt lag ein umgestürzter Baum neben einem hellen Fleck voller Sumpfblumen. Er ging dorthin, ließ sich bäuchlings in den Matsch fallen und schlängelte sich in die Kuhle des Stamms.

Als er die Zwillinge näher kommen hörte, hielt er den Atem an. Er war von Schlamm und Wurmscheiße und Gott weiß was sonst noch bedeckt. Käfer huschten ihm über Arme und Gesicht, und ihre Wimpernbeine kitzelten auf der Haut.

Das Schmatzen der Schuhe versiegte.

»Siehst du die Löcher da?«, fragte der eine.

»Ein Schlangennest. Weg hier.«

»Beingroß. Hier war jemand.«

Ein großer Weberknecht fiel auf Cosgroves Kinn und

huschte ihm das Gesicht hinauf. Er tauchte in seinen Mund ab und kam schleunigst wieder hinausgekrabbelt.

Dann stieg er mit seinen Fadenbeinen auf Cosgroves Nase und machte dort Pause. Cosgrove pustete, das Spinnenvieh eilte ihm über Stirn und Ohr, bevor es verschwand.

»Schau mal, da ist ein Stiefelabdruck. Genau da.«

Cosgrove verkrampfte das Herz. Er hielt den Atem an und wartete auf den Stiefel, der den Baumstamm zertreten würde, wartete auf den Gewehrlauf. Was dann? Vergessen.

Doch jetzt hörte er, wie die Zwillinge davongingen, langsam verklangen ihre zänkischen Stimmen.

Eine Weile blieb er reglos liegen. Dann steckte er den Kopf aus dem Stamm und sah sich um. Blasser Mondschein, schwarze Blätter und Äste vor der blasseren Dunkelheit.

Er kroch aus dem hohlen Stamm und blieb stehen.

Dann rannte er los.

LINDQUIST

Irgendwann im Laufe der Nacht fing Lindquist an, mit sich selbst zu reden, unzusammenhängendes Zeug, meist Witze.

»Was ist der Unterschied zwischen einem Hummer mit Brüsten und einer Greyhound-Bushaltestelle?«

»Wie beschneidet man einen Hillbilly?«

»Wie hat Joe, das Kamel, sich das Rauchen abgewöhnt?«

Mit dem Gag hielt er sich gar nicht erst auf, den kannte er ja schon. Außerdem war der Vorlauf eh immer am besten.

Manchmal klang sein Lachen komisch, so gar nicht nach ihm. Er blieb stehen, sah sich um, aber er war allein in der Dunkelheit. Dann entdeckte er sein vom Mond beschienenes Spiegelbild im schwarzen Wasserspiegel. Er ähnelte einem irren Magier: Die Haare standen ihm in fettigen Büscheln ab, weiße getrocknete Spucke klebte ihm in den Mundwinkeln, und er hielt seinen Stock wie einen Stab.

Es war in der frühesten Morgenstunde, der Sumpf raschelte vor Millionen kleiner Geräusche, als Lindquist direkt gegen etwas Hartes lief. Er schrie auf und hielt sich die pochende Nase. Dann trat er zurück und hob den Hakenarm, um was auch immer es war zu verscheuchen.

Vor ihm stand eine drohende menschliche Gestalt, einen ganzen Kopf größer als er. Sie sagte etwas mit leiser barscher Stimme. »Hab ich dich, du Arschloch«, so hörte es sich an.

Lindquist zuckte zurück, als würde er einem Schlag ausweichen. Die Zwillinge. Sicher einer der Zwillinge.

Wieder tat er einen Schritt zurück und gab ein Geräusch von sich, halb Schluchzer, halb Gewimmer. »Was hab ich euch denn nur getan?«, fragte er.

Stille. Nur sein eigener rasselnder Atem und die Abermillionen Sumpfgeräusche ringsumher – Summen und Zwitschern und Rascheln.

»Ich hab nie was gemacht. Wozu müsst ihr das tun?«

Die breitschultrige Gestalt blieb stumm, als wolle sie ihn einschüchtern, in den Wahnsinn treiben.

Lindquist war elektrisiert vor Panik. »Lasst mich doch einfach allein«, flehte er.

Stille.

Lindquist sprang vor und schlug wie besessen mit seinem Hakenarm in den harten Leib des Mannes. Ein paarmal blieb der Haken stecken, und er musste zurückweichen und ihn wie beim Tauziehen herausreißen. Er schlug zu, bis ihm schwindlig wurde und er die Prothese nicht mehr heben konnte. Dann schwankte er fast ohnmächtig umher und streckte die zitternden Finger aus. Baumrinde. Ein Baum, nichts weiter.

Seine Beine gaben nach, und zitternd, fiebrig und schweißgebadet fiel Lindquist zu Boden. Die Erde war feucht und sandig an der Wange. Sein Stumpf blutete, heiße Stiche fuhren ihm die rechte Seite entlang. Seit dem Tag, an dem er seinen Arm verloren hatte und ihn die Küstenwache mit dem Hubschrauber aus der Barataria zur Intensivstation des Mercy General Hospital geflogen hatte, hatte er solche Schmerzen nicht mehr gespürt. Damals war der Schmerz so groß gewesen, dass er überhaupt nicht verstand, was passiert war. Er hatte einen Arm verloren? Wie? Wie kann man denn einen Arm verlieren? Welcher Blödmann? Welcher Versager?

Nachdem der Sanitäter den Stauschlauch angelegt hatte, hatten sie ihn mit Morphinen vollgepumpt. Sofort war der glühend rote Schmerz vergangen und von einer kühlen Wonne verdrängt worden, bei der er sich hohl vorkam, erfüllt von einer Brise Gletscherluft. So als habe Gott ihn geküsst.

Jetzt lag er seitlings im Matsch, keuchte und schluchzte, und er hätte die Hälfte der Münzen in seinen Taschen gegeben, um diese Erleichterung wieder zu spüren.

Die Zypressenstümpfe sahen im Licht des Dreiviertelmondes aus wie eine Bande kauernder Kobolde, ihre Elfengesichter in der Rinde grinsten höhnisch, ihre ins Holz gebohrten Augen verfolgten seinen Weg. Der Wind hob sich, Äste klapperten, und Lindquist hätte schwören können, dass er das Stöhnen der Koboldstimmen hörte. Welche Sprache war das? Latein vielleicht, oder Gälisch. Vielleicht irgendeine längst vergessene Sprache, die die Geschichte hatte verstummen lassen. Die Sprache der Hexen oder der Succubi.

Doch gleich welche Sprache, Lindquist verstand, worum es ging. Die Kobolde sagten, dass er so gut wie tot sei. Es niemals aus dem Sumpf schaffen würde. Dass er verschissen habe.

»Was, wenn mir 'ne Fledermaus ins Auge pinkelt?«, fragte Lindquist. War das ein Witz? Das wusste er nicht, lachte aber trotzdem.

»Was, wenn einem 'ne Fledermaus ins Auge pinkelt?«, sagte jemand. Erschrocken schaute Lindquist nach links. Ein paar Meter entfernt starrte ihn ein Zypressenstumpfkobold an, dessen riesiger hölzerner Spalt von Mund nach unten gezogen war wie bei einem grimmigen Schuldirektor. Jetzt neigte er den Kopf ein wenig, eine Bewegung, die so winzig war, dass Lindquist geglaubt hätte, seine Augen würden ihm einen Streich spielen, wenn der Stumpf nicht auch noch gegrinst hätte.

»Was?«, fragte Lindquist.

»Was, wenn einem ’ne Fledermaus ins Auge pinkelt?«, fragte der Stumpf mit tiefer Stimme.

»Halt’s Maul«, erwiderte Lindquist.

»Du halt’s Maul«, sagte der Stumpf.

Lindquist rannte in die Dunkelheit davon, und die Stümpfe ringsumher kicherten über ihn. Er sprang über Totholz, bis er mit dem linken Bein im Schlamm stecken blieb. Er fluchte und riss sich frei, und der Schlamm rülpste, als er den Stiefel wieder freigab.

»Pass doch auf, du Blödmann«, sagte ein anderer Stumpf.

Die umstehenden Kobolde lachten wie irre.

Rückzug, dachte Lindquist. Er würde schon mit höhnischen Stümpfen klarkommen. Andere Männer machten Krieg, Not, Plage und Dürre durch, da konnte er doch wohl mit ein paar sprechenden Zypressenstümpfen fertig werden.

Als Lindquist weiterging, versuchte er ganz beiläufig zu gehen, mehr Schwung in den Schritt zu legen. *Lacht ruhig, ihr Arschlöcher*, wollte er mit seinem Gang den Stümpfen sagen.

Ihm fiel ein, dass er fünfundvierzig war, aber so, wie er sich zugerichtet hatte, hätte er genauso gut hundert sein können. Damit war jetzt Schluss. Wenn er erst mal aus dem Sumpf raus war, würde er sich ein strenges Regiment auferlegen. Vitamine, ein erstklassiger Entsafter. Er würde sich einen neuen Arm kaufen und aus dem Bayou fortziehen, vielleicht sogar ganz aus der Gegend. Er würde sich mit einer Schwarzhaarigen mit blauen Augen und einem spektakulären Gesicht niederlassen, einer Französin, die andächtig seinen Erinnerungen an die Geschichte lauschen würde, die er gerade durchlebte.

Diesen Wachtraum malte er sich bildhaft aus.

Die Frau ähnelte sehr seiner Frau.

Sie sah ganz genauso aus wie sie.

DIE BRÜDER TOUP

Kurz nach Sonnenaufgang trafen die Brüder Toup auf die Hütte im Sumpf. Sie blieben stehen und lauschten nach Anzeichen menschlichen Lebens. Die einzigen Geräusche kamen aus der noch schläfrigen Wildnis. Das Rascheln der Buschtiere. Die fernen Rufe der Vögel. Ansonsten war die Welt in klosterhafte Stille verfallen.

Victor suchte im Kraut, hob einen Stein auf und warf ihn. Er schlug laut wie ein Gewehrschuss gegen die Hüttenwand. Ein Schwarm Trauertauben brach aus einem Gebüsch auf und flatterte über die Baumwipfel davon.

Die Brüder warteten.

Nichts.

Wieder suchte Victor im Gestrüpp, nahm einen Stock und schleuderte ihn wie ein Speerwerfer. Er drehte und pfiff durch die Luft und schlug gegen die Tür.

Schwache Geräusche drangen aus der Bude. Ein Mensch. Dann sagte eine alte Männerstimme: »Was soll der Scheiß?«

Victor stürmte mit voller Geschwindigkeit über die Lichtung. Als er an die Hütte kam, hob er einen Fuß vom Boden und trat in einer Art fliegender Karatebewegung gegen die Wand. Die Hütte bekam Schlagseite und blieb für einen Augenblick so stehen, bis sie wie das Kartenhaus eines Zauberkünstlers in sich zusammenfiel, so als habe nichts als die reine Illusion sie zusammengehalten.

Unter dem Schrotthaufen bewegte sich jemand.

Am Waldrand schob sich Reginald die Hände in die Taschen und kam argwöhnisch über die Lichtung. Noch so ein Mist, um den man sich kümmern musste.

»Was soll der Scheiß«, sagte eine zornige Stimme unter all dem Schutt.

»Komm raus da«, befahl Victor.

»Raus?«, entgegnete der Mann. »Gibt ja gar kein Drin mehr.«

Victor trat gegen den Haufen.

In dem sich etwas rührte. Holzreste und Wellblech polterten beiseite. Eine knochige Hand streckte sich aus den Trümmern, packte eine Latte und warf sie beiseite. Dann noch eine und noch eine. Schließlich tauchte eine Gestalt auf, der leibhaftige Schrottplatz-Lazarus, alles nur mögliche Zeug fiel ihm wie eine zweite Haut von Schultern und Rücken. Der Alte wischte sich den verdreckten Overall in einer merkwürdig geckenhaften Schau von Schicklichkeit ab. Dann sah er im rosigen Morgenlicht Victor und Reginald an. Sein babyhaftes weißes Haar war zerdrückt, die Augen unter ihren Brauen vom Schlaf noch verquollen.

»Wir suchen nach jemandem«, sagte Reginald.

Der Mann sah ihn wütend an. »Und warum zum Teufel habt ihr nicht einfach geklopft?«

»Ist hier jemand vorbeigekommen?«, fragte Reginald.

Der Mann wies auf den Schrotthaufen am Boden. »Hier?«

»Keine Zeit für deinen Scheiß«, meinte Victor.

»Ein Mann mit einem Arm«, sagte Reginald.

Etwas in Victors Gesicht ließ den Alten stocken. Sein Körper schwankte vor panischer Unentschlossenheit, seine Hände an den Seiten ballten sich, so als wollte ein Teil von ihm kämpfen und ein anderer fliehen. Sofort verging seine Aufsässigkeit. »Ja, hier war ein Kerl«, räumte er ein.

»Wann?«, fragte Victor.

Der Alte sah verwirrt zu Boden. So als warte er darauf, dass der Morast ihm verriet, was er sagen oder tun solle.

»Wann?«, drängte Victor.

»Ich versuche gerade nachzudenken«, sagte der Alte. »Ihr habt mich aus dem Tiefschlaf geholt, verflucht.«

Der Sumpf war merkwürdig leise geworden, selbst die Vögel und Grillen schwiegen.

Vielleicht schauten sie von ihren Ästen und Spalten aus zu und warteten, was aus der Szenerie noch werden würde. Das Tageslicht nahm immer mehr zu, der Sumpf tauchte wieder auf, wie ein altes Ölgemälde, das nach dem Reinigen der alten Firnis neue Farbtöne preisgab. Pilzbraun, moosgrün und flechtengrau.

»Schätze, vor vier Stunden«, sagte der Alte. »Fünf.«

»In welche Richtung?«, fragte Victor.

Der Alte wies mit steifem Finger nach Osten. »Er meinte, er wolle zurück nach Jeanette. Er hätte da was.«

»Gehen wir«, drängte Reginald seinen Bruder.

»Drogen«, fügte der Alte hinzu.

Reginald ließ die Schultern sinken. Er kniff sich in den Nasenrücken und schloss die Augen.

»Ihr seid Drogendealer, richtig?«

»Wie kommst du darauf?«, entgegnete Victor.

»Scheiße, ist mir doch egal.«

»Wie kommst du darauf, dass wir Drogendealer sind?«

»Hat er mir gesagt.«

»Und du glaubst alles, was man dir erzählt?«

»Komm schon«, drängte Reginald.

Victor blieb stehen. Er faltete die Arme vor der Brust und legte den Kopf professoral schief. »Und was, wenn ich behaupte, deine Mutter war ’ne Hure?«, fragte er.

Der Mann schwieg.

»War deine Mutter eine Hure?«

»Hört mal, lasst mich einfach in Ruhe. Mein Haus habt ihr ja schon kaputtgemacht.«

»Ich hab gehört, deine Mutter war eine Hure. Stimmt das?«

Der Alte bewegte nachdenklich seinen Mund. »Ja«, meinte er. »Das stimmt.«

»Wirklich?«

»Ja.«

»Deine Mutter war eine Hure?«

»Ja.«

Reginald ging zurück zum Wald. Am Rand der Lichtung blieb er stehen und sah sich nach seinem Bruder um. »Jetzt komm schon«, sagte er.

»Sie war eine Hure«, fuhr der Alte fort. »'ne dicke alte Hure. Also, wenn's das gewesen wäre.«

»Ich hab gehört, sie hat Fremden auf Klos einen geblasen«, setzte Victor nach. »Stimmt das?«

»Jetzt komm schon, verdammt«, drängte Reginald. »Wir haben keine Zeit für so'n Scheiß.«

»Gut möglich«, antwortete der Alte.

»Wer würde denn seine eigene Mutter derart in die Pfanne hauen?«, fragte Victor.

Der Alte ließ sich schwer auf den verrotteten Trümmerhaufen fallen, ließ seine leberfleckigen Unterarme auf den Oberschenkeln ruhen und die Hände zwischen den Knien baumeln.

»Selbst wenn es stimmt«, fuhr Victor fort. »Wer würde seine Mutter denn so in die Pfanne hauen?«

Der Alte schüttelte den Kopf. Dann sprach er leise. »Ich erinnere mich nicht mal an sie.«

»Wann ist sie gestorben?«

»Schon lange her.«

»Wann?«

»Ich war achtzehn, neunzehn.«

»Du bringst die Zahlen durcheinander.«

»Ich bin fünfundachtzig, verflucht.«

»Sicher?«

»Ihr seid die Brüder Toup?«, fragte der Alte.

Die Brüder warfen sich einen Blick zu.

»Woher kennst du unseren Namen?«, fragte Victor.

»Hat mir der Kerl gesagt.«

Stille.

»Ist mir egal, solange ihr nicht von der Regierung seid.«

Victor wartete.

»Habt ihr Stoff dabei?«

»Du bist ja noch verrückter als verrückt, richtig?«, entgegnete Victor und setzte ein Lächeln auf, das wie auf einem Wetzstein geschärft wirkte.

Der Alte dachte darüber nach, sagte aber nichts.

»Wie heißt du?«

Der Mann sah Victor an. Ein armseliger Bittsteller. »Ihr habt doch schon mein Haus vernichtet.«

»Das war ein Haus?«

»Ich werd doch sowieso hier draußen krepieren. Jetzt hab ich kein Haus mehr. Und ich gehe ganz sicher nicht nach Jeanette, das steht felsenfest. Warum lasst ihr mich nicht einfach hier. Sollen mich die Wölfe holen.«

»Wölfe. Jetzt werd bloß nicht so theatralisch, verflucht.«

»Ihr habt mein Haus ruiniert, verdammt.«

Victor starrte den Mann unnachgiebig an, hob sein Hemd und griff nach der Waffe im Hosenbund.

»He«, rief Reginald vom Waldrand.

Victor hörte nicht auf ihn.

»Meine Mutter war keine Hure«, erklärte der Alte.

»Und?«, fragte Victor.

»Nur um das klarzustellen.«

Victor hielt den Lauf der SIG SAUER gegen die Stirn des Alten, so fest, dass er ein Loch hineindrückte.

»Eure schon«, fuhr der Alte fort. »Eure Ma war eine Hure.«

Victor spannte den Hahn.

»Sie muss ja einen ziemlichen Scheißhaufen gefickt haben, um solche Köttel wie euch rauszupressen.«

»He«, rief Reginald.

Victor warf ihm endlich einen Blick zu.

»Hör auf mit dem Scheiß«, sagte Reginald.

Victor entspannte den Hahn, steckte die Waffe ein und ging davon. Der Alte spuckte ihm leise, aber zornig, schnelle französische Flüche hinterher. Ohne sich umzudrehen, schimpfte Victor ihn einen verrückten Hurensohn. Der Alte griff in die Tasche seines Overalls und warf graue Asche in die Luft. Sie sank sanft herab und seufzte in Gras und Blättern.

COSGROVE

Zweig für Zweig, Blatt für Blatt nahm der verwachsene Wald rings um ihn herum in der blassgrauen Morgendämmerung Gestalt an. Er hörte Wasser, springende Fische, sah die Bucht durch die Blätter dunstig schimmern. Er ging zögernd weiter; die Augen schmerzten ihm vor Erschöpfung, die Schulter pochte bei jedem Herzschlag.

Doch da war sie, jenseits eines Kanals voller nebligem Wasser. Die Insel. Ein gottverdammtes Wunder.

Cosgrove rannte ins Wasser, stolperte ein paarmal im Schlamm. Er stand auf und sah sich unentwegt um, denn nun war er im Freien, und einer der Zwillinge könnte ihn locker abknallen. Als das Wasser tiefer wurde und er nicht mehr auf Grund kam, paddelte und strampelte er, schwamm mit allen vieren rudernd. Dann hatte er wieder Boden unter den Füßen und stolperte triefnass auf die Insel.

Hansons Überreste lagen mit dem Bauch nach oben im Schlamm der Lichtung. Cosgrove starrte die Leiche an. Dunkel geronnenes Blut tränkte den Boden. Blutspritzer an einem Zypressenstumpf. Blutflecken an den Blättern einer Klettertrompete.

Pferdebremsen, groß wie Trauben, labten sich an dem Blut.

Cosgrove wandte den Blick von Hansons zermatschtem Kopf, beugte sich mit auf die Knie gestützten Händen vor und erbrach sich ins Unterholz.

Er kauerte sich über Hanson, schaute weg und griff in eine der Hosentaschen. Nichts. Deshalb versuchte er die andere, fand die Schlüssel und zog sie heraus. Dann kroch er zurück, rechnete schon halb damit, dass Hansons Hand nach ihm greifen würde. Ein verrückter Gedanke, wie er wusste. Er war dem Wahnsinn nah.

Nach zehn Minuten hatte er das Motorboot gefunden, das in einem Dickicht aus Rohrkolben und Schlingpflanzen steckte. Cosgrove, der noch immer überzeugt war, dass jede Sekunde eine Kugel in seinem Kopf landen könnte, sprang ins Boot. Es schaukelte vom Ufer davon, Wasser spritzte über das Dollbord und sammelte sich in Pfützen.

Cosgrove zog den Choke, der Motor brummte, und das Boot schoss mit sich hebendem und wieder aufschlagendem Bug davon. Cosgrove warf einen Blick zurück zur Insel, deren Umrisse bereits im grauen Morgennebel verschwammen. Die Schulter tat ihm weh, Brust und Herz ebenfalls.

Er holte tief Luft. Der Wind von der Bucht roch nach Salz und Rohöl und Sonne. *Du hast es noch nicht geschafft*, dachte er.

Gegen zehn Uhr seiner Schätzung nach erreichte er den Hafen; die Sonne brannte ihm bereits auf die Schultern. Zwischen den Pick-ups auf dem Parkplatz stand Hansons Dodge. Niemand war zu sehen. Cosgrove war dafür dankbar. Wenn ihn jemand sehen würde, dann würde er wohl Verdacht schöpfen. Bei jemandem, der so aussah wie er, würden sie sich wohl das Gesicht merken.

Als er beim Motel eintraf, saß er noch ein paar Minuten mit laufendem Motor im Pick-up und hielt das Lenkrad fest umklammert.

Auf dem Zimmer wusch er sich und säuberte die schmerzende Schulter. Dann zog er ein frisches T-Shirt und Jeans an, stopfte die dreckigen Sachen in eine Plastiktüte und warf die Tüte in den Müll. Dann holte er sein Geld aus dem Schließfach im Motelzimmer. Er überlegte, in Hansons Zimmer zu gehen und auch dessen Geld zu holen, doch kannte er die Kombination nicht. Irgendein Zimmermädchen würde die beste Woche ihres Lebens vor sich haben.

Nachdem er seine Sachen in den Seesack gestopft hatte, trat er ans Fenster, zog die Vorhänge auf und sah hinaus. Auf der anderen Seite schob das Zimmermädchen einen Wagen von einer Tür zur nächsten. Auf dem Parkplatz verriegelte ein Mann in grauer Hose und Polohemd sein Lincoln Town Car und ging auf sein Zimmer.

Niemand sonst.

Gegen elf verließ Cosgrove das Motelzimmer und ging zum Pick-up. Mit dem Seesack auf dem Beifahrersitz, in dem sich ein paar tausend Dollar und seine ganze Habe befand, legte er den ersten Gang ein und nahm die Auffahrt zum Highway.

Dies geschieht wirklich, dachte er. *Ich komme davon, und ich lebe. Der arme Hanson ist tot, aber ich lebe. Das hier geschieht wirklich.*

Er wusste nicht, wohin, Hauptsache weg. Wenn ihn ein Bulle anhalten würde, würde er ihm sagen, der Wagen gehöre einem Freund.

LINDQUIST

Lindquist hatte nur eine Stunde geschlafen, als er Stimmen hörte. Es war kurz nach Sonnenaufgang, Licht fiel in rostfarbenen dunstigen Bahnen durch das Blattwerk. Er schrak von dem Notlager in dem hohlen Baumstamm hoch und lauschte. Die Brüder? Das mussten sie sein. Wer war denn sonst noch hier draußen? Aus zwanzig, dreißig Metern Entfernung hörte er ihre Stimmen. Blätter raschelten, Zweige knackten.

Lindquist sprang auf und rannte durch die Rohrkolben, Stechwinden zerkratzten ihn. Nach einer Weile ging ihm auf, dass da vielleicht überhaupt keine Stimmen waren. Vielleicht steckte er mitten in einem irren Traum.

Alles tat ihm weh. Augenlider, Fingerspitzen, Zähne.

Er duckte sich unter einem flechtenbewachsenen Hickoryast und umging weiträumig einen schwarzen Olivenbaum mit einem Lehmnest, in dem es von Wespen nur so wimmelte. Fette Egel klebten ihm an der Haut. Er spürte einen an einer Rippe sitzen, einen anderen an der Kniescheibe, einen weiteren am Oberarm. Er ließ sie in Ruhe. Er hatte größere Sorgen. Sein Gold. Immer wieder kontrollierte er die Taschen, um sicherzugehen, dass noch alles da war.

Stocksteif stand ein Reiher einbeinig auf einem Baumstumpf und beobachtete ihn. Einen Steinwurf entfernt, wo der Morast zu einer Lagune wurde, glitt ein Alligator durchs

Wasser; der ledrige Knubbel seines Kopfs ragte nur knapp über die Oberfläche. Er schwänzelte vor Lindquist davon.

Ein Stück weiter begegnete er einer strahlend bunten Korallenotter, die vom untersten Ast einer Weide baumelte; sie züngelte wie bei einem obszönen Partyspielchen.

Lindquist schreckte zurück und wimmerte.

Er hörte sich verrückt an. Er wusste, dass er besser seine Nerven behielt. Wenn man erst einmal einen wirren Gedanken zuließ, dann folgten bald die nächsten, und ehe man sich versah, steckte man auf ewig mitten im Sumpf und endete als Irrer, der dazu verdammt war, immer und immer wieder nach dem Gold in seinen Taschen zu schauen.

»Stolpert ein Einarmiger durch den Sumpf«, sagte Lindquist. Oder dachte er.

»Tu nur so, bis du es merkst«, sagte er. Oder dachte er.

Er blieb stehen und lauschte nach Verfolgern. Er hörte nichts als schwirrende Heuschrecken und das Schnattern eines Kuhstärlings. Es war helllichter Vormittag, und grelle Sonne brannte auf den Morast nieder. Zypressenstümpfe, Wasserlilien und purpurne Wasserhyazinthen, so weit das Auge reichte. Hunderte von Libellen: Halloweenwimpel, glitzernde Erythemis und rote Orthemis-Libellen.

Ihm war fiebrig und schwindlig. Er hatte seit Tagen kaum geschlafen, nur Regenwasser von den Blättern getrunken. Gesicht und Arm waren von Moskitostichen übersät.

Zum Glück – *zum Glück*! Lindquist musste wie irre lachen – musste er bald auf festes Land stoßen. Jeanette mochte gleich hinter dem Flecken Storaxbäume liegen oder jenem Hain aus Weihrauchkiefern. Bis Tagesende würde er zu Hause sein. Eine lange kalte Dusche und ein königliches Essen. Er würde zählen, wie viele Münzen noch übrig waren. Dann nach New Orleans fahren und sie verkaufen. Und am Ende würde er ein reicher Mann sein, mit einem Flugticket an einen neuen Ort, in ein neues Leben.

Er kam an einem Sumpfgeißblatt vorbei, als er ein Geräusch im Wasser hörte, und sah hinunter. Eine Schlange von siebzig Zentimetern wand sich seitlich über die Oberfläche. Lindquist wusste nicht, worum es sich handelte, aber sie hatte schwarze und orangefarbene Schuppen und kam direkt auf ihn zu. Sie solle sich verpissen, meinte er zu der Schlange.

Die Schlange kam weiter auf ihn zu. Noch anderthalb Meter, ein halber Meter.

Lindquist schrie und rannte davon.

Er pflügte durch die Dschungelvegetation, bis ein Schmerz wie geschmolzenes Schrot durch seinen Leib fuhr. Auf einem Flecken aus Farnen und Sumpfgras legte er sich auf den Rücken. Das Herz raste, die Zunge brannte vor Fieber. Er würde hier warten, bis der Bursche zurückkam. Wenn der Bursche in den nächsten ein, zwei Stunden auftauchte, könnte er ihn zur Küste bringen und zum Arzt fahren. Er würde ihm sogar ein paar Goldstücke überlassen, genug, um seinem Leben eine andere Richtung zu geben.

Er schloss die Augen, spürte den starken, tiefen Sog der Ohnmacht. Panisch riss er die Augen wieder auf. Vielleicht wachte er nie mehr auf, wenn er jetzt einschlief.

Er versuchte aufzustehen, aber es ging nicht. Er würde hier liegen bleiben, bis der Bursche kam und ihn zum Arzt brachte. Er fragte sich, ob der Arzt wohl spanisches Piratengold als Zahlungsmittel nehmen würde.

Er griff nach seinen Taschen, spürte das Gewicht.

Seine Augen gingen zu, auf, zu, auf. Über ihm fiel die Morgensonne durch die glänzenden Geldbaumblätter. Die Lichtfleckchen sahen aus wie tausend schimmernde Goldmünzen.

DIE BRÜDER TOUP

Am Vormittag ging den Brüdern Toup auf, dass es Wahnsinn wäre weiterzugehen. Sie machten kehrt und wollten zum Boot zurück. Was immer sie mit Lindquist und diesem Kerl namens Cosgrove vorgehabt hatten, sie hatte wahrscheinlich der Sumpf schon für sie erledigt. Unter gar keinen Umständen hatten sie es durch diese Wildnis bis nach Jeanette geschafft. Nicht, wo sie selbst schon am Rande des Deliriums waren.

Reginald ging voran, Victor stapfte hinterher, die Adern auf seiner Stirn standen hervor, sein Gesicht glänzte vor Schweiß. Die Vegetation, Magnolien, Sumpfcyrilla und Schwarzweiden, umschloss sie wie eine tropfnasse jadegrüne Höhle. Manchmal mussten sie sich ducken, um durch den Tunnel aus Ästen und Zweigen voranzukommen. Der gierige Sumpf wollte sie mit Haut und Haar verschlingen.

Nach einer Weile kamen sie an der eingefallenen Hütte vorbei; der Alte war schon verschwunden.

Sie liefen gerade um den Rand eines mit Binsen bewachsenen Sumpfs, als Victor seitwärts stolperte und wie wild durch den Schlamm torkelte. Er hielt sich am Stamm einer Grün-Esche fest. Reginald blieb stehen und sah sich um. Victors Gesicht hatte die Farbe einer Blutorange, seine Augen ein kränkliches Hepatitis-Gelb.

Es war gegen elf Uhr, die Hitze erdrückend. Wann immer

das Laub schütterer wurde, sahen sie einen Himmel von dunstig ausgewaschenem Lavendel.

»Der Alte hat mich verhext«, sagte Victor.

»Das ist doch Quatsch.«

»Das Arschloch hat mich verhext.«

»Du bist ausgedörrt. Erschöpft. Wir beide.«

»Ich höre ihn immer noch in meinem Kopf.«

»Jetzt reiß dich gefälligst zusammen.«

Reginald tat vorsichtig ein paar Schritte, blieb dann aber stehen und drehte sich um, als sein Bruder ihm nicht folgte.

»Victor«, sagte Reginald.

»Wie lange noch?«

»Ein, zwei Stunden. Keine Ahnung.«

»Er hat mich verhext, Reggie.«

»Du hast 'ne Panikattacke.«

»Blödsinn.«

Sie wateten eine weitere Dreiviertelstunde durch den Morast, wie Reginald schätzte, und landeten wieder bei der zusammengefallenen Hütte. Die Brüder sahen sich verwirrt um. Reginald schlug sich auf die Wange und fragte sich, wie sie wieder hier hatten landen können, wo sie doch geradewegs in eine Richtung gegangen waren.

Verlor er den Verstand? Sie beide?

»Reggie«, sagte Victor.

Reginald erwiderte nichts.

»Reggie«, sagte Victor.

»Was?«

»Wir sind wieder dort, wo wir angefangen haben.«

»Ist gar nicht möglich.«

»Das ist die Hütte. Dieselbe beschissene Bruchbude.«

Reginald fuhr sich mit den Fingern durchs verdreckte Haar und sah sich um.

Die Mittagssonne bohrte sich durch das Blätterdach über ihren Köpfen. Eine fette grüne Laubheuschrecke strampelte in einem Spinnennetz, das zwischen zwei Sägepalmwedeln hing. Eine goldene Seidenspinne schaute vom Rand des zitternden Signalstrangs aus zu.

»Wir sind im Kreis gelaufen, Reggie.«

»Rummeckern hilft jetzt auch nicht weiter.«

»Vielleicht hat sich 'ne Zecke in mein Ohr gebohrt«, sagte Victor. »Vielleicht hab ich Rocky-Mountain-Fieber.«

»Vic? Halt's Maul.«

Sie schlappten weiter. Mücken und Bremsen und Wasserläufer. Ein Gelbbindenvireo in einer Stechpalme. Babyalligatoren, die zu Dutzenden davonhuschten wie Gummitierchen.

Dann sah Victor das Tier. Einen Alligator von fast drei Metern, ein Koloss, der sich auf einem Floß aus Treibholz und Trümmern sonnte. Er zeigte mit zittrigen Fingern hin. »Himmelherrgott, schau dir mal das Vieh an«, sagte er.

»Weitergehen«, drängte Reginald.

»Das Mistvieh starrt uns an.«

»Hör auf zu schreien. Geh weiter.«

»Er kommt.«

»Hat mehr Angst vor uns als wir vor ihm.«

Victor fiel auf Hände und Knie, hellgrünes Wasser schwappte ihm ums Kinn. Er mühte sich auf, fiel wieder hin. Reginald machte kehrte und riss seinen Bruder am Arm in die Höhe. Victor stützte sich auf seinen Bruder, stolperte ein paar Schritte und fiel wieder hin. Diesmal riss er Reginald mit sich. Reginald stand auf, krallte sich mit beiden Händen in das Hemd seines Bruders und zog ihn hoch. Er spürte Victors Herz unter seiner Hand pochen, spürte das Fieber wie Hitze über einer Herdplatte.

»Da drüben ist noch so ein Riesenvieh«, sagte Victor.

»Weitergehen.«

»Ich muss mich setzen.«

»Geh.«

»Nimm mich huckepack.«

»Unter keinen Umständen.«

»Dann geh du. Ich kann nicht.«

Durch die Zwergpalmen und das Gebüsch kam etwas sehr schnell auf sie zu und wühlte das Wasser auf. Ein Schwarm Sperlinge gab einen einzigen schrillen Warnton ab und flatterte aus einem Rotahorn auf.

Dann wurde Victor aus Reginalds Händen gerissen. Er gab einen irren Schrei von sich und wurde unter Wasser gezerrt. Reginald riss vor stummem Entsetzen den Mund auf. Er sah rosiges Fleisch. Ein körnig schwarzer Blitz aus Alligatorenhaut. Dann Victors ausgestreckter Arm, der nach etwas zu greifen suchte, was nicht dort war.

Mit heftig zitternden Händen nahm Reginald seine Bearcat Ruger von der Schulter und zielte. In dem aufgewühlten Chaos bekam er das Tier nicht vor die Flinte; das Wasser war bereits ein Wirbel aus rotem und rosigem Schaum. Dann sah er einen zweiten Alligator auf sich zuschwimmen, er schulterte die Waffe, machte kehrt und rannte zum nächstgelegenen Baum. Er kletterte wie ein Affe auf die verwachsene Lebenseiche und kauerte sich auf einen Ast in mittlerer Höhe.

Er sah hinunter auf das sich beruhigende Wasser. Kleinere Alligatoren kamen herbeigeeilt. Ein paar von ihnen schwammen mit glänzend rosigen Fleischbrocken davon. Reginald sah ein inneres Organ davontreiben wie ein Stück roher Wurst. Heiße Galle stieg ihm in die Kehle. Er konnte nicht glauben, was er sah. Weigerte sich, es zu glauben.

Er übergab sich ins Wasser.

Als die Alligatoren wieder abgezogen waren, blieb Reginald auf dem Ast hocken und weinte. Er wartete darauf, aus diesem Alptraum zu erwachen, doch als er nicht aufwachte, weinte er noch lange weiter.

WES TRENCH

Lindquist wurde bereits fast eine Woche vermisst, bevor Villanova schließlich ein Such- und Rettungsteam zusammenstellte: ein paar örtliche Fischer, Deputy Melloncamp, ein weiterer Deputy aus dem Nachbarrevier, ein Fähnrich der Coastguard, ein Vertreter des Louisiana Department of Wildlife and Fisheries. Am späten Vormittag machte sich eine Flotte von Booten auf den Weg hinaus in die Bucht, jedem war ein Abschnitt zugeteilt worden. Zu der Abordnung gehörten auch Wes auf der *Jean Lafitte* und Wes' Vater auf der *Bayou Sweetheart*. Er war das erste Mal wieder auf dem Wasser seit dem Herzinfarkt. Wes meinte, er solle zu Hause bleiben und sich ausruhen, doch er hatte es satt, auf dem Hintern zu hocken, und witzelte, im Fernsehen liefe sowieso nichts Gescheites.

Es war ein trostloser, windiger Tag, Himmel und Wasser hatten dieselbe trübe Schieferfarbe, die Bucht war unruhig, die Wellen trugen Schaumkronen. Wes umkreiste dieselben Inseln, die er bereits umkreist hatte, und suchte Küste und Farnstreifen mit dem Fernglas ab. Jedes Mal, wenn das Funkgerät krächzte, jedes Mal, wenn es rauschte, bevor jemand sprach, machte Wes' Herz einen Sprung vor Angst. Eine Leiche in einem Schleppnetz, da war er sicher. Eine verstümmelte Leiche, an eine Insel gespült.

Aber nein, die Nachrichten blieben dieselben: nichts. Hier nicht, dort nicht. Wir kreuzen hier, wir kreuzen dort.

Am Spätnachmittag setzte der Regen ein. Die Bucht zischte und kochte, Dunstschlangen erhoben sich über dem Wasser. Der Wind nahm zu und ließ die vielen kleinen lockeren Teile von Lindquists Boot klappern. Zehn Meter um die *Jean Lafitte* herum war alles in Dunkelheit gehüllt. Die Trawler und die Küstenwache meldeten über Funk, dass sie umkehren würden. Eine Stunde später wollte Wes dasselbe tun, als sich Deputy Melloncamp über Funk meldete. Ein Shrimpfischer hatte in der Nähe der Stelle, wo der Bayou in die Bucht strömt, eine verlassene Piroge gefunden.

Lindquist war also doch vom Weg abgekommen.

Wes fuhr schnell, so schlecht war ihm vor Angst. Schon bald schimmerten in der Entfernung Bootslichter im grauen Dunst. Beim Näherkommen sah er kleinere Lichter, Taschenlampen und Suchscheinwerfer, die übers Wasser huschten. Er konnte durch den trüben Regen das Boot des Deputy erkennen, dann das seines Vaters, das des Ministeriums, die alle in einem lockeren Verband dümpelten. Wes fuhr hin, schloss sich der Gruppe an und ging vom Gas. Er stieg die Ruderhausleiter hinunter und sah über die Seitenwand; Regenböen peitschten ihm ins Gesicht.

Eine Piroge bockte und drehte sich auf den Wogen. Das kleine Boot sah aus wie die meisten, die die Leute in der Barataria besaßen, aber Wes entdeckte etwas auf dem Boden, spielzeugfarben zwischen Abfallfetzen.

Lindquists PEZ-Spender.

Der Staat Louisiana, bemerkte Wes' Vater häufig, würde für immer dumm dastehen. War schon immer so, würde immer so bleiben. Seiner Meinung nach gab es kein korrupteres Stück Land als dieses hier. Was sollte man aber auch von einem Außenposten der Zivilisation erwarten, der von Gesetzlosen und Zigeunern aus dem Sumpf notdürftig zusammengeschustert worden war? Ein Ort, der in jungen Jahren zwischen den Staaten hin- und hergeschoben worden war wie ein ungewolltes Kind? Man brauchte sich nur die Beweise anzuschauen. Beamte, die mit Staatsgeldern im Gefrierschrank und Nutten im Bett erwischt wurden. Kandidaten zum Amt des Gouverneurs, die im Gefängnis endeten. Gelder aus Hilfsfonds, die für Swimmingpools, Sportwagen und Palomino-Ponys vergeudet wurden.

Und die Ölgesellschaften: Um Gottes willen, die verfluchten Ölgesellschaften.

Früher oder später, sagte Wes' Vater, wurden sie alle mit heruntergelassenen Hosen und der Hand in der Keksdose ertappt.

Als Wes ihn also fragte, ob er noch mal mit Sheriff Villanova über die Brüder Toup und Lindquists Verschwinden reden solle, lachte sein Vater nur verbittert. »Da kannst du auch gleich dem Weihnachtsmann schreiben«, sagte er.

Wes fragte, was er damit meine.

»Hör mal, Villanova ist kein schlechter Kerl. Im Vergleich zu vielen anderen. Aber du lebst im verdammten Libanon, Wes.«

Wes hatte keine Ahnung, was sein Vater mit *Libanon* meinte. Er wartete auf eine Erklärung. Sie saßen am Tisch und aßen Reis und Bohnen zu Abend; draußen war es bereits finster. Die schwarzen Scheiben warfen ihre Spiegelbilder zurück und das schwache Bernsteinlicht, das im ganzen Haus leuchtete. Wie immer lief der Fernseher im Hintergrund. *All in the Family*, die einzige Serie, die sein Vater ertragen konnte. Archie nannte darin Edith immer Knallkopf.

»Die Bullen in Louisiana haben ihre eigene Methode, die Dinge zu regeln«, fuhr Wes' Vater fort. »Wie die Bullen andernorts auch. Die suchen sich ihre Konflikte aus.«

Er legte die Gabel hin, schob den Teller beiseite und klopfte sich die Brusttasche ab. Er wollte sich eine Zigarette nehmen, ließ es aber und lehnte sich stattdessen zurück. »Wenn es seinen Zielen dient, schaut Villanova auch schon mal weg. Marihuana? Er wird doch seine Zeit nicht mit Marihuana vergeuden. Nicht, wenn seine Geldschatulle voll ist. Er geht es locker an, laisser-faire. So läuft das hier in der Gegend.«

Sein Vater hatte recht, wie sich herausstellte. Am Morgen fuhr er zum Büro des Sheriffs und sprach mit Villanova über Lindquist und die Brüder Toup. Villanova saß hinter seinem Schreibtisch und hörte sich Wes mit onkelhafter Nachsicht an, aber in seinen unruhigen Augen und an der Art, wie er sich andauernd zurücklehnte und nickte, zeigte sich seine Ungeduld. An einer Stelle wühlte er in einer Schublade herum, zog einen Beutel Earl-Grey-Tee heraus und ließ ihn in seine Tasse baumeln. Auf dem Becher war auf der Seite ein galoppierendes Pferd zu sehen, darunter stand CHURCHILL DOWNS. Während Wes redete, stand Villanova auf, ging zum Wasserspender in der Ecke und drehte an dem roten Hahn, um den Becher mit Heißwasser zu füllen. Dann setzte er sich wieder hin und tunkte den Teebeutel immer wieder ein.

Als Wes schließlich erläutert hatte, warum er glaube, dass die Brüder Toup etwas mit Lindquists Verschwinden zu tun hätten, zog Villanova die Schultern hoch und breitete die Hände aus. »Ein verlassenes Boot«, sagte er. »Ein paar Drohungen.«

Wes wartete und zupfte sich an der Augenbraue.

»Eine Drohung«, sagte Villanova. »Ich kann doch nicht jemanden aufgrund einer Drohung verhaften. Dann würde ja die ganze Gemeinde einsitzen.«

Wes dachte daran, das Marihuana zu erwähnen, aber Villanova wusste, dass er davon wusste. Alle wussten davon. Das Thema schien tabu, zumindest irrelevant. Der Sheriff würde es wohl nicht sonderlich gut aufnehmen, wenn ein Teenager ihm sagen würde, was er zu tun habe. Wes konnte also nur sagen: »Aber sie sind doch bekannt dafür, Ärger zu machen, nein? Das sagt man ihnen nach, meine ich.«

Villanova räusperte sich, hob und senkte den Teebeutel. »Junge, in einer so kleinen Stadt wie hier sagt man über jeden was nach. Ob sie nun wollen oder nicht. Die Hälfte davon ist reines Hörensagen.«

Wes versuchte, höflich und respektvoll zu sein, aber langsam ging ihm die Geduld mit Villanovas Gleichgültigkeit aus. »Es wäre doch mal einen Blick wert, Sir. Vielleicht?«

Er wusste, dass er schon mit solch einem Satz sein Glück überstrapaziert haben könnte.

Villanova streckte die Arme aus, lehnte sich zurück und verschränkte die Hände hinter dem Kopf. Sein Gesicht war rosig, der Mund verkniffen. »Junge, tut mir leid, das mit deinem Freund, aber er hat erheblich mehr vorzuweisen als die Brüder Toup. Und du solltest meinen Job schon mir überlassen.«

Wes wartete.

»Wie wär's, du bleibst auf deiner Straßenseite, und ich bleib auf meiner«, fügte Villanova noch an, schien das aber sofort zu bedauern, weil er leicht lachend durch die Nase prustete, so als sei das ein Witz gewesen. Er nahm den Becher und trank seinen Tee.

Ist ja 'ne tolle Straße, wollte Wes schon erwidern, aber das hätte nichts gebracht, wie er wusste. Seine Eltern hatten ihm zudem beigebracht, Älteren gegenüber nicht vorlaut zu sein.

Wes stand auf und bedankte sich beim Sheriff, der stand auf und reichte ihm die Hand.

Die Finger waren fett und kalt. »Ich halt die Augen offen«, sagte er, aber irgendwie bezweifelte Wes das.

Eines kühlen Abends Ende Oktober war Wes draußen beim Minimarkt am Highway, als Reginald Toup in den Laden kam. In der Zwischenzeit gingen alle, auch Wes, davon aus, dass Lindquist tot war. Polizei, Wildhüter und Küstenwache hielten nun nach einer Leiche Ausschau, nicht nach einem Überlebenden. Sie suchten auch eigentlich nicht, sie sagten nur den Shrimpfängern und Besatzungen, darauf zu achten, was sie da in den Netzen hatten.

Wes bezahlte einen Schokoriegel an der Kasse und musste zweimal hinschauen, als er Toup sah. Er beobachtete ihn, was Toup bemerkte. Er schaute weg und ging einen der Gänge entlang, doch als er einen Blick über die Schulter warf, schaute Wes ihm immer noch hinterher.

Er blieb stehen. »Ist was?«

Wes fragte sich, ob wirklich was war. Er zwang sich zu einer Antwort, bevor ihm der Mut verging. »Haben Sie es getan?«, fragte er.

Toup legte eine Hand hinters Ohr und beugte sich zu Wes hin. »Wie bitte?«

»Haben Sie es getan?«

Eine leichte Veränderung der Ionen in der Luft, wie Rauschen oder Elektrizität. Der alte Schwarze hinter dem Tresen öffnete die Kasse und brach eine Rolle Vierteldollarmünzen an der Kante des Tresens auf, um etwas zu tun zu haben.

Toup trat auf Wes zu und bekam rote Ohren. Sein Gesicht wirkte wie eine Falle, die jeden Augenblick zuschnappen konnte. »Es getan? Was getan?«

Wes erwiderte nichts.

»Der Sohn vom Trench, richtig?«

Der Mann war einen ganzen Kopf größer, und Wes musste den Kopf in den Nacken legen, um ihm in die Augen zu schauen. »Ja«, antwortete er leise. Dieser Toup wusste also, wer er war. Wieso, keine Ahnung. Wes verließ auch noch der letzte Rest Mut.

»Bist du auf Crack, oder was?«, fragte Toup.

»Sorry, ich habe Sie mit jemand verwechselt«, sagte Wes und drehte sich um.

Er hatte schon die Hand am Türgriff, als Toup sagte: »He.«

Wes blieb stehen, sein Herz pochte heftig. Er drehte sich um und sah Toup, der ihm den Schokoriegel hinhielt. »Hast du vergessen«, sagte Toup.

Wes bedankte sich, nahm den Riegel und ging aus dem Laden in die schwüle Nachtluft hinaus. Noch bevor er den Pick-up erreicht hatte, verfluchte er sich dafür, sich bei dem Mistkerl bedankt zu haben.

KODA

Die Zeit verging. Endlich gab es Anzeichen, dass der Sommer zu Ende ging, die Tage wurden kürzer, die Nächte kühler. Am Straßenrand blühte gelb die Goldrute. Eicheln purzelten von den Lebenseichen und prasselten auf Autos und Schuppen. Die Hurrikansaison würde noch ein paar Wochen anhalten, aber die Leute waren entspannt genug, und die Gespräche beim Friseur und im Gemüseladen drehten sich nicht mehr um tropische Tiefdruckgebiete, sondern um Football. Ob LSU Auburn schlagen könne, ob die Saints es in die Playoffs schaffen würden, vielleicht sogar bis zum Super Bowl. Fahnen in Violett und Gelb, andere in Schwarz und Gold hingen an den Garagen. Halloween-Dekorationen tauchten überall in Jeanette auf, Pappmaché-Fledermäuse baumelten an Vorgartenbäumen, geschnitzte Kürbisköpfe grinsten von Veranden.

Und natürlich redete man über das Öl. Ölverschmierte Schildkröten, Pelikane und Rotbarsche. Viele Baratarianer schworen, dass das Wasser eine merkwürdige Färbung habe, dass die Bucht dunkler und grüner wirke als früher. Andere meinten, Shrimps und Rotbarsch hätten einen metallischen Nachgeschmack, aber immerhin aßen die Leute wieder den Fang aus Jeanette, und die für Wasser und Luft zuständigen nationalen Stellen erlaubten wieder Shrimp- und Fischfang.

Eine Weile klammerte sich Wes noch an die Hoffnung, von

Lindquist zu hören. Vielleicht war er ja mit dem Schatz abgehauen, den er gefunden hatte – wenn er ihn überhaupt gefunden hatte. Wes hoffte insgeheim darauf, eines Tages Lindquists merkwürdiges avocadofarbenes Boot, die *Jean Lafitte*, wieder in der Bucht hinausfahren zu sehen.

Doch das Boot blieb unberührt, lag vernachlässigt im Hafen, Nesseln lagen auf dem Ruderhausdach, teefarbene Pfützen verfleckten das Deck. Wes unternahm den halbherzigen Versuch, das Boot zu schrubben, spritzte das Deck ab, kratzte Ablagerungen vom Rumpf. Er hätte ja vielleicht Lindquists Tochter darauf angesprochen und ihr gesagt, sie solle sich um das Einzige kümmern, was von ihrem Vater noch auf dieser Welt geblieben war, doch er hatte gehört, sie sei nach New York abgehauen, Gott weiß warum. Und Lindquists Ex, eine Bankangestellte, die er getroffen hatte, um sein Beileid auszudrücken, schien ebenfalls weggezogen zu sein.

Im Sommer war Wes nach dem Herzinfarkt seines Vaters das letzte Mal im Krankenhaus gewesen, und er hatte gehofft, möglichst lange nicht wieder dorthin zu müssen. Doch kurz nach dem ersten Frost Ende Oktober, als sich gerade die Blätter verfärbten, erhielt er einen Anruf von Sheriff Villanova. Man hatte eine Leiche gefunden, sie war von einem Schleppnetz in der Barataria Bay herausgefischt worden und musste identifiziert werden.

Wes wusste, was Villanova meinte. Er glaubte, es könne sich um Lindquist handeln. Lindquists Tochter war noch immer in New York, seine Ex auf einer Banker-Versammlung in Captiva, Florida, und Villanova wollte das Ganze nicht bis zu ihrer Rückkehr im Ungewissen halten.

Die Möglichkeit – die Wahrscheinlichkeit –, dass Lindquist tot sein könnte, war Wes natürlich klar. Aber in den ersten

Wochen nach seinem Verschwinden hatte Wes geglaubt, dass Lindquist es irgendwie geschafft hatte und einfach verschwunden war, ohne jemandem Bescheid zu geben.

Eine dumme Phantasievorstellung, vielleicht. Wie aus einem Film. Aber doch möglich, oder?

Wes erinnerte sich an seine Unterhaltungen mit Lindquist – das schien alles schon so lange her, dabei waren es erst ein paar Monate –; Lindquist hatte ihm erzählt, dass er sich nichts mehr wünschte, als sein Leben noch einmal neu beginnen zu können. Lindquist wusste, dass er die Zeit, die er verloren hatte, nicht mehr zurückholen konnte. Von Anfang an schon schien die Zeit eh nie die seine gewesen zu sein. Kaum war er alt genug gewesen, eine Reuse zu heben, war er schon mit seinem Vater beim Fischfang gewesen. Und als die Zeit gekommen war zu entscheiden, ob er in der Barataria bleiben oder sich am College anmelden sollte – genau wie bei Wes –: Nun, da hatte es keine große Wahl gegeben. Seine Familie hatte das Geld und die zusätzliche Arbeitskraft gebraucht.

Und jetzt fuhr Wes also an einem friedlichen Oktobermorgen ins Krankenhaus, feine Reifkristalle auf Gras und Bäumen, fedrige Herbstwolken wie Pferdeschweife hoch am Himmel, und er war auf dem Weg, sich eine Leiche anzuschauen, die Lindquist sein könnte.

Im Krankenhaus traf ihn der vertraute Geruch wie ein Hammer, diese kränkliche Mischung aus dreckiger Bettwäsche, Verbänden und Bohnerwachs. Wes blieb der Atem in der Kehle stecken wie Haare im Abfluss. Eine hübsche Schwarze mit Saphirohrringen saß am Empfang, und Wes meldete sich bei ihr an. Ein paar Minuten später holte ihn Dr. Woodrell, der Rechtsmediziner, in der Halle ab; ein Mann mit wulstigen leberfarbigen Lippen und schlammfarbenen Augen.

Das Leichenschauhaus lag im dritten Stock des Krankenhauses; unterwegs im Fahrstuhl schenkte der Arzt Wes ein müdes Lächeln.

»Ich warne Sie«, sagte er, »der Anblick ist niemals hübsch.«

Wes nickte.

»Das ist nicht wie in den Fernsehserien. Noch nicht mal in den schlimmsten.«

»Ich weiß.«

Sie stiegen aus dem Fahrstuhl und gingen den Flur entlang; ihre Absätze klackerten auf dem Linoleum. Vor der Tür zum Leichenschauhaus blieb der Arzt stehen.

»Wie ist er denn gestorben?«, fragte Wes.

»Ein Schuss. In den Kopf.«

»Fehlt ihm ein Arm?«

»Ihm fehlen beide.«

Wes sah den Arzt blinzelnd an.

»Das sollte ich Ihnen gleich vorweg sagen. Um Sie vorzubereiten. An der Leiche ist gefressen worden. Die Arme und ein Bein.«

Wes war schwindlig, und sein Atem schien nicht so tief in die Lungen zu gelangen, wie er sollte. »Von wem?«, fragte er.

Dr. Woodrell legte seine Hand leicht auf Wes' Schulter. Die Geste wirkte eher bürokratisch und weniger wohlwollend. »Alligatoren. Krebse. Schnappschildkröten. So ungefähr alles, was an ihn drankam. Nach siebzehn Jahren in diesem Job weiß ich immer noch nicht recht, wie ich das den Leuten beibringen soll. Oder ob überhaupt. Davon erzählen sie einem im Medizinstudium nichts. Schätze, die meinen, dass man schon selber draufkommt.«

Wes nickte.

Der Arzt öffnete die Tür, betätigte einen Schalter, und der Raum füllte sich mit antiseptischem Licht. Mehrere pritschenartige Tische standen in einer Reihe, ein paar leer, ein paar mit abgedeckten Körpern. Wes folgte dem Arzt durch den Raum, bemerkte das eingebaute Gefälle des Betonbodens, kleine Senken mit Abflussgittern. Er musste unwillkürlich an all das Blut und die Galle und die Körperflüssigkeiten denken, die in diese Abflüsse sickerten, und fragte sich, wohin sie verschwanden. In die Bucht, nahm er an. Wohin sonst?

Am Tisch reichte ihm der Arzt einen weißen, nach Eukalyptus riechenden Baumwolllappen, und Wes hielt ihn sich vor Mund und Nase. Dann warf Dr. Woodrell das Laken zurück.

Erst schaute Wes auf die Leiche, ohne sie zu sehen, so als gebe es etwas in seinem Hirn, das das Bild daran hinderte, dorthin zu gelangen, wo es hin sollte. Als es endlich dort eintraf, überkam ihn Übelkeit. Selbst mit dem Tuch vor dem Gesicht war der Geruch unglaublich, lebensverachtend. Der Körper war schwarz und lila, aufgeweicht wie nasses Zeitungspapier, anstelle der abgerissenen Gliedmaßen gab es nur noch zerfranste Ränder. Die Nase fehlte, ebenso die Augen, an ihrer Stelle lagen dunkle Löcher. Aber die Haare waren noch da, und sie sahen nicht wie die von Lindquist aus. So viele Haare hatte Lindquist nicht mehr gehabt. Er hatte darum gefleht, so viele Haare zu haben. Lang genug, um einen Pferdeschwanz daraus zu machen.

Dann sah Wes das T-Shirt, ein wenig ausgeblichen und zerlumpt, ansonsten aber merkwürdig unversehrt im Vergleich zum zerstörten Körper. Lindquist hatte nie ein solches T-Shirt getragen.

TOM PETTY AND THE HEARTBREAKERS stand darauf.

»Nein«, sagte Wes durchs Tuch. Wenn er sie nicht gerade verspürt hätte, hätte er niemals geglaubt, dass eine solche Mischung aus Ekel und Erleichterung überhaupt möglich war. »Nein«, wiederholte er. »Das ist er nicht.«

Als es November wurde, wurde Wes klar, dass bald schon wieder ein Jahr vorbei war, ohne dass er Pläne gemacht hatte, Jeanette zu verlassen. Keine Pläne, irgendetwas anderes zu tun, als für den Rest des Lebens Shrimps zu fangen. Wenn die Leute jemals die Barataria verließen und etwas anderes mit ihrem Leben anfingen, dann taten sie das in seinem Alter, oder sie taten es nie.

Bisher war Wes nur in Mississippi, Alabama, Texas und Florida gewesen. Er hatte nie einen Fuß an die Ost- oder Westküste gesetzt, und das einzige Meer, in dem er je geschwommen war, war der Golf von Mexiko gewesen. Es beunruhigte ihn, dass ihn das nicht beunruhigte, dass nichts in ihm sich danach sehnte, mal die Blue Ridge Mountains zu sehen oder den Pazifischen Nordwesten, dass nichts in ihm danach verlangte, mal ein tibetisches Kloster zu betreten, durch die Carlsbad Caverns zu streifen oder sich den Krakatau aus der Nähe anzuschauen.

Nicht dass er die Bestimmung verspürte, den Rest seines Lebens in der Barataria zu verbringen. Was wusste denn ein achtzehnjähriger Bursche schon von Bestimmung? Aber: Wo sonst würde denn die Tatsache, ein Trench zu sein, dasselbe bedeuten wie hier? Die Trenches waren mit den ersten Siedlern in den Bayou gekommen. Nun gab es noch weniger von ihnen als jemals zuvor. Weniger Lindquists, weniger Arcinaux, weniger Thibodaux. Wenn man durch die Ansiedlung fuhr, sah man vernagelte Schaufensterfronten, die in sich zusammensackenden Hütten gaben den Elementen nach, Piers fielen Planke für Planke in den Bayou.

Man hörte in den Nachrichten davon und las es in den Büchern: Die Barataria löste sich auf und verschwand im Golf. Die Alten in Jeanette zeigten einem gern die Spitze eines Strommasten, der früher mal ganz an Land gestanden hatte, oder den Wipfel einer von Salz ausgeblichenen Zypresse, die früher mal auf einem Hügel gestanden hatte. Es dauerte nicht mehr lange, sagten die Alten in der Gemeinde, dann würde Jeanette eine Geisterstadt unter Wasser sein. Die Gräber deiner Großeltern und Eltern und vielleicht sogar das eigene Grab, zehn Fuß unter Wasser. Ein Gedanke, bei dem Wes die *frissons* kriegte, wie seine Mutter gesagt hätte.

Wes glaubte nicht an Geister, aber er glaubte daran, dass irgendein Teil seiner Mutter für immer hierbleiben würde. Kein Geist an sich, sondern ein unsterblicher, unsagbarer Teil, für den es keinen menschlichen Namen gab. Hier hatte sie gelebt. Sie hatte diese Zypresse jeden Tag gesehen, diese Trauerweide, diesen Fleck des Himmels, diese Bucht, und Wes war davon überzeugt, dass das etwas zu bedeuten hatte.

An anderen Orten außerhalb von Jeanette kam sich Wes wie ein Außenseiter vor, ein Durchreisender. Wie er sprach, welche Wörter er benutzte, wie dunkel seine Haut war. Die Leute meinten, er habe den Sumpf im Mund. Andere, weniger freundliche meinten, er würde sich wie eine Sumpfratte anhören. Sie alle wussten nicht, was ein Fais do-do war oder ein Sac-a-lait. Sie wussten nicht, wie es sich anfühlte, Cajun-Blut zu haben.

Die Barataria war seine Heimat, auf Gedeih und Verderb. Was immer das hieß. Heimat, das war der torfige Geruch von Louisianamoos im ersten Frühlingsregen. Die Termitenschwärme Anfang Mai. Der Lärm der Sumpffrösche im Sommer. Die Heuschrecken am Tag. Die Grillen bei Nacht. Die peitschenden, fünf Minuten langen Gewitter Ende Juli. Die mit Zuckerrohr beladenen Laster, die im Herbst durch die Stadt kamen. Der ausgelassene Karneval des Mardi Gras. Die Segnung der Fangflotte. Die kleinen Bateaux, die sich in der Bucht sammelten. Die nadelstichgroßen Punkte ihrer Positionslichter am Horizont wie Weihnachtsbeleuchtung. Das merkwürdige, übernatürlich lebhafte grüne Leuchten der Zypressen in der Abenddämmerung im Frühling. Der erdige Geruch nach gekochten Krebsen. Pekanpralinen, Boudin und Gumbo. Alligatoren, Reiher, Rotbarsche und Shrimps. Die Cajun-Stimmen, salzig und rau. Die alten Gesichter, so fremdartig wie Daumenabdrücke.

Wes spürte hier den Sog der Zukunft. Vielleicht war es auch die Schwerkraft der Vergangenheit. Vielleicht beides. Was auch immer es war, aber immer öfter hatte er das Gefühl, die Barataria sei die Gegend, in die er gehörte.

Eines Tages Anfang Dezember, kurz nachdem die Weihnachtsdekorationen auf dem Stadtplatz von Jeanette aufgehängt worden waren, ging Wes zum Hafen und stellte fest, dass Lindquists Boot mutwillig beschädigt worden war. Irgendwelche Kinder oder Landstreicher hatten die Kabinentür aufgebrochen und die Schränke und Schubladen durchwühlt. Bierdosen und Kippen bedeckten den Boden. Wes bezweifelte, dass es einer der Fischer gewesen war, der vielleicht noch einen Groll auf Lindquist gehegt hatte. Jetzt, wo er verschwunden war, war auch die Feindseligkeit ihm gegenüber verraucht.

Ein paar von ihnen gaben sich sogar so etwas wie falscher Nostalgie hin. »Ich wette, der ist irgendwo Metall suchen«, sagten sie, oder: »Der Schweinepriester ist sicher irgendwo auf Barbados und sucht nach seinem nächsten Schatz.«

Ab und an sah Wes einen der Brüder Toup in der Stadt. Den Ansässigen zufolge hatte der andere das Land verlassen. Thailand, so die Gerüchte. Warum, wusste keiner, und Reginald, der Bruder, der in der Barataria geblieben war, gab darauf nie eine Antwort. Er mied die Gesellschaft anderer und wirkte ohne seine andere Hälfte längst nicht mehr so furchteinflößend. Irgendwie kleiner. Seine Augen schossen umher, ein Blick, den Wes mit verwundeten Tieren und tödlich kranken Menschen in Verbindung brachte.

Im Laufe der folgenden Monate kümmerte Wes sich um sein eigenes Boot. Kaum zu glauben, aber bis zur Shrimpsaison waren es nur noch vier Monate. Wes wollte sein Lafitte Skiff, an dem er nun schon Jahre baute, bis dahin seetüchtig haben. Eine willkürliche Festlegung, aber er war entschlossen, diesen Termin einzuhalten. Er wusste, er gehörte zu denen, die eine klare Vorgabe brauchten, um etwas zu erreichen.

Zu Weihnachten lagen Kielschwein und Rippen aus Zypressenholz im Hinterhof. Im Februar hockte die Hull breitbäuchig und geschmeidig auf acht schwarzen Ölfässern. Im März begann Wes, fünfzig Kilo schwere Stahlsegmente Stück für Stück zusammenzuschweißen. Es dauerte nicht lange, da sah das, was als Rahmen aus ein paar Stöcken begonnen hatte, langsam aus wie ein seetüchtiges Fahrzeug.

Jeden Tag freute sich Wes schon auf die Arbeit. Der gute saubere Geruch der Morgenluft, der schattigen Erde, des taunassen Grases. Er stand bei Sonnenaufgang auf und arbeitete bis zum Einbruch der Nacht, mit Pausen nur zum Mittagessen und zum Trinken. Es gab Stunden, in denen er so in seiner Arbeit versunken war, dass er nicht an seine Mutter dachte, nicht an die Probleme mit seinem Vater, nicht an die Zukunft. Er dachte nicht an die Ölpest oder die kommende Fangsaison oder all die Rechnungen, die sein Vater und er zu begleichen hatten. Er arbeitete nur für den Augenblick. In dieser Zeit schien die Welt fokussierter, die Kanten schärfer. Es war etwas Befriedigendes daran, einen Schritt zurück zu machen und etwas zu betrachten, das es ein paar Stunden zuvor noch nicht gegeben hatte. Etwas, das er mit eigenen Händen geschaffen hatte. Er mochte es, wie der Holzstaub in der Luft hing, wie ein genutetes Stück Holz in ein gefedertes anderes Stück passte. Mit Sandpapier abschleifen, hämmern, bohren, all das fand er auf rätselhafte Weise erfüllend.

Eines sanften wolkenlosen Tages Anfang April strich Wes gerade den Rumpf metallic blaugrau, als er hörte, wie sein Vater hinter ihn trat. Es war später Nachmittag und die untergehende Sonne setzte die Fenster im Haus und die Bäume ringsum in goldenen Brand.

»Was für ein Haufen Schrott«, sagte sein Vater.

Wes drehte sich um. Sein Vater grinste, trat ans Boot und fuhr mit der Hand über den Rumpf. Die Haut seiner Hand flüsterte über die glatte Holzmaserung. »Ich spüre nicht eine verfluchte Fuge an dem Ding.«

Wes wartete, Hoffnung flammte in seinem Herzen auf.

»Gute Arbeit, muss ich schon sagen«, meinte sein Vater. Sein Gesicht war immer noch aschfahl und leicht verzogen, und er hielt sich steifer als vor dem Herzinfarkt. Aber er rauchte nur noch drei Zigaretten am Tag, nach jeder Mahlzeit eine, und der Arzt meinte, sein Herz würde besser klingen.

»Komm mal mit«, sagte Wes' Vater. »Ich hab was für dich.«

»Was denn?«

»Ein Schaukelpferd.«

Wes folgte seinem Vater zum Pick-up, auf dessen Ladefläche ein gebrauchter Motor lag. Den habe er praktisch geschenkt bekommen, meinte Wes' Vater, so billig sei er gewesen.

»Zucker«, sagte Wes.

»Ja, nicht?«

Sie hoben den Motor vom Pick-up und trugen ihn ums Haus, wo sie ihn auf der Veranda abstellten. Wes meinte, er würde das Geld so bald zurückzahlen, wie er nur könne, doch sein Vater meinte, es sei ein Geschenk.

Später ging Wes auf, wenn er die Gelegenheit hätte, die Kurzgeschichte für Mr Banksey noch einmal umzuschreiben, dann würde er diesen Augenblick als wahrhaftigeren Schlusspunkt wählen. Er kannte sich und er kannte seinen Vater; dies war einer Versöhnung so nah, wie sie ihr nur kommen konnten. Wenn seine Mutter von ihrem Grab nur ein paar Meter entfernt hinter dem rosa blühenden Mimosenbaum zugehört hätte, dann wäre sie damit wohl zufrieden gewesen.

Anfang April wurde es wärmer, und der Bayou erwachte wieder zum Leben. Der Regen wusch den letzten Rest Winter davon, die Tage wurden länger und wärmer, die Zypressen und Eichen sahen aus, als würden sie in graugrünen Rauch ausbrechen. Auch das Wasser begann sich zu rühren und zu gedeihen, Alligatoren sonnten sich auf den Schlammbänken, Schlangen peitschten wie Tinte über die Tümpel, Reiher staksten auf Stelzenbeinen durch das Farnkraut. Überall in Wassernähe roch es nach Humus, Zikaden und Frösche gaben ihre elektrischen Rufe ab.

Auch die Gemeinde erwachte wieder zum Leben. Auf den Hinterhöfen standen Skiffs aufgebockt und wurden ausgebessert. Über den Dockpfeilern waren Netze gespannt wie riesige Spinnennetze, und die Shrimpfänger flickten sie mit spindürren Fingern. Die Gespräche in der Barataria kreisten um die kommende Saison: Wo waren die Shrimps, wie lange dauerte die Saison, wer hatte den größten Fang. Ganz gleich, was sie im Fernsehen erzählten oder welchen Mist BP in ihren Fernsehspots verzapfte, alle wussten, dass das Öl noch immer im Wasser war und auch noch für lange Zeit dort bleiben würde. Aber man kaufte wieder Shrimps und Austern aus

Louisiana, und es hatte den Eindruck, als hätte Jeanette wohl das Schlimmste überstanden.

Wes schuftete Tag und Nacht, um bis Ende April fertig zu werden. Eines späten Nachmittags hatte er gerade den Namen des Boots – *Cajun Gem* – achtern angebracht, als sein Vater zu ihm trat und sich das Boot ansah.

»Tausche mein Boot gegen deins«, sagte er. Er trank aus einer kondensnassen Flasche Bier.

»Da wette ich.«

»Das Holz riecht gut.«

»Ja.«

»Was hast du jetzt noch damit vor?«

Wes hielt kurz inne, bevor er antwortete. »Ich glaube, ich bin fertig.«

Sein Vater nickte und stemmte die Hände in die Hüften. »Na, dann bringen wir sie mal zu Wasser.«

»Jetzt?«

»Sicher.«

»Die Farbe ist noch nicht trocken.«

Sein Vater legte eine Hand auf den Rumpf. »Fühlt sich ziemlich trocken an.«

»Ich will noch mal alles durchgehen.«

»Du gehst schon seit drei verflixten Jahren alles durch.«

Wes zupfte an einer Braue. »Ich möchte nichts überstürzen.«

»Drei Jahre sind nicht überstürzt.«

»Ich hab noch keinen Diesel drin.«

Sein Vater unterdrückte ein Grinsen und genoss Wes' Unbehagen. »Hab ich letzte Nacht betankt.«

Wes schüttelte den Kopf und besah sich zweifelnd das Boot. »Wir haben doch noch nicht mal einen Trailer, der groß genug wäre. Wie kriegen wir sie denn ins Wasser?«

»Na, so wie man das früher auch gemacht hat.«

Wes' Vater rief Teddy Zeringue und Davey Morvant an. Wes rief seine Freunde Archie und Donny an. Bald schon standen ein Dutzend Leute auf dem Hinterhof. Zwanzig. Vierzig. Gesichter, die Wes sein ganzes Leben schon kannte, Freunde und Nachbarn. Chuck Jones, George Ledet, Elmer Guidry. Ein paar Burschen, die Wes aus der Highschool kannte, ein paar andere, die Brüder und Schwestern mitgebracht hatten. Wes sah Lucy Arcinaux, die fröhliche Blondine, mit der er ein paar glückliche Wochen lang ausgegangen war. Junge Mütter brachten ihre schreienden und kichernden Kleinkinder mit. Langhalsige Bierflaschen wurden herumgereicht, und die Menge versammelte sich im rostfarbenen Schein der Abendsonne.

Nach einer Weile stieg Wes die Backbordleiter hinauf, alle drängten sich unter das Boot und trugen es auf den Schultern. Gemeinsam zählten sie laut und brüllend, wie mit einer Stimme, bis drei. Mit einem mächtigen Ruck hoben sie die *Cajun Gem* von den Ölfässern. Dann trug die Menschenflut Wes und sein Boot davon, über den Hof, am Haus vorbei, auf die Straße zum Bayou. Sie kamen an Häusern vorbei, deren Bewohner auf den Veranden standen und gafften, ein paar von ihnen kamen sogar hinzu und schlossen sich der Menge an. Die Thibodaux, die Jones, die Theriots. Bald waren da fünfzig Leute, dann fünfundsiebzig, sie waren laut, lachten, rissen Witze und trugen das Ein-Tonnen-Boot die zweispurige Straße entlang.

Die Sonne ging fast unter, als Wes am Bug stand und den strahlenden grauen Wasserspiegel des Bayou sehen konnte. Die Menge trug ihn über ein Feld voller Binsen und blauer Tagblumen. Sie überquerte den schmalen Uferstreifen und watete mit dem Boot auf den Rücken in Kleidung ins Wasser, wie Teilnehmer an einem feierlichen Ritus. Erst machte sich Wes Sorgen, das Boot würde sinken, sobald sie es losließen. Er war sehr erleichtert, als die *Cajun Gem* sicher und frei auf dem Wasser trieb.

Wes warf den Motor an, der mit einem lauten Schnurren erwachte. Er schaltete höher und glitt in den Bayou hinaus. Es wurde immer dunkler, doch noch war genug Tageslicht, um die Gesichter in der Menge zu sehen, die ihm nachschauten. Er entdeckte seinen Vater, aber er war schon zu weit weg, um sein Gesicht deuten zu können. Er erkannte ihn nur an dem drahtigen Körper und den gebeugten Schultern. Wie nannte man dieses nostalgische Gefühl für einen Augenblick, der noch gar nicht vorüber ist? Wes wusste es nicht, aber genau das war sein Gefühl, als er weiter in die Bucht hinausfuhr. Von hier aus konnte er die Gesichter nicht mehr unterscheiden, dann nicht einmal mehr, ob Mann oder Frau, ob erwachsen, ob Kind, und dann war er schließlich so weit draußen, dass es jeder hätte sein können, zu dem er hinüberschaute. Irgendjemand.

DANKSAGUNG

Ich danke meinem Bruder Michael Cooper für die frühe Lektüre und den unentbehrlichen Rat. Aus denselben Gründen danke ich meiner Partnerin Kathy Conner. Ihr beide habt diesen Roman zu dem gemacht, der er ist. Ich schätze mich glücklich, solche Gleichgesinnten an meiner Seite zu haben. Ich danke meinen Großeltern, mögen sie in Frieden ruhen, für all die Ausflüge in den Buchladen und noch so viele andere Dinge. Ich danke den alten Freunden Joe Capuano, Claudia Sanchez und Richard Pearlman dafür, all die Jahre dabeigeblieben zu sein. Ich danke den neuen Freunden Joe Wall, Brigette Paladon und Tyler Shepard, mir stets ein offenes Ohr geliehen zu haben. Ich danke Reggie Poche und Cass Cross für die scharfsinnige Durchsicht der frühen Entwürfe. Ich danke meinen Mentoren für ihre Weisheit und Unterstützung. Ich danke meiner Agentin Lorin Rees dafür, von Anfang an an dieses Buch geglaubt zu haben. Ich danke Nate Roberson aus demselben Grund. Ich danke Danielle Crabtree, Rachel Rokicki, Jay Sones, Rebecca Welbourn und allen anderen bei Crown dafür, so unermüdlich für mich gearbeitet zu haben. Ich danke Dir, Leser.